Amor
de UM DUQUE

Lorraine Heath

Amor
de UM DUQUE

tradução de
Daniela Rigon

Rio de Janeiro, 2023

Título original: When a Duke Loves a Woman
Copyright © 2018 by Jan Nowasky

Todos os personagens neste livro são fictícios. Qualquer semelhança com pessoas vivas ou mortas é mera coincidência.

Direitos de edição da obra em língua portuguesa no Brasil adquiridos pela Editora HR LTDA. Todos os direitos reservados. Nenhuma parte desta obra pode ser apropriada e estocada em sistema de banco de dados ou processo similar, em qualquer forma ou meio, seja eletrônico, de fotocópia, gravação etc., sem a permissão do detentor do copyright.

Direitos exclusivos de publicação em língua portuguesa cedidos pela Harlequin Enterprises II B.V./ S.À.R.L para Editora HR Ltda.

A Harlequin é um selo da HarperCollins Brasil.

Contatos: Rua da Quitanda, 86, sala 218 — Centro — 20091-005
Rio de Janeiro — RJ
Tel.: (21) 3175-1030

Diretora editorial: *Raquel Cozer*

Gerente editorial: *Alice Mello*

Editor: *Ulisses Teixeira*

Copidesque: *Ana Paula Martini*

Preparação de original: *Anna Beatriz Seilhe*

Revisão: *André Sequeira*

Capa: *Renata Vidal*

Imagens de capa: *Trevillion*

Diagramação: *Abreu's System*

CIP-Brasil. Catalogação na Publicação
Sindicato Nacional dos Editores de Livros, RJ

H348a

Heath, Lorraine
    O amor de um duque / Lorraine Heath ; [tradução Daniela Rigon]. – 1. ed. – Rio de Janeiro : Harlequin, 2019.

    Tradução de: When a duke loves a woman
    ISBN 9788539827107

    1. Romance inglês. I. Rigon, Daniela. II. Título.

19-55601

CDD: 823
CDU: 82-31(410)

Leandra Felix da Cruz – Bibliotecária – CRB-7/6135

*Para Mary D. e Emily G.
Por me manterem sã em tempos insanos.
Para amizades eternas.*

Prólogo

*Londres
Inverno, 1841*

ETTIE TREWLOVE ESTAVA ACOSTUMADA ao barulho de bebês chorando. Afinal, ela teve quatro, mas aquele choro devastador vinha do outro lado da porta fina de madeira. À espera da batida brusca que a chamaria, ela olhou para seus queridos meninos, alinhados na pequena cama, adormecidos, e se perguntou como iria se virar se pegasse outro bebê. As poucas moedas que deixavam em sua mão não seriam suficientes para alimentar e vestir o mais novo por muito tempo. Nunca eram.

— Não mais — sussurrou ela. — Não mais.

Ela tinha que ser forte e recusar o bebê, independentemente de isso partir seu coração ou de condenar o pequeno a um destino pior.

A batida na porta nunca veio, mas o choro continuou a ressoar em seus ouvidos. Ettie se aproximou devagar da porta — o vento gélido assobiava e adentrava pelas bordas —, destrancou-a e abriu-a. Olhou para fora. Flocos de neve grandes e gordos caíam do céu, cobrindo tudo com um branco puro que logo se tornaria preto, inclusive a cesta de vime aos seus pés e o bebê de rosto rosado dentro dela, que agitava em vão os braços nus contra o frio, a injustiça e a dureza da vida.

Ela deu um passo e olhou para os dois lados da rua sombria. Não havia um único poste de luz para ajudá-la em sua busca, apenas a iluminação fraca que vinha de algumas janelas. Nenhuma alma à vista, ninguém se esgueirando. Quem quer que tivesse deixado o bebê em sua porta havia se retirado logo, o que era normal, considerando que o sentimento de humilhação quase nunca permitia que uma pessoa ficasse muito tempo em sua presença.

— Nem para deixar uns centavos... — resmungou, ao se abaixar para levantar a cesta.

Levou-a com o precioso conteúdo para dentro do abrigo protetor que chamava de casa. Colocou a cesta sobre a mesa e estudou o pequeno, que continuava a berrar em protesto.

O cobertor era muito fino para lhe dar algum tipo de proteção. Ao movê-lo para o lado, descobriu que era uma menina. A criança não usava roupa nem fralda. Pelo que parecia, devia ter nascido há poucas horas. A vida nos becos não era gentil nem segura para uma menina.

Enquanto embalava o bebê como se fosse uma porcelana delicada, Ettie Trewlove sentou-se na cadeira de balanço de frente para a lareira, onde escassos pedaços de carvão liberavam calor suficiente para aquecer o quarto. Quando se tornou viúva, pouco mais de três anos antes, precisou de uma tarefa para se sustentar. Uma mulher que conhecia falou muito bem do lucrativo trabalho de cuidar de bastardos vindos de famílias ricas. Orfanatos não aceitavam bebês concebidos em pecado, nascidos da vergonha. Nem abrigos de trabalhadores. O que fazer com um bebê cuja própria existência é um sinal de desgraça?

Mas ela não conseguia mais deixar os inocentes de lado como outros faziam, razão pela qual tinha quatro meninos dependentes dela. E, agora, essa menina.

Podia não ter muito conforto para oferecer à criança, mas tinha amor. Rezou para que fosse o suficiente.

Capítulo 1

*Whitechapel
Meados de agosto, 1871*

Ele morreu por causa de um maldito relógio.

Antony Coventry, o nono Duque de Thornley, consolou-se o quanto pôde por saber que sua idiotice iria para o túmulo com ele.

Naquele momento específico, era difícil encontrar algum consolo. Os bandidos eram implacáveis. Dois deles lhe tiravam as botas, outro, o casaco, enquanto um quarto se esforçava para soltar a corrente do relógio do botão do casaco. Estranho o ladrão tomar tanto cuidado nessa hora, sendo que, momentos antes, havia acertado uma pancada na lateral da cabeça de Thorne que o deixara desnorteado.

O que pode ter resultado em sua decisão de não abrir mão do relógio.

Sem muita confusão, entregara seu saco de moedas e o anel de sinete. Não era tolo. Quatro contra um não era uma boa probabilidade. Dinheiro e anéis eram substituíveis. Levou uma pancada na cabeça porque os itens não foram entregues rápido o suficiente para o gosto do líder da gangue.

— Queremos o relógio, anda logo — ordenou o brutamontes, com desdém.

O relógio. Há quatro gerações na família. O escudo esculpido na tampa fora desgastado por diversos duques, que esfregavam o local com o dedo em sinal de preocupação sempre que precisavam tomar decisões difíceis. Tinha 15 anos quando o pai, no leito de morte e em um raro momento de lucidez, colocou o relógio em sua mão e fechou seus dedos sobre o objeto. "É seu legado. Guarde-o com cuidado. Deixe-me orgulhoso."

Assim anunciara aos brutamontes que o rodeavam na ruela escura e enevoada:

— Temo, cavalheiros, que lhes entreguei tudo que pretendia. O relógio fica comigo.

Teria respondido de outra forma se tivesse visto as facas mais cedo. Não, na verdade não teria. Acertaram-o na coxa, na lateral do corpo, no ombro e no braço. Os golpes de punhos duros e chutes de botas firmes que se seguiram após ele cair de joelhos o derrubaram por completo no chão sujo, onde permanecera deitado sentindo o sangue quente empapar o que lhe restava de roupas e, em seguida, esfriar. Seu campo de visão estava escurecendo, e tudo que percebera foram mãos sujas agarrando o valioso relógio.

— Peguei! — exclamou o bandido.

— Não! — gritou ele, em meio ao som que tamborilava em suas orelhas. Deve ter gritado pela boca também, pois o ladrão arregalou os olhos quando o punho de Thorne, guiado por qualquer força que lhe restava, acertou seu maxilar com força. O barulho satisfatório de ossos quebrando ecoou pela noite pouco antes de outra faca adentrar pele, carne e músculo...

— Ei! O que diabo estão fazendo?

Os homens congelaram quando o grito exigente reverberou em torno deles, ricocheteando nas paredes dos prédios ao redor.

— Meu Deus, é Gil. Vamos dar o fora — resmungou o líder, como se seu maxilar não estivesse mais bem encaixado.

Ouviu os passos pesados se distanciando conforme os bandidos corriam. Seguiu-se outro som. Passos mais suaves, porém mais apressados. Ficou vagamente consciente de uma presença, alguém se ajoelhando ao seu lado, mãos gentis tocando-o com cuidado.

— Minha nossa, você está um lixo.

Uma voz angelical. Não achou que tinha a intenção de ofender, estava apenas fazendo uma afirmação verdadeira sobre seu estado. De onde surgira? Uma companheira do sujeito chamado Gil? Teria ele ido atrás dos bandidos? Desejou poder enxergá-la melhor, mas a escuridão dominava seus olhos.

— Meu... relógio.

Ela se inclinou para mais perto dele e trouxe consigo um cheiro de... cerveja?

— Perdão?

— Relógio.

O bandido havia derrubado o objeto. Ele o ouvira cair. Desesperado, começou a tatear o chão à sua volta. Precisava encontrá-lo.

Então, ela cobriu a mão do duque com a sua, e dedos longos e finos se fecharam sobre os dele.

— Não há relógio aqui, querido. Não há nada aqui.

Tinha que haver. Ele deveria dá-lo ao seu filho um dia. Mas não haveria herdeiro. Nenhum sucessor. Nenhuma esposa.

Apenas a morte. Em uma ruela fétida e suja que se tornou subitamente frígida, congelando o sangue que corria em suas veias e lhe vazava do corpo. O único calor oferecido era o toque dela. Apertou-lhe a mão delgada na esperança de que o calor se espalhasse por seu corpo e lhe desse forças. Não podia morrer. Não sem luta.

Não podia desistir. Não antes de encontrar Lavínia.

Gillian Trewlove passou o braço por trás dos ombros do homem, tentou levantá-lo e praguejou de mansinho.

— Nossa, como você é pesado.

Estirado no chão como estava, era difícil dizer com precisão, mas ela achava que ele era uns bons centímetros mais alto que ela, com possivelmente mais de um metro e oitenta de altura. Estapeou-o nas bochechas até que saísse do estado de transe em que se encontrava.

— Vamos, querido. Vamos levantá-lo.

Ele assentiu e esforçou-se para ficar sentado, enquanto ela fazia o que podia para ajudá-lo, puxando aqui, empurrando ali e ignorando os gemidos de dor. O cheiro acobreado de sangue impregnava o ar. As roupas dele estavam molhadas, e não era por conta da névoa úmida e pesada que os envolvia como um manto fino.

— Olha, não posso carregá-lo sozinha. Sei que a escuridão está chamando você e que ela é tentadora, mas você tem que resistir. Você precisa lutar contra ela e me ajudar.

Outro aceno de cabeça. Um grunhido. Respiração ofegante. Deslizando sob o braço dele, a mulher lhe deu o ombro para que utilizasse como apoio enquanto serpenteava o braço ao redor das costas dele e fechava a mão contra a lateral de seu corpo. Ele soltou outro gemido abafado através dos dentes cerrados, e ela sentiu um líquido quente escorrendo pelos dedos. Ruim. A situação era muito ruim.

Apoiado nela, o duque utilizou a parede de tijolos como mais um suporte, enquanto ela o puxava para que ficasse de pé. Ah, sim, bem mais de um metro e oitenta de altura.

— Ótimo. Minha casa é logo ali. Não é longe.

Como de costume, ela fechara a taverna à meia-noite, todos os empregados tinham ido para casa depois de arrumar o local, e ela trabalhara em seus livros por um tempo. Terminara tudo à 1h30 e retirava o lixo quando ouviu os barulhos. Não ficou nada contente ao descobrir que algo nefasto acontecia atrás de seu estabelecimento. Não permitia confusões dentro de sua taverna, e com certeza não permitiria que elas ocorressem do lado de fora das paredes. Sua tolerância para crimes era baixa, ainda mais quando uma pessoa acabava machucada.

O ritmo dos dois era lento. Ele estava ofegante e mais de uma vez tropeçou, cambaleou e se endireitou. Murmurando, gentilmente, ela o encorajou com elogios a cada passo que ele dava sem tropeçar ou cair. Considerou levá-lo para a taverna, mas seria um mau agouro se ele morresse ali. A melhor opção era seu apartamento, apesar do desafio que seriam as escadas. Finalmente, alcançaram os degraus.

— Segure no corrimão e se apoie. Levante o pé um pouco mais alto.

— Certo. — A palavra veio baixa, mas determinada.

— Você vai conseguir.

— É melhor que consiga mesmo. Tenho contas a acertar.

Um homem com um propósito podia sobreviver ao inferno e muito mais. Os irmãos dela haviam lhe ensinado isso.

— Guarde o fôlego e as forças para a subida.

A aventura foi longa e árdua, mas ela precisava dar crédito a ele por não ter hesitado mesmo quando começou a tremer, o que a preocupava. Era uma noite fria, mas não o suficiente para que um cobertor fosse necessário, e o esforço da subida estava deixando-a quente até demais. Havia muito mais sangue correndo no corpo dela, enquanto o dele escorria para fora, deixando uma trilha que marcava o progresso dos dois. O homem caiu de joelhos a três degraus do topo da escada, e ela quase tropeçou sobre ele. Recuperando o equilíbrio, ajoelhou-se ao seu lado.

— Estamos quase lá.

Mesmo se rastejando, ele progredia. Ela ficou de pé, pegou a chave, destrancou a porta e a abriu.

— Quando entrar, pode desabar no chão.

Foi exatamente o que ele fez, e ela desceu a escada correndo e entrou na taverna.

— Robin!

O garoto que dormia em uma cama pequena ao lado da lareira — ele simplesmente não aceitava se mudar para uma casa de verdade, mesmo com os melhores esforços da dona da taverna — sentou e esfregou os olhos.

— Sim?

— Traga o dr. Graves para o meu apartamento agora.

Colocou algumas moedas na mão pequena.

— Pegue um cabriolé se achar um. Tem que ser rápido. Diga que há um homem morrendo no chão da minha casa.

— "Cê" tentou matar ele, Gillie?

— "Você" — disse ela, automaticamente, enfatizando o "vo".

Sempre tentava melhorar a pronúncia do garoto por ter aprendido desde cedo que o modo de falar afeta a percepção que uma pessoa tem da outra.

— Se tivesse tentado, não teria sido só uma tentativa, não é mesmo? Ele estaria morto.

— O que "conteceu" então?

Outra sílaba perdida, mas ela não tinha tempo de corrigi-lo.

— Mais tarde. Vá atrás do dr. Graves. Seja rápido.

O garoto enfiou os pés nos sapatos e saiu a galope. De volta ao apartamento, ela desanimou ao perceber que o homem não havia mexido um músculo desde que saíra. Colocou os dedos sobre o lábio superior dele e sentiu o sopro fraco da respiração sobre a pele. Veio uma onda de alívio. Inclinando-se perto do ouvido dele, ordenou:

— Não se atreva a morrer em meus braços.

A voz calma e ligeiramente rouca pareceu atravessar uma neblina para chegar até ele. Ela o incitava, mantendo-o preso ao mundo enquanto seu corpo dolorido e sua alma ferida queriam apenas afundar no esquecimento sobre o qual pairava a paz. Sentiu um grosso cobertor de lã ao redor de si, mas o tremor continuou, os dentes cerrados faziam pouco para evitar o barulho. Ela pressionou a mão em um dos piores cortes. Doeu como o inferno, mas a parte dele que ainda era capaz de processar pensamentos entendeu que ela precisava estancar o sangramento para ter alguma esperança de sobreviver.

— Continue comigo — exigiu. — O dr. Graves estará aqui em breve.

Graves? Um dos médicos da rainha? Como ela, morando na miserável Whitechapel, conhecia um homem tão ilustre?

— Qual é seu nome?

Os outros pensamentos lhe fugiram enquanto ele se concentrava para responder uma pergunta tão simples:

— Thorne.

— Eu me chamo Gillie.

Seria ela a pessoa da qual os ladrões correram? Ele pensou que Gil fosse apelido de Gilbert. Apertou os olhos e lutou para colocar aquela pessoa, que parecia flutuar, em foco mais nítido, mas sua visão nunca fora exatamente boa quando se tratava de enxergar coisas próximas. Mexeu o braço para pegar os óculos no bolso do casaco, mas lembrou que os brutamontes também os tinham levado. Então, concentrou-se no que podia identificar no indivíduo que o ajudara.

Cabelo curto, cortado logo abaixo das orelhas. Uma cor escura. Não conseguia discernir detalhes na luz fraca. Blusa... não, não era uma blusa. Camisa. Parecida com a dele. Um kilt? Não, não era xadrez. Era liso. Uma saia? Não fazia sentido. Por que os ladrões fugiriam de uma mulher?

— A taverna do andar de baixo é minha.

Um homem, obviamente. Um homem com voz de anjo. Ele não estava nem aí. O sujeito o estava impedindo de bater as botas. Era tudo que importava.

O anjo começou a recitar o processo de produção de cerveja. Com certeza, um homem. Uma mulher teria descrito os vários pontos em um bordado. Sua mente estava uma bagunça. Claro que era um homem. Uma mulher não teria afugentado quatro brutamontes, o ajudado a subir a escada e o entretido com uma explicação sobre a diferença entre várias bebidas.

Não sabia porque estava desapontado com a verdade. Sabia apenas que os dedos que passavam suavemente em seu cabelo eram os mais gentis que já conhecera.

Capítulo 2

ELA O PERDEU. EM algum momento durante a explicação da diferença entre aguardente e conhaque, ele havia escapulido. Ao se dar conta disso, ela sentiu como se tivesse levado um soco no estômago. Não queria perdê-lo. Havia amarrado com força um pedaço de tecido na coxa atingida, colocado pano nas feridas — apesar dos protestos de dor — e pressionado a mão contra o pior ferimento, no ombro, que parecia também o mais profundo. Sob seus dedos, o sangue que escorria diminuiu para um leve gotejar e pareceu parar completamente em outros locais, se é que o líquido transformando os panos brancos em vermelho indicasse alguma coisa. No entanto, ele estava tão pálido que parecia não ter sangue algum no corpo para ficar corado.

O barulho de passos rápidos sobre as tábuas de madeira da escada ecoou, fazendo a porta vibrar. Graças a Deus! A batida na porta foi curta.

— Rápido! — gritou, odiando os poucos segundos de demora e desejando não ter trancado a porta. Fez isso para deixar o local o mais quente possível na esperança de impedir que o estranho tremesse até morrer.

William Graves passou pela porta e ajoelhou-se ao lado do moribundo antes que ela pudesse prestar muita atenção em sua aparência desalinhada. Supôs que Robin o tivesse acordado, e ele se vestira de qualquer maneira, provavelmente usando apenas os dedos para domar os cachos claros e rebeldes. A barba por fazer era marcante no maxilar.

— Minha nossa! Caramba! Ele está um trapo! — declarou Robin ao seguir o médico casa adentro e, com olhos arregalados, fitar o homem estirado no chão. — Não estou falando por mal, Gillie. Prometo. Só estou falando a verdade.

— Eu sei, Robin. Você fez um bom trabalho. Agora vá dormir. Não precisa ver isso.

— Mas…

Ela lhe lançou um olhar que fez o garoto recuar dois passos.

— Vá dormir. E não conte a ninguém sobre ele.

— Por quê?

— Porque estou mandando.

Ele lhe devolveu um olhar insatisfeito, obviamente descontente com a resposta da mulher, antes de se virar e sair pela porta. A verdade é que o macho de qualquer espécie sempre se zangava mais que qualquer fêmea que já conhecera. A vida era cheia de decepções. Melhor aprender com elas antes de descartá-las feito lixo e seguir em frente.

— O que aconteceu? — questionou Graves, chamando a atenção de Gil.

Ele havia movido o cobertor manchado de sangue para o lado.

Ela se perguntou como a voz dele podia estar tão calma.

— Foi emboscado por ladrões no beco. Chama-se Thorne. Não sei se é nome ou sobrenome.

— Pode ser título.

— O que um lorde estaria fazendo nesta parte decrépita de Whitechapel?

— O que uma mulher com bens está fazendo aqui? — perguntou, distraído, enquanto as mãos se moviam ligeiramente sobre o homem, localizando e examinando de forma rápida cada ferimento.

Ela não tinha bens quando começou. Seus irmãos mais velhos a ajudaram, e ainda trabalhava duro para ter sucesso.

— Dando bebida aos que desejam e trabalho aos que precisam.

Pousou os olhos azuis pálidos sobre ela.

— Só estava fazendo uma observação, Gillie. Não fique supondo o que não tem certeza. — Virou a cabeça na direção da pequena cozinha. — Você consegue pegá-lo pelos pés enquanto eu o levanto pelos ombros para me ajudar a colocá-lo na mesa?

Foi difícil, mas ela tinha a altura a seu favor para dar aos dois a força necessária para levantar o homem do chão e colocá-lo sobre a mesa de madeira. Ele era bem alto, e as pernas abaixo dos joelhos ficaram penduradas, balançando para fora da mesa. Também era um pouco pesado. Podia ver pela maneira como estava estirado. Ombros largos como os de um trabalhador. O torso esguio de um sujeito que não passava muitos dias e noites cometendo o pecado da gula. Era um homem ativo. Duvidava que fosse um riquinho. Mas, com base na fina costura da roupa que ainda lhe restava e de como ela lhe vestia, ele também tinha bens.

— Água morna — disse Graves, distraído, tirando-lhe a atenção de uma análise que não tinha direito a fazer. Tempo era essencial para que o homem fosse salvo, e o médico, de forma correta, esperava que ela o ajudasse nas tarefas.

Colocou um pouco de madeira no forno, acendeu o fogo, encheu uma panela de água, colocou-a para esquentar e, então, passou a fitar médico e paciente. De repente, sentia-se desconfortável por ter não apenas um, mas dois homens em seu apartamento. Não trazia homens para casa e não recebia visitas, nem mesmo dos irmãos. Aqueles cômodos eram seu santuário, um lugar no qual podia fugir da realidade difícil da vida e encontrar um pouco de paz. Sua tendência sempre fora se isolar, porque a agitação de um grande número de pessoas tendia a exaurir suas energias. Para sobreviver, ensinara a si mesma a não recuar, mas ainda precisava de um refúgio para restaurar a calma e encarar o mundo de uma maneira melhor.

Após testar a temperatura da água, considerou-a morna o suficiente. Despejou um pouco do líquido na vasilha grande que utilizava para fazer bolos, virou-se e quase derrubou a porcelana no chão. Graves havia removido a roupa do homem, cada peça, e examinava a ferida da coxa — aquela próxima ao pênis, que, apesar de flácido, ainda era impressionantemente grosso e comprido.

Quando criança, via a parte íntima dos irmãos durante os banhos semanais, mas eles eram meninos na época. E esse cavalheiro definitivamente não era um menino. Da cabeça aos pés, era um espécime bastante imponente, com músculos bem definidos. O pelo do peito era escuro e encaracolado e descia como uma flecha até a pélvis, seguindo na direção da parte do corpo que não deveria tê-la deixado sem fôlego. Colocou a vasilha na mesa perto da cabeça do homem, foi até o armário de panos e pegou um lençol.

— Ótimo — afirmou Graves. — Vamos precisar de algumas tiras.

Ela deu meia-volta.

— Estava pensando em cobri-lo, para o pudor dele.

Uma expressão de compreensão atravessou o rosto do médico quando ele estendeu a mão.

— Peço desculpas, Gillie. Não estava pensando…

Percebeu que o médico estava ciente de que era para o pudor dela.

Pegando o lençol, cobriu o corpo do paciente e deixou apenas a coxa ferida para fora, assim como grande parte do torso. O lençol se moldou aos contornos do homem e não a impediu de imaginar o que estava por baixo do tecido branco. Temia que estivesse corando como uma garota puritana, não como a proprietária experiente de uma taverna.

— Ele vai sobreviver?

— Espero que sim. O ombro e a coxa são as piores partes, mas nada vital foi atingido. Tem um corte profundo na parte traseira. Teve sorte com a facada na lateral e a do braço, pois ambas parecem superficiais, e não profundas o suficiente para terem acertado algo importante. Mesmo assim, perdeu muito sangue. — Levantou a cabeça e os olhares se encontraram. — Foi sortudo por você tê-lo encontrado naquele momento.

— Diga-me o que posso fazer para ajudar.

— Preciso limpar as feridas, o que será um processo bastante desagradável para ele, e, então, fechá-las. Não quero que ele acorde e se debata, então usarei clorofórmio. Quando ele entrar em sono profundo, vou precisar que o mantenha assim até terminar meu trabalho. Acho que você é esperta o suficiente para seguir minhas instruções.

Ela assentiu bruscamente com a cabeça.

— O que for necessário.

— Não vai desmaiar?

— Não seja tolo.

Apesar da afirmação, sentiu que o estômago embrulhava um pouco quando observava o médico trabalhar, então concentrou-se em estudar o paciente, procurando qualquer sinal de que ele estivesse recobrando os sentidos. O rosto estava marcado por hematomas — um no queixo, outro na bochecha. A pálpebra estava inchada. Três socos. Isso sem falar nas manchas escuras em diversas áreas dos braços e do torso. Ele tinha lutado. Muito.

Ela não entendia as pessoas que não entregavam seus pertences. Nenhum objeto era tão valioso quanto a vida. Mas, então, apenas por sua aparência, o homem devia ser do tipo inflexível.

Tinha um maxilar forte, sombreado por uma barba rasa e escura. O rosto não via uma navalha fazia tempo, então desconsiderou a ideia de que ele estivesse vagando na região em busca de uma mulher. A maioria dos homens se arrumava um pouco, mesmo que precisasse pagar pelo amor que receberia.

Antes de Graves começar seu trabalho, ela despejou água morna em outra vasilha. Em seguida, mergulhou um pano na água e gentilmente começou a limpar o sangue seco no rosto do estranho, não gostando muito do que era revelado. Mesmo com os cortes e hematomas, era o homem mais bonito que já tinha visto. Causava-lhe uma sensação estranha, cheia de formigamentos e palpitações. Aquilo era algo novo para ela. Em geral, homens não lhe causavam reação alguma, exceto a vigilância. Aprendera cedo que, quando se tratava de sua pessoa, não dava para confiar no comportamento masculino, então estava sempre pronta a colocá-los em seu lugar e garantir que soubessem que não receberiam nada que ela não estivesse disposta a dar. Até aquele momento, não havia presenteado homem algum nem mesmo com um beijo.

Sua mãe tinha se preocupado com a segurança da filha nos becos e, como consequência disso, a vestia com as roupas velhas dos irmãos, cortava seu cabelo curto e escondeu seus seios quando começaram a aparecer. Gillie já era quase adulta quando usou saia pela primeira vez. Sentia-se confortável em não chamar atenção. Preferia assim. Mesmo na taverna, optava por ficar atrás do balcão, raramente andando entre os fregueses, a menos que houvesse algum problema.

A presença dela intimidava. A altura lhe impedia de ser ignorada e o olhar prometia retaliação. Não necessariamente dos próprios punhos (apesar de ter um soco decente), mas dos quatro irmãos com punhos ainda mais fortes e que estavam sempre prontos para defendê-la. Todos sabiam disso.

Sem dúvida, essa era a razão pela qual os ladrões fugiram quando ela gritou, o que significava que eram da área. Ficou enojada apenas de pensar que alguém que ela já servira em sua taverna fosse capaz de fazer aquilo com um homem, um homem tão lindo quanto aquele, um homem que era prazeroso ao toque, mesmo que o tecido separasse sua pele da dele. Quando removeu toda a sujeira do rosto dele, quis se inclinar e beijar os arranhões e hematomas, queria curar o que não tinha como consertar.

Nunca fora muito maternal, a realidade de sua infância afastara esses instintos. Sempre que os irmãos apanhavam, cuidava dos ferimentos com um ar desapaixonado, consciente de estar protegendo o próprio coração. Doía muito se importar. Conhecia seus limites e sabia seu caminho — e ele não envolvia casamento, filhos e amor.

O homem ferido a fez desejar que fosse mais gentil do que era, que pudesse abraçá-lo e lhe dar todo o conforto que acumulara por anos.

— Pronto — disse Graves, quebrando o feitiço ridículo sob o qual ela tinha caído, olhando para um homem como se ele fosse acordar e ficar feliz por estar em seus braços. — Deve ser o suficiente por enquanto.

Ficou um pouco triste por não conseguir limpar o restante de seu corpo e quase invejava a pessoa sortuda que faria o trabalho. Colocando o pano na vasilha, carregou ambos para a pia, sabendo que precisariam estar fora do caminho para o que viria em seguida.

— Se puder me ajudar, vamos levá-lo para a cama — pediu Graves.

Com o coração palpitando, Gillie deu meia-volta. Cama? Não era esse o próximo passo. O próximo passo era a carruagem do médico.

— Você não pode deixá-lo aqui.

Graves fechou a maleta e se endireitou.

— Não creio que tenhamos escolha.

— Colocamos as roupas de volta…

— Eu as cortei e as destruí para poder removê-las.

— Bom, isso foi tolo de sua parte.

— No entanto, foi a forma mais rápida de começar o tratamento. Além disso, as roupas já estavam arruinadas.

Isso deixava o homem sem nada para vestir, Gillie queria gritar de frustração. De repente, uma emoção estranha, que se assemelhava ao medo — sendo que ela só experimentara este sentimento uma vez na vida —, brotou dentro dela. Ele não podia ficar ali. O que ela faria com um homem em sua cama?

— Então o enrolamos em um lençol limpo ou um cobertor e o carregamos até sua carruagem.

Ficou satisfeita pelo tom racional não ter revelado seus receios, sua trepidação, sua oscilação em direção ao terror.

— Ficar balançando em uma carruagem provavelmente vai reabrir as feridas. Ele perdeu muito sangue. Creio que não sobreviverá se perder mais. É melhor ficar aqui por enquanto.

— Não será uma viagem perigosa se você for devagar.

— Gillie. — O médico lhe lançou um olhar duro que a fez se sentir como uma criança irracional ordenada a ficar quieta. — Se está disposta a arriscar que ele morra depois de eu ter me dado ao trabalho de costurar suas feridas, por que mandou me chamar?

— Não achei que ele teria que ficar comigo.

— O homem está fraco demais para se aproveitar de você ou da situação. Ela emitiu um som de deboche alto e nada feminino.

— Como se fosse esta a minha preocupação. Tenho frigideiras de ferro que manejo com habilidade, além de uma mira decente. Uma boa pancada e ele estaria acabado.

— Então, qual é sua objeção?

Um homem em seu quarto. Em sua cama. Com quase 30 anos de idade, nunca tivera um homem em nenhum dos dois lugares. Nada de bom podia resultar da presença de um homem na cama de uma mulher. Sua mãe não acabara com seis bastardos porque os homens eram santos.

— Tenho uma taverna para gerenciar — afirmou, sucintamente, e de forma defensiva.

— Você tem horas de sobra até abrir a taverna. Talvez ele esteja recuperado para ir embora ao fim do dia.

Enquanto isso, ela precisaria cuidar dele e terminar de limpá-lo. Embora mais cedo tivesse ficado triste de relegar a tarefa para outra pessoa, ao se deparar com a realidade de ter um homem em sua cama por horas, ficou embaraçosamente inquieta, o que serviu apenas para deixá-la ainda mais irritada. Respirou fundo para se acalmar e deixar as trepidações de lado, determinada a superar a preocupação.

— Você pode mandar uma enfermeira?

— Quer que eu acorde alguém a essa hora da noite?

Sim, é claro. Que pergunta idiota.

— Não. Mas talvez possa ser a primeira coisa que faça pela manhã?

Ele deu um aceno rápido.

— Vamos ver. Enquanto isso...

Moveu o ombro do homem e ergueu uma sobrancelha loira. Se ele não tivesse salvado a vida de um de seus irmãos certa vez, ela teria arrancado a sobrancelha do rosto do médico.

Caminhou até o quarto e jogou as cobertas de lado antes de voltar à mesa ao lado do médico. Com cuidado, moveu o lençol para cobrir o homem até os joelhos, determinada a manter-lhe a parte mais máscula coberta, apesar de todo o corpo ser distintivamente masculino. Tinha pernas longas e fortes, panturrilhas musculosas e peludas, pés grandes. O que ouvira sobre o tamanho do pé de um homem em relação à sua parte íntima pelo visto era verdade.

Os sujeitos que frequentavam a taverna muitas vezes se comportavam de forma vulgar depois de beber muito e diziam coisas que uma dama não deveria ouvir. Mas, até aí, ela não era uma dama.

Passou o braço por baixo dos joelhos do homem, levantou-os e, como um caranguejo que vira certa vez na barraca de um pescador, andou para trás. Era um fardo pesado, e ocorreu a ela que, se não fossem quatro contra um, ele poderia ter levado a melhor no assalto. Felizmente, o lençol não se moveu quando o colocaram na cama. Estirado como estava, a cama parecia menor, como se tivesse sido feita para uma criança.

— Em algumas culturas — disse Graves, calmamente —, você se torna responsável por uma pessoa depois de salvá-la.

— Ele não é minha responsabilidade.

Não estava feliz com o fato de faltar convicção em suas palavras. Com gentileza, pousou mais cobertores em cima dele.

— Deixarei láudano para o caso de desconforto e um pouco de unguento para ajudar na cicatrização e prevenir infecções. Os curativos devem ser trocados algumas vezes por dia. Avise-me se ele ficar febril e delirante. Tente fazê-lo tomar água e sopa.

O longo e alto suspiro refletiu sua insatisfação.

— Ele vai dar muito trabalho.

Rindo baixo, o médico disse:

— As mulheres que conheço diriam a mesma coisa sobre a maioria dos homens. Talvez ele valha a pena.

Ela duvidada muito.

— Quanto eu lhe devo?

— Acertarei as contas com ele quando estiver recuperado. — O médico pegou suas coisas e a fitou. — Não se esqueça de me avisar, se necessário.

Acenando rapidamente, ela o levou até a porta, fechou-a e recostou-se contra a madeira, mais exausta do que jamais estivera na vida. Olhou em volta e viu que a tranquilidade habitual de sua casa tinha desaparecido. Era quase como se o local tivesse sido violado. Brutalidade e violência — ou ao menos o resultado de ambas — foram admitidas lá dentro. Sentiu uma forte urgência de esfregar tudo com água fervente.

Em vez disso, se contentou em esfregar a mesa, assim como a panela e as vasilhas que tinham sido usadas. Recolheu as roupas esfarrapadas do estranho. Poderiam ser remendadas. Até onde sabia, eram os únicos bens que lhe restavam. Podia ter roupas elegantes, mas isso não significava que não estivesse passando por tempos difíceis. Caso contrário, por que estaria ali? Lavaria as roupas depois.

Só então notou que as próprias roupas estavam sujas de sangue. Sangue dele. Tinha que tirá-las logo, antes que ele acordasse, antes que precisasse cuidar dele de novo.

Primeiro ele tomou consciência da intensa agonia que pulsava em várias partes de seu corpo. Tentou se lembrar do que ocorrera. Os meliantes, a luta, o roubo de seus pertences, o homem com a voz angelical que o salvara.

Com um esforço hercúleo, abriu os olhos. O quarto estava escuro, a não ser por uma única lâmpada na mesa perto da cama e o fogo baixo que queimava na lareira. O fulgor de ambos delineava alguém perto da lareira que tirava a camisa por sobre a cabeça, as curtas mechas de cabelo voltando rapidamente ao lugar quando a peça foi jogada de lado. Observou fascinado enquanto a pessoa começou a desenrolar uma faixa de tecido do peito até que a luz do fogo dançou por sobre um magnífico par de seios.

— Você *é* uma mulher.

Um grito rompeu o ar. Os movimentos dela foram tão ágeis que o homem não conseguiu decifrá-los com seu cérebro confuso, mas, quando a dor excruciante atravessou seu ombro direito, percebeu que ela havia atirado algo nele. O gemido angustiado preencheu o espaço deixado pelo grito que chegava ao fim. Instintivamente, agarrou o ombro, rolou de lado e piorou mil vezes as coisas, pois a dor se espalhou para outras partes do corpo, lembrando impiedosamente que os ladrões o esfaquearam mais cedo — malditos eram os corações dos levianos. Ele podia muito bem morrer por causa de um comentário inocente. Quantas vezes um homem podia encarar a morte em uma única noite e sair vencedor?

Emitiu outro gemido baixo quando a cama se moveu. De repente, mãos frias o colocaram de costas. Por mais que desejasse combatê-las, elas tinham um toque tão maravilhoso, suave e tenro que se rendeu à insistência.

— Desculpe, mas você me assustou.

Ele já não se importava mais com a agonia. Agora, a perspectiva de morrer não parecia tão terrível. Não quando um homem estava deixando o mundo com seios tão lindos perto do rosto. Perto o suficiente para beijá-los. Poderia ter feito um esforço para fazer exatamente isso se não temesse que ela lhe desse um tapa forte o suficiente para mandá-lo voando para fora da cama.

— Maldição, você está sangrando de novo.

Ela pressionou as costas da mão na curva do ombro dele. Ele quase uivou com o choque da dor, mas seu orgulho o manteve em silêncio, rangendo os dentes e apertando o maxilar, determinado a não se envergonhar mais do que já estava. Estrelas nublaram sua visão, a escuridão começou a se fechar em seus olhos, mas lutou para se manter focado nela, pois não queria desmaiar mais uma vez. Não queria se perder de novo. Não queria deixar aquela mulher que o salvara, que fora sua corda de salvação, que agora deixava seu recato de lado para estancar seu sangramento.

Algum tempo depois, ela afirmou:

— O sangramento parece ter parado.

A maioria das mulheres que conhecia desmaiaria à mera menção de sangue, quanto mais à visão dele.

Endireitando-se, ela saiu da cama. Ele notou que a mulher tinha algo embalado na mão, mas não conseguiu determinar o que era. Virando-se de costas para ele, ela falou:

— Vou pegar alguns pedaços de pano para trocar o curativo.

Colocou o objeto que segurava na parte de cima da lareira, de onde ela originalmente o havia tirado, caminhou até o armário, pegou algumas roupas e foi em direção à porta. Parando pouco antes de sair, segurou o pacote ao peito, deixando o pescoço e a parte de cima dos ombros a mostra, e ele imaginou o prazer que um homem poderia sentir ao traçar os lábios devagar sobre eles. Tinha que estar febril para sentir tanto desconforto e ainda assim ter a mente vagando por lugares que não deveria.

— Não saia da cama — ordenou como um general ao exército, como se fosse acostumada a dar comandos e a tê-los obedecidos sem questionamento.

Então saiu, a porta se fechando atrás dela, deixando-o sozinho para contar os minutos até seu retorno.

Capítulo 3

Ela tremia com tanta força que foi um desafio se vestir. Os mamilos estavam duros como pedras, doloridos e latejando. Nunca antes a respiração quente de um homem lhe afagara a pele. A sensação criada foi ao mesmo tempo alarmante e deliciosa — agradável de uma maneira que nunca havia previsto ou considerado. E, com certeza, nunca havia desejado.

Utilizando o braço, apoiou-se sobre o homem quando o que queria mesmo era se deitar sobre ele até que os quadris se encontrassem e ela sentisse o prazer de sua pele suave e morna contra a pele quente.

Com as roupas sujas de sangue em uma pilha no chão, e camisa e saia limpas devidamente vestidas, foi até a cozinha, encheu uma panela com água gelada e molhou o rosto sem parar, em uma tentativa de esfriar as bochechas. Não precisava se olhar no espelho para saber que estavam vermelhas, quase escaldantes. Ficou surpresa por não estarem fumegando.

Sacudindo as gotas de água da mão para longe, pegou uma toalha e secou o rosto, e se sentiu mais controlada e pronta para ver o estranho, mesmo que o homem não parecesse mais um estranho — não depois da situação íntima e não intencional pela qual passara com ele.

Precisava fazê-lo tomar sopa. Em seguida terminaria de limpá-lo, apesar da intimidade do ato. Nunca, em toda sua vida, havia corado na frente de um homem. Com certeza não começaria a fazê-lo agora. Porém, ao retornar ao quarto, os olhos do homem estavam fechados, e a respiração fraca e uniforme. Não ficou particularmente feliz com o sentimento de alívio ou de decepção que sentiu. A curiosidade que tinha sobre ele a fazia querer enchê-lo de perguntas. A vergonha que sentiu quando a respiração dele encostou em sua pele a fazia querer evitá-lo.

Ele poderia comer mais tarde. Por ora, precisava limpar o restante da sujeira e do sangue do corpo. Limpar a casa ou a taverna sempre foram as tarefas que mais odiara. Era estranho, então, que estivesse ansiosa por realizar a tarefa que a esperava.

A consciência lhe voltava devagar. Sentia dor. Sentia dor no corpo inteiro, mas ela vinha em níveis diferentes. O ombro esquerdo, a coxa direita e a nádega direita eram as maiores fontes da agonia. Não tinha certeza se conseguiria mexê-los novamente.

Antes que pudesse gemer, grunhir ou gritar em protesto, deu-se conta de uma presença próxima e do toque gentil de um pano úmido e morno. Concentrou-se nisso, deixando de lado as dores e relegando-as aos cantos mais afastados da mente, onde guardava todas as coisas desagradáveis com as quais precisava lidar. O pano se movia lentamente sobre seu peito, e imaginou a pessoa que o segurava contando todas as suas costelas ao fazer o caminho para baixo até que não houvesse mais costela alguma, apenas o liso de sua barriga e seu quadril.

Esforçando-se para abrir os olhos, conseguiu apenas criar pequenas fendas pelas quais espiar. Sua salvadora estava sentada na beira da cama, um pouco distante e ainda embaçada, mas não tanto, e ele se perguntou por que tivera dúvidas sobre seu gênero. O cabelo e as roupas podiam confundir, mas o rosto, iluminado pela lâmpada, era uma silhueta refinada e delicada. Um nariz pequeno como um botão, um queixo arredondado, um pescoço fino e esguio. No entanto, foram os olhos que o atraíram. Não conseguia determinar a cor deles, a iluminação era fraca demais para isso, mas a compaixão e a preocupação neles eram evidentes ao estudar o que o pano limpava. A mulher era gentil com os machucados, não tanto com a sujeira.

Foi um choque perceber que estava nu, apenas com um lençol sobre o quadril a dar-lhe um pouco de privacidade. Quando acordara antes, havia notado pouca coisa além de sua salvadora. Ela tinha capturado toda a sua atenção, mantendo-o enfeitiçado. Quisera continuar acordado até que retornasse, mas obviamente não conseguiu. Aquilo o teria deixado desapontado se não soubesse que ela não teria tomado tanta liberdade se ele estivesse acordado.

Agora ela parecia tomar muito cuidado ao trabalhar em torno do simples lençol, afastando-o quando necessário para alcançar a coxa, a panturrilha, o pé, mas garantindo que o pênis estivesse sempre coberto — como se fosse ficar doente se exposto ao ar frio. Isso parecia pouco provável, sobretudo considerando o calor do quarto, sem dúvida resultado do fogo que dançava na lareira, se as sombras ondulantes pudessem indicar o que estava acontecendo além de sua visão.

Não que ele se importasse com nada daquilo. Importava-se apenas com a mulher e a gentileza de seu toque, como se ele fosse algo precioso que devia ser protegido e apreciado. Não um homem de quem as mulheres corriam.

Os cuidados dela com a parte de baixo do corpo terminaram, e ela subiu o lençol acima de sua cintura, jogou a cabeça para trás, rolou-a de um lado para o outro e soltou um gemido baixo que, em outras circunstâncias, o teria deixado excitado. Queria tocá-la, massagear suas costas, aliviar suas dores como ela fizera com ele.

— Obrigado — resmungou.

Ela levantou da cama tão rápido que o colchão balançou, e a dor que se instalara em seu corpo se intensificou em protesto, fazendo-o gemer baixinho.

— Desculpe.

Ela estendeu a mão, mas logo mudou de ideia e deu um passo para trás, como se não tivesse certeza do que fazer com ele — ou consigo mesma, na verdade.

— Você me assustou de novo.

— Parece que é algo que eu faço sempre.

— Não percebi que estava acordado.

A luz da lâmpada mais próxima permitiu que ele a visse com mais clareza, mas não por completo. Era alta, provavelmente a mulher mais alta que já vira, poucos centímetros mais baixa que ele. Era magra, mas não como se fosse doente. Havia carne nela, e força também.

— Está com sede?

Foi um esforço, mas o homem assentiu.

— Vou pegar um pouco de água para você.

Limpou as mãos na saia antes de sair do quarto, e ele desejou não ter expressado aquela necessidade, mas sua garganta estava tão seca que mal conseguia engolir. A vontade de voltar a dormir era forte, mas lutou contra isso, porque não queria que a mulher tivesse ido pegar água à toa, então concentrou-se no quarto. Ou no que podia ver dele. Havia uma cadeira de balanço e outra acolchoada perto do fogo. Estatuetas de sereias e unicórnios em cima da lareira. Pensou que a sereia pode ter sido o objeto que ela arremessara nele mais cedo, quando a assustou pela primeira vez. Estaria ele condenado a assustá-la sempre? A mulher não parecia medrosa. Tinha sido corajosa o suficiente para encarar os bandidos e salvá-lo. Ainda assim, ele parecia deixá-la desconfiada. Mas, então, o que ela sabia dele, ou ele dela?

Era valente, sem dúvida. Tinha uma força que o obrigara a mergulhar profundamente no próprio poço de determinação e subir as escadas, o que, provavelmente, salvara sua vida. Era boa, gentil, mas não parecia confortável com a presença dele. Seria casada? Teria filhos? Como vivia?

Especular sobre ela consumia a pouca energia que lhe restava, então voltou a analisar o quarto. Uma cômoda. Um guarda-roupa. Não muito mais. Nada particularmente chique ou decorativo. Tinha gostos simples, essa mulher que estava acordada e trabalhando enquanto pessoas decentes dormiam. Seria uma prostituta? Se fosse, não se vestia de forma provocativa o suficiente para lucrar com suas mercadorias. Além disso, a fala era refinada demais para o lugar em que morava — não muito culta, mas definitivamente com algum tipo de educação. Poderia ter trabalhado na mansão de um nobre ou pode ser que um de seus pais o tivesse feito. Em rebelião, fugira de casa e agora estava ali. Não entendia por que aquilo lhe importava, mas, ainda assim, de alguma forma, ele estava curioso. Não gostava da ideia de homens apalpando-a quando ela se arriscou para salvá-lo. E se os bandidos não tivessem fugido? E se tivessem decidido tirar vantagem dela? Mesmo assim, fugiram porque gritara com eles. Quem diabo era ela?

Ao ouvir passos, voltou a atenção para a porta. A mulher se moveu rápido demais para que ele pudesse ver com a clareza que gostaria, mas notou que as roupas lhe davam aparência de não ter curvas — embora soubesse que aquilo não era verdade. A blusa, sem grudar em qualquer parte do corpo, esvoaçava conforme ela andava, como a vela de um navio se esforçando para pegar o vento. Ele não queria que suas características femininas fossem notadas e se perguntou por quê.

Ela pôs uma bandeja na mesa de cabeceira, pegou um copo, sentou-se na beirada da cama, deslizou a mão — fria e reconfortante — por trás da cabeça dele e ergueu-a gentilmente.

— Com calma.

Não sabia se já tinha provado algo tão delicioso quanto a água que escorreu em sua boca, por sua garganta, saciando a sede com uma doçura que era quase dolorosa.

— Só um pouquinho — alertou ela, colocando o copo de volta na bandeja. — Não quero fazê-lo passar mal.

Como se ele pudesse se sentir pior. Ela começou a mexer em algo na bandeja. Uma tigela da qual saía vapor. Mergulhou uma colher, mexeu o líquido e pareceu se concentrar em suas ações como se a própria existência dependesse de cumpri-las da forma correta.

— Você não achou que eu era uma mulher — disse ela, com calma.

O duque levou algum tempo para perceber que a mulher se referia ao que proferira ao acordar, quando atirou a estatueta nele. A pancada que levara na cabeça devia ter mexido com seus sentidos. Esperava que não fosse permanente, porque suspeitava que manter uma conversa lúcida com aquela mulher seria um prazer inesquecível.

— Não consegui vê-la com clareza. Os bastardos levaram meus óculos.

— Bastardos — repetiu, suavemente, voltando a atenção para a tigela. — Essa palavra é dita de forma tão negligente.

— Peço desculpas. Não quis ofendê-la. Não estou em meu melhor estado.

Viu os cantos da boca da mulher se curvarem um pouco para cima, e, de repente, o roubo do relógio não pareceu nada comparado à perda dos óculos. Gostaria de vê-la de forma clara, distinguir-lhe os traços do nariz, da boca, do queixo. Desejava gravar na mente qualquer sarda ou mancha, falhas e imperfeições.

— Você teve uma noite difícil.

— Eu lhe devo meus agradecimentos.

— Mas ainda não está fora de perigo. O dr. Graves disse que precisa se manter em repouso por uns dias, por conta dos ferimentos. Se reabrirem, você pode morrer. — Ela não parecia feliz em dar a notícia. — Deixei um pouco de sopa no fogo caso volte a acordar.

Não ficou comovido com o tom de voz dela, que dava a entender que a mulher tinha dúvidas sobre a possibilidade de ele evitar o sono eterno.

— Vamos ver se consegue tomar uma ou duas colheradas? Precisa manter sua força.

Qualquer força que ele tivesse tido um dia parecia tê-lo abandonado por completo. Ainda assim, ela estava certa. Precisava se recuperar logo, e a alimentação era o caminho para a cura rápida. Porém, quando tentou se sentar, o corpo não cooperou.

— Não se mexa — ordenou ela, mais uma vez dando a impressão de que estava acostumada a ser obedecida.

A maioria das mulheres mais jovens com as quais ele convivia não sonharia em dizer a um homem o que fazer ou dar ordens e esperar que ele as obedecesse. No entanto, considerando o quanto se sentia mal, era bom ter outra pessoa no comando.

De pé, ela chegou mais perto, deslizando um braço por sobre os ombros dele, levantando-o um pouco e ajustando os travesseiros atrás das costas para que pudesse ficar parcialmente sentado. Era uma mulher forte, mas isso ele já concluíra ao se lembrar de como ela suportara seu peso quando ele estava fraco e sem forças, preso em um turbilhão de agonia. Estava bastante envergonhado por, mesmo agora, ainda necessitar de ajuda e por ela vê-lo em estado tão debilitado. Porém, com sua proximidade, a mulher trouxe uma mistura de cheiros: carvalho e fermento, algo profundo e rico. Entretanto, por baixo daquilo tudo havia uma fragrância mais feminina e mais suave, o cheiro de uma mulher. Culparia seus ferimentos pela idiotice inicial de duvidar do gênero dela.

Quando ele afundou de volta nos travesseiros, ela se acomodou na beira da cama e ergueu a tigela, mais uma vez mexeu o conteúdo, levantou a colher e levou-a à boca, o lábio superior tocando a borda do líquido, depois a língua correndo para encostar no lábio. Apesar da dor que irradiava por todo o seu corpo, da letargia que queria arrastá-lo de volta ao sono, ficou hipnotizado pelas ações dela e sentiu seu pênis mal-educado responder à sensualidade do gesto — embora ele soubesse que era um gesto bastante inocente. Ela não estava tentando seduzi-lo; apenas esforçava-se para tirá-lo de sua cama.

Ele quase riu. Isso era algo inédito. Mulheres nunca tiveram pressa de retirá-lo de suas camas. Lady Lavínia teria descoberto esse fato naquela noite se não o tivesse abandonado no altar pela manhã.

Ela observou enquanto as emoções passavam pelo rosto dele como nuvens de tempestade perseguindo o sol, tão rápido que ela poderia nem ter percebido caso não estivesse examinando tão de perto. A princípio, ele pareceu sentir uma centelha de desejo, o que era ridículo, pois não havia nada nela que um homem tão magnífico pudesse desejar — bem, talvez apenas sua capacidade de lhe conceder uma recuperação rápida. Então, houve um lampejo de raiva, seguido pelo que parecia ser mortificação. Ele desviou o olhar como se estivesse sentindo vergonha. Por outro lado, estava deitado na cama de uma estranha sem uma única peça de roupa. Tinha que estar se sentindo um pouco impotente e vulnerável.

— Aqui vamos nós — disse o mais categoricamente que pôde, não desejando machucar ainda mais o orgulho dele.

Havia muito mais homens do que mulheres em seu mundo, e ela consertara vidraças suficientes para saber a maneira que os homens podiam ser idiotas quando a vaidade deles estava em jogo — como se atirar um copo na parede ou socar um infrator o proclamasse um sujeito corajoso e forte. Levando a colher até a boca do duque, ela se perguntou por que o homem tinha que ter lábios tão belos que a faziam imaginar as coisas imorais que poderia fazer com eles. Sentiu um nó no estômago quando ele tomou um gole da sopa, lambeu os lábios e fechou os olhos como se nunca tivesse provado algo tão sublime.

— Há quanto tempo?

— Perdão?

— Há quanto tempo estou aqui?

— Algumas horas. O sol vai nascer em breve.

Ela aproveitara a oportunidade e levou bastante tempo para remover com cuidado o sangue e a sujeira do corpo dele. Colocou mais caldo na colher, testou a temperatura...

— Pare de fazer isso — ordenou ele, com uma força que ela não esperava, visto seu estado enfraquecido.

Assustada e um pouco brava pelo tom de voz dele, respondeu sucintamente:

— Não quero que queime a língua.

— Prefiro correr o risco.

Esforçou-se para não se sentir ofendida, mas perdeu a batalha.

— Minha boca está limpa.

— Tenho que sair daqui — reclamou.

Fez um movimento para se levantar, gemeu e caiu de volta na cama.

— Eu não disse que o dr. Graves falou que não pode sair por nada nesse mundo? Sem contar que ele cortou suas roupas. Vou ter que remendá-las para que elas voltem a ser utilizáveis. Não estou mais feliz com isso do que você.

— Seu marido deve estar menos ainda.

— Não sou casada.

Ele estreitou os olhos.

— Com quem mora?

— Com ninguém.

— Você é uma mulher e vive sozinha?

— Não tenha nenhuma ideia depravada. Posso derrubar você se for necessário. — Ela colocou a tigela de volta na bandeja. — Você deveria tentar descansar mais um pouco. Quanto mais rápido recuperar suas forças, mais cedo vai poder ir embora.

— Quem sabe que estou aqui?

Que diferença aquilo fazia?

— Eu, Graves, Robin.

— Quem é Robin?

— O garoto que mandei buscar o dr. Graves. Não estou gostando nada desse interro...

— Ninguém pode saber que estou aqui.

Mais uma vez, outra faísca de raiva.

— Está preocupado com sua reputação?

— Estou preocupado com a sua.

Surpreendida pelas palavras dele, a raiva se dissipou. Era dona de uma taverna. Sua reputação já tinha ido para o quinto dos infernos há muito tempo.

— Minha reputação não é de sua conta, e não é como se eu fosse levar uma surra.

— Você é uma mulher solteira com um homem na cama. Não posso me casar com você.

— E nem gostaria que fizesse isso, seu asno arrogante! — Levantando-se da cama, pegou a bandeja. — Durma antes que eu decida ignorar o aviso do dr. Graves de que pode sangrar até a morte e o chute para fora daqui.

Saindo do quarto, ela não conseguiu deixar de pensar que homens eram as criaturas mais irritantes do planeta.

Por Deus! Nunca, em toda a sua vida, uma mulher gritara com ele. Achou a situação revigorante. Se não estivesse com tanta dor e tão embaraçosamente fraco, poderia ter estendido a mão, agarrado seu braço e a puxado para a cama para provar-lhe a boca mordaz. Mas estava fraco, dolorido e cansado demais.

A reputação dela não era a única razão pela qual não queria ter que explicar sua presença ali — não tanto na cama dela, mas naquela área de Londres. O que diriam a seu respeito quando soubessem que sua noiva escolhera fugir para Whitechapel em vez de trocar votos com ele?

Quando a hora da chegada da noiva passou, Thorne começou a ter um mau pressentimento. Então, o irmão dela, o Conde de Collinsworth, foi até o altar sem a noiva em seu braço e sussurrou para ele que Lavínia pedira ao cocheiro para levá-la a Whitechapel. O homem, fiel ao conde, recusara, então ela saíra em busca de um cabriolé. Thorne anunciou aos presentes:

"Parece que lady Lavínia está doente. Como desejo que o dia de nosso casamento seja uma boa lembrança para ela, as núpcias serão adiadas até que esteja se sentindo melhor."

Em seguida, com o sentimento de humilhação misturado ao de fúria, saiu em disparada para encontrar a noiva, determinado a localizá-la a todo custo e descobrir por que Lavínia decidira fazê-lo de tolo de maneira tão pública.

Em retrospectiva, ele tinha sido um idiota ao tentar encontrá-la por conta própria, sob a percepção equivocada de que, se vagasse pelas ruas, seus caminhos se cruzariam. Enquanto a noite se aprofundava, sua teimosia se afirmara, e ele continuava a busca, mesmo sabendo que ela não renderia frutos. Fora com sua carruagem até aquela área de Londres e depois mandara o cocheiro de volta, com a intenção de pegar um cabriolé quando estivesse pronto a voltar para casa. Obviamente, não ficou pronto a tempo. E isso lhe custou muito.

Quando o cansaço deu sinais de vida, ele atendeu ao chamado e começou a afundar em um nevoeiro acolhedor, perguntando-se como o dia mais importante de sua vida poderia ter dado tão errado.

Ela não se atreveu a voltar ao quarto, não até ouvi-lo roncar. Era um som suave, mais como o ronronar de um gato do que o barulho que ouvia dos bêbados que dormiam nos cantos de seu estabelecimento. Despertá-los para que pudessem cambalear de volta para casa nunca era uma grande alegria. Se o sujeito fosse um cliente regular, alguém de quem ela gostasse um pouco, dava a ele permissão para dormir onde estava. Além disso, Robin se sentia importante quando era encarregado da tarefa de ficar de olho nos sujeitos embriagados, como se estivesse protegendo a taverna de malfeitores.

Ela tinha pensado em acordar Robin e fazê-lo ficar de olho no homem conhecido como Thorne, mas isso a forçaria a admitir a própria covardia. Ele a incomodava de uma forma que nunca sentira antes, razão pela qual — uma vez que o ouviu roncar — entrou em silêncio no quarto, parou ao lado da cama, cruzou os braços sobre o peito e o estudou.

Ele era tão incrivelmente adorável de ver, todos os seus aspectos — exceto os ferimentos e as contusões — eram lindos de observar. Ela simplesmente nunca tinha sentido o desejo de olhar para um homem antes, e, com certeza, não podia permitir que ele a visse boquiaberta quando estivesse acordado. Não se casaria com ele — ou com qualquer outro, aliás — porque, pelo matrimônio, a taverna passaria a ser do marido, e ela não entregaria o estabelecimento para um homem que não fosse apreciar ou se importar com o local como ela o fazia. Nem tinha o desejo de se tornar propriedade de alguém. Era independente desde que podia se lembrar, correndo pelos estábulos com os irmãos — todos apenas um ano mais velhos do que ela — e se metendo em confusão ao lado deles. Nunca a trataram como uma garota, não do modo como tratavam a irmã Fancy.

Gillie estava prestes a fazer 13 anos quando Fancy nasceu. Aos 14 anos, os irmãos já eram garotos fortes e robustos. Quando Fancy tinha idade suficiente para brincar fora de casa sob o olhar atento da mãe, ninguém no bairro queria criar problemas com os irmãos Trewlove. Por conta disso, Ettie Trewlove nunca sentiu necessidade de esconder o gênero da filha a que dera à luz. Com cinco de seus meninos ajudando a trazer dinheiro para casa, ela até comprou vestidos adequados para a mais nova. Todos tentavam protegê--la, talvez porque ela fosse bem mais nova do que eles. Ou mais delicada, mais feminina. Com 12 anos, Gillie já era alta e esguia como uma vara, mas havia uma firmeza em seus músculos, resultado do trabalho duro que fizera quando criança. Firmeza que apenas se intensificou quando se tornou adulta e começou a carregar barris e bêbados desmazelados para fora da adega. Porém, pelo mais breve dos momentos, quando o estranho expressou preocupação com a reputação dela, pensou em como seria bom ser amada e protegida por um homem. Não que seus irmãos não a protegessem quando era necessário, mas isso dificilmente contava, já que eles eram da família e esse era o papel de uma família. Nenhum deles era relacionado por sangue, mas a mãe os havia criado para entender que alguns laços eram mais fortes que os sanguíneos.

Como o vínculo que existia entre um homem e uma mulher, a conexão que levava uma mulher a querer se casar com homem, deitar-se com ele e gerar seus filhos. Ou deitar-se com ele sem o benefício do casamento. Essa era a razão pela qual ela e os irmãos existiam. Bastardos que vieram ao mundo porque um homem levara uma mulher para a cama e, depois, se recusara a assumir as consequências. Imaginou se esse sujeito Thorne era propenso a esse tipo de comportamento abominável. Mas, se fosse, teria se preocupado com a reputação dela?

Gillie não gostou de como suas entranhas se contorceram e de como sua pele esquentou enquanto deu água e sopa a ele. Não apreciou nem um pouco o fato de estar gostando de cuidar de Thorne, de sentir satisfação quando ele pareceu gostar tanto de uma simples sopa que não deu trabalho algum para ser feita.

De repente, ele se mexeu, agitado. Com o coração martelando por seus movimentos rápidos, ela caminhou depressa até a cama e colocou a palma da mão na testa dele, grata por encontrar apenas um calor morno.

— Shh. Shh. Está tudo bem. Está tudo bem.

A testa dele franziu, mas ele se acalmou, a respiração curta e rápida, e Gillie se perguntou se ele estava revivendo o ataque, se o pesadelo do acontecimento o visitava em seu sono.

— Você está bem — sussurrou. — Não deixarei que ninguém o machuque.

Sob seus dedos, ele relaxou.

— Pronto. Deixe suas preocupações irem embora. Elas não existem aqui. Vá para um lugar tranquilo e deixe seu corpo se curar.

A respiração desacelerou e ficou mais profunda. Ela não tinha mais motivos para continuar tocando-o, mas parecia incapaz de remover a mão. Uma mecha escura de cabelo havia caído sobre seus dedos, e era como se os fios de seda a tivessem capturado de maneira tão eficaz quanto a mais grossa das cordas.

Antes dele, ela nunca havia tocado em um homem. Ah, tinha dado tapinhas nos ombros dos irmãos, tinha-os abraçado e até entrado em contato com a pele deles quando cuidara de inúmeros machucados que fizeram durante a juventude, em um tempo no qual suas ações eram mais guiadas pela raiva do que pelo bom senso. Mas havia crescido com eles. Eram parentes. Com certeza nunca olhara para um de seus irmãos e pensara:

"Eu gostaria muito de roçar meus dedos sobre ele, testar-lhe os contornos dos músculos, a maciez da pele."

Teve dificuldade de engolir quando percebeu que poderia tocar cada centímetro daquele homem em segredo, pois ele estava inconsciente. Tudo que precisava fazer era afastar o lençol para tê-lo exposto, como um presente desembrulhado. É claro que se um homem tomasse tal liberdade com ela, com certeza o mataria — lenta e dolorosamente. Se suspeitasse que esses pensamentos passaram pela cabeça dele...

As ideias desenfreadas que lhe invadiam a mente eram inconcebíveis. Ainda assim, parecia incapaz de evitar que sua mão descesse devagar pela bochecha dele e roçasse de leve o queixo com a barba por fazer. Gostava do estado desleixado, o que o fazia parecer perigoso, forte, um homem a ser admirado — mesmo que os quatro bandidos tivessem conseguido deixá-lo de joelhos. Não acompanhara toda a batalha, mas vira o suficiente para saber que ele não havia caído fácil.

Como se tivesse vida própria, os dedos lhe traçaram os lábios. A respiração quente atingiu os nós, causando uma estranha sensação na barriga e em uma área ainda mais para baixo, entre as coxas. Certa vez, quando não tinha mais que 7 anos, roubara uma maçã do carrinho de um vendedor. Fugira sentindo-se ao mesmo tempo satisfeita e envergonhada. No fim, não comera sua recompensa, mas a deu a alguém em situação pior. Isso não diminuiu a sensação de culpa. Desde então, nunca mais roubou.

Porém, naquele momento, sentia como se estivesse roubando algo ao acariciar o homem. Quantas noites tinha ido dormir querendo ser abraçada, as mãos entrelaçadas às de outra pessoa? Tocar e ser tocada? Embora sempre dissesse que não tinha interesse em homens e que não aceitaria gentilmente os avanços de um, suas ações não diminuíam a solidão que sentia, não a faziam ansiar menos pelo que sabia que poderia acontecer entre um homem e uma mulher.

Queria correr as mãos pelos ombros fortes, pelo peito másculo. Em vez disso, fechou o punho e o colocou no colo, para só então perceber que a outra mão segurava a dele no mesmo local. Ele não faria o que era certo por ela. Tinha declarado isso. Não que desejasse que o fizesse. Não precisava de um homem. Bem... olhando por cima do ombro, desviou o olhar para o quadril dele... precisava apenas de parte dele.

Quase riu. O que havia de errado com ela para ter tantos pensamentos lascivos? Sua mãe ficaria chocada. *Ela* estava chocada.

Talvez se ele não tivesse um cheiro tão bom... Por sob o sangue, o suor e a sujeira que ela limpara, havia um aroma amadeirado que a lembrava da terra recém-mexida do jardim de sua mãe. E, a isso, misturava-se a essência dele: forte e picante.

Com cuidado, virou a mão do dele para cima e segurou-a dentro da sua. Tão macia... Nenhuma cicatriz ou calo à vista. Mas de forma alguma não era fraca. Havia força naqueles dedos longos e finos. Imaginou-os acariciando, afagando, apertando devagar. Tocando uma mulher, amando-a.

Traçando os dedos de sua outra mão sobre os dele, sentiu a potência alojada ali. Se pressionasse a ponta dos próprios seus dedos nos dele e esticasse a mão, podia quase alcançar o punho. Todas as partes de seu corpo sempre foram longas e esguias, mas a largura da mão dele comparada à esbelteza da dela a fazia se sentir quase delicada, quase...

Ele se mexeu, fechando os dedos ao redor dos dela, puxando as mãos unidas para o meio de seu peito e então começou a se mover um pouco, gemeu e parou. Os olhos fechados se agitaram, mas então se acalmaram. Ela mal conseguia respirar enquanto esperava que ele despertasse e jogasse a mão dela para o lado ao perceber que estava segurando-o como se fosse um ratinho ferido. Tivera um rato de animal de estimação quando era criança, e, naquele momento em particular, perguntou a si mesma se ele tinha se sentido tão preso quando o segurou pela primeira vez como ela se sentia agora. Presa e confortada ao mesmo tempo, como se essa pessoa ferida pudesse protegê-la. Nunca recebera muito conforto físico de homens, vendo-os mais como problemas do que qualquer outra coisa, mas sentia um impulso estranho de se colocar por baixo do braço daquele homem e se aconchegar no seu peito.

Aquelas ideias estranhas só estavam surgindo em sua mente porque tinha passado uma noite longa e estressante. Deveria estar dormindo. Só que ele estava na cama dela, segurando-lhe a mão contra o peito como se fosse algo precioso. Ela podia sentir os batimentos cardíacos fracos dele, pulsando por entre as costelas e alcançando-lhe os dedos que tocavam a sua pele.

Ela deveria se levantar e ir dormir no sofá, no outro cômodo, mas nunca um homem havia segurado a mão dela. Mesmo que aquele homem estivesse fazendo-o perdido no reino dos sonhos, inconsciente da mão que segurava, não conseguia se libertar dele. Era adorável ter o calor de outro ser humano — de um homem — infiltrando-se por sua pele, por seus músculos e ossos para aquecê-la. De uma maneira estranha, sentiu como se ele a segurasse por completo. Talvez fosse essa a razão pela qual parecia incapaz de se mover. Perdido no sono, a aparência dele era mais jovem, mais inocente, mais acessível. Inclinando-se para a frente, com a mão livre, afastou os fios sedosos do cabelo escuro da testa.

— O que diabo você estava fazendo nessa área da cidade tão tarde da noite? O que era tão importante que não podia esperar até um horário mais razoável do dia seguinte?

Em resposta, ele soltou um ronco suave. Ela imaginou como seria reconfortante ouvir aquele barulho durante a noite de vez em quando, saber que uma outra pessoa estava ali para compartilhar seus lençóis, seus sonhos, seus problemas. Que pensamentos fantasiosos! Tinha a mãe, os irmãos e, de vez em quando, a irmã. Decerto não precisava de um estranho que a fizesse se perguntar sobre prazeres que não tinha. Se não era feliz, ao menos o contentamento preenchia seus dias e suas noites. Não queria mais nada.

No entanto, quando seu olhar avistou os lábios carnudos, não deixou de sentir um desejo no peito por todas as coisas que nunca havia experimentado: palavras doces sussurradas no escuro, uma boca quente e deliciosa fazendo coisas imorais, um olhar intenso de prazer ao vê-la. Um pensamento ridículo, pois nunca tinha se exposto de propósito a um homem e não fazia ideia se o que estava debaixo de suas roupas seria agradável para um. Fazia um grande esforço para não dar indicação alguma de sua verdadeira forma. Não fazia sentido algum dar ideias ou tentações aos cavalheiros que frequentavam sua taverna. Ou descobrir que não era nem um pouco atraente.

Ainda estava se dando ao luxo de passar os dedos pelo cabelo dele quando do uma batida forte na porta fez com que ela olhasse para a janela, onde os primeiros raios de sol da manhã entravam no quarto passando pelas cortinas amarelas. Em que momento a luz do dia tinha chegado e há quanto tempo ela estava sentada ali, perdida em reflexões sobre aquele homem?

Com cuidado para não acordá-lo, tirou a mão da dele gentilmente e correu para a entrada da casa, enquanto a batida ecoava mais uma vez nos aposentos. Abriu a porta e espiou. Uma mulher pequena, esbelta e delicada — uma mulher com o tamanho normal — sorria com seus dentes perfeitos e olhos azuis cintilantes.

— Olá, meu nome é Alice Turner. O dr. Graves me mandou vir aqui. Disse que você precisava de uma enfermeira.

— Não.

O sorriso diminuiu. Alice Turner piscou.

— Pensei que houvesse um homem aqui precisando de cuidados. Ferimentos de facadas e tudo mais.

— Ele melhorou e foi embora.

Aquele sorriso de novo, muito brilhante. Até demais.

— Ah, bem. Essa é uma boa notícia, suponho.

— Sinto muito por ter vindo até aqui à toa. Espere um pouco. Vou pegar algumas libras para você.

— Não é necessá...

Fechando a porta na cara da mulher, correu para a cozinha e enfiou a mão em uma prateleira alta onde guardava o dinheiro de emergência. Depois de contar cinco libras, voltou logo para a porta, abriu-a, pegou a mão de Alice Turner e colocou as moedas nela, fechando-lhe os dedos.

— Tenha um bom dia.

Não esperou resposta antes de fechar a porta na cara da enfermeira. Suspirou, apoiou-se contra a madeira que a separava do restante do mundo. Por mais que tentasse, não conseguia entender porque tinha acabado de mentir para uma estranha. Desonestidade era algo que não tolerava em si mesma e nos outros, mas fora desonesta apenas para protegê-lo. O próprio homem não dissera que não queria que ninguém soubesse que ele estava lá? Talvez estivesse em apuros e precisou vir a essa parte de Londres para se esconder. Não seria o primeiro...

Ou talvez ela tivesse mentido simplesmente porque não queria outra mulher cuidado do homem que repousava em sua cama.

Capítulo 4

— Preciso que cuide de tudo durante o dia inteiro e a noite, até a hora de fechar.

Roger Risonho — ninguém acreditava que aquele era o nome verdadeiro dele, mas, naquela área de Londres, as pessoas trocavam de nome com a mesma facilidade com que trocavam de roupas — estreitou os olhos e apertou os lábios como se não conseguisse acreditar nas palavras que ouvia, palavras que saíam da boca da mulher como se fossem outro idioma enquanto ela limpava o balcão perto da pia. Nunca faltara um dia inteiro de trabalho nem deixara Roger Risonho completamente no comando. Não que ela não confiasse nele, pelo contrário. Às vezes, tirava um tempo para si às tardes e ele ficava a cargo de tudo durante o período, mas sua ausência nunca havia durado mais que algumas horas, pois jamais tinha algo melhor para fazer nem se importava com outra coisa além da taverna.

Cuidar do homem em seu apartamento não seria mais agradável do que cuidar da taverna, mas ela se sentia na obrigação de garantir que ele sobreviveria e decidiu que era a melhor pessoa para o trabalho, sobretudo depois de ter sido tão tola — devido à noite insone, é claro — a ponto de mandar a enfermeira embora.

— Não está se sentindo bem? — perguntou ele, em uma voz tão robusta quanto seu corpo.

Roger tinha um peitoral enorme e pernas encorpadas, muito úteis para buscar barris no porão. O cabelo vermelho e a barba que parecia um arbusto lhe suavizavam a rudeza.

— Estou um pouco baqueada.

Ela odiava mentir, mas não podia contar a verdade. Embora confiasse nele de olhos fechados para cuidar da taverna, não podia confidenciar o fato de ter um homem — mesmo que ele estivesse muito fraco para fazer qualquer coisa— em sua casa.

— Isso não é normal vindo de você.

— Todos nós temos dias ruins de vez em quando.

Ele assentiu.

— As mulheres e seus males mensais...

E se afastou para tirar as cadeiras de cima das mesas, onde eles sempre as colocavam no fim da noite para facilitar a limpeza.

— Não é isso... — Ela abandonou a frase no meio, não gostando nada do fato de ele achar que ela estava em seu período menstrual, sucumbindo às dores infernais.

Maldita Eva e sua mordida na maçã que amaldiçoaram as mulheres por toda a eternidade. Mas não discutiria o assunto com Roger nem o corrigiria, porque isso apenas ia acarretar em mais perguntas que Gillie não responderia, e seus irmãos ficariam sabendo daquilo — e, então, o homem que não queria se casar com ela descobriria que não tinha escolha.

Da cozinha, passou pela porta que se abria para o beco e quase tropeçou em Robin, que colocava um pires com leite no chão do lado de fora. Encarregado de deixar os gatos da redondeza felizes para que eles mantivessem os ratos longe, Robin virou-se, ainda ajoelhado, para olhar para ela de soslaio.

— Ele *morrer*, Gillie? — perguntou, de forma conspiratória, como se este fosse o resultado esperado.

— *Morreu* — corrigiu ela.

O rapaz revirou os olhos para a correção.

— Ele morreu?

— Não. — Agachando-se até ficar com os olhos no mesmo nível que os dele, Gillie reiterou: — Lembre-se de que não pode contar a ninguém sobre ele.

Ele balançou a cabeça com força.

— Eu *gostar* de segredos.

— Esse é para ser guardado para sempre.

— Pode deixar.

Satisfeita com a resposta dele, subiu as escadas do lado de fora do edifício, irracionalmente irritada por mudar sua rotina por causa de um estranho. Não deveria ter mandado a enfermeira embora, mas ia parecer uma idiota completa se pedisse ao dr. Graves que chamasse Alice Turner de novo. Após abrir a porta com violência, entrou no apartamento e, quando estava prestes a batê-la com força, parou. Ele não pedira a ajuda dela, não fizera nada para merecer sua fúria. Na manhã seguinte, já deveria estar bem o suficiente para ir embora. Ela pedira a carruagem chique de seu irmão Mick emprestada, pois providenciaria uma viagem mais confortável sem muitos solavancos, tão suave que até um bebê poderia dormir lá dentro. O cavalheiro precisava apenas de mais algumas horas do tempo dela, então seguiria seu caminho e a vida voltaria ao normal.

Fechou a porta com um leve ruído. Estranho como seu apartamento parecia diferente, como se a presença do homem tivesse penetrado nas paredes e em todos os cantos. A sensação a deixava desconfortável, sobretudo por perceber que faltava companhia e conforto em sua vida. Estivera tão empenhada em ter sucesso com sua taverna que não abrira espaço para mais nada. Mesmo o tempo que passava com a família diminuíra nos últimos anos. Via os irmãos quando eles apareciam para beber. A cada duas semanas visitava a mãe. Via a irmã, Fancy, nessas visitas — se ela estivesse na casa da mãe. Se não estivesse, não se deslocava para tentar encontrá-la. Fancy tinha dezessete anos. Não eram apenas os anos que as separavam, mas também o fato de serem pessoas bem diferentes, destinadas a terem vidas diferentes. Determinado a arranjar um bom casamento para Fancy — um aristocrata, se possível —, Mick havia pagado para que a irmã frequentasse uma escola cara onde aprendeu requintes, a arte de ser uma dama gentil e como administrar uma casa. Por outro lado, ninguém esperava que Gillie se casasse, mesmo que ela estivesse disposta a entregar a taverna para isso. Nenhum homem se casaria com uma mulher que se recusava a ser vista como sua propriedade, não que algum homem já tivesse olhado para ela com a intenção de torná-la sua companheira. Gillie era tão atraente para os homens quanto eles o eram para ela. Se fosse ter um homem em sua vida, tinha que aceitar que o relacionamento terminaria apenas em confusão, e não em algo respeitável como um casamento.

Surpresa, percebeu que entrara no quarto enquanto todos aqueles pensamentos lhe rodeavam a mente. O homem estava dormindo, com os lençóis bagunçados sobre o quadril e as pernas, como se tivesse lutado com eles no sono. Um braço longo descansava ao lado do rosto, torto sobre a cabeça, a outra mão perto da virilha. Era uma pose extremamente masculina e, se ela não estivesse tão certa de que ele estava praticamente desmaiado, pensaria que o homem se colocara naquela posição de propósito, apenas para levar seus instintos femininos ao limite. Esforçara-se tanto para não se sentir atraída por homens e, no espaço de um único dia, descobrira que todos os seus esforços foram em vão. Quase se desmanchava com a visão daquele lindo peitoral, levemente coberto por pelos que desciam e desapareciam sob o lençol, para onde algo ainda mais masculino residia.

Com um gemido e um movimento rápido dos pulsos, Gillie voltou a cobri-lo com os lençóis. Pensou em acordá-lo para tomar um pouco de sopa, mas ele parecia estar em um sono profundo, e seu corpo provavelmente precisava de mais descanso para se curar direito. Era melhor deixá-lo dormir. Ainda assim, ela subiu o lençol até o pescoço dele, a fim de esconder aquele peito que tanto a distraía, e roçou os dedos sobre o queixo dele. A barba estava mais grossa e escura. Se ficasse muito mais tempo sem usar uma navalha, teria uma barba como a de Mick. Seria uma pena esconder aquele queixo forte e bem esculpido com um arbusto de pelos faciais.

E lá estava ela, mais uma vez gastando tempo pensando nele enquanto deveria dormir um pouco. Ele ocupava a maior parte da cama, mas ela não pensava em se deitar do lado dele. A comoção que o homem causava em suas partes femininas àquela distância já era suficiente. Se ficasse mais próxima, o desejo que conseguira manter hibernado durante boa parte da vida nunca mais a deixaria dormir. No entanto, agora que a hibernação havia sido perturbada, o desejo parecia ávido. Um bom descanso devia fazer o desejo adormecer de novo.

Considerou o sofá na sala, mas se contentou com a grande cadeira almofadada ao lado da lareira do quarto para que pudesse ouvi-lo, caso gritasse de aflição. Além disso, pegara no sono ali inúmeras vezes ao ler. Ao longo dos anos, o estofo tomou a forma de seu corpo e, quando se sentava na cadeira, se sentia abraçada. Sentia-se em casa. Em pouco tempo, estava dormindo profundamente.

Acordou assustada de um sono profundo, e olhou atordoada para o homem que se remexia na cama, chutando os lençóis como se fossem pesos de ferro levando-o para as profundezas. Desorientada, ela não conseguia entender o que ele estava fazendo ali, por que tinha um homem em sua...

Então, tudo voltou à sua mente. Pulando da cadeira, olhou para a janela. A noite havia chegado. Dormira o dia inteiro. Obviamente, estava mais cansada do que imaginara. Com a rapidez de mil cavalos, chegou até a cama, focando no rosto do estranho em vez de no seu sucesso em se livrar dos lençóis, deixando tudo exposto. Segurou-lhe o rosto com as palmas das mãos e ficou surpresa com o calor que sentiu — um calor que poderia muito bem chamuscar o bumbum de um bebê.

— Calma, querido. Está tudo bem. Acalme-se.

Ele abriu os olhos; estavam agitados, transparecendo selvageria e desespero.

— Eu preciso encontrá-la.

Não gostou do soco no estômago, da dor invisível que sentiu ao saber que havia uma dama na vida dele, claramente uma mulher de extrema importância. Nem de que tal dama poderia ter sido o motivo que o levara a uma parte tão perigosa de Londres em um horário ainda mais perigoso.

— Você vai encontrá-la, mas precisa se recuperar antes. Retomar sua força.

— Saia...do caminho.

Ele tentou empurrá-la e fez como se fosse sair da cama, mas Gillie se manteve firme. Agarrando-lhe os ombros, afundou os dedos nos músculos firmes, esforçando-se para que a ferida no local não voltasse a sangrar.

— Você não será útil para ela morto, e vai morrer se não se recuperar.

Ele continuou se debatendo, tentando em vão afastá-la, mas anos de brigas com os irmãos ensinaram Gillie a segurar alguém com força e usar o próprio peso para se colocar em vantagem. Reunindo toda a força que tinha, deu-lhe uma forte sacudida.

— Thorne!

Nunca o havia chamado pelo nome. De alguma forma, parecia íntimo. Fazia-o ser mais importante para ela do que realmente era.

— Não lute comigo ou acabo com você — disse Gillie.

O tom de voz, que ela usava para expulsar os bêbados de sua taverna, era entoado com o objetivo de penetrar a espessa neblina de confusão que, às vezes, adulava o cérebro dos homens quando eles viam o mundo através das brumas do álcool.

Ele ficou imóvel. A respiração era ofegante, e os olhos da cor de cerveja preta a perfuraram. Por um instante, ele pareceu recuperar a consciência e a expressão no seu rosto era intensa.

— Não me deixe morrer.

Então, os olhos escuros se fecharam e ele afundou de volta na maciez do colchão, novamente perdido para o mundo. Perdido para ela. Afastou uma mecha do cabelo da testa febril.

— Você não vai morrer, querido. Não se depender de mim.

Como ele estava na cama dela, Gillie podia dizer aquilo com segurança. Estendendo a mão, colocou o lençol de volta no lugar. Ele não reagiu, perdido em um sono profundo, talvez até inconsciente. Esperava que fosse a última opção, pois facilitaria a tarefa de cuidar dele e o impediria de sentir o que estava fadado a ser mais que apenas um desconforto.

Começou a cuidar dos ferimentos, cobrindo-os com a pomada de cheiro azedo que Graves deixara para prevenir infecções. Os machucados estavam vermelhos, mas não via sinais de putrefação. Um de seus irmãos quase morrera por causa de uma ferida infeccionada, então ela sabia o que fazer. Também sabia o que precisava ser feito para limpá-las. Preferia evitar aquela tarefa desagradável, acreditando que o paciente dela também não gostaria de passar pelo procedimento.

O paciente dela. Tinha sido tola demais por ter mandado a enfermeira embora. Não que ela estivesse arrependida. Não de verdade... Gostou de atender às necessidades de Thorne, de lhe passar um pano frio sobre a testa depois de cuidar de todos os ferimentos. Estava febril, não havia dúvidas, mas não parecia delirante ou fora de si. Aceitaria as pequenas vitórias da situação.

Gillie conseguia ouvir um pouco do barulho no andar de baixo. Estranho como aquilo não a atraía, como ela conseguia ignorar o ruído facilmente. Confiava em Roger Risonho para cuidar de tudo; porém, era mais do que isso. Pela primeira vez na vida, algo parecia mais importante do que servir cerveja. Mesmo sem poder conversar, o homem era mais interessante do que os clientes que andavam até o balcão e gaguejavam algumas palavras para saudá-la. Talvez fosse porque ele era um mistério. Um cavalheiro endinheirado naquela parte de Londres àquela hora da noite, preocupado com a reputação dela...

— Quem é você?

A voz baixa e rouca espelhou a pergunta que ela fazia sobre ele. Devagar, levantou o olhar do pescoço dele, onde estivera limpando o seu suor, para os olhos escuros. Dissera-lhe antes, mas talvez ele estivesse com muita dor para prestar atenção ou se lembrar da resposta.

— Gillie.

Mexeu levemente a cabeça de um lado para o outro como se a resposta fosse inadequada ou não fizesse sentido.

— Mais. Conte-me mais sobre você.

Nenhum homem havia se importado em saber mais sobre ela. Talvez ele só precisasse de uma distração para o desconforto que sentia ou algum barulho para mantê-lo acordado.

— Primeiro, a sopa.

Com uma força que ela não esperava, os dedos longos se enrolaram em seu pulso, impedindo-a de sair da cama.

— Não vou conseguir manter nada no estômago.

— Devia ao menos tentar.

Mais uma vez, ele mexeu a cabeça.

— Converse comigo.

Gillie concordou e ele soltou o pulso dela, confiando que ela não recuaria em sua palavra — uma ação que fez algo dentro dela crescer com desejo, da mesma forma que tinha acontecido quando era criança e viu uma boneca mais bem-vestida que ela na vitrine de uma loja na época de Natal. Todo dia voltava à loja apenas para ver a boneca, e chorou no dia em que não a encontrou mais lá. Como se fosse chorar se ele não estivesse mais em sua cama. Molhou o pano na vasilha de água, espremeu-o e limpou o suor do pescoço dele, que descia para o peito.

— Sou a dona da taverna do andar de baixo.

— De qual nome?

— A Sereia e o Unicórnio.

Um dos cantos da bela boca dele se levantou. Se não estivesse tão fraca, suspeitava que ele teria dado um sorriso ofuscante.

— Você jogou a sereia em mim.

Contraiu os lábios.

— Sempre gostei um pouco mais do unicórnio.

— Por quê?

Ela deu de ombros, envergonhada de compartilhar aquela informação, não querendo dizer mais nada. Mas como não poderia fazer aquilo já que a conversa o distraía da dor?

— Sempre pareceu mais mítico porém mais crível. Não consigo aceitar que uma mulher pode ser metade peixe, mas parecia plausível que em algum momento, em algum lugar do mundo, um cavalo pudesse ter um chifre. Você não acha?

Ele apenas a encarou, com certeza, achando que ela havia dito um grande absurdo.

— Eu sei que parece bobo — disse ela.

— Não é bobo. É cativante.

— Vai me fazer corar se não tomar cuidado com seus elogios. Então, pronto, já sabe tudo sobre mim.

— Duvido.

Voltou a mergulhar o pano na vasilha, espremeu o excesso de água e passou gentilmente o tecido abaixo da clavícula dele, de ombro a ombro, evitando com cuidado o ferimento.

— O que você estava fazendo na rua em um horário tão perigoso, sozinho, sendo alvo para os ladrões?

Ele desviou o olhar, virando-se para encarar a lareira. A luz dourada dançou sobre as feições másculas em uma exibição macabra de sombras trêmulas, e ele quase pareceu confortável em se esconder nelas.

— Correndo atrás de um sonho.

Decepção, tristeza e o começo de um sentimento de derrota abriram caminho pelas palavras ditas em voz baixa. Que tipo de sonho um homem estaria procurando em um local tão miserável? Gillie quase riu com o absurdo da pergunta. Seus próprios sonhos estavam ancorados ali, embora, em momentos recentes, ela se encontrara desejando mais. Não o importunaria com interrogações inoportunas, pois duvidava que ele fosse respondê-las, de qualquer forma, mas não podia permitir que ele desistisse.

— Mas encontrou um pesadelo, não foi?

Ele soltou um suspiro solitário que poderia ter sido uma risada se tivesse forças. Ansiava por vê-lo bem e robusto, imaginava o quanto ele seria corajoso e ousado em outras circunstâncias.

— De certa forma.

Virando a cabeça na direção dela, Thorne pareceu se esforçar para manter os olhos abertos.

— Eles conheciam você. Chamaram você pelo nome.

— É mesmo? Pensei nisso, que talvez eles pudessem me conhecer, já que correram com um simples grito. Imagino que você não tenha conseguido dar uma boa olhada neles.

A sacudida de cabeça foi quase imperceptível. Agora não era hora para uma inquisição. Mas ela ficaria de olho, prestaria atenção se, de repente, alguém aparecesse animado demais por ter roubado objetos de um cavalheiro.

— Você devia tentar dormir um pouco.

— Posso não acordar.

— Você está febril, mas verifiquei os ferimentos. Não estão putrificando. Ainda assim, seu corpo precisa lutar, e descansar vai lhe fazer bem.

— Continue falando.

— Sobre o quê?

— Você.

Era errado perder a paciência com um homem que estava em sofrimento.

— Já lhe disse tudo que há para dizer. Não sou muito interessante.

— Conte-me sobre a sereia… e o unicórnio.

Ela não achou que ele estava se referindo à taverna, mas sim ao motivo de seu interesse pelas criaturas, o porquê de tê-las escolhido. Mais uma vez, ela espremeu o pano. Na esperança de baixar um pouco sua febre, colocou o tecido sobre a testa dele. Depois de molhar mais um pouco, limpou-lhe o peito, tomando cuidado para evitar os mamilos marrons e, por consequência, algo que parecia muito mais íntimo. Então, passou o pano por seu esterno, onde mais suor se acumulava.

— Eles nunca podem ficar juntos. Tenho uma fraqueza por coisas que nunca podem ficar juntas… Acho que é por causa de minha família. Somos todos o resultado de pessoas que não puderam ficar juntas.

Com exceção do irmão, Mick. Há pouco tempo descobriram que a história dele era um pouco mais complicada, mas Gillie não a compartilharia com estranhos — mesmo que ele não fosse mais um estranho. No entanto, era a história do irmão, não a dela.

— Somos todos bastardos, sabe?

Os olhos de Thorne estavam quase fechados, e ele não reagiu. Talvez a voz dela o estivesse embalando, ou ele estava perdido na febre, sem compreender o que ela dizia. O pensamento a encorajou um pouco. Não era de falar muito, mas, se a voz dela o mantivesse afastado das mãos da morte e não fizesse muito sentido para ele, então não importava o que ela dissesse, certo?

— A sereia mora no mar. O unicórnio não pode ir lá. A sereia pode sair do mar, mas não por muito tempo. Então eles podem ser amigos, mas nada mais que isso. Um nome bobo para uma taverna que é visitada sobretudo por homens. Deveria tê-la chamado de Javali Preto ou algo que faria os homens se sentirem fortes ao beberem ali. Mas queria algo mais ameno. Não houve muita amenidade durante minha infância e adolescência. Hoje em dia também não há, mas agora é por escolha própria. Eu trabalho duro porque quero trabalhar duro. E agora estou falando sem parar igual a uma idiota.

Os lábios dele se contraíram, o que a fez sentir um estranho aperto no peito. Ele estava ouvindo. Desejou que tivesse ficado quieta, embora, se fosse honesta consigo mesma, também estivesse gostando daquilo. Apesar da dor, do desconforto e da febre, ele estava prestando atenção ao que ela falava. Queria ter mais histórias interessantes para compartilhar com ele.

Depois de uns momentos de silêncio, ele murmurou:

— Mais.

Mais. Ele podia estar à beira da morte, mas duvidou que fosse dar um passo na sua direção. Havia um tom de comando na voz. Era óbvio que estava acostumado a dar ordens, então provavelmente não gostaria de receber ordens dela e não cederia às ordens da morte também. Só que poucas pessoas tinham escolha nesse momento. Se sua voz o impedisse de responder ao chamado da morte, então continuaria falando.

— Eu disse que minha vida foi difícil, mas não foi horrível. Quando eu era pequena, ajudava minha mãe a fazer caixas de fósforo. Meus dedos pequenos eram adequados para a tarefa. Devíamos ter percebido naquela época que eu seria alta, pois meus dedos eram muito longos. Mas a tarefa requeria horas e horas tediosas, e fiquei aborrecida em vez de rápida. Queria seguir meus irmãos em aventuras. Eles sempre estavam foram de casa, arranjando bicos aqui e ali, mas, na minha cabeça, o que quer que eles fizessem era mais divertido do que meu trabalho. Quando tinha oito anos, comecei a trabalhar como limpadora de degraus.

Com base nas roupas que ela usava na época — calça, camisa, casaco e uma boina — todos pensavam estar contratando um menino.

Ele não esboçou reação, exceto por um leve movimento nos cílios, como se as pálpebras estivessem muito pesadas. Ela trocou o pano de sua testa, colocou outro úmido em seu pescoço e então começou a traçar cada uma de suas costelas com um pedaço de tecido frio.

— Você parece o tipo de pessoa que não presta atenção em como sua casa se mantém limpa. É preciso mais que varrer para que os degraus de fora fiquem limpos. É preciso esfregar. Eu começava em uma ponta da rua, gritando: "Degraus limpos! Três centavos! Três centavos para limpar degraus!"

Ela soltou uma risada cáustica.

— Três centavos por casa, não por degrau. Mas eu gostava da sensação de independência. Eu podia tirar uma pequena soneca quando ficava cansada. Às vezes, se a cozinheira fosse boazinha, eu conseguia uma bela refeição, ou talvez um doce ou biscoito. Quase nunca voltava para casa com fome, então sobrava mais comida para minha mãe alimentar os garotos. Nossa, aqueles meninos pareciam famintos toda vez que se sentavam à mesa.

Mergulhou o pano na vasilha, levantou-o, começou a torcê-lo e, pela primeira vez em anos, prestou atenção de verdade em suas mãos. Eram calejadas e marcadas por pequenas cicatrizes.

— Nunca serei confundida com uma dama — murmurou.

Seu paciente respirou um pouco mais fundo.

— Quer um pouco de láudano, querido?

— Palavras.

O pedido veio leve e tenso, como se ele o tivesse puxado do fundo da alma.

Procurou em suas lembranças, tentando encontrar algo interessante. Conseguiu e soltou uma risada.

— Ah! Teve uma vez que eu estava limpando a soleira de uma porta e o filho do sujeito riquinho apareceu em seu cavalo. Ele deixou o animal nos degraus, passou por mim e entrou na casa. E adivinha? O cavalo me deixou um maldito presente, bem ali, antes de o homem atravessar a porta. O que me deu o trabalho de limpar tudo. Eles não me deram nenhuma moeda a mais. Apenas os três centavos. Depois daquilo, passei a odiar cavalos. Bom, exceto os do tipo mítico, é claro.

— Levar você… cavalgar. Mudar sua mente… sobre eles.

Ela sentiu o coração bater tão forte contra suas costelas que estava certa de que uma delas havia quebrado. Estava delirante de febre, com certeza. Ele não quis dizer aquilo. Homens diziam todo tipo de baboseira quando estavam com dor e febris. Quando se recuperasse, olharia para ela e daria risada ao pensar que sugerira que os dois dessem um passeio. Ridículo. A não ser que o inferno congelasse. Queria zombar daquilo, provocá-lo, mas uma pequena parte de sua alma, uma parte traidora, queria que ele fosse honesto, que tivesse proferido as palavras com propósito verdadeiro, que gostaria de estar na companhia dela quando estivesse curado e bem.

Que tola ela era por acreditar em coisas que nunca aconteceriam. Mesmo que soubesse tão pouco sobre ele, percebera que eram de mundos diferentes, que havia escolhido uma ocupação e uma vida que nenhum homem aceitaria em uma companheira.

— Onde está Gillie? — perguntou Aiden Trewlove, enquanto puxava uma cadeira para se sentar ao lado do irmão, Fera, na mesa do canto da taverna.

Era estranho entrar no A Sereia e o Unicórnio e não ver a irmã atrás do balcão, acenando para eles e se virando para servir uma bebida.

— Roger Risonho falou que ela não viria hoje.

— Por quê? Ela não vai trabalhar nem um pouco?

Fera encolheu os ombros musculosos que sempre vinham a calhar quando havia necessidade de briga. Também era um homem de poucas palavras, o que o tornava um parceiro de bebida ideal para Aiden, que preferia ouvir a própria voz.

— Mas Gillie sempre trabalha — disse ao irmão.

— Hoje, não.

— Por quê?

— Ela não disse. Não deu motivos, aparentemente.

— Ela está no apartamento?

— Acho que sim.

— Você não foi vê-la?

Afastando a cadeira, começou a se levantar.

— Talvez ela não queira receber visitas.

Aiden parou e olhou para o irmão.

— E por que diabos não?

Fera olhou para seu caneco de cerveja como se temesse que ele criasse pernas e fugisse. Pigarreou.

— Roger Risonho acha que são assuntos femininos.

— Como o quê?

O irmão lhe lançou um olhar impaciente.

Ah! Aquele período do mês.

— Isso nunca a impediu antes.

— Então eu não sei. Talvez ela só não esteja se sentindo bem, ou está com tosse ou algo assim.

Aiden voltou a se sentar.

— Alguém deveria ir vê-la.

Fera fez uma careta e se mexeu na cadeira como se, de repente, o móvel tivesse criado espinhos.

— E se for coisa de mulher? Eu não quero ter que falar sobre isso. É só um dia. Talvez ela esteja lendo um bom livro e não quer parar até terminar.

— Ela não é como você. Fazer qualquer coisa que a obrigue a ficar sentada por um longo período faz Gillie querer subir pelas paredes. Deve ter algo errado.

— Que otimista…

Aiden franziu o cenho.

— É estranho, só isso. Estou preocupado com ela.

— Você está preocupado com quem vai trazer sua cerveja.

O homem sorriu.

— Isso também. Se ela estivesse aqui, eu já teria uma cerveja agora.

Sinalizou para uma moça que passava ao lado.

— Darei esse dia a ela, mas, se não estiver de volta amanhã, descobrirei o motivo.

Capítulo 5

A ÚLTIMA LEMBRANÇA QUE ele tinha era dela limpando bosta de cavalo de degraus por causa de um imbecil que entrou cavalgando na própria residência. O trouxa poderia ser qualquer um dos vários grã-finos que ele conhecera na juventude, quando passou um período recalcitrante, do qual particularmente não se orgulhava, e rebelou-se contra as rígidas restrições que lhe haviam sido impostas em uma idade tão nova. Ele também estava competindo por atenção, esforçando-se para provocar alguma emoção que não fosse insensibilidade em sua mãe. Preferira o calor de sua ira ao gelo de seu olhar. A história da mulher o deixara ainda mais envergonhado de seu passado rebelde, e grato por ter estado muito exausto — por ainda estar muito exausto — para revelar muito sobre si mesmo.

Abriu os olhos para um quarto repleto de sombras. Ela estava sentada perto da cama, uma lâmpada solitária a iluminava o bastante para que pudesse passar a agulha por um tecido, sua cabeça abaixada, concentrada na tarefa que fazia. De lado para ele. Achou que o cabelo dela, curto como era, deveria lhe dar um ar masculino. Em vez disso, dava-lhe uma aparência de elfa, quase como uma fada. A avó lhe contava histórias de fadas. Pequenas e delicadas criaturas que viviam em jardins. Não descreveria a mulher como delicada, mas definitivamente era feminina de um jeito único.

E cuidara dele por horas. Fazia anos desde a última vez que alguém lhe prestara tanta atenção ou parecera se importar se estava vivo. A mãe era uma mulher fria. O pai fora mais caloroso, mas suas expectativas em relação ao comportamento adequado do filho eram tantas que o calor muitas vezes se perdia na atitude rígida e disciplinadora, deixando o jovem Thorne desejoso por uma proximidade que não existia de verdade. Estranho perceber tudo isso agora. A possibilidade de morrer parecia ter deixado certos aspectos de sua vida mais nítidos. Mas precisava de seus malditos óculos para enxergar de forma clara, como gostaria, a mulher sentada ao lado da cama.

— O que você está fazendo?

A cabeça dela se levantou tão rápido que ele quase ouviu o pescoço estalar. Ela levantou o que parecia ser um monte de trapos do colo.

— A febre diminuiu perto do amanhecer, e então você dormiu o dia inteiro. Fiquei na esperança de que você logo precisaria de suas roupas.

Parecia envergonhada de ter sido pega consertando o que sobrara das roupas.

— Quer um pouco de torta?

— Provavelmente mais que um pouco. Nunca estive tão faminto.

Ela deu-lhe um sorriso tão brilhante que poderia tê-lo deixado tonto se estivesse de pé.

— Vou pegar para você.

Levantando-se, colocou o monte de trapos na cadeira, num movimento leve e gracioso intensificado por sua estatura esbelta.

Em vez de ir imediatamente para a porta, deu alguns passos e colocou a palma da mão contra a testa dele. Se estivesse mais recuperado, mais forte, poderia ter colocado a mão sobre a dela e a levado aos lábios para demonstrar sua gratidão. Um beijo casto nos dedos ou na palma da mão.

A mão ficou em sua testa por mais tempo do que ele esperava, então moveu-se para lhe envolver a bochecha.

— Você precisa fazer a barba — disse em um tom melancólico, antes de retirar a mão de seu rosto, como se a febre tivesse voltado e a queimado. — Mas não tenho uma navalha. Não devo me demorar.

Ela virou-se e saiu do quarto, enquanto ele tentava entender por que não estava feliz por saber que logo voltaria a seu mundo e à sua missão de encontrar Lavínia, perguntando-se o motivo de desejar continuar naquele espaço pequeno e apertado por mais tempo.

Não era uma necessidade de fugir de suas responsabilidades. Nem era o fato de ele não apreciar os privilégios com os quais nascera. Entretanto, há algum tempo estava se sentindo insatisfeito, só não conseguia encontrar a causa exata da sensação. Pensou que poderia ser o envelhecimento ou a falta de um herdeiro. Aos 36 anos, já havia passado da hora de ter esposa e filhos. Se fosse honesto consigo mesmo, o que era cada vez mais difícil ultimamente, estava muito aliviado por ter sido poupado de trocar votos com a noiva desaparecida.

Seu orgulho fora extremamente ferido. Por conta disso, decidiu entrar nas partes mais escuras de Londres, onde, para sua grande surpresa, encontrou um raio de luz.

Agora, seus pensamentos estavam se tornando pateticamente poéticos. Quase havia morrido.

Ao se virar e tentar sentar, foi lembrado desse fato por seus ferimentos que protestaram nas partes do seu corpo que estavam sendo colocadas em uso novamente. Com um esforço enorme que o fez suar frio, finalmente conseguiu ficar sentado, as costas apoiadas contra uma pilha de travesseiros.

Percebeu, então, que seu esforço não veio acompanhado do cheiro de doença, mas da essência dela. Um leve aroma de baunilha. Ela havia lhe dado um banho, sem dúvida depois que a febre passou, quando caiu em um sono profundo. Também tinha conseguido trocar a roupa de cama sem perturbá--lo. Colocando o lençol limpo e fresco para o lado, viu que as ataduras que protegiam sua coxa e a lateral de seu corpo estavam impecáveis. Quase se arrependeu de ter dormido durante os cuidados dela. Imaginou se ela teria corado, ou se ela era capaz de corar. O quarto era mais sombra do que luz, e ele sentiu um desejo repentino de que o teto desmoronasse para que os raios de sol invadissem o local, e que ele estivesse com seus malditos óculos.

Quando ela entrou no quarto, quase pediu para que ficasse um pouco abaixo da soleira para estudá-la por um momento, apreciar suas feições em um foco melhor, mas com certeza ela pensaria que a febre havia lhe afetado o cérebro. Além disso, seu interesse era provavelmente resultado do pequeno quarto, da intimidade de estar na cama dela com apenas um lençol e um co-bertor separando a pele do ar e da atenção que ela lhe dava. Uma vez que fosse embora, dificilmente pensaria nela de novo. Tinha assuntos mais importantes para tratar. Assuntos que afetavam suas posses, seu status e seus deveres.

— Fico feliz de ver que encontrou forças para se sentar — afirmou ela, enquanto colocava uma bandeja em seu colo. — Você deveria tentar se ali-mentar sozinho.

Pegando novamente o monte de trapos, sentou-se na cadeira, observou-o, e viu que incentivo e esperança estavam refletidos em seu olhar. De longe, dentro do quarto sombrio, pareciam marrons. Estranho não querer decepcioná-los.

Com a colher, ele pegou um pouco de cordeiro, cenoura, ervilha e batata. Sua mão tremeu um pouco — de fraqueza, supôs — enquanto levava o talher à boca, e reparou que ela havia se acomodado mais na cadeira, pronta para ajudá-lo se fosse necessário. Preferiria morrer do que continuar a expor sua fraqueza na frente dela. Já era ruim o suficiente ela cuidar dele, lhe dar banho e mantê-lo vivo. Mas todos os pensamentos ruins desapareceram quando a comida encostou na boca. Nunca na vida provara algo tão gostoso. Seu estômago praticamente pulou em um esforço de receber a comida mais rapidamente, e ele quase gemeu de prazer.

— Você é uma excelente cozinheira.

— Sou uma péssima cozinheira. — Recostando-se na cadeira, ela esticou a calça no colo. — Peguei da cozinha da taverna. Tenho uma excelente cozinheira.

— Nunca conheci uma mulher que fosse dona de um negócio.

— Não sou a primeira. — Começou a costurar. — Mas precisei um pouco da ajuda do meu irmão.

Seu tom de voz era revelador.

— Você não ficou feliz com isso.

Levantou o queixo e endureceu os ombros, mas não tirou os olhos da agulha, que, de repente, mexia-se com rapidez incrível.

— Preferia ter feito tudo sozinha, mas não consegui pegar um empréstimo no banco.

— Quantos irmãos você tem?

— Quatro. E uma irmã. — Então, olhou para ele e continuou: — E você?

— Nenhum, agora. Uma doença levou meu irmão e minha irmã. E meu pai. Todas essas mortes destruíram minha mãe.

— Deve ter sido difícil para você também.

— Fez-me entender que a Morte poderia me visitar a qualquer instante. Pensei que ela estava respirando em meu pescoço na outra noite, jurei que podia vê-la escondida em um canto. Mas você não a deixou me levar.

Os lábios dela se ergueram um pouco e havia um brilho em seus olhos.

— É que sou teimosa.

— Como fui afortunado de ter você como minha salvadora.

Ela acenou com a cabeça na direção da tigela.

— Quer mais?

Só então ele percebeu que havia quase terminado com a comida. Ficou falando entre as colheradas e prestando mais atenção nela do que na comida, mesmo que estivesse deliciosa. Ela era muito mais encantadora e interessante.

— Talvez depois. Não quero comer demais.

Além disso, o esforço para se alimentar havia sugado sua energia. Não queria que ela tivesse que levar a comida à sua boca como se fosse um bebê.

Em seguida, ela se levantou e pegou a tigela das mãos dele, colocou-a de lado e retornou à cadeira.

— Acha que está apto a viajar? Tem uma casa para onde voltar?

A pergunta pegou-lhe de surpresa, embora, pensando melhor, ela devesse conhecer muitas pessoas que não tinham casa por viverem naquela parte de Londres.

— Tenho.

— Sua mãe deve estar preocupada.

— Duvido. Nunca fui o favorito.

— Acho difícil acreditar nisso. Toda criança é a favorita da mãe.

— Temo que não na minha família.

— Tenho certeza de que está errado sobre isso. Às vezes...

Uma batida na porta ecoou alta e rápida, seguida de um grito.

— Gillie!

Era a voz de um homem, um homem irritado, se tivesse julgado corretamente.

— Não achei que tivesse um marido.

— Não tenho, mas tenho um irmão. — Já estava de pé e indo em direção à porta. — Fique bem quietinho — disse por sobre o ombro, antes de sair do quarto e fechar a porta atrás de si.

Jogando as cobertas de volta para o lado, ele apoiou os pés no chão com cuidado.

Ofegante, amaldiçoou os ladrões que o deixaram em estado tão fraco. Precisava pelo menos chegar até a porta, ouvir e ter certeza de que não era necessário ajudá-la. Embora não conseguisse imaginar a mulher mais admirável que conhecera precisando ser resgatada.

Mick Trewlove não esperou ser convidado para entrar. Assim que abriu a porta, o irmão mais velho dela marchou corajosamente pela soleira como se esperasse encontrar algo errado ou alguma alma nefasta que poderia tentar impedi-lo. Parou no meio da sala, olhou ao redor até finalmente perceber a irmã.

— Ouvi dizer que você não vai ao trabalho há alguns dias. Está se sentindo mal?

— Não. Eu simplesmente queria um tempo só para mim.

Os olhos dele se acirraram, e ele virou sua atenção para a porta fechada que levava ao quarto. Usou toda a força de vontade que tinha para não pular na frente do irmão e lhe tampar a visão, como se ele pudesse enxergar através da madeira e ver o que estava acontecendo atrás dela.

— Tenho trabalhado desde pequenininha. Não achei que minha ausência fosse causar um alvoroço.

O olhar dele se voltou para ela, mas dava para ver a sombra de desconfiança por trás dos olhos azuis.

— Não estou alvoroçado, mas os outros estão preocupados.

— Então eles o mandaram aqui?

Ele era considerado o mais velho, apesar de nenhum deles saber a data exata de seus nascimentos — apenas o dia em que foram deixados à porta de Ettie Trewlove. Irmãos enxeridos, todos eles.

— Isso deve ter deixado sua esposa muito feliz, ter sido abandonada...

— Irei compensá-la quando voltar para casa, para o deleite dela, tenho certeza. — Seu olhar retornou para a porta do quarto. — Roger Risonho disse que você aparece de vez em quando para verificar as coisas...

— Sim, está tudo indo bem. Ele sabe o que está fazendo.

— E você sabe? — perguntou, rispidamente, com os olhos mais uma vez estudando a irmã como se soubesse que ela estava escondendo algo.

Se descobrisse que havia um homem na cama da irmã, não ia importar se o cavalheiro estivesse machucado ou fraco demais para causar problemas ou tirar vantagem dela. Mick a veria casada. O irmão se importava muito com respeito, um dos motivos que o fizeram se casar com a filha de um conde duas semanas atrás. O outro, e mais importante, era ter se apaixonado perdidamente por ela.

— Você nunca se cansa de trabalhar?

Ele cruzou os braços sobre o peito.

— O que você escondendo de mim, Gillie?

— Nada. Retornarei ao trabalho amanhã.

Deu um suspiro pesado.

— Retornarei nesse instante se está tão incomodado...

Ele levantou a mão.

— Não seja tão impulsiva.

— Não sou eu quem está acusando...

— Não estou a acusando de nada. Estava preocupado. Não é de seu feitio desaparecer por dias...

— Foram apenas alguns dias, e não *desapareci*.

— Você se escondeu.

— Não me escondi. Que inferno, Mick! Eu só queria um tempo para mim.

O fulgor do temperamento da irmã pareceu satisfazê-lo como as palavras dela não tinham conseguido. Deu um aceno curto com a cabeça.

— Tudo bem, então. — Olhou ao redor mais uma vez, demorando-se mais uma vez na porta do quarto. — Vou deixá-la continuar o que quer que esteja fazendo.

Caminhou para a porta da frente. A repentina partida do irmão a deixou quase tão irritada quanto sua inesperada visita. E se ela não tivesse terminado de falar?

— Você veio em sua carruagem?

Parou e a encarou.

— Sim.

Ela poderia procurar um cabriolé, mas a carruagem do irmão providenciaria uma viagem mais confortável.

— Depois que seu cocheiro levá-lo para casa, ele poderia retornar aqui? Gostaria de usar a carruagem essa noite.

Aqueles olhos irritantes e penetrantes se cerraram mais uma vez.

— Irei acompanhá-la aonde precisar ir.

— Não preciso que me acompanhe.

Jogou as mãos para o alto em frustração.

— Esqueça. Pegarei um cabriolé.

— Não seja tola. Minha carruagem é mais segura. Meu cocheiro irá protegê--la se for necessário.

— Não preciso de proteção. Apenas quero dar um passeio por Londres à noite. Sempre trabalho de noite e estou curiosa para ver como é a cidade para aqueles que têm tempo livre quando anoitece.

Que mentira deslavada! Ficou impressionada por ter conseguido dizê-la com uma cara séria, mas se não deixasse o irmão desconfiado sobre o uso da carruagem, talvez ele não perguntasse ao cocheiro no dia seguinte. E se perguntasse, bom, até lá o homem já estaria fora de sua vida e ela conseguiria se defender sozinha do escrutínio de Mick. O importante era que o irmão não confrontasse Thorne naquele momento, que não soubesse de sua presença.

— Pedirei para meu cocheiro retornar aqui, então.

— Prometa-me que não perguntará ao cocheiro para onde irei nesta noite.

— Gillie...

— Não é nada ruim. Juro! Mas se não puder me prometer isso, contratarei um cabriolé.

Ele a estudou por um longo momento antes de suspirar em derrota.

— Você tem a minha palavra. Só espero que saiba o que está fazendo.

— Eu sei. Peça para que seu cocheiro traga a carruagem até a cavalariça. Embora possa demorar algumas horas até eu ficar pronta para sair, ele é bem-vindo para tomar uma cerveja na taverna enquanto espera.

Também ofereceria a ele uma pequena quantia em dinheiro para desencorajá-lo de dar alguma informação a Mick voluntariamente.

— Ele vai gostar disso.

Virou-se para a porta novamente.

— Mick?

Mais uma vez, voltou-se para olhar a irmã.

— Obrigada por vir ver se eu estava bem.

— Sabemos que você é uma mulher forte, Gillie, e perfeitamente capaz de cuidar de si mesma, mas você é nossa irmã e nos preocupamos por estar sozinha nessa casa.

— Eu sei. Direi a vocês se algo estiver errado.

— Faça isso.

E, então, foi embora.

Soltou um suspiro de alívio por ter escapado de o irmão descobrir a verdade sobre sua ausência. Agora, precisava mandar o convidado embora. Estranho era não estar feliz sobre isso.

Voltou ao quarto e encontrou Thorne sentado na beirada da cama, estudando o chão como se ele tivesse algum tipo de código a ser decifrado. O lençol estava enrolado em seu quadril, suor escorria pelo rosto e pescoço, e sua respiração estava ofegante.

— E o que você pensa que está fazendo? — questionou, parada na porta com as mãos na cintura.

Ele levantou o olhar para ela.

— Tinha a intenção de estar pronto caso precisasse de ajuda.

Homens eram as criaturas mais teimosas do mundo.

— Se tivesse caído de cara no chão, eu teria que levantá-lo. Volte para a cama.

— Não. Estou cansado de ficar deitado. Preciso ficar um pouco sentado, recuperar minhas forças.

Ele provavelmente tinha direito a isso. Quando ela se sentia mal, lutava contra aquela sensação, temendo sucumbir às demandas da doença se mostrasse qualquer tipo de fraqueza.

— Quer uma xícara de chá? Ou uísque?

Ele sorriu. Gillie desejou que ele não o tivesse feito. Fez seu interior ficar inquieto.

— Chá com um pouco de uísque.

— Não demorarei.

Enquanto ia até a cozinha, quase ficou triste por ter de mandá-lo para casa antes do amanhecer.

Ela cobriu os ombros dele com uma manta antes de entregar-lhe a xícara de chá com uísque. Com certeza, era apenas a imaginação dele que o fazia se sentir revitalizado pela bebida. Ou talvez fosse a mulher sentada ao lado da cama, que trabalhava meticulosamente para costurar suas roupas. Havia terminado a calça e agora estava ocupada passando linha e agulha pelo tecido da camisa. Como o pano branco não estava manchado de sangue, ela obviamente havia lavado a peça em algum momento. Perguntou-se o que mais ela fizera sem que ele percebesse.

— Sinto muito por não ter botas para você usar — disse ela, calmamente.

— Achei que as minhas poderiam servir, mas temo que seus pés são grandes demais.

— Uma maldição que afeta os homens da minha família.

Não podia ter certeza, mas ela pareceu corar. Interessante...

— Pensei em pedir um par emprestado a um dos meus irmãos, mas aí eu teria que explicar...

A voz dela sumiu enquanto levantava um dos ombros delicados. Era difícil acreditar agora que um daqueles ombros o havia apoiado com tanta solidez naquela primeira noite, quando ela não vacilara nem um pouco em sua determinação de fazê-lo subir a escada para que pudesse cuidar dele.

— Isso não seria bom.

— Receio que não. Sei que você não está completamente recuperado, mas acho que está o suficiente para não sangrar até a morte na carruagem.

— Essa é uma ótima notícia.

Levantou o olhar para ele.

— Meu irmão tem uma boa carruagem. Instruirei o cocheiro a ir devagar.

A hora havia chegado, os últimos minutos entre eles estavam passando. Tinha tanto sobre ela que ele não sabia e que gostaria de descobrir.

— Não consigo imaginar que um mercador ou comerciante permitiria que a filha trabalhasse limpando degraus.

— Imagino que não.

O foco dela continuou na costura, e ele sentiu ciúme do tecido por prender a atenção dela.

— Estou tentando ser delicado aqui, mas você não fala como alguém que veio das ruas. E, se tem uma taverna, deve ter tido uma educação básica.

— Havia uma escola esfarrapada perto de onde eu morava, e minha mãe fez questão de que a frequentássemos. Ela tem dificuldades para ler e fazer contas, e sempre sentiu que sua falta de educação limitou as opções de emprego depois de ter enviuvado. Queria que tivéssemos vidas melhores.

Ele conhecia escolas esfarrapadas, chamadas dessa forma porque a maioria das crianças que as frequentavam eram abandonadas e iam para a escola com roupas esfarrapadas. O Conde de Shaftesbury era famoso por seu compromisso de fundar escolas gratuitas nos bairros mais pobres da Bretanha, muitas delas em Londres. Thorne não gostou de ter a confirmação de que ela crescera em um ambiente pobre. Obviamente, havia melhorado de vida. O quarto que estava era espartano, mas reconhecia um móvel benfeito quando via um.

— Você parece mais educada do que isso.

— Aprendi algumas coisas aqui e ali.

Ergueu a roupa até que pudesse cortar a linha com os dentes.

— Pronto. Deve dar para o gasto.

Jogou a camisa no colo dele e levantou.

— Acha que consegue se vestir sem a minha ajuda?

Aparentemente, não aprenderia mais nada sobre ela e lamentava por isso.

— Darei o meu melhor.

— Vou informar ao cocheiro que ele precisa terminar a cerveja, pois precisaremos dele em breve. Retornarei logo e veremos como vamos levá-lo para casa.

Ela saiu do quarto fechando a porta atrás de si.

Ele não parecia ser capaz de encontrar os meios para agir e colocar a camisa e a calça. Deveria estar feliz, extasiado, por estar indo embora. Precisava retornar à sua vida, à sua missão e às suas responsabilidades, mas não estava feliz. Nem um pouco.

Perto da hora em que o encontrou na primeira vez, com um braço seguramente envolto na cintura dele, ajudou-o a sair pela porta e iniciou a lenta e árdua descida pela escada. Conseguiu encontrar uma bengala na caixa de itens abandonados por clientes da taverna. Não era chique, mas ajudaria a apoiá-lo para que ele não colocasse muito peso na perna machucada.

A taverna já estava fechada. Nas ruas estavam só ratos, que corriam de um lado para o outro. A carruagem de Mick não se encontrava muito longe.

— Meu Deus! O que é isso? — perguntou o cocheiro, de repente, subindo rapidamente a escada e fazendo os degraus tremerem e produzirem barulho.

Ele aliviou a tarefa dela, tomando seu lugar.

Odiava abrir mão de Thorne, mas era inútil discutir com o cocheiro. Além disso, o estranho que não mais parecia um estranho não pertencia a ela, na verdade. Depois daquela noite, nunca mais o veria. Talvez devesse ter dado mais um dia para que ele se recuperasse. Tolinha. Tinha uma taverna para cuidar e ele tinha uma vida a retornar, perseguindo qualquer que fosse o sonho que o levara até ali. Um sonho que sem dúvida envolvia uma mulher que ele estava procurando, a qual ele mencionara durante um de seus períodos menos lúcidos.

Quando chegaram à carruagem, ele resistiu a ser colocado para dentro. Em vez disso, agarrou a porta com uma mão para mantê-la aberta, virou-se para ela e lhe acariciou o rosto com a outra.

— Não sei como lhe agradecer corretamente.

— Capture o sonho que estava perseguindo, mas com um pouco mais de cuidado.

O sorriso dele foi pequeno, mas era um sorriso mesmo assim.

— E em um horário mais razoável, ouso dizer. Obrigado, Gillie.

Ela sentiu uma pontada estranha nos olhos. Se fosse o tipo de mulher que chorava com facilidade, poderia achar que o desconforto era causado por lágrimas.

— Cuide-se.

— Farei isso. E você, seja feliz.

— Sempre sou.

Ou sempre fora. Por que não estava contente com a perspectiva de ele estar indo embora para que ela pudesse retornar à vida da qual sempre gostara?

Com a ajuda do cocheiro, ele conseguiu entrar na carruagem. Ela ouviu as vozes baixas, sem dúvida discutindo para onde ele seria levado. Ficou grata por não poder entender o que falavam, pois não poderia se sentir tentada a ir até o bairro dele e passar na frente de sua casa na esperança de vê-lo. O cocheiro fechou a porta com força, tirou o chapéu para ela e subiu em seu assento. Com um movimento de pulso e um tapinha nas rédeas, instigou os cavalos a um ritmo constante, que fez a carruagem desaparecer rapidamente na névoa, deixando-a com uma sensação inquietante de que parte dela estava indo embora com ele.

— Então, quem era ele?

Resmungando baixinho, ela virou-se para encarar Mick.

— Você deveria ter ido para casa horas atrás.

— Acha que eu não sabia que estava escondendo algo, Gil? Não consegui vê-lo bem, mas parecia um mendigo. Como chegou até você?

Queria responder que não era da conta dele, mas o irmão não era alguém que desistia fácil de algo.

— Foi atacado algumas noites atrás. Machucado. Afugentei os ladrões. Estava apenas cuidando dele até que estivesse forte o suficiente para ir embora.

— E achou que precisava esconder isso de mim?

Suspirando, revirou os olhos.

— Um homem na minha casa. Pensei que me forçaria a me casar com ele. Ele temia que o faria.

— Ele estaria sendo sortudo, isso sim.

Chegando mais perto, colocou o braço sobre ombros da irmã, puxando-a em sua direção. Ela era apenas alguns centímetros mais baixa do que ele, o que facilitou o ato de encostar a cabeça na dela.

— Gil, você nunca precisa esconder nada de mim. Não há nada que possa fazer ou nada que possa dizer que me fará julgá-la severamente. E eu nunca insistirei, sob nenhuma circunstância, que se case com um homem com quem não deseja se casar.

No fundo, ela sabia disso, claro.

— Desculpe por tê-lo deixado preocupado.

— Alguma ideia de quem ele era?

Negou.

— Chama-se Thorne. É tudo que eu sei. Não deve perguntar ao cocheiro aonde o levou, e não deve visitá-lo.

— Dei-lhe a minha palavra mais cedo de que não faria perguntas ao cocheiro. Não sou um homem de voltar atrás em minhas palavras.

— Eu sei, mas posso dizer que está tentado a fazer isso.

— Estou, mas não irei. Sabe para onde ele está indo?

— Não quero saber. Ele pareceu ser bastante simpático. Falava como um riquinho. Mas não importa, de verdade. Nunca mais irei vê-lo.

Capítulo 6

Ficou grato por chegar na calada da noite. A única pessoa presente era um jovem empregado que, sem dúvida, fora encarregado de ajudá-lo quando voltasse de sua aventura. Com base na maneira como ele esfregava os olhos, tinha adormecido em uma cadeira no hall de entrada.

Quando acordou por completo, abriu a boca e arregalou os olhos, obviamente, despreparado para a visão desgrenhada e sem calçados do mestre.

— Sua Graça! — A voz demonstrava seu choque.

— Avise meu criado que preciso de ajuda e chame meu médico. Seja rápido e silencioso. Acorde apenas aqueles que forem necessários para o que eu pedi. Não há razão para alarmar todos da casa.

— Sim, senhor!

Disparou por um corredor que o levaria aos aposentos dos empregados.

Thorne começou a árdua e lenta subida pela grande escadaria do hall, utilizando o corrimão e lembrando de outra noite quando fizera o mesmo. A diferença é que tinha uma mulher por baixo de um braço que o dava apoio e palavras de encorajamento. Descobriu-se repetindo as mesmas palavras em sua mente. A dor não era mais tão forte, mas o desconforto permanecia. Ainda estava mais fraco do que gostaria, mas estava recuperando sua força. Mais alguns dias e ele estaria novo em folha.

No topo da escada, entrou no corredor que levava até seu quarto e a suíte que pertencia ao duque e à duquesa. Ainda não reivindicaria o quarto do duque para si, pois isso significaria expulsar sua mãe do quarto da duquesa, e ele não tinha nenhum desejo de dormir no quarto ao lado do dela. Embora a mãe morasse na casa, a suíte continuaria sendo o seu domínio.

Quando chegou ao quarto, estava ofegante e suava intensamente. Sua natureza teimosa o impedira de descansar até que alcançasse seu objetivo — a mesma teimosia que o havia impelido na noite em que conhecera Gillie, que demonstrou igual teimosia. Cautelosamente, sentou-se em uma cadeira marrom perto da lareira. Era estranho sentar-se ali esperando que sua salvadora tivesse testemunhado este feito.

— Sua Graça.

Não ficou surpreso por não ter ouvido o criado entrar. O homem tinha as boas maneiras de andar sem fazer barulho. Entretanto, percebeu o tom de preocupação na voz dele.

— Speight. Parece que cheguei ao ponto de ser um incômodo. Ajude-me a me despir. O médico deve chegar a qualquer instante.

— Sua ausência nos deixou preocupados.

O criado iniciou a tarefa.

— Não estava em condições de enviar uma mensagem.

— É o que parece — afirmou Speight, calmamente, enquanto removia a camisa e encontrava os curativos. — A duquesa ficará aflita.

Duvidava muito daquilo.

— Não vamos contar à duquesa. Estou me recuperando.

Com a assistência do criado, tirou a calça.

— O que aconteceu, senhor?

Normalmente, Speight nunca era intrometido, mas também Thorne nunca tinha aparecido naquele estado.

— Fui atacado por ladrões.

Foi até a cama e se aninhou embaixo dos cobertores.

— Traga o médico assim que ele chegar.

— Sim, senhor.

Speight pegou as roupas de Thorne e virou-se em direção à porta.

— Para onde está levando isso?

— Para o lixo.

Que era onde deveriam ser colocadas. Não eram mais úteis. Ainda assim, não deixou de pensar que os remendos de sua salvadora mereciam um fim melhor.

— Coloque-as no guarda-roupa, por enquanto, como um lembrete de minha estupidez.

— Como desejar.

Deu apenas dois passos antes de se virar para olhar Thorne.

— Ficamos muito tristes em saber que o casamento não ocorreu.

Suspeitava que estavam tristes por ainda não terem uma nova duquesa na Casa Coventry.

— Estamos rezando para a rápida recuperação de lady Lavínia de qualquer doença que a tenha assolado.

Thorne fechou os olhos com força. Ah, sim! Todos acreditavam que ela estava doente. Precisava encontrá-la, descobrir por que sentiu a necessidade de fugir e determinar se ainda poderiam se casar, para não ser obrigado a parecer um tolo. Embora isso já pudesse ter acontecido...

— Mande o médico para cá quando ele chegar — repetiu, sem vontade de falar com o criado.

Deve ter caído no sono, pois a próxima coisa que percebeu foi alguém gentilmente lhe cutucando o ombro. Quando abriu os olhos, ficou desapontado ao ver o rosto barbado do médico, e não o perfeitamente oval da mulher que cuidara dele.

— Anderson.

— Sua Graça. Entendo que esteja precisando de meus serviços.

Deu-lhe uma breve explicação de seus ferimentos, evitando os detalhes que o levaram a ser atacado. Então, suportou o desconforto de ter o médico examinando cada ferida.

— Graves é bastante habilidoso, Sua Graça. Você teve sorte por ele ter sido chamado. Não vejo sinais de putrefação ou infecção. Diria que ele limpou cada ferimento por completo antes de costurá-los, já que parecem estar cicatrizando muito bem. Como se sente no geral?

— Cansado. Fraco. Frustrado por minhas limitações.

— Sem dúvida deve ter perdido uma grande quantidade de sangue. Ficaria mais uns dias na cama, se fosse você. Está em recuperação, então não exagere.

Depois de Anderson sair do quarto, Thorne dirigiu-se a Speight.

— Quando a duquesa acordar, informe a ela que retornei, mas que não estou me sentindo bem e que irei vê-la quando melhorar. Mande um recado para o Conde de Collinsworth e o alerte que devo visitá-lo na tarde de domingo.

O casamento deveria ter acontecido na quarta-feira. Lavínia escolhera aquele dia em particular porque, segundo superstições, era o dia mais afortunado entre todos. Talvez era por isso que estivesse vivo. Outro dia teria sido morto.

Não. Estava vivo pela determinação da dona da taverna em mantê-lo longe da morte.

Quando a manhã de domingo chegou — depois de horas de sono ou de ficar sentado na cadeira estudando o fogo e se perguntando como tudo dera terrivelmente errado —, ainda sentia um nível considerável de desconforto e cansaço, mas estava determinado a continuar sua vida e consertar a situação. Depois de tomar um banho, fazer a barba e vestir trajes apropriados para o dia, sentiu-se mais completo, mesmo que em uma versão ligeiramente fantasmagórica de si mesmo. Os hematomas em seu rosto estavam desaparecendo, mas ainda eram visíveis.

Mais devagar do que gostaria, foi até a sala de jantar para tomar o café da manhã. De seu lugar na mesa, sua mãe fez um som de desaprovação, com o nariz empinado.

— É impróprio para você ficar bêbado e entrar em brigas como se fosse um plebeu sem nenhum orgulho de sua vida.

Ao contrário da maioria das mulheres, que tomavam o café da manhã na cama, ela sempre descia para comer, como se sentisse a necessidade de discutir durante a refeição. O marido havia aceitado esse comportamento. Thorne não estava inclinado a fazer o mesmo.

— Minha saúde melhorou bastante. Obrigado por perguntar.

Pediu para um criado ajudá-lo com o prato antes de juntar-se à mãe na mesa.

— Aquela garota nos envergonhou — disse, acidamente. — Não me importa se ela estava se sentindo doente...

— Ela não estava doente, mãe. Ela fugiu.

Encarando o filho, piscou lentamente.

— Então por que, em nome de Deus, você anunciou que ela estava doente?

— Para salvar minha honra.

Empurrou o prato para o lado.

— Para dar-me uma chance de encontrar a melhor forma de lidar com a situação.

— Você lidará com a questão encontrando a garota e casando-se com ela. Caso contrário, pareceremos ainda mais tolos.

Duvidava que poderia parecer ainda mais tolo, mas precisava encontrar Lavínia. Se os planos de se casar com ela continuariam era outra questão. Embora tivesse prometido ao pai, em seu leito de morte, que honraria o contrato feito com o futuro sogro. O dote de Lavínia incluía uma grande propriedade chamada Wood's End, que era vizinha da propriedade ancestral dos Thornley e fora cobiçada por todo duque de Thornley antes dele. Um pedaço de terra que aumentaria o Castelo Thornley de quatro para seis mil acres. Mas os condes anteriores tiveram dificuldades para produzir filhas. Até Lavínia. Os pais de ambos assinaram um contrato. O destino dos dois fora selado. Talvez, quando confrontada com o momento da troca de votos, percebeu que queria mais. Por sua vez, não podia dizer que estava triste por não estar casado.

— Não sabia que o casamento seria a solução.

— Faça com que seja.

Com um suspiro, empurrou a cadeira e levantou.

— Cuidarei do assunto como achar melhor. Essa tarde, me encontrarei com Collinsworth.

— Você tem o dever...

— Estou bem ciente de minhas responsabilidades.

Saindo da sala, foi até o escritório, uma das menores bibliotecas da casa. Livros adornavam as prateleiras, e as janelas davam para o jardim. Aos quinze anos, sentado atrás da escrivaninha e com todo o peso de sua posição sobre os ombros, sentia-se aterrorizado ao cometer algum erro. Agora, assumia seu lugar na cadeira de couro com a confiança de um homem que estava completamente confortável em sua posição.

O mordomo havia separado por dia as cartas que chegaram pelo correio. As duas cartas de quinta-feira eram de gerentes de propriedades. A pilha de sexta-feira era um pouco maior. Pegando a carta do topo, abriu o envelope e tirou o pergaminho de dentro.

Querido duque,

Sua gentileza para com a noiva, colocando a felicidade dela acima de seu próprio orgulho, será sempre lembrada. Você tocou o coração de todas as damas.

Atenciosamente,
Condessa de Yawn

A próxima carta não foi melhor.

Querido duque,

Temo que todas as damas fingirão estar doentes diante da igreja para testar a devoção dos noivos no altar. Você não nos fez nenhum favor.

Rezamos para que adie a próxima data do casamento para depois da competição de remo.

Não tão atenciosamente quanto você gostaria,
Duque de Castleberry

As próximas três cartas seguiram o mesmo estilo. As damas lhe elogiavam, enquanto os cavalheiros desejavam que tivesse forçado a noiva a se casar. Estava prestes a jogar o restante das cartas na lixeira quando percebeu que uma não indicava seu remetente. A cera que selava o envelope era um pequeno borrão e não continha nenhum brasão. Com cuidado, abriu a carta para lê-la.

Querido Thorne,

Espero que aceite meus sinceros pedidos de desculpas por tê-lo abandonado no altar, mas pensei não haver outra saída. Depois do meu nascimento, nossos pais assinaram um contrato que selou nosso destino sem qualquer consideração pelo que poderíamos desejar no futuro. Pensei que poderia ser uma boa filha e cumprir a promessa e os desejos de meu pai, mas ser uma boa filha nunca foi meu ponto forte.

Lamento agora não ter conversado antes com você, mas, como meu irmão me garantiu, nada que eu dissesse mudaria o desfecho da história. Temi que nosso casamento começaria de forma estranha se lhe contasse dos meus receios. Fui ensinada a cumprir os meus deveres, mas, enquanto esperava na sacristia, não fui capaz de criar forças para condenar nós dois a uma vida infeliz.

Se for honesto consigo mesmo, suspeito que se descobrirá um tanto quanto aliviado por eu não ter aparecido. Embora nunca tenha me tratado mal, não consigo deixar de pensar que a única coisa que nos une é um pedaço de terra, e você merece mais. Por qualquer vergonha que eu lhe tenha feito passar, lamento sinceramente, e espero que algum dia consiga me perdoar do fundo de seu coração, mesmo que eu suspeite que nunca me perdoarei por minha covardia. Há muitas coisas pelas quais não consigo me perdoar, e, no final, elas me fariam ser uma péssima esposa.

Desejo apenas o melhor para você. Se possui algum sentimento gentil e de preocupação por mim, saiba que estou bem, segura e protegida.

Com minhas mais afetuosas saudações,
Lavínia

— Meu Deus, homem! Mas o que aconteceu com você?! — quis saber Collinsworth, enquanto levantava da cadeira atrás de sua mesa ao ver Thorne mancando para dentro de sua biblioteca.

Sabia que sua aparência era chocante. Tinha um hematoma perto de um olho, um arranhão no queixo, o braço esquerdo apoiado em uma tipoia para aliviar a pressão do ombro e uma velha bengala na mão — encravada com vinhas espinhosas, a cabeça dourada de um leão na ponta, e que fora de seu avô —, providenciando suporte para a perna que ainda estava se curando. A bengala que Gillie lhe providenciara fora útil, mas não era elegante o suficiente.

— Envolvi-me em uma enrascada algumas noites atrás em Whitechapel, procurando sua irmã.

— E não teve a sorte de encontrá-la, acredito.

Collinsworth foi até o aparador no canto da sala e serviu dois copos de uísque.

— Sinta-se à vontade.

Thorne sentou-se em uma poltrona confortável perto da janela, apreciando o calor da luz do sol. Deixando a bengala de lado, segurou o copo que lhe fora oferecido e saboreou a bebida.

— Não suponho que ela tenha voltado para casa. Com base na carta, achava improvável, mas sempre havia esperança.

— Não. Embora, para ser honesto, esperava que ela estivesse de volta a esta altura. Pensei que, talvez, tudo não passasse de brincadeira ou medo.

Collinsworth sentou-se em uma poltrona próxima, segurou o copo com as duas mãos e se inclinou para a frente, os cotovelos apoiados nas pernas.

— Eu não sabia exatamente como explicar as coisas no dia do casamento, e não sei o que dizer agora. Ela pediu alguns minutos no *toilette*. Não podia lhe negar o direito de se aliviar. Não esperava que ela escapasse pela janela. Não sei nem como ela conseguiu isso. Eu mesmo já a procurei e contratei dois homens para encontrá-la.

As ações dela demonstravam um desespero que deixava Thorne preocupado.

— Recebi uma carta dela na qual diz que está bem.

— Sim, ela nos enviou uma nota informando que está segura e para não a procurarmos.

Thorne sentia que Lavínia deixara muita coisa de fora da carta.

— Mesmo assim, contratou homens para encontrá-la.

— Ela tem uma obrigação a cumprir. Nossos pais assinaram um contrato. Você e eu chegamos a um acordo. Ela será encontrada e cumprirá seu dever.

— Não a forçarei a se casar comigo.

Não podia imaginar nada pior do que levar para a cama uma mulher que não tivesse o desejo de estar nela.

— Ela contou a você que estava receosa — afirmou a Collinsworth.

— E escreveu isso na carta? Mulher tola. Iria se tornar uma duquesa. Qualquer receio que tivesse era banal se comparado ao que ganharia com o casamento.

— Estou surpreso por ela não ter fugido na noite anterior.

Collinsworth se mexeu na poltrona, parecendo desconfortável.

— Ela pode ter sido trancada no quarto... — revelou.

Thorne começou a questionar sua amizade com Collinsworth.

— Você a aprisionou?

— Mamãe fez isso. Não teria aprovado se soubesse, mas ela me contou somente depois que Lavínia fugiu.

— Ela conversou com a mãe sobre os receios que sentia?

— Suponho que sim. Há poder, prestígio e posição em um casamento com você. Ela tem 25 anos. Muito velha para ser pedida em casamento. A verdade é que vocês dois deveriam ter se casado anos atrás, antes que ela tivesse se acostumado a ser solteira e a fazer o que lhe desse na cabeça. Mamãe quer esse casamento tanto quanto papai desejava, e insiste que ela se case com você.

— E se eu não quiser mais o casamento?

Lavínia tinha esse direito. Saber que ela sentira receios a respeito dele tornava incrivelmente difícil ver um caminho para um casamento amigável.

O conde terminou o uísque, recostou-se na poltrona e estudou Thorne.

— Adicionarei a propriedade de Foxglove ao dote pela inconveniência causada pela peripécia de minha irmã se puder repensar a questão do casamento quando a encontrarmos. Será menos humilhante para todos os envolvidos se o casamento for realizado. Você anunciou que ela estava doente. Realmente quer confessar ao mundo que sua noiva o abandonou?

— Estou pensando que isso é preferível a me casar com uma mulher que me abandonou.

— Não sejamos precipitados. Ela não possui razão para não se casar com você. Tem apenas uma tendência a ser volúvel e é excessivamente dramática.

Nunca havia notado nenhuma dessas características nela. Na verdade, sempre a considerara sensata e acreditara que ela administraria a casa com muita desenvoltura.

— Além disso, pode ser que ela tenha tido receios por não ter sido bem cortejada por você.

Odiava admitir que Collinsworth podia estar certo. Dera-lhe atenção, mas fora preguiçoso no cortejo, pois ele não se mostrava necessário. O casamento havia sido arranjado, mas, ciente da idade dela, percebera que poderia tê-la deixado mortificada por não se casar com ela o mais rápido que pudesse. Precisava conversar com Lavínia e entender o que a havia feito fugir.

— Por que Whitechapel?

— Não tenho ideia — respondeu Collinsworth.

— Quem ela conhece de lá?

O conde pareceu atordoado.

— Até onde eu saiba, ela nunca visitou essa parte de Londres. Não é como se houvesse lojas que lhe valessem a visita. — Inclinou-se para a frente mais uma vez. — Olhe, velho amigo, farei com que ela seja encontrada. Farei com que cumpra seu dever. É uma solteirona a caminho de se tornar uma dama velha. Deveria estar rastejando a seus pés.

Thorne não desejava uma mulher que rastejava, e a imagem de uma mulher que nunca rastejaria apareceu em sua mente.

— Veremos o que ela tem a dizer quando a encontrarmos. Já que anunciei o adiamento do casamento, talvez o orgulho dos dois possa ser salvo.

— Prometi a papai que a veria bem casada. Agora ela desapareceu depois de causar uma grande confusão.

E ele prometera ao pai que anexaria Wood's End à propriedade do Castelo Thornley, que traria honra e nenhum escândalo ao seu título e que se casaria com uma mulher nobre e honrada para manter a linhagem da família imaculada. Prometera deixá-lo orgulhoso. Era bem possível que promessas feitas se tornassem a ruína de todos.

Capítulo 7

Ela soube o momento em que Thorne entrou pela porta da taverna. Era como se cada partícula de ar tivesse se energizado com seu poder, sua confiança.

Estava mortificada em admitir que, desde que a carruagem o levara duas noites atrás, imaginara esse momento, o desejara, ansiara pelo retorno dele. Sentira a falta dele, o que era um completo absurdo. Ele não era nada para ela. E, mais importante, ela não era nada para ele.

Agora que ele estava ali, desejou que não estivesse. Toda a taverna caiu em um silêncio mortal, como se cada pessoa soubesse que alguém importante havia entrado, que algo marcante estava para acontecer. Talvez fosse o modo com que o olhar dele se fixara no dela, aprisionando-a. Ou a maneira com a qual ele ficou parado, esperando algo que só Deus sabia, vestindo um traje sob medida que lhe servia com perfeição. Um lenço branco de pescoço impecável, um colete de brocado cinza, um casaco azul-escuro, calça marrom claro e luvas marrom escuro. Havia removido o chapéu para revelar um cabelo penteado em um estilo que ela duvidava que permitisse que as mechas se enrolassem em seus dedos. Fizera a barba recentemente. E carregava uma bengala — uma muito mais elegante do que a que ela lhe havia dado.

Era tão incrivelmente bonito que as pálpebras dela quase doeram ao encará-lo.

Mesmo se quisesse, não seria capaz de desviar o olhar. Em vez disso, deleitou-se com a visão como se ele fosse um presente enviado por deuses, ou um deus em pessoa. Apesar de desejar que ele retornasse, não esperava que ele o fizesse de fato.

Então, ele começou a atravessar a taverna mancando um pouco, mas nada que atrapalhasse seu porte. Passou pelas mesas e por bêbados com tanta confiança e propósito que alguns homens até saíram de seu caminho, como se temessem serem atropelados. Embora parecesse impossível, o local pareceu ficar ainda mais silencioso, os clientes ainda mais congelados.

Seu irmão Finn, inclinado negligentemente contra o balcão do bar esperando por sua cerveja, ficou alerta, e pelo canto dos olhos Gillie viu a tensão que irradiava dele como se sentisse que um problema estava prestes a acontecer. Em qualquer outra noite, em qualquer outro momento, ela o teria tranquilizado, dito a ele para relaxar, mas não conseguia encontrar forças para falar. Estava hipnotizada como uma tola que sonhava em ser romântica, cortejada, amada, e que acreditava que o único homem capaz de realizar todas as suas fantasias havia entrado em sua vida.

Então, ele parou à sua frente, e por todas as vezes que havia imaginado aquele momento — todas as vezes, em sua mente, fora calma, espirituosa e muito inteligente —, a realidade a desapontou quando se ouviu perguntar:

— O que está fazendo aqui?

Os dois cantos daquela boca gloriosa que lhe assombrara os sonhos se ergueram. Muito lentamente, ele colocou a mão no bolso de seu casaco, retirou os óculos de armação dourada e os posicionou em cima de seu fino nariz. Como podia parecer ainda mais masculino?

— Queria observá-la melhor.

Esse olhar sem dúvida a fez corar do pescoço, passando pelas bochechas, até o cabelo. Não tinha o costume de ficar vermelha, mas se o calor que lhe invadia o corpo fosse alguma indicação, estava, neste momento, igual a um tomate.

— Por que você gostaria de observá-la melhor quando nunca a observou antes? — perguntou Finn, em um tom calmo, mas duro.

Qualquer pessoa que o conhecia sabia que aquele tom normalmente precedia um soco.

Thorne apenas arqueou uma sobrancelha e o encarou como se o homem não fosse nada, como se não fosse dar mais trabalho que uma mosca.

— Quem é ele?

Ah, sim. Se quatro homens não o tivessem encurralado, ele não teria sido derrubado. Um ou dois, possivelmente três, teriam encontrado uma boa briga. O quarto lhe selara o destino.

Livrando-se do feitiço sob o qual havia caído de forma inconsciente, ela colocou o caneco no balcão.

— É meu irmão. Está tudo bem, Finn. Nossos caminhos se cruzaram algumas noites atrás. Pode aproveitar sua cerveja.

— Não até eu saber quem é esse homem.

— Finn...

— Antony Coventry, duque de Thornley.

Minha nossa! A interjeição saiu baixa, por sobre sua respiração, mas ele ainda conseguiu ouvir. Os olhos cor de Guinness se estreitaram. Claro que ele era um duque. Todos aqueles pensamentos ridículos que tivera dele a pegando nos braços pareceram ainda mais ridículos. Sabia tudo sobre a nobreza, seus títulos e como deveriam ser tratados, porque Mick se envolvera com a viúva de um duque em sua juventude e, em troca de seus "serviços", ela lhe ensinara bastante sobre como a classe alta se separava da ralé. Mick compartilhara o que sabia com ela e os irmãos. Eles sempre foram unidos — se aperfeiçoando e fazendo o que era necessário para subir na vida —, compartilhando qualquer coisa que aprendessem um com o outro. Por isso, estava bem ciente de que um nobre não iria se apaixonar por gente como ela, uma proprietária de taverna criada nas ruas que usava uma faca, um garfo e uma colher para comer. Ele estava ali apenas para expressar seu agradecimento. Se lhe oferecesse dinheiro, daria um soco no ombro que não estava ferido.

Finn pareceu pouco impressionado, mas nunca tivera amor pela nobreza e não tinha problemas em mostrar seu desdém.

— Vá, Finn — ordenou.

— Por acaso ele tem algo a ver com você não ter trabalhado durante alguns dias?

Deu um tapa no braço do irmão, sempre surpresa com o músculo firme que encontrava. Não era um desleixado.

— Não é da sua conta.

Em seguida olhou para os presentes na taverna.

— Ei, vocês! Parem de encarar e voltem a beber antes que eu enxote todo mundo. — Retornou o olhar para o irmão. — O mesmo se aplica a você. Pode ir. Fera está esperando você ali.

Com uma calma deliberada, ele pegou a caneca e a levantou em direção ao duque.

— Estarei de olho.

Andou até se juntar ao irmão em uma mesa nos fundos. Ela não estava surpresa que o outro irmão continuasse em seu lugar. Fera não era de interferir sem ser convidado, a não ser que achasse que a situação não *precisava* de convite. Normalmente, ele era mais ponderado e mais devagar para responder do que os outros, mas, quando reagia, dava tudo de si em suas ações.

— Camarada agradável.

Voltou a atenção para o homem. Pensar nele como Thorne parecia informal demais agora que sabia que Graves estava correto e que o nome era apenas uma versão abreviada de seu título.

— Ele tem seus momentos. Não esperava vê-lo novamente.

— Tenho uma dívida com você, embora eu não saiba a quantia. — Colocou a mão no bolso do casaco. — Estava pensando...

— Não se paga um bom samaritano.

— Quero mostrar minha gratidão.

— Então doe o dinheiro para um orfanato.

Estudou-a por um período tão longo que pareceu durar uma semana.

— Eu a insultei.

— Sim.

— Não era a minha intenção.

— Então, quando tirar a mão do bolso, garanta que ela estará vazia.

Ele acenou levemente a cabeça.

— Você é uma mulher teimosa.

— Com um punho direito bastante poderoso, quando necessário.

Sorrindo, ele removeu a mão enluvada do bolso.

Ela ficou feliz por ele ter ouvido seu aviso, pois não gostaria de esmurrá-lo.

— O que deseja beber?

— Uísque.

Sem se incomodar em perguntar se ele desejava o mais caro, serviu a bebida em um copo e colocou-o em sua frente.

— É por conta da casa.

— Junte-se a mim.

Desejou que a frase não fizesse seu coração acelerar como se ele estivesse insinuando algo mais íntimo, algo que poderia resultar na perda de seu lugar no céu.

— Tenho uma regra de não beber com clientes. Nada de bom acontece quando se mistura as coisas.

Esperava que ele entendesse o tipo de coisa que não poderia ser misturada, que ela era uma sereia e ele, um maldito unicórnio.

— Se é por conta da casa, não estou pagando pela bebida. Logo, não sou um cliente. Gostaria de conversar. Talvez naquela mesa do canto, onde não há tantas pessoas em volta.

Ela tinha certeza de que ele não estava acostumado a ouvir um "não" quando queria algo — mesmo que fosse apenas uma conversa. Se fosse esperta, continuaria a lhe negar o que queria e faria sua posição clara: não eram e nunca seriam amigos. Poderia ter sido um pouco excêntrica ao nomear sua taverna, mas entendia as realidades do mundo. Havia pessoas que nasciam com privilégios, enquanto o restante simplesmente nascia e tinha que moldar o próprio mundo. Se fosse aceitar conversar com ele, teria que garantir que não se envergonharia. Fez sinal para Roger Risonho de que estava fazendo uma pausa, serviu-se uma pequena quantidade de uísque e levou o maldito duque até a mesa que ele indicara. Pegou uma cadeira antes que ele tivesse tempo de puxar uma para ela — se é que o teria feito. Quando ele se sentou, ela ergueu o copo.

— À sua saúde.

Tomou um gole e o viu fazer o mesmo. Tentou não parecer desconfortável enquanto ele a estudava por cima da borda do copo, com os óculos deixando seu olhar mais intenso, as feições mais distintas. Por que precisava ser tão assustadoramente lindo? Passara a vida inteira evitando sentir-se atraída por homens, e esse estava derretendo-lhe a resistência sem nem tentar. Ele era perigoso porque os sentimentos indesejáveis que despertava dentro dela a faziam entender o motivo de mulheres levantarem a saia.

— Você queria conversar — começou ela, impaciente e ansiosa para voltar ao bar, onde haveria uma barreira de madeira entre eles.

— Não está feliz por eu ser um duque.

Lá se fora a habilidade dela de impedir que os sentimentos transparecessem em seu rosto.

— Não faz diferença para mim.

Recostando-se na cadeira, ele bateu um dedo na mesa.

— Estou em desvantagem, pois não sei seu nome completo.

— Não vejo por que isso importa.

— Posso perguntar por aí. Posso até perguntar para aquele homem a duas mesas daqui.

Suspirou, pois quanto menos soubessem um sobre o outro, mais fácil seria para ela manter-se distante dele.

— Gillian Trewlove.

— Trewlove — repetiu ele o nome como se fosse um petisco saboroso. — Você por acaso tem parentesco com Mick Trewlove?

— É meu irmão.

Ele apertou os olhos, parecendo fazer força para pensar.

— Não lembro de tê-la visto no casamento dele. Você não foi?

Ela riu levemente.

— Como se você fosse notar minha presença.

— Ah, eu com certeza teria notado.

Embora o interior da taverna fosse mais sombrio do que gostaria, com os óculos em seu devido lugar, conseguia vê-la com mais clareza, mais em foco do que nunca. O cabelo dela o lembrava das folhas de outono do Castelo Thornley. Sempre gostara de andar ou cavalgar pela floresta quando o ar gelado chegava e as árvores exibiam suas cores outonais. Imaginou o prazer de afundar as mãos nas luxuosas madeixas que caíam pelos ombros delicados — não, só poderia saciar os dedos enterrando-os nas grossas mechas curtas. No entanto, ficaria muito satisfeito com isso.

Tão satisfeito quanto ficava por apenas observá-la. Tivera sardas quando criança. As pintinhas deixaram pequenas marcas que faziam as feições dela ficarem ainda mais interessantes, dando-lhe mais personalidade. Não era um alabastro polido. Era vida, aventura e ousadia. Duvidava que usara chapéu um dia, tendo preferido que o sol fizesse o que desejasse com ela.

Será que o deixaria fazer o que desejasse com ela? Encarando os olhos que pareciam ser uma mistura de verde e marrom, duvidou muito que isso pudesse acontecer. Eram de mundos diferentes: uma sereia e um unicórnio. Quase riu alto com o pensamento excêntrico. Ainda assim, fora o fato de que seus mundos eram diferentes e de que ela parecia tão confortável no dela que o levara até aqui. Bem, isso e o fato de que desejava desesperadamente vê-la novamente.

Desde que fora colocado na carruagem, não passara nem uma hora sem pensar nela, perguntando-se o que estaria fazendo, quem poderia a estar chamando, quem poderia estar desfrutando de sua risada dentro da taverna, quem poderia ser o destinatário de seus raros sorrisos.

Seus pensamentos deveriam se concentrar em Lavínia. Ainda assim, a mulher à sua frente ocupara sua mente de uma maneira que nenhuma outra jamais fizera. Era estranho se descobrir inexplicavelmente atraído pela dona de uma taverna. Ela o intrigava. Era mais que a altura, o corte incomum de cabelo, a falta de feminilidade, a roupa que não lhe favorecia o corpo. Era sua força, sua bondade. Ela o havia abrigado mesmo sem saber quem ele era, e trabalhara como o diabo para garantir que ele sobrevivesse, sem esperar nada em troca. Em toda a sua vida, qualquer um que o ajudasse, esperava algo em troca. Mesmo as mulheres antes de Lavínia exigiram constantes elogios e numerosos presentinhos para lhe garantir devoção. Mas uma mulher que não pedia nada — como alguém lhe assegurava a devoção?

Não que fosse pedir ou esperar isso dela. Ela não pertencia ao seu mundo. Sua mãe teria um ataque apoplético se apresentasse Gillie a ela. Não só porque era dona de uma taverna, mas porque não tinha *pedigree*. Admitira isso no período em que cuidara dele.

— Ouso dizer que muitos ficaram surpresos pelo duque de Hedley ter permitido que sua pupila casasse com seu irmão.

Cruzando os braços por cima do peito, ela recostou-se na cadeira e o encarou.

— Ele tem mais dinheiro que Deus.

— Mas não é...

Ele clareou a garganta. Quando ela piscou lentamente, viu que não facilitaria as coisas. Não deveria ter começado por esse caminho, mas queria saber cada pequeno detalhe sobre ela.

— A família dele não é conhecida, pelo que entendo.

Pelo que claramente sabia. Mick era um bastardo, simples assim. Usava o rótulo como uma medalha. Ou, pelo menos, o fizera antes de se casar com a filha de um conde.

— Eu sou a família dele. Ou parte dela, pelo menos.

— Quando estava cuidando de mim, ficou ofendida quando usei o termo "bastardo".

— Não fiquei ofendida. Fiquei decepcionada.

As palavras dela o atingiram como um chute no estômago. Não sabia por que não desejava desapontar essa mulher ou por que pretendia impressioná-la, a ponto de ter removido a tipoia que lhe sustentava o braço antes de sair da carruagem para que ela não o visse como um completo inválido. Fora educado para reconhecer que tinha uma posição alta na sociedade simplesmente por causa das circunstâncias que cercavam seu nascimento.

— As pessoas são julgadas pelo modo como chegam ao mundo.

— Infelizmente. É errado que opiniões sobre nós sejam baseadas em algo sobre o qual não tivemos escolha.

Ele lhe deu um leve sorriso zombeteiro.

— Você se espantou ao saber que sou um duque. O que está condenando?

Descruzando os braços, ela passou os dedos pela borda do copo.

— Não foi porque estava lhe julgando mal. Foi porque...

A voz diminuiu e ela olhou ao redor da taverna. Então, soltou uma rápida e áspera gargalhada antes de voltar o olhar para ele.

— Não podemos ser amigos, não é? Posições diferentes na sociedade e tudo mais. Suponho que, quando você entrou pela porta, eu tive a esperança de que pudéssemos ser.

Ele também tivera essa esperança, mas ela tinha razão. Ele era capaz de traçar a linhagem por gerações de toda pessoa que considerava um amigo. O sangue era limpo. Era um puro-sangue.

— Sabe quem são seus pais?

Tomando um gole do uísque, ela negou com a cabeça.

— Não sei nada sobre meus pais ou de onde vieram. Fui deixada em uma cesta na soleira da porta de Ettie Trewlove.

Falava como se não tivesse sido devastador ter sido abandonada dessa maneira, mas como não seria?

— Você não tem curiosidade em saber?

— Nem um pouco. Ela é minha mãe. Ela, meus irmãos e minha irmã são minha família. Serei honesta com você, Sua Graça, não dou a mínima para o fato de ser uma filha ilegítima, nascida fora de um casamento. As circunstâncias do meu nascimento não me afetam agora. Tenho minha família, meus amigos, minha taverna, minha casa. É tudo que importa para mim. E sou feliz. Não passo fome ou frio. O que mais eu poderia querer?

Pensou em amor, o que era estranho visto que ele nunca havia considerado o sentimento como necessário para se casar. Amor era uma emoção que outras pessoas podiam sentir, mas que um homem em sua posição não poderia aproveitar.

— Um marido e filhos?

Ela sorriu, com os olhos brilhando.

— Isso é uma oferta?

A franqueza dela quase o fez se desequilibrar da cadeira, assim como a percepção de que não era tão contra a ideia quanto deveria ser. Ela era errada para ele em muitos níveis, e ele para ela em outros mais. Mesmo assim, não podia deixar de pensar que ela trouxera à sua vida o que sempre lhe faltara: afeto. Mas não havia esperança para eles, e ela estava apenas o provocando.

— Temo que não.

— Então não é da sua conta, não?

— Suponho que você tem razão.

Empurrou a cadeira para trás.

— Foi bom ver que está se recuperando, Sua Graça, mas tenho clientes para atender.

— Não terminei.

A meio caminho de se levantar da cadeira, deu-lhe um olhar que sem dúvida faria os homens fugirem pela porta.

— Não sou sua empregada para ficar recebendo ordens.

Assumiu que o barulho distante de uma cadeira era do irmão dela ficando de pé.

— Peço desculpas por meu modo grosseiro, mas vim até aqui com um propósito que ainda não mencionei. Por favor, sente-se.

Olhando para trás dele, provavelmente para o irmão, ela deu um aceno de cabeça antes de se sentar novamente.

— Fale logo, então.

— Preciso de sua ajuda para encontrar alguém.

— Os ladrões que fugiram com seu relógio?

— Não. Minha noiva.

Capítulo 8

O PRONUNCIAMENTO DELE NÃO deveria ter feito o coração dela se contorcer, nem deveria ter lhe esmagado o peito. Era uma tola por ter pensado, mesmo que por alguns segundos, que ele lhe fizera uma oferta ao mencionar marido e filhos. Claro que nunca se casariam. Era um maldito duque, e ela, a dona de uma taverna. Ainda assim, a ideia de que queria a sua ajuda para encontrar a noiva era ridícula. Talvez tivesse levado um golpe na cabeça que o deixara estúpido.

— Quer que eu sirva de casamenteira?

Os lábios dele formaram um sorriso irônico.

— Dificilmente. Eu estava nessa área de Londres na noite em que nos conhecemos porque procurava a mulher que me abandonou no altar mais cedo.

— Não me leve a mal, mas, se ela o abandonou — e não conseguia imaginar nenhuma mulher sendo tola o suficiente para fazer isso —, talvez seja melhor desistir dela.

— Sem dúvidas. Mas essa não é uma opção no momento. É imperativo que eu a encontre.

Devia amá-la desesperadamente para estar tão decidido a localizá-la.

— O que o faz pensar que ela está nessa área?

— Ela falou para uma criada aonde estava indo, antes de fugir da igreja.

— No dia em que vocês iriam se casar?

— Sim.

— Deve ter sido um choque para você. E absurdamente mortificante.

— Já tive dias melhores. Então, para onde uma dama iria se não quisesse ser encontrada?

— Ela é nobre, então?

— É filha de um conde.

— Qual o nome dela?

— Não vejo como essa informação pode ser útil em nossa busca.

Então estava disposto a proteger a reputação da mulher mesmo que ela parecesse não se importar nem um pouco com a dele. Também não gostou de ter ouvido as palavras "*nossa busca*". Queria estar irritada por ele supor que ela o ajudaria, mas isso também a agradava — o fato de que precisava de sua ajuda, de que apostava nisso e de que confiava nela.

— Preciso saber pelo menos sua aparência.

— Então você me ajudará?

— Farei algumas perguntas por aí.

Inclinando-se para a frente, ela apoiou os braços na mesa.

— Por que achou que ela estaria vagando pelas ruas no meio da noite?

— Eu estava louco de preocupação, movido pela raiva e pelo álcool, pois parei inúmeras vezes para beber cerveja durante a minha busca. Para me manter forte, claro. Estive procurando por ela desde que descobrimos que havia fugido.

— O que fez para afugentá-la?

— Essa é uma excelente questão e estou ansioso para descobrir a resposta.

— Poderia estar grávida?

— Não seja tola. Ela é uma mulher gentil e de boa criação. Nunca toquei nela.

Apesar de ter sentido um alívio pela confissão, teve dificuldade em acreditar nele.

— Você *nunca* a tocou? Nunquinha?

— Quando dançamos, claro. Oferecia meu braço quando passeávamos por jardins. Beijei-lhe a mão quando aceitou minha proposta de casamento.

Ela o encarou.

— Você nunca fez nada além de beijar-lhe a mão?

— Sou um cavalheiro.

— Você é virgem?

— Bom Deus!

Ele parecia completamente chocado.

— Uma dama não faz perguntas tão impertinentes!

— Mas eu não sou uma dama. E então, você é virgem?

— O que isso tem a ver com a situação?

— Você é? — insistiu.

— Claro que não!

— Você não a desejava?

Ele estudou o resto de uísque em seu copo.

— Não consigo entender como detalhes sobre nosso relacionamento vão nos ajudar a encontrá-la.

Ele tinha razão, claro, mas um pequeno diabo dentro de Gillie estava com ciúme de uma mulher que nunca conhecera, porque ela tivera o afeto dele. Mesmo assim, não conseguia deixar de imaginar o motivo que fizera a mulher fugir. Enquanto procurava pela noiva fujona, também poderia tentar descobrir mais sobre ele. Talvez ele não fosse o tipo de pessoa para quem ela gostaria de trazer a mulher de volta, mas o pensamento lhe pareceu incongruente considerando o que já sabia sobre ele até então.

— Descrição? — falou ela, mudando o caminho de sua interrogação como se ele tivesse razão e sua pergunta anterior tivesse sido rude e não lhe dissesse respeito. As respostas não os ajudariam na busca.

Ele levantou o olhar para o dela.

— De baixa estatura. Mal tenho que levantar os braços quando valsamos.

Isso era algo que ele não poderia dizer se valsasse com ela. Não que fossem fazer isso algum dia, e não que ela repentinamente tivesse sentido vontade de fazê-lo. E também não desejava visualizar outra mulher nos braços dele.

— Cabelo?

— É bonito. Louro.

— Louro claro? Louro escuro?

Thorne franziu a testa.

— Louro.

— Você é um homem que presta atenção aos detalhes... Cor dos olhos?

Pareceu perdido, como se ela tivesse perguntado se a noiva possuía um rabo.

— Com certeza ela não será identificada pela cor dos olhos.

— Possui sardas? Há alguma coisa nela que chama a atenção?

— Ela é bem atraente.

Gillie controlou-se para não rir.

— Isso vai facilitar muito as coisas, não é?

Ele resmungou.

— Tenho uma pequena pintura dela que posso lhe trazer.

— Isso ajudaria muito.

E garantiria que ela o veria mais uma vez.

Esticando o braço, ela colocou a mão sobre o punho cerrado dele que descansava ao lado do copo.

— Você estabeleceu uma tarefa impossível para si mesmo. Se ela não deseja ser encontrada, você não a encontrará. Essa área é repleta de imigrantes e empobrecidos. Há diversas casas em guetos. Duas, três, quatro famílias apertadas em moradias.

— Sei muito bem disso. Ainda assim, preciso tentar.

— Por que não volta aqui amanhã à tarde? Procuraremos em algumas hospedarias e abrigos.

Ele concordou com a cabeça.

— Agradeço sua disposição em me ajudar.

— A ausência dela pode não significar nada. Talvez ela apenas tenha ficado nervosa em relação ao casamento e agora está com medo de voltar para casa, temerosa de que você e a família estejam bravos.

— Ou talvez, como você mesma disse, ela pode ter tido outra ótima razão para não se casar comigo. Não descansarei até saber qual é.

Era estranho que o uísque que bebia agora não fosse tão saboroso quanto o que provara mais cedo no mesmo dia. Sempre preferira Dewar's, mas, sentado no terraço, olhando para o jardim escuro, imaginou se a ausência de prazer teria mais a ver com a companhia que tivera na taverna.

Sentira-se um tanto inadequado respondendo perguntas sobre Lavínia, suas respostas pareciam erradas. Tentou lembrar-se dela com mais clareza.

Os olhos. Fechando os seus próprios, deixou a cabeça cair para trás e os visualizou. Eram da cor de musgo misturado com a cor da terra recém-mexida. Um fino círculo preto rodeando a íris. Quando se perdia em paixão, os olhos escureciam com sua intensidade. Quando ria, clareavam com sua alegria. Podia vê-los em detalhes requintados. Os olhos de uma dona de taverna.

Mas, por sua vida, não conseguia se lembrar dos olhos de Lavínia.

Desde quando Gillie gritara no beco naquela noite fatídica, conseguia recordar-se de todas as palavras que ela dissera. Por mais que tentasse, não conseguia evocar uma única conversa que tivera com Lavínia. Além do pedido de casamento, que, em retrospecto, fora bastante sem graça.

— Você me daria a honra de se tornar minha esposa?

— Ficaria encantada.

Faltara paixão, mas paixão não era necessária em um casamento. Claro, uma pessoa comum não saberia disso. Pessoas comuns eram governadas por instintos mais básicos. Era essa a razão que os levava a ter filhos fora do casamento.

Não conseguia imaginar o tipo de pessoa que deixaria um bebê na porta da casa de alguém. E se a mulher não a tivesse acolhido? E se ela não tivesse sido encontrada até que a natureza lhe tirasse a vida?

A raiva que lhe atravessou o corpo com esse pensamento fez sua mão tremer. Sem dúvida, a reação era resultado da gratidão que ainda sentia pela mulher que salvara sua vida. Que seu coração havia acelerado ao vê-la quando entrou pela primeira vez na taverna, e que ele estava ansiando por vê-la no dia seguinte eram apenas coincidências, a consequência de ainda não ter superado o quão perto tinha chegado de morrer e de como ela o puxara dos braços da Morte.

Capítulo 9

DE FRENTE PARA O espelho, Gillie estudou seu reflexo e se sentiu enojada consigo mesma por estar vestindo algumas de suas melhores roupas — uma saia azul-escuro e uma camisa branca, ambas normalmente reservadas para visitar a mãe. Acrescentara ao visual um casaco curto sem botões, também azul-escuro, com pequenas bolinhas vermelhas bordadas, que, geralmente, usava no Natal. A ocasião estava a meses de distância, mas estava se vestindo daquela maneira para impressionar o duque.

Suspirou profundamente. Trocaria de roupa para as que usava, mas não tinha muito mais tempo antes de abrir a taverna, às 10h, e já estava atrasada. De manhã, tomara banho e lavara o cabelo. Naturalmente, as mechas curtas resolveram se rebelar após terem secado e apontavam para todos os ângulos como se ela fosse um porco-espinho. Então tivera que lavar o cabelo mais uma vez e penteá-lo continuamente para impedir outra rebelião. Questionara sua vestimenta como se Thorne não estivesse acostumado a ver damas vestidas nas sedas mais finas do mundo. Decidira adicionar o casaco no último minuto porque, embora fosse agosto, era possível que esfriasse.

Com mais um suspiro, virou-se e saiu de casa. Não deveria ter concordado em ajudá-lo. Sim, conhecia o bairro, mas ele estabelecera uma tarefa impossível a si mesmo.

— Uma agulha em um palheiro — murmurou para si mesma, ao entrar na taverna pela porta dos fundos, que dava acesso à cozinha.

— Minha nossa, Gillie! Já é Natal? — perguntou Robin, de seu lugar na mesa de madeira utilizada para as refeições dos funcionários.

— Não, garoto, mas tenho um compromisso mais tarde e pode ser que esfrie.

— Vai encontrar o Papai Noel?

— Não! Não é época de Natal ainda.

— Acho que você está adorável — afirmou Hannah, enquanto mexia uma colher em um grande caldeirão no forno.

Não havia dúvidas de que sua cozinheira gostava das refeições que preparava. Era apenas o esqueleto de uma viúva quando Gillie a contratara, mas agora exibia curvas rechonchudas que confortavam suas crianças, mesmo que elas já estivessem quase crescidas.

Gillie sentiu o rosto aquecer com o elogio.

— Vesti-me por causa do tempo.

— Claro que sim. Roger Risonho disse que você recebeu a visita de um cavalheiro na noite passada.

— Não seja tola. Era apenas um cliente.

— Você não se senta com clientes.

— É complicado explicar...

A cozinheira sorriu maliciosamente.

— Ele disse que era um bonitão.

Revirando os olhos, bufou. Seria um dia de bufos e suspiros.

— Essa sopa estará pronta quando abrirmos?

— Está pronta agora. Quer um pouco?

— Não, obrigada.

Seu estômago estava um emaranhado estúpido de nós. Duvidava que poderia comer qualquer coisa durante o dia.

— Só queria ter certeza de que tudo estará pronto.

Caminhou até o bar, a parte principal da taverna. Atrás do balcão com duas fileiras de barris alinhadas às costas, Roger Risonho estava arrumando o caixa.

— Você é o maior fofoqueiro desse lado do Tâmisa.

Olhou-a por trás do ombro, e seu olhar levantou-se ligeiramente para encontrar o dela. Apesar de sua forte estrutura corporal, não a ultrapassava em altura.

— O que eu fiz?

— Não precisa sair contando a todos o que eu faço.

Ele deu de ombros.

— Não é todo dia que um riquinho aparece por aqui. E você nunca se sentou com um homem antes.

— Eu sento com meus irmãos.

Ele riu e voltou a contar o dinheiro.

— É diferente, Gil. É diferente.

Deveria demiti-lo por falar com ela com tamanho desrespeito, deixá-lo desesperado para encontrar outro emprego. Pena que gostava tanto dele, e era um bom trabalhador.

— Quando as coisas ficarem mais calmas de tarde, darei uma saída.

— Com seu cavalheiro?

— Ele não é meu cavalheiro.

Roger Risonho fechou o caixa, apoiou-se contra o balcão e cruzou os braços grossos em frente ao amplo peitoral.

— Precisa se certificar de que ele sabe disso. Vi a maneira como olha para você.

— Ele já tem alguém.

— É casado, então?

— Ainda não.

— Muitos homens mudam de ideia antes de subir ao altar.

Esse obviamente não o tinha feito. Subira ao altar, fora abandonado e mesmo assim queria encontrar a noiva fugitiva. Claramente a via em seu futuro. Suspirou mais uma vez.

— Ele pode mudar de ideia o quanto quiser. Não tenho interesse em me amarrar a um homem. Abra a porta. Vamos começar o trabalho.

— É preciso apenas um, Gillie.

Roger Risonho começou a ir em direção à entrada, mas parou quando ela perguntou:

— Oi?

— É preciso apenas um, se ele for o certo, para fazê-la mudar de ideia.

— Farei trinta anos em dezembro.

— E eu acabei de fazer 43, mas aqui estou eu, tão apaixonado quanto um adolescente.

— Por quem?

Ele abriu um enorme sorriso.

— Adivinhe.

Abriu a porta e os clientes começaram a entrar, não lhe dando tempo para pensar em nada, muito menos na razão pela qual concordara em ajudar o duque.

92

— Então, como ela é?

Thorne olhou para a mulher que andava a seu lado pela rua abarrotada, com o olhar tão questionador quanto o tom de voz. Nunca antes falara com uma mulher sem precisar abaixar o olhar. Gostava dessa nova experiência. Também gostava de não precisar encurtar os passos para que ela conseguisse acompanhá-lo. As pernas longas facilmente acompanhavam os passos dele, ou o fariam se ele não estivesse mancando ligeiramente. Mesmo com a bengala, sua coxa e suas costas protestavam contra os movimentos.

O chapéu que ela usava não tinha qualquer tipo de enfeite. Nenhuma fita, nenhuma flor, nenhum laço. Parecia algo que um fazendeiro usaria ao arar seus campos. Supôs que ela não tinha o cabelo comprido o suficiente para utilizar um grampo, então manter um chapéu mais feminino no lugar seria um desafio, já que andava rápido e a passos largos. Homens tiravam o chapéu para ela. Mulheres sorriam para ela, cumprimentavam-na pelo nome quando passavam. Crianças corriam até ela, abraçavam-lhe as pernas, recebiam uma moeda de madeira em troca do gesto e partiam em disparada.

Era gratificante observá-la, confortável e relaxada em um ambiente que o fazia esperar ser furtado a qualquer momento.

— Já lhe disse. De baixa estatura, bonita.

Recebeu um olhar feio.

— Não. Perguntei *como* ela é. Não a sua aparência. O que ela gosta de fazer? Quais são seus passatempos? Quando quer um tempo para si mesma, o que faz? O que faz durante o dia?

Estava envergonhado de admitir que não fazia ideia.

— Ela tem compromissos matinais, naturalmente.

Todas as damas têm.

— Vai a costureiros. Faz compras. Realiza trabalhos de caridade.

— Como o quê?

— Que diferença isso faz?

Ela desviou com facilidade de um homem rotundo que não parecia disposto a desistir de seu espaço na rua. Sua mão descoberta deslizou pela enluvada dele, e amaldiçoou o couro que formava uma barreira entre as peles.

— Se ela trabalha com órfãos, podemos visitar orfanatos ou casas de refugiados. Se ajuda mendigos, podemos perguntar em abrigos ou igrejas. Talvez alguém a tenha visto nesses lugares.

Como conhecia Lavínia há tanto tempo e, ainda assim, sabia tão pouco sobre ela? Era uma dama respeitável com um *pedigree* exemplar. Tinha uma vaga ideia de como damas passavam o dia, mas não sabia nenhum detalhe que envolvia a mulher com quem pretendia se casar. Conversavam sobre livros, jardins e o clima. Realmente pretendera passar o resto de sua vida falando sobre livros, jardins e o clima?

— Normalmente fazíamos passeios de carruagem pelo parque, mas, além disso, estou envergonhado em admitir que não sei nada sobre como ela passava o dia.

Não podia dizer se Gillie estava desapontada ou enojada por sua falta de conhecimento.

— Então temos um desafio à frente — comentou, levemente, como se a questão não tivesse importância, mas ele suspeitava que ela não teria feito as perguntas se fosse esse o caso. — Sabe se ela tinha algum dinheiro consigo?

— O irmão deveria lhe dar uma mesada. Ela pode ter guardado o dinheiro... — Esperava que ela tivesse uma grande quantia. Não queria pensar nela sentada contra uma parede ou encurvada em um banco, com olhos vazios observando o nada, como inúmeras pessoas pelas quais haviam passado. Não queria considerar que estava passando fome, ou frio, ou medo, não sabendo o que a esperava. Sacudiu a cabeça para espantar os pensamentos sombrios. — Não sei se planejava fugir desde sempre, ou se foi uma decisão de momento.

Estivera cada vez mais quieta nos últimos tempos. Teria começado a ter dúvidas em relação ao casamento? Lady Aslyn estava prometida ao conde de Kipwick antes de dispensá-lo por Mick Trewlove. Lavínia estivera estranhamente silenciosa e reservada no casamento de lady Aslyn, quase melancólica. Será que a mudança de ideia de lady Aslyn plantara sementes de dúvida em seu coração?

— Uma decisão de momento — afirmou Gillie, de supetão.

Ele quase riu.

— Como pode ter tanta certeza disso?

— Você parece ser uma pessoa razoável. Por que ela não lhe contaria sobre seus receios, que havia mudado de ideia?

— Talvez temesse que eu tentasse convencê-la do contrário.

— Não desistiria dela?

— Para ser sincero, não sei. Fiz uma promessa...

E uma promessa em um leito de morte não deveria ser tratada como qualquer coisa. Além disso, Lavínia não era uma adolescente volúvel. Já era adulta e deveria saber o que queria, deveria ter entendido a solenidade de aceitar a proposta dele.

— Suponho que há algum conforto em saber que você é um homem que mantém suas promessas. Mas, às vezes, nem mesmo os juramentos mais bem-intencionados devem ser cumpridos.

Imaginou se ela já fizera uma promessa que não pôde cumprir.

Ao lado de um menino sentado contra um poste de luz, ela se abaixou e lhe ofereceu uma de suas moedas de madeira. O garoto encarou o objeto. Ela disse algo que Thorne não conseguiu ouvir. Então, com um grande sorriso, o menino pegou a moeda dos dedos dela e saiu correndo pela rua. Quando ela se endireitou, ele perguntou:

— O que são essas moedas?

Parecendo envergonhada pela pergunta, colocou a mão no bolso de sua saia, causando um barulho de madeira contra madeira, e continuou andando.

— Elas podem ser trocadas por uma tigela de sopa na porta dos fundos da taverna.

Havia entregado as moedas para homens, mulheres e crianças.

— Como sabe quem está passando por necessidade?

Ela deu de ombros.

— Está nos olhos. Os olhos dizem quando alguém está com fome.

Tão fixado em suas preocupações, não prestara atenção, enquanto a mulher estivera incrivelmente consciente de seu entorno, parecendo notar tudo.

— Você passou fome quando criança?

— Mais vezes do que conseguiria contar.

Era incapaz de imaginar a sensação. Seu estômago sempre estivera cheio. Mais que cheio, na verdade.

— Como sabe que as pessoas não estão tirando proveito de sua generosidade?

Ela parou e o encarou.

— Se não estivesse passando por necessidade, aceitaria um ato de caridade?

Thorne deu um longo aceno de entendimento. Ficara incomodado pela recusa dela em receber um pagamento por ter cuidado dele depois de ter sido atacado. Não gostava de sentir-se em débito. Devia a ela por sua assistência nesse dia também. Sem dúvida, seria necessário um pouco de criatividade para garantir que ele a pagasse corretamente. Um pagamento que poderia lhe dar uma desculpa para passar mais tempo com ela.

— Não. Suponho que não.

— Está aí sua resposta — afirmou, em tom energético. — Vamos perguntar aqui.

Sem esperar por ele, marchou pelo caminho, subiu três degraus — degraus que ela poderia ter esfregado quando criança — e bateu na porta. Sem dúvidas, ela era a mulher mais independente que já conhecera. Não precisara de seu braço para apoio ou de sua permissão para agir.

A porta se abriu, e uma mulher encurvada o analisou lentamente antes de voltar a atenção para Gillie.

— Olá, sra. Bard.

— Gillie.

A dona da taverna conhecia todo mundo? Será que todos a conheciam?

— Algum hóspede novo nos últimos tempos?

— Os meus quartos estão cheios há alguns meses. Ninguém novo.

— E em sua sala comunitária?

A mulher se mexeu como se tivesse sido pega na mentira.

— Eles vêm e vão. Especialmente aqueles que dormem nas cordas.

Thorne ainda estava tentando entender ao que a mulher se referia quando Gillie perguntou a ele:

— Trouxe o pequeno retrato?

— Ah, sim.

Retirou do bolso o retrato de Lavínia que ela lhe dera semanas depois do noivado. Presumiu que ela estivesse frisando o compromisso com ele.

Sua parceira de busca pegou o objeto e deu uma breve olhada antes de segurá-lo perto do nariz da sra. Bard.

— Ela dormiu aqui?

Estreitando os olhos, a velha mulher chegou mais perto do retrato e negou com a cabeça.

— Nunca a vi.

— Tem certeza? — perguntou ele.

Um dos olhos se estreitou ainda mais e ela o encarou.

— Está duvidando dos meus olhos ou da minha língua?

— Nenhum dos dois — afirmou Gillie, rapidamente, enquanto devolvia o retrato a Thorne. — Ele só está ansioso por encontrá-la.

— Fugiu de você, né? Bateu nela?

— O quê? Não, claro que não! Não seja ridícula!

— Ah, um homem de palavras difíceis. Ele não é do seu tipo, Gillie. Muito esnobismo nele.

— Pode me avisar se a vir andando por aí? — pediu Gillie.

— Talvez...

— Ganhará uma libra, e sua primeira caneca de cerveja no Sereia é por conta da casa.

A mulher deu um sorriso malicioso e um aceno de cabeça.

— Tem minha palavra, agora.

— E... — Gillie lhe entregou diversas moedas de madeira. — Para os que dormirão nas cordas essa noite.

A mulher guardou as moedas no bolso do avental.

— Se houvesse mais gente como você, Gillie, o mundo seria um lugar melhor.

— Há muitos como eu, sra. Bard. Tenha um bom dia.

Ela virou-se e foi em direção à rua.

Thorne começou a segui-la, mas a mulher o parou:

— Se machucá-la, as pessoas daqui vão matá-lo.

Olhou para a sra. Bard.

— Não tenho planos de machucá-la.

— Só porque não tem planos, não significa que não vai acontecer.

Ela fechou a porta, fazendo-o se sentir o pior tipo de canalha por realmente gostar da companhia de Gillie. De fato, estava preocupado por tirar vantagem do desaparecimento de Lavínia e utilizá-lo como desculpa para ter uma razão viável de mancar ao lado de Gillie enquanto ela batia na porta de uma pensão atrás da outra. Tinha de admirar a maneira como ela conseguia falar com as pessoas sem ofendê-las. Parecia que toda vez que ele abria a boca, as pessoas imediatamente o odiavam. Não conseguia entender alguns dos termos que ela falava, e não conhecia aquelas pessoas pelo nome.

Haviam acabado de sair da sexta casa quando ela fez uma curva abrupta em um beco e se aproximou sem medo do que parecia ser um abrigo improvisado, algum tipo de lona ou tecido apoiado por gravetos finos. Detritos cobriam o chão, e ele andou com cuidado para evitar pisar em algo que o obrigasse queimar suas botas mais tarde. Ela se agachou na frente do que parecia ser uma abertura. Apesar do protesto de sua perna, ele repetiu o movimento e quase recuou com o fedor fétido de detritos humanos e carcaça apodrecida que emanava do homem barbudo, de cabelo emaranhado e quase desdentado que estava encolhido no local.

— Olá, Petey. — Ela o cumprimentou como se fosse um amigo íntimo. — Queria saber se você recebeu algum relógio nos últimos tempos.

Ele estava olhando para Thorne, avaliando seu tamanho, em vez de olhar para Gillie.

— Posso ter recebido. Quem ele é para você?

O coração de Thorne pulou em seu peito. Estava procurando Lavínia, mas se conseguisse recuperar o relógio...

— Cinco libras se ainda tiver o que estou procurando.

O homem maltrapilho tirou uma bolsa das costas e derrubou três relógios nos farrapos sujos à frente, então acenou com a mão como se estivesse apresentando um presente. Thorne não precisou examiná-los para saber que as peças prateadas não eram a dourada que estava procurando.

— Tem um dourado?

O homem negou com a cabeça, mas pareceu culpado.

— Você teve um dourado? — perguntou Gillie.

— Não recentemente.

Ela se virou para Thorne.

— Ele tinha algo de diferente?

— Um brasão com uma videira de rosas circulando um leão com um espinho na pata.

O sorriso que ela deu o fez querer lhe envolver o rosto com a mão e passar o dedo por seus lábios delicados.

— Uma videira espinhosa, suponho, e um espinho na pata para Thornley.

— Temo que meus ancestrais não eram os mais criativos.

Gillie voltou a atenção ao homem.

— Algo do tipo, Petey?

— *Nah*. Não me trazem as coisas boas.

— Se souber dele circulando por aí, me avise. Farei com que o trabalho valha a pena.

Então, pegou uma das mãos sujas — tocando-a com a própria de bom grado —, depositou duas moedas de madeira na palma e fechou os dedos dele em torno do presente.

— Cuide-se, Petey.

— Você também, Gil.

Levantou-se e começou a se afastar. Ele se uniu a ela.

— Creio que ele seja um revendedor de objetos roubados.

Ela o encarou.

— Sim.

— Não parece ser um bom revendedor se está vivendo daquele jeito.

— Ele vivia muito melhor antes de sua mulher e seu filho morrerem uns anos atrás. Cólera. Agora ele só está triste.

Lembrou-se de como desejara se isolar do mundo depois que os irmãos morreram, e, então, quando o pai morreu. Entretanto, nas duas instâncias, responsabilidades o impediram de fazer o que queria.

— Você está sentindo dor — disse ela, em tom solidário. — Não pensei muito no fato de que ainda está se recuperando.

Odiava admitir que sua perna o estava praticamente matando.

— Estou bem.

— Está mancando mais. Eu também gostaria de um descanso. Há um café na esquina.

— Eu digo para continuarmos.

— Pode continuar, se quiser. Eu irei tomar um pouco de café.

— Você sabe muito bem que não tenho ideia de quem eu posso me aproximar para fazer perguntas.

Aquele sorriso novamente, dessa vez com um leve indício de triunfo.

— Então suponho que seja melhor se juntar a mim para um café.

Gillie era uma das poucas damas no local, mas não parecia se incomodar com isso. Um grupo de mulheres que estava de pé o olhava, dando-lhe um sorriso voluptuoso vez ou outra. Viu quando uma delas guiou um cavalheiro para o andar de cima. Não era incomum que um café também fosse um bordel, alugando quartos por hora. Imaginou se Gillie sabia disso. Suspeitava que sim. Ela parecia se familiarizar com todos os aspectos daquela área de Londres.

Imaginou se já teria levado um homem — um que não estivesse ferido — para seu quarto. Duvidava muito. Não era o tipo de mulher que flertava, mas, ainda assim, algo nela a fazia ser encantadora. Talvez fosse o fato de não perceber o próprio encanto. Nem mesmo a vestimenta simples e o cabelo curto conseguiam diminuir o efeito. Era como o sol que brilhava mesmo escondido por nuvens.

Erguendo a caneca pesada, colocou-a sob o nariz fino e inalou o aroma. Os olhos se fecharam, e a expressão de êxtase que tomou seu rosto fez a parte inferior do corpo dele se contrair em dor. Queria ser a causa do suspiro suave que escapou dos lábios delicados e entreabertos pouco antes de tomar um gole da bebida escura.

Sorrindo, ela abriu os olhos.

— Eu amo café.

— Não teria adivinhado.

O que era uma completa mentira, pois era óbvio que ela adorava o sabor.

— O que quis dizer para a sra. Bard quando mencionou as pessoas que dormem em cordas?

Pareceu surpresa com a pergunta.

— Nem todo mundo tem o luxo de dormir em uma cama. Ela tem um quarto com alguns caixotes alinhados. Se uma pessoa não consegue pagar por um, pode dormir em um banco por um valor menor. Tem uma corda esticada pelo quarto que fica mais ou menos na altura do peito para que a pessoa coloque os braços sobre ela e não caia do banco ao pegar no sono.

Thorne ficou bastante chocado com a ideia. Muitos nobres se envolviam em trabalhos de caridade e, apesar de ter feito inúmeras doações a causas de colegas, não sabia dessa condição.

— Parece terrivelmente desconfortável.

— Ah, é, sim.

Sentiu o estômago contrair ao pensar nela pendurada em uma corda.

— Já dormiu dessa maneira?

— Quando eu tinha quinze anos, e apenas como brincadeira para ver como era. Minha mãe sempre me providenciou uma cama antes de eu poder comprar uma.

— Sua voz fica mais suave quando fala dela.

Dando de ombros, tomou mais um gole de café, observando-o por cima da borda da caneca. Era estranho não se lembrar de Lavínia o estudando dessa forma e não tinha lembranças de tê-la estudado também. Por outro lado, conhecia Lavínia há anos, seus pais haviam garantido que se conhecessem e entendessem que estavam destinados a se casar.

— Tenho de admitir que estou surpreso por você conhecer tão bem a área e as pessoas.

Ela piscou e colocou a caneca na mesa.

— Achei que fosse por isso que tivesse pedido a minha ajuda.

— Bom, sim, mas ainda assim subestimei seu conhecimento. Suponho que você cresceu nessa região.

— Não em Whitechapel, especificamente, mas nas proximidades. Estou aqui desde os dezenove anos, quando abri minha taverna.

— Quanto tempo faz isso, então? Uns seis anos?

Ela riu, um som que fez os homens virarem a cabeça para prestar atenção, e ele suspeitou ser motivo de inveja para alguns por estar sentado com Gillie perto da janela.

— Um pouco mais de uma década.

O que a fazia uma mulher madura, não uma moça inocente e inexperiente. Certamente, uma mulher que teve amantes. Ou pelo menos, em algum momento, um marido. Talvez fosse viúva. Não gostava de pensar nela com outro homem, tomando café e compartilhando uísque. Algo parecido com ciúme correu por suas veias ao pensar em outro deitado em sua cama, abrindo os olhos para encontrá-la cuidando dele.

— Já foi casada?

— Nem uma vez.

A maioria das mulheres ficaria envergonhada pelo fato, mas ela parecia considerá-lo uma medalha de honra.

— Por que não?

— Não sou o tipo de mulher que é amada por um homem e não me casarei sem amor. Estou contente com o que tenho.

Ele franziu a testa.

— Por que pensa assim?

— Não sou pequena e delicada, o tipo de mulher que faz um homem sentir-se ainda mais másculo, o tipo que um homem gostaria de colocar em uma prateleira para observar, então pegar e brincar de vez em quando. Nem sou dócil. Homens se sentem ameaçados por mulheres que sabem se defender. Então, os homens ficam feios. Tornam-se difíceis de serem amados. Não tenho ninguém para me dizer o que posso ou não fazer. Talvez tenha sido por isso que sua noiva fugiu.

— Está insinuando que fiquei lhe dando ordens?

Ela deu-lhe um olhar aguçado.

— Garanto que não o fiz. Uma das razões pela qual a pedi em casamento é porque era um modelo de comportamento adequado a ser seguido e não precisaria ser instruída por mim.

O que também fora uma das razões pela qual não hesitou em garantir ao pai, em seu leito de morte, que seguiria os termos do contrato.

— Um modelo a ser seguido? Uau. Ela deve ter amado quando você sussurrou isso no ouvido dela.

Estava provocando ele novamente, mas Thorne não gostou do que insinuava.

— Nunca sussurrei no ouvido dela.

— E por que não?

Ele a encarou.

— O que disse?

— Não fez coisas com ela que não deveriam ser feitas?

— Claro que não! Eu a respeito demais para isso.

Recostando-se na cadeira, ela cruzou os braços sobre o peito e o olhou com firmeza.

— O quanto você a ama?

Mexendo-se na cadeira, ele olhou ao redor. A audácia daquela mulher não deveria ser tolerada. No entanto, não conseguia esconder-lhe a verdade. Voltou a atenção para ela.

— Eu não a amo.

Malditos nobres! Sabia que tinham casas extravagantes e roupas elegantes, vidas imaculadas que eram constantemente limpas, mas parecia que não sujavam nenhum aspecto de sua existência com algo tão mundano quanto uma emoção.

— Então, por que casar com ela? — Gillie fechou os olhos, sabendo a resposta antes de ouvi-la. — Porque é um *modelo* de comportamento adequado e você é um duque. E precisa de uma esposa adequada. Uma mulher de linhagem pura que conhece gerações de seus ancestrais.

Algo que ela nunca poderia fazer. Abriu os olhos.

— E seu orgulho não a deixará escapar.

— Talvez tenha sido guiado por meu orgulho na primeira noite e ele pode ter sido a causa da idiotice que me colocou em seus cuidados. Não sei o que teria feito se a tivesse encontrado. Expressar meu desapontamento. Demandar respostas. Arrastá-la de volta para a igreja.

Ele balançou a cabeça.

— O irmão e a mãe dela insistem em que nos casemos, mas não a forçarei. Não quero que ela viva com medo de não ter outra saída além de se esconder. Sinto que algo está errado e quero acertar as coisas.

Olhou ao redor.

— Por que ela viria para essa área?

Parecia sincero em sua busca para tranquilizar e ajudar a mulher.

— É mais fácil de se esconder e se misturar nessas ruas porque estão sempre abarrotadas de pessoas. Ou de recomeçar. Mudar o nome. Ninguém pede para que prove que o nome que diz é o mesmo que lhe foi dado quando nasceu. Ou, talvez, ela conheça alguém daqui.

Ele pareceu congelar.

— Como quem?

— Bom, não sei. Eu não a conheço.

Estendeu a mão.

— Posso ver o retrato?

Ela havia visto a pintura apenas de relance quando a mostrou para as pessoas. Agora, estudava as feições delicadas. A mulher parecia familiar, mas não conseguia se lembrar de onde poderia tê-la visto. Teria passado pelo A Sereia? Teriam se cruzado quando andavam na rua?

— É muito bonita.

— O tipo errado de pessoa pode tirar proveito disso.

Soava verdadeiramente preocupado, e talvez um pouco culpado, como se fosse a causa que levara a mulher até ali. E falava a verdade. Um tipo impróprio de pessoa poderia utilizá-la para encher os bolsos de moedas.

— Por que ela? Por que a pediu em casamento? Tenho certeza de que existem muitos "modelos de comportamento adequado" entre os aristocratas.

Ele lhe deu um sorriso triste.

— Existe um pedaço de terra que é vizinho à minha propriedade de duque. Ele foi reservado para servir como dote da filha de um conde em particular, e todos os duques antes de mim planejavam que o filho casasse com a filha do conde para tomar posse daquela terra, mas nenhum conde teve uma filha até então. No dia seguinte ao nascimento dela, o pai dela e o meu se reuniram e resolveram tudo, assinaram um contrato para determinar que nos casaríamos. Eu tinha onze anos na época. Minha opinião sobre o assunto não foi questionada, nem desejada. Quando eu tinha quinze anos, no leito de morte de meu pai, prometi a ele que honraria os termos do contrato e que a terra que significava tanto para cada duque antes de mim se tornaria nossa. Era esperado que nos casássemos, mas nenhum de nós estava com pressa. O irmão dela, que é um amigo, começou a me apressar nos últimos tempos, porque ela estava envelhecendo. Então, decidimos que era hora. Ela e eu sempre nos demos muito bem.

Thorne deu de ombros.

— Nunca achei que casar com ela seria uma dificuldade, embora esteja um pouco chateado comigo mesmo agora por perceber que posso ter lhe feito um desserviço. Estava disposto a tomá-la como esposa quando meus sentimentos por ela não eram fortes. Quando ela não me intrigava... diferente de você.

Com o coração disparado, Gillie desejou que estivesse bebendo uísque em vez de café.

— Você gosta de um pouco mais de dureza, então?

— Você não é nem um pouco dura. Tem o toque mais gentil que já senti. É generosa, distribuindo suas moedas de madeira para qualquer um que pareça estar precisando. Você tira um momento para oferecer palavras gentis aqui e ali. É óbvio que as pessoas pensam muito bem de você.

Não estava acostumada a elogios, não gostava de recebê-los aos montes.

— Elas só não querem que eu pare de servi-las.

— É modesta, também.

— Preciso voltar para o Sereia.

Levantou-se. Ele repetiu a ação um pouco mais devagar, e ela suspeitou que não estivesse tão recuperado quanto havia dito.

— Hoje, dei-lhe uma amostra do que o espera. Não vai encontrá-la se ela não desejar ser encontrada, mas podemos continuar a busca amanhã, se quiser.

— Eu quero.

— Certo.

Desejou que lhe houvesse dado outra resposta, mesmo que esperasse receber a que ouviu. Era uma grande tola. Queria passar mais tempo em sua companhia, porque a verdade era que ele também a intrigava.

Capítulo 10

Naquela noite, o olhar de Thorne encontrou o de Gillie assim que ele entrou na taverna. O local estava mais cheio, mas ela não parecia nem um pouco atrapalhada. Pelo contrário. Parecia extremamente feliz quando virou o olhar e sorriu para algum cavalheiro ao lhe entregar uma cerveja antes de voltar a atenção para Thorne. Estava em seu habitat, confortável e à vontade, do mesmo modo que as damas que ele conhecia se sentiam em bailes, felizes por estarem dançando e aproveitando uma visita. Nunca lhe ocorrera que uma mulher podia encontrar satisfação no trabalho.

Vasculhando o ambiente, notou dois homens deixando uma mesa perto da janela e foi na direção dela. Uma garçonete loura e bonita chegou antes dele, pegou os dois canecos vazios, limpou a mesa e bateu o pano na mão de um homem que tentou pegar uma das cadeiras, impedindo-o efetivamente. Então, movendo um lado do quadril, deu a Thorne um sorriso atrevido.

— Olá, bonitão! Procurando um lugar para sentar?

— Estou, na verdade.

Ela deu um tapinha na mesa.

— Sinta-se em casa.

Aproximou-se dele e piscou-lhe os olhos.

— O que vai querer?

— Pode deixar comigo, Polly — disse Gillie.

A moça — que, Thorne tinha quase certeza possuir idade para debutar naquela temporada se tivesse nascido na aristocracia —, virou-se para Gillie, e seu jeito sedutor evaporou por completo.

— Posso atendê-lo, Gillie.

— Eu sei, querida. Mas ele está aqui para conversar comigo, e acredito que, se der toda a sua atenção a ele, deixará os outros clientes sem nenhuma.

— Mas acho que ele dará algo extra que valerá a pena.

— Você terá o "algo extra". Agora vá e atenda os outros clientes.

Com um beicinho, Polly se afastou. Ele teve que conter o riso.

— Não esperava causar tanto rebuliço.

Gillie colocou um copo de uísque em sua frente.

— Polly está sempre buscando um homem para se casar.

— Suponho que devo dizer a ela que sou comprometido.

Ela inclinou a cabeça, pensativa.

— É? A ação da sua noiva parece indicar o contrário.

— Bom...

Mesmo que Lavínia ainda estivesse disposta, e mesmo com o aumento do dote por parte do irmão dela, ele não tinha certeza de que poderia se casar sabendo das dúvidas dela, e também não se contentaria mais com um casamento que não lhe interessasse. Queria encontrá-la, conversar com ela, tranquilizá-la, mas tomá-la como esposa era improvável, apesar da promessa que fizera a seu pai.

— Não esperava vê-lo até amanhã à tarde — afirmou Gillie.

— Estive pensando...

Puxou uma cadeira e estendeu a mão em direção a ela.

— Pode se sentar?

Ela pegou a cadeira que estava ao lado da que ele lhe ofereceu e se sentou. Não tinha certeza se ela não estava acostumada à cortesia de um cavalheiro puxando-lhe uma cadeira ou se estava se esforçando para mostrar que não seria influenciada por seus encantos. Ele se sentou. Ela moveu o copo que colocara na mesa para mais perto dele — a dona da taverna sempre faz questão de agradar os clientes.

— Não vai me acompanhar na bebida?

Gillie negou com a cabeça.

— Ainda tenho grande parte da noite pela frente. Não quero me acostumar ao hábito ruim de beber antes de fechar a taverna.

Alguns consideravam beber um pecado. Ela convidava as pessoas a fazê-lo, mas ainda se preocupava com hábitos ruins. Ele não entendia por que aquilo o encantava, mas muitas outras coisas sobre ela tinham o mesmo efeito.

— Decidiu desistir de sua busca?

— Não, mas estava pensando que, independentemente da quantia de mesada que ela economizou, teria que conseguir mais dinheiro.

Não queria pensar em Lavínia dormindo nas cordas ou estendendo a mão por uma moeda de madeira que lhe daria uma tigela de sopa quente.

— Nessa tarde, percebi que meu conhecimento sobre ela é praticamente nenhum. Entretanto, não consigo pensar nela costurando, dando aulas ou — olhou ao redor — servindo cerveja a cavalheiros. Mas me lembro de um recital no início do verão no qual ela tocou piano e cantou. É bem talentosa, então pensei que, talvez, cantaria por comida.

— Não temos muitas casas de ópera em Whitechapel.

— Mas há outros lugares onde as pessoas se entretêm.

Com os olhos arregalados, ela se inclinou para a frente.

— Você acha que ela seria capaz de cantar em um teatro marginal?

Fazia anos, pelo menos uma década e meia, que ele e seus companheiros procuraram por entretenimentos imorais em Londres. Nem tinha certeza de que o lugar que frequentaram ainda existia ou como encontrá-lo, já que geralmente estava bem alcoolizado nas ocasiões em que o visitara.

— Se estivesse desesperada. E tenho que imaginar que ela está, já que fugiu sem dizer uma única palavra. Preciso que ela saiba que não haverá repercussões, que ela pode voltar para casa e que resolveremos essa bagunça como pessoas civilizadas.

— Suponho que deseja fazer isso essa noite.

— Se puder me emprestar um pouco de seu tempo.

— Não gosto de abandonar minhas responsabilidades.

— Sei que estou pedindo muito. Se eu puder pagar...

Ela virou a cabeça rapidamente para encará-lo.

— Não ouse me oferecer dinheiro!

— Sinto que preciso compensá-la de alguma forma, pois estou me tornando um estorvo.

— Você vai me dever. Descobriremos exatamente o quê quando a encontrarmos.

— Geralmente não entro em uma situação sem saber quanto irá me custar.

Cruzou os braços e se recostou na cadeira.

— Então encontre-a sozinho.

A questão é que ele provavelmente conseguiria encontrar Lavínia sem a ajuda dela, mas a tarefa demoraria muito mais pois não teria os recursos de

Gillie, nem conhecia as mesmas pessoas que ela. Também era muito mais agradável procurá-la tendo a mulher a seu lado.

— Confiarei que será justa em suas demandas.

Os lábios delicados se abriram em um sorriso tão vitorioso, sedutor e astuto que Thorne sentiu calor. Desejo e tentação percorreram todo o seu corpo e penetraram na profundeza de sua alma.

— Ah, tolinho!

Ela bateu as mãos na mesa.

— Avisarei Roger Risonho que vou me ausentar por um tempo.

Ele franziu a testa.

— Roger Risonho?

— Meu atendente principal.

— O nome dele é Roger Risonho?

Gillie deu de ombro.

— É o que ele diz. Isso é outra coisa que você precisa considerar. Ela pode ter trocado de nome, ido para outro lugar. O fato de ela ter pedido para alguém trazê-la aqui não significa que continua por aqui. As pessoas escapam de suas circunstâncias de variadas maneiras.

Thorne entendia, mas queria encontrá-la antes que o irmão ou os homens que ele contratara o fizessem.

— Mesmo assim, não conseguirei viver comigo mesmo se não tentar encontrá-la.

— Muito bem. Dê-me alguns minutos.

Observou enquanto ela voltava para o bar. Ao contrário das mulheres que trabalhavam para ela, não remexia os quadris de forma provocativa ou distribuía sorrisos atrevidos. Aqui e ali, parava para trocar algumas palavras, colocava a mão no ombro de alguém ou pegava um copo vazio. Os movimentos de Gillie refletiam a suavidade, a descontração e a naturalidade de quem já os fizera milhares de vezes, ou mais. Era claramente adorada por homens e mulheres que estavam ali para tentar relaxar ao fim de um dia difícil.

Era estranho perceber que estava começando a adorá-la também.

Não podia acreditar que ficaria mais tempo longe da taverna para ajudar um duque, mas ele soara tão sincero em sua necessidade de encontrar a mulher que Gillie não podia lhe negar ajuda. Quando chegou ao bar, Roger Risonho não estava à vista.

— Davey, você viu Roger por aí? — perguntou a um dos barmen que contratara recentemente.

Ele apontou o dedão por trás do ombro.

— Na cozinha.

Mas, quando entrou na cozinha, a única pessoa que viu foi Robin, sentado na grande mesa de madeira devorando sua sopa.

— Robin, você viu Roger por aí?

— Sim. Ele está no porão com a cozinheira ajudando a escolher o melhor xerez para a sopa de amanhã.

Estava contente por ouvir que Robin estava finalmente falando da maneira correta, mas o que dissera não fazia nenhum sentido algum. Franziu a testa.

— O que foi que disse?

— Eles descem lá toda noite por volta desse horário. Ela entende nada de xerez, sabe? Então ele ajuda a encontrar o melhor. Isso não é fácil de fazer. Demoram bastante, normalmente.

Era costume de Roger Risonho tirar um tempo uma vez ou outra durante a noite para sair e fumar seu cachimbo. Permitia que os clientes fumassem dentro do bar, mas não seus funcionários. Não sabia que ele estava ajudando Hannah a escolher xerez para a sopa. Não sabia nem que a sopa tinha xerez.

— Obrigada, querido.

Ele lhe deu um aceno antes de voltar à sopa. Foi até a porta do porão, e ficou surpresa ao encontrá-la fechada. Abrindo-a, entrou no local. Deviam ter trazido uma lâmpada, porque o lugar estava escuro. Começou a andar, ouviu risadinhas e parou.

— Gosta disso? — perguntou Hannah, sedutoramente.

— Darei vinte minutos para parar.

A risada de Hannah saiu alegre, bem-humorada e provocante.

— Ah, Rog, você nunca dura tudo isso.

Ouviu a cozinheira sussurrar outra coisa, mas não conseguiu distinguir as palavras.

— Ah, sua atrevida! — exclamou Roger Risonho.

Gillie subiu devagar a escada, fechou a porta e se apoiou contra a madeira. Roger Risonho estava de namorico com Hannah? Como não percebera isso? Estava grata por Robin não estar mais na cozinha. Sem dúvidas estava no bar na esperança de conseguir algum bico para o dia seguinte. Gostava de fazer pequenos trabalhos para as pessoas, e os irmãos dela — apesar de nenhum deles estar presente naquela noite — eram bons em contratá-lo para entregar mensagens e coisas do tipo.

Sentando-se na mesa, tamborilou os dedos na madeira e esperou, até, finalmente, ouvir passos ecoando na escada do porão. Hannah estava certa. Ele havia durado apenas metade dos vinte minutos. Quando a porta foi aberta, os dois saíram e congelaram ao vê-la. Gillie se levantou e ergueu uma sobrancelha.

— Acharam o xerez que estavam procurando?

Roger Risonho ficou tão vermelho que ela achou que o rosto dele iria explodir. Pigarreou.

— Eita! Esqueci a garrafa. Vou descer para buscá-la.

Desapareceu do mesmo modo que havia aparecido.

Temendo que seu rosto estivesse tão vermelho quanto o dele, Gillie deu um passo à frente. Não queria ter aquela conversa, mas era necessário.

— Hannah, ouvi vocês dois no porão.

Os olhos da cozinheira se arregalaram enquanto ela amarrava o avental.

— E agora vai me demitir.

— Não. — Tocou-lhe o braço para tranquilizá-la. — Só quero ter certeza de que estava lá embaixo por vontade própria. De que o que estava acontecendo era o que desejava.

— Ah, minha doce garota. Claro que era o que desejava. Sei que você não gosta muito de homens e não tem experiência íntima com eles, mas o que Roger consegue fazer com a língua... — Aproximando-se, Hannah sussurrou de forma conspiratória: — Ele consegue fazer com que uma mulher esqueça o próprio nome.

Por que uma mulher iria querer isso?

A cozinheira olhou por sobre o ombro.

— Você pode voltar, Rog. Está tudo bem.

Ela piscou para Gillie.

— Ele fica com vergonha de falar sobre assuntos íntimos.

Roger apareceu, com uma garrafa de xerez na mão, e a entregou para Hannah.

— Aqui está, querida.

— Obrigada, Rog.

— Não sabia que tinha xerez na sopa — afirmou Gillie, apesar de nunca ter se interessado em aprender a cozinhar.

— Não tem, mas tínhamos que dizer algo para Robin. O garoto é curioso demais — explicou Hannah.

— Robin diz que vocês buscam xerez toda noite.

— Por que acha que me chamo Roger Risonho? — perguntou Roger, aparentemente muito orgulhoso, estufando o peito como um galo.

— Isso está acontecendo há um bom tempo, então?

Os dois deram de ombros, sem compromisso.

— Não, na verdade.

— Talvez queiram encontrar outro lugar para caçar xerez — sugeriu Gillie.

— Certo — respondeu Roger. — Faremos isso.

— Não será tão divertido quanto darmos uma escapadela para um pouco de carinho vez ou outra — afirmou Hannah.

A expressão de afeto e adoração de Roger fez o peito de Gillie se contrair.

— Farei com que seja divertido para você, querida.

Hannah estendeu a mão para lhe dar um tapinha carinhoso na bochecha.

— Sei que irá, amor. Agora é melhor voltar ao trabalho antes que Gillie mude de ideia e demita você por seu comportamento atrevido.

Piscando um olho para a cozinheira, Roger foi em direção à porta que levava ao bar.

— Espere! — chamou Gillie.

Ele se virou com um olhar confuso.

— Eu queria lhe avisar que ficarei fora por um tempo.

— Com seu cavalheiro? — questionou Hannah.

— Ele não é meu cavalheiro — respondeu Gillie, perguntando-se quantas vezes teria que dizer aquilo até acreditarem. — Mas, sim. Eu e o duque precisamos ir a um lugar.

— Ele é um duque? Esconda uma faca em sua bota — alertou Roger.

Havia esquecido que apenas Finn ouvira Thorne se apresentar.

— Vai a algum lugar perigoso? — perguntou Hannah, a voz cheia de preocupação.

— Acho que ele quis dizer para usar a faca no duque — informou à cozinheira. — Ele será um perfeito cavalheiro.

Roger parecia cético.

— De verdade — insistiu, tentando não se desapontar com as próprias palavras.

Ainda sentado à mesa, Thorne prestou mais atenção ao seu redor. Além das inúmeras mesas pequenas e quadradas, havia outras que eram longas e com bancos, e ele presumiu que elas facilitavam a reunião de grupos maiores. Alguns dos homens fumavam cachimbos, a fumaça preenchendo o salão com um aroma inebriante. Aqui e ali havia pinturas nas paredes retratando uma sereia ou um unicórnio, ou os dois. No outro extremo do bar, uma porta aberta dava acesso a outro salão, um refeitório. Uma escada subia para um balcão balaustrado, e ele podia imaginar alguém ali, de pé, falando com o público abaixo. O lugar passava uma sensação de ser antigo, mas, mesmo assim, demonstrava ser muito bem cuidado.

Não ficou surpreso. Era claro que Gillie dava tudo de si para qualquer tarefa à sua frente, fosse gerenciar a taverna ou cuidar de um homem ferido. Ou ajudar tal homem a encontrar a mulher com quem deveria se casar. Ansioso para voltar àquela última tarefa, estava batendo repetidamente a bengala no chão, imaginando o que estava atrasando Gillie, quando um menino — que não poderia ter mais de oito anos — apareceu repentinamente em sua frente.

— Minha nossa! O que é isso?

As roupas do garoto não eram elegantes, nem o vestiam perfeitamente, mas elas e o menino pareciam limpos.

Thorne olhou para onde ele apontava.

— Uma bengala.

— Sei disso. — Revirou os olhos. — Aquilo. A parte de ouro.

— Ah!

Thorne jogou a bengala para cima, pegou-a no ar entre as duas extremidades e a virou na direção do garoto para que ele pudesse ver a ponta com mais clareza.

— Um leão.

— É real, ou é como um unicórnio?

Não deixou de pensar que aquele deveria ser o garoto que Gillie mandara buscar o médico. Qual era seu nome? Não conseguia recordar. Mas suspeitava que ela contara ao garoto tudo o que sabia sobre unicórnios.

— É real. Nunca foi ao zoológico?

— *Qué* isso?

— Um local onde abrigam animais para as pessoas observá-los.

— Quê? Como cachorros e ratos?

— Não. Como leões, tigres e elefantes. Animais de todo o mundo. E uma girafa. A girafa é tão alta que sua cabeça quebraria o teto daqui.

Os olhos do garoto se arregalaram.

— Tá mentindo.

— Por que eu faria isso?

O menino pareceu refletir por um momento, então estreitou os olhos.

— Você me deve, sabe?

Thorne começou a girar a bengala para cima e para baixo de sua mão.

— É mesmo? Por quê?

— Eu chamei o médico. Se não tivesse chamado, você estaria morto. Usei o dinheiro que Gillie me deu para um cabriolé como devia, para ser rápido. Poderia ter guardado o dinheiro.

O menino parecia estar se esforçando para pronunciar as palavras corretamente naquele momento. Imaginou se Gillie seria a responsável por tal maneirismo.

— O que teria feito com o dinheiro?

— Estou juntando, para comprar algo para Gillie.

— O quê, exatamente?

— Não vou contar. Mas você me deve — repetiu com um pouco mais de confiança, como se estivesse preso à ideia e gostasse dela agora que a estava expressando em palavras.

— Quanto? — perguntou Thorne.

O menino franziu o rosto, então falou:

— Um xelim?

— Eu diria que minha vida vale muito mais que isso.

— Meia coroa?

Estranho perceber que o que ele considerava ninharia era um tesouro para outra pessoa.

— Penso que pelo menos uma coroa inteira, sem dúvida.

O rosto do garoto se abriu em um grande sorriso enquanto estendia mão.

Thorne colocou a mão no bolso e pegou seu saco de moedas.

— A quem estou pagando?

— Robin.

— Qual é seu nome completo, Robin?

— Robin, como eu disse. Não tem mais que isso.

Um órfão, então. Ou mais um deixado na soleira de uma porta. Localizou uma coroa e a colocou na palma da mão, que aguardava ansiosa. Os dedos do menino se fecharam em torno da moeda, e ele pressionou o punho contra o peito.

— Obrigado, chefe!

— O que está acontecendo aqui? — questionou Gillie.

Não a ouvira se aproximar, mas ficou de pé imediatamente. Ela vestia uma capa simples, e ele supôs que isso a havia atrasado.

— Mestre Robin e eu estávamos negociando o quanto eu lhe devia por salvar minha vida.

Não esperava que ela parecesse tão triste ou desapontada. Devagar, meneou a cabeça.

— Robin, não aceitamos dinheiro por boas ações.

— Ele é um riquinho. Pode pagar por isso.

— Não importa. Devolva.

O garoto abriu a mão e olhou melancólico para a moeda.

— Com certeza... — Thorne começou a falar, mas o olhar cortante de Gillie em sua direção o impediu de tentar convencê-la a deixar o garoto ficar com a moeda.

— É apenas uma coroa... — murmurou Robin, enquanto colocava lentamente a moeda na mesa.

— Pronto. Não se sente melhor? — perguntou Gillie.

Ele abaixou as sobrancelhas e mordeu o lábio inferior.

— Não.

— Algum dia você se sentirá. Vá pedir um pudim para Hannah.

O garoto saiu correndo.

— O menino queria o dinheiro para lhe comprar um presente — contou Thorne, pegando a moeda da mesa e colocando-a no bolso.

— É melhor que ele aprenda a ser generoso para ajudar os outros do que a tirar vantagem da generosidade alheia. Vamos?

— Claro. Minha carruagem está nos esperando na cavalaria.

Apoiando-se na bengala, pegou seu chapéu e ofereceu o braço a ela.

— Isso dará uma impressão errada — sussurrou, antes de ir em direção à porta.

Ele seguiu. Quando estavam do lado de fora, perguntou:

— De que sou um cavalheiro?

— De que há algo entre nós.

Ela o encarou.

— Provavelmente deveríamos esperar até a noite de amanhã. Dar à sua perna um tempo para se recuperar da saída de hoje.

— Ela precisa do exercício. Você vai a teatros marginais com frequência?

— Não, mas ouço coisas. Iremos a um dos mais populares. Se ela não estiver lá, talvez alguém saiba de algo.

Uma vez dentro da carruagem, em assentos opostos, ela disse:

— Espero que não pense que achei ruim você ter pagado Robin. Sei que teve boa intenção...

— Ele é seu filho?

Não conseguia acreditar que ele tivera a audácia de perguntar. Com o cabelo e olhos escuros, o menino não se parecia nem um pouco com ela, e ainda assim havia um sentimento possessivo percorrendo Thorne que o fazia querer saber de todos os segredos que ela pudesse ter, para ter uma confirmação de que nunca tivera intimidade com outro homem.

— Você acha que eu seria o tipo de pessoa que não assumiria o próprio filho?

Gillie deixou óbvio não ter gostado da pergunta dele. Ele se arrependeu de tê-la feito, mas não havia um único fio da vida dela que não quisesse tecer em uma tapeçaria para lhe mostrar sua imagem por completo.

— Não, não acho. Simplesmente não entendo o relacionamento de vocês. O porquê de parecer uma mãe para ele, mas não ser.

Ela olhou para fora da janela.

— Eu dava algumas moedas de madeira para um grupo de garotos. Ele era um deles. Depois de tomar a primeira tigela, voltava todo dia com ou sem moeda, e naturalmente dávamos sopa a ele mesmo assim. Nunca negamos comida a quem tem fome. Uma manhã, desci para abrir a taverna e ele estava dormindo na soleira da porta. Levei-o para um orfanato que eu e meu irmão criamos, mas, na manhã seguinte, ele estava na soleira da minha porta de novo. Os garotos com quem ele andava o ensinaram a furtar bolsos. Eu o ensinei a lavar louça.

Estavam viajando com a lâmpada interna apagada, mas a lanterna de fora da carruagem tremia, fazendo luzes e sombras passearem no rosto dela. Voltou o olhá-lo.

— Tentei convencê-lo a morar com minha mãe, mas ele não aceitou. Conversamos sobre ele morar em meu apartamento, mas ele prefere dormir na cozinha. Não sei o motivo. Talvez porque, quando está trancada à noite, é apenas dele. É um bom garoto.

— Percebi.

Ele a estudava, sentada em sua frente, ocupando quase nada de espaço. Quando viajava com Lavínia, as saias volumosas e os saiotes ocupavam grande parte do assento, e todo o espaço entre as pernas deles. Se aquela mulher usava qualquer saiote, era apenas um.

— Você demorou tanto para retornar que pensei que talvez estivesse trocando de roupa.

— Preferia ter feito isso. Mas, em vez disso, descobri meu atendente e a cozinheira no porão. Roger me contara que estava apaixonado. Só não percebi que era por Hannah. Pareciam estar se divertindo muito, e não consegui atrapalhá-los. Foi muito estranho quando voltaram de seu encontro.

— Ser pego geralmente é.

— Então, você já foi pego antes?

— Em minha juventude eu era mais... despudorado e muito mais imprudente.

— Tem algum bastardo?

— Não. Nunca fui descuidado nessa questão.

— Fico feliz.

Ele também. Ao tomar precauções por não querer a responsabilidade de cuidar de crianças nascidas fora do casamento, sentia agora que suas ações haviam aumentado sua estima aos olhos dela. Estranho como não queria que ela o considerasse uma pessoa falha, mas como não o veria assim quando não fora capaz de garantir que sua noiva subisse ao altar?

Capítulo 11

Ela já tinha viajado na carruagem do irmão em diversas ocasiões, mas era bem diferente viajar na companhia de um cavalheiro com o qual não tinha parentesco. As pernas dele eram um pouco mais longas que as de Mick, e estavam um pouco abertas para que os pés embotados dela ficassem entre os dele, do modo que o corpo de um homem poderia se aninhar ao de uma mulher. Podia nunca ter experimentado esse tipo de união, mas não era tão inocente a ponto de não saber como a procriação funcionava. A mãe lhe ensinara cedo sobre o que acontecia entre homens e mulheres para que soubesse se um indivíduo estava querendo forçá-la a uma situação na qual corria o risco de ficar grávida. Ettie Trewlove acreditava que muitas mulheres acabavam com filhos simplesmente porque eram ignorantes demais sobre o ato que as colocava nessa condição.

— Se as mulheres fossem ensinadas sobre fornicação em vez de costura, não precisariam de pessoas como eu — lamentara.

Não que Gillie lamentasse ter sido deixada na porta da cuidadora. Sua vida não fora, e nem estava, ruim. Aprendera a ler e fazer contas na escola comunitária, estudando os quatro anos inteiros que eram permitidos. Celebrou seu 11º aniversário um pouco triste, pois sabia que seria seu último ano na escola. A mãe explicara aos filhos que precisavam continuar a aprender, então ela e os irmãos juntaram o dinheiro que ganhavam até conseguir pagar anualmente a biblioteca. Por meio dos livros que pegavam emprestado, descobriram muito sobre o mundo e as pessoas que viviam nele. Aprenderam também inúmeras palavras maravilhosas, mesmo que às vezes tivessem trabalho para achar alguém e perguntar o seu significado. Mas alguém na biblioteca normalmente sabia. A maioria das pessoas com as quais se comunicava no dia a dia não usava palavras grandes ou difíceis, mas como aprendera pelo menos algumas delas, ela não se sentia desconfortável em conversar com Thorne. Nem mesmo sua pronúncia tinha sotaque, então se sentia segura em uma conversa com ele. O que a levara a uma oportunidade única. Não era toda mulher que tinha a chance de viajar em uma carruagem com um duque. Especialmente um que tinha um cheiro tão delicioso.

Nenhum odor de sangue se misturava ao cheiro cítrico que lhe rodeava, provocando as narinas de Gillie. Com o balançar da carruagem, as sombras se moviam sobre ele. Sempre que abriam espaço para a luz, ela tinha uma rápida visão dele a observando. Pegara a capa esperando que esfriaria à noite, mas ele parecia emanar um calor que a fazia se sentir um pouco quente demais. Quando falavam, não importava o quê, surgia um senso de intimidade dentro da carruagem escura, como se não estivesse apenas compartilhando segredos, mas também o âmago de sua própria existência.

— Estou surpresa que uma moça nobre saiba o que é um teatro marginal — afirmou calmamente.

— Duvido muito que ela saiba muitos detalhes sobre o assunto. Se estiverem anunciando trabalhos para entretenimento, ela pode acreditar que será algo como um recital.

— Acha que alguém pode tirar proveito dela.

— Sim. Quero estar pronto para diminuir o dano. E, sim, tenho noção de que as chances de encontrá-la ou de encontrar o local onde ela possa estar se apresentando são mínimas, mas sinto essa necessidade esmagadora de fazer *algo*, de não ser um completo inútil.

— Estou começando a achar que ela foi uma tola por ter fugido.

— Ela nunca me pareceu tola. Deve ter tido uma boa razão. Mas por que vir para cá? Isso está além do que consigo compreender.

— Se tivesse ido para algum lugar que você esperasse, poderia tê-la encontrado mais facilmente.

— Como eu disse, não é uma tola.

— Então, você foi ao recital dela. Que tipo de outras coisas fazia com ela?

Não achava que a resposta dele fosse ajudá-los na busca, mas estava curiosa sobre o relacionamento dos dois, talvez um pouco enciumada também. A mulher não parecia apreciar o que tinha.

— O habitual. Bailes, jantares, teatro, jardins, parques. Andávamos, cavalgávamos, mas estou envergonhado em admitir que conversei mais com você desde que nos conhecemos do que com ela durante todo o tempo em que fomos noivos. Fomos ensinados que apenas certos assuntos deveriam ser discutidos, e todos parecem superficiais agora. Você é muito mais comunicativa.

Ela riu levemente.

— As pessoas com quem converso normalmente já estão mais para lá do que para cá, o que as faz revelar detalhes íntimos de sua vida. Temo que não estou acostumada a ter barreiras sobre o que é ou não apropriado em uma conversa.

Thorne deu um sorriso bem quando a luz espantou as sombras, mas elas logo retomaram seu lugar.

— Imagino que tenha ouvido muitas histórias interessantes.

— Sim. Talvez eu lhe conte algumas, um dia. Mas não agora, chegamos.

Gillie dera as direções ao cocheiro, e ele conseguiu encontrar o local de primeira, o que a fez se perguntar se o homem já visitara o local antes. A carruagem parou, o acompanhante do cocheiro abriu a porta e a ajudou a descer. O duque a seguiu. Ela ficou feliz por estar em uma posição na qual pôde ver o espanto no rosto dele.

— Uma igreja? — perguntou, incrédulo.

— Mais como uma capela, em alguma época passada. Depois foi convertida na Porta do Diabo.

Thorne teve que admitir que a construção se prestava bem a um lugar de entretenimento. Os bancos proviam assentos, e o local reservado para o vigário se dirigir a congregação, uma área elevada à frente, agora servia como palco. Pagou seis centavos, três para cada — o preço tinha subido desde a última vez que ele visitara um local como aquele, quando pagara apenas um centavo —, e seguiu Gillie até um banco na parte de trás da capela. Só depois de se sentar percebeu que o banco proporcionava uma intimidade intensa, seu quadril e sua coxa ficaram apertados contra os dela. Com os ombros colados, Thorne se sentiu como uma múmia em um sarcófago — isso se o cadáver tivesse alguma consciência sobre si mesmo.

— Não se assuste, mas vou levantar meu braço.

Fez um movimento até que seu braço estivesse apoiado no encosto do banco, quase sobre os ombros dela. Estava feliz por ser seu braço direito, e não o esquerdo. Apesar de estar se curando, este ainda doía, e ele não tinha certeza de que teria sido capaz de manobrá-lo na medida necessária para abrir um pouco de espaço entre eles.

Era isso que imaginava que iria acontecer ao movimentar o braço. Entretanto, o que realmente ocorreu foi que a ação permitiu que Gillie relaxasse a postura e ficasse mais aninhada contra ele, e a suavidade do corpo feminino o deixou tentado a puxá-la para mais perto. Amaldiçoou o casaco, o colete e a camisa por serem uma barreira entre os dois. O olhar dela permaneceu preso ao palco, onde um sujeito vestido de mulher — com seios tão grandes que era um milagre ainda estar de pé — estava agarrado a outro com ar de palhaço vestindo um casaco pelo menos dois tamanhos maiores e cujo cabelo parecia palha, saindo espetado para fora do chapéu coco preto. A ponta de seu nariz bulboso estava pintada do mesmo vermelho das bochechas, com o intuito de sugerir que ele estava muito bêbado. As palavras eram irreverentes, as ações ainda mais quando imitavam o que só poderia ser descrito como sexo — o sujeito vestido de mulher curvado parcialmente e gritando, o palhaço por trás dele, balançando os quadris para trás e para a frente enquanto bufava e grunhia.

Ele havia esquecido como essas performances poderiam ser grotescas ou, talvez, estivera bêbado demais na época para se lembrar. Lavínia não estaria ali. Não poderia.

Inclinando-se e sentindo o aroma de baunilha de Gillie que continuamente o atormentara na carruagem, sussurrou perto do ouvido dela:

— Cometi um erro. Podemos ir embora.

Ela lhe mostrou o que parecia ser um panfleto.

— Um rouxinol é a próxima atração.

— Não tenho interesse em ouvir pássaros.

Gillie inclinou um pouco a cabeça, e ele ficou surpreso com o brilho de diversão nos olhos dela. As luzes de gás eram fracas, mas iluminavam o suficiente para que pudesse vê-la claramente. Nunca vira alguém tão serena. Ela deveria estar chocada por ele tê-la levado a tal estabelecimento. Os lábios se contorceram como se ela estivesse se esforçando para não cair na risada.

— Será uma mulher cantando. Você pode querer dar uma olhada nela antes de irmos.

— Não posso continuar a sujeitá-la a essa exibição repugnante.

— Vi coisas piores de bêbados. Já estamos aqui, então é melhor aproveitarmos para investigar ao máximo.

— Certo.

Não seria Lavínia. Mas, de repente, ele não estava mais com pressa de ir embora, de perder a intimidade daquele momento. Nem percebeu que sua mão se mexera até roçar o queixo dela e dançar sobre as mechas curtas de cabelo. Agora entendia por que o governo se esforçava para fechar estabelecimentos como aquele. Com as falas e ações impróprias acontecendo no palco e as pessoas ao redor participando com as próprias palavras obscenas, gritos e ações lascivas mimetizadas, como a mente de uma pessoa não correria em direção à sarjeta, como ele não imaginaria dar o primeiro passo em uma jornada que terminaria com ele empurrando os próprios quadris com um pouco mais de sutileza?

Gillie passou a língua pelos lábios e ele pensou que degustá-los faria com que tudo ao redor se desvanecesse na escuridão. Estavam tão incrivelmente próximos que não seria necessário muito, apenas mais um ou dois centímetros de inclinação. Gritos, berros, clamores ficaram mais altos, e ele desviou o olhar do que queria e o direcionou para onde precisava se concentrar. Estavam naquele lugar horrível por um motivo. Não podia esquecer isso ou a importância de encontrar Lavínia. Apesar de ainda estar bravo e desapontado com a noiva fugitiva, sentia uma certa responsabilidade por ela e queria garantir que retornasse ao lugar ao qual pertencia.

Os sujeitos horríveis foram embora, substituídos por uma mulher em uma roupa vermelha resplandecente que caminhou de modo provocativo da lateral do palco até chegar ao centro, onde o púlpito, sem dúvida, alguma vez estivera. Em seguida, começou a cantar uma melodia — em uma voz rouca e quase gutural — que um marinheiro bêbado recém-chegado ao porto poderia imitar. As palavras, embora não fossem obscenas, eram certamente sugestivas de um homem que se deitava com uma mulher de maneira grosseira e pouco cavalheiresca.

— É ela? — perguntou Gillie.

— Não, graças a Deus. Vir aqui foi um erro colossal. Não sei o que eu estava pensando.

— Está desesperado para encontrá-la, por isso tem dificuldades em pensar racionalmente.

Ela olhou para o panfleto em suas mãos, movendo-o até que a luz permitisse a leitura.

— Há um ato chamado Anjas Dançarinas. Ela dança?

— Nada além do que possa ser visto em um salão de baile.

— Essas damas provavelmente dançarão chutando as saias para o alto.

Thorne não conseguia imaginar Lavínia dizendo aquilo como se fosse algo normal, mas estava começando a perceber que Gillie julgava muito pouco e era incrivelmente sábia. Não queria pensar em como havia adquirido todo o conhecimento que tinha. Sentiu o estômago apertar com o pensamento de que as experiências dela com os homens poderiam tê-la feito acreditar que a crueza era algo normal. Desejou mostrar a ela que a união de um homem e uma mulher na cama não era nada parecido com o que estava sendo retratado no palco, fosse por ação ou música.

— Então, elas dificilmente são damas, não é?

Gillie suspirou.

— Talvez devêssemos ficar aqui até o fim dos atos. Faltam apenas dois.

O ato seguinte foi de um cavalheiro que utilizou um violino para mutilar música. Thorne assumiu que a proposta dele era trazer um pouco de classe ao recinto. Então foi a vez das Anjas Dançarinas, que, de fato, mostraram boa parte das pernas, mas nada que fosse muito impressionante. Imaginou Gillie no palco. Por ser alta, as pernas dela seriam as mais longas entre todas. E, sem dúvidas, incrivelmente esbeltas.

Fechou os olhos. Era só por ela estar ao seu lado que estava a imaginando dançando, chutando um pé em direção ao teto, sua saia escorregando pela panturrilha, passando pelo joelho, até a coxa. Se Lavínia estivesse ao lado dele... Nunca tivera um pensamento lascivo sobre ela, pois era uma dama do mais alto nível. Um cavalheiro não deveria ter pensamentos impuros ou impróprios sobre uma donzela. Gillie, por outro lado, uma dona de taverna, o distraía muito mais.

— É melhor irmos embora — comentou ela, suavemente. — Eles começarão a limpar o lugar para o próximo show e coletar mais moedas dos que desejam ficar.

Ele conseguia pensar em maneiras melhores de gastar seis centavos. Não lhe ofereceu o braço, mas pegou-lhe a mão delicada e a colocou na dobra de seu cotovelo.

— Para que não nos separemos na correria.

Gillie não disse nada, mas também não retirou a mão. Do lado de fora da capela, ele disse:

— Preciso andar um pouco, tirar o cheiro horrível daquele lugar de mim.

Acenando com a cabeça, ela manteve a mão na dobra do cotovelo dele e acompanhou suas passadas. Ficaria extremamente feliz quando ele não mancasse mais.

— Há outros teatros marginais.

Ele negou com a cabeça.

— Havia me esquecido do quanto eles são horríveis. Ela não se misturaria a algo do tipo. Se alguém a enganasse para se apresentar, uma vez que percebesse do que se tratava, ela iria embora sem hesitar.

Ou, pelo menos, esperava que o fizesse. Continuou a colocar o que aprendia sobre Gillie por cima das lembranças de Lavínia, como uma segunda pele. Como pudera prestar tão pouca atenção à mulher com quem se casaria? Era o pior tipo de patife.

— Você disse que ouviu coisas sobre os teatros marginais, mas baseado na ausência de qualquer aversão de sua parte dentro de um deles, diria que já foi a algum antes.

— Antes de abrir minha taverna, ou ter os fundos para comprar o prédio, meus irmãos me levaram a alguns shows para que eu aprendesse como homens bêbados podem ser idiotas.

— Isso não a desencorajou?

— Teatros marginais são feitos para encorajar comportamentos lascivos. Minha taverna, não. Aviso imediatamente que, se um homem der um tapa em uma das minhas garotas, no traseiro ou em outro lugar, será expulso. Quem agir de maneira pior descobrirá um dos meus irmãos esperando em um beco. É fato que homens bêbados dizem coisas que não deveriam. Às vezes, até tentam fazer coisas que não deveriam. Já aconteceu de homens, depois de acordarem da bebedeira, entrarem no A Sereia, me informarem que mereciam um soco e oferecerem o rosto em sacrifício.

— E você os perdoa.

— Claro que não. Eu os acerto em cheio.

A risada dele ecoou pela rua e por entre os prédios, criando uma sensação de alívio em si mesmo que não sentia há um bom tempo.

— Você é uma mulher extraordinária, Gillie Trewlove.

— Não muito — respondeu ela, sorrindo. — Mas cumpro minhas promessas. Se eu prometo um soco para quem se comportar mal, um soco a pessoa irá receber.

Imaginou o que ela o prometeria se a beijasse. Entretanto, com base no que viram no teatro há poucos minutos, por que uma mulher sentiria vontade de ser tocada por um homem? Uma pontada de inveja o atravessou ao imaginar outro homem tendo o direito de tocá-la intimamente. E se ela nunca fora tocada por um cavalheiro, sentiu a necessidade de tranquilizá-la.

— O que estavam apresentando no palco... Era um exagero rude e nojento. O que realmente acontece entre um homem e uma mulher...

Deus! Devia estar ficando vermelho. Clareou a garganta.

— Pode ser bastante fantástico.

— Lembrarei disso.

Era estranho desejar que ela se lembrasse daquilo apenas com ele, e não com outro homem.

Ele parecia preocupado enquanto viajavam de volta para A Sereia na carruagem. Falara muito pouco desde que sua risada tinha flutuado no ar e circulado sobre ela. Gostara do som: profundo, rico e intenso.

Ela se perguntou se ele rira mais antes de ter sido abandonado na igreja, antes de começar sua busca para encontrar essa mulher que obviamente não o apreciava. Não fazia sentido uma mulher achá-lo imperfeito.

Mais cedo, quando Thorne tocara-lhe a bochecha e depois o cabelo, o jeito com que estudara seu rosto e encontrara-lhe o olhar, apenas para descer os olhos aos seus lábios, a levou a acreditar que ele poderia tê-la beijado. Ela não teria negado, mesmo sabendo que não era uma coisa apropriada a se fazer quando ele estava procurando a mulher com quem iria se casar. Mas a dama não estava por perto, poderia nunca ser encontrada, então que mal faria se render ao sussurro da tentação?

Quase riu em voz alta. Quantas mulheres pensaram o mesmo apenas para ver o sussurro se transformar em um choro estrondoso de bebê nove meses depois? Era melhor manter cada parte de seu corpo firmemente fechada.

Quando o cocheiro parou nas cavalariças, Thorne abriu a porta e saiu, sem esperar pelo outro sujeito, então estendeu e lhe ofereceu a mão enluvada. Ela colocou sua mão na dele, tremendo um pouco quando os dedos dele se fecharam ao redor dela para ajudá-la a descer.

— Você precisa entrar na taverna?

— Não. Está fechada, e confio que Roger tenha trancado tudo direitinho.

— Pensei que ele chamasse Roger Risonho.

— Não acho que posso mais chamá-lo assim depois de descobrir que é risonho pelas coisas que faz com minha cozinheira no porão.

Ele riu.

— Hoje parece ter sido uma noite para se descobrir coisas maliciosas.

— Sinto muito por não termos encontrado sua noiva.

— As chances não estavam a nosso favor. Talvez tenhamos mais sorte amanhã.

— Você continuará a busca?

— Sim. Sei que provavelmente pareço tolo, mas tenho que saber que ela está bem e, se possível, devolvê-la ao irmão.

Não um tolo, ela queria dizer, mas possivelmente um homem que não entendia que, de fato, amava a mulher. Ou, talvez, fosse apenas um cavalheiro decente.

— Vou acompanhá-la até a porta.

— Não precisa subir a escada com essa perna. Posso subir sozinha.

— Verei você subir, para me certificar de que entrará em casa de forma segura.

Ela assentiu.

— Amanhã, então?

— Se estiver bom para você.

— Depois do meio-dia.

— Boa noite, Gillie.

Sentiu que ele não estava apenas falando com ela, mas também comunicando algo a si mesmo. Ela subiu a escada sentindo o olhar dele sobre si por todo o percurso, imaginando como poderia estar tão consciente dele. Alcançou sua bolsa, tirou a chave, destrancou a porta, abriu-a, virou-se e acenou para ele.

Seu único movimento foi tocar os dedos na aba do chapéu. Então, ele realmente não iria embora até que ela estivesse dentro da segurança de sua casa. Ao passar pela porta, fechou-a e encostou as costas contra ela, esperando ouvir o barulho da carruagem partindo. Passaram-se longos minutos até que ela ouviu o barulho das rodas e dos cascos dos cavalos.

Perguntou-se por que ele não tivera pressa de partir.

Capítulo 12

Se ia passar tanto tempo na companhia de um duque, precisava arranjar roupas novas. A camisa e a saia que usara naquele dia não eram tão boas quanto as que usara no dia anterior, e as do dia seguinte seriam piores ainda. Mas, enquanto servia cerveja para cliente atrás de cliente e tentava determinar quando em sua agenda poderia ir até uma costureira, percebeu que não iria mudar por ele. Embora seu cofre estivesse longe de estar vazio nos últimos tempos, não precisava de muitas roupas chiques para o trabalho e, uma vez que encontrassem a noiva fugitiva — o que poderia acontecer naquela tarde —, ela não o veria novamente. Por que gastar preciosas moedas em roupas que não seriam usadas por muito tempo quando o dinheiro poderia ser melhor utilizado?

Era bem possível que a noiva já tivesse sido encontrada ou retornado para casa, pois passara-se meia hora do horário em que ele chegara no dia anterior. Não que ela estivesse olhando para o relógio na parede e observando o ponteiro dos minutos se mexer com uma regularidade enlouquecedora, sem que um duque entrasse pela porta.

— Pensei que tinha planos para essa tarde com seu cavalheiro — disse Roger.

— Ele. Não. É. Meu. Cavalheiro. Mas, sim, tínhamos planos. Entretanto, ele não está aqui ain...

— Ele está na cozinha.

Gillie encarou o atendente.

— Oi?

— Eu o vi há pouco quando enfiei a cabeça pela porta para dar uma piscadela para Hannah.

— Como não percebi o flerte entre vocês?

— Não faço ideia, Gil.

Não que isso importasse, mas era um pouco irritante quando ela sempre se considerara atenta a tudo. No entanto, a maior parte de sua atenção sempre fora voltada aos clientes, não aos empregados.

— Tudo bem então. Estou indo. Você está no comando.

— Divirta-se.

Quase explicou que aquele não era um passeio para diversão, mas estava ansiosa do mesmo jeito. Abriu a porta que dava acesso à cozinha, entrou — e não poderia ter tido uma surpresa maior nem se tivesse sido atropelada por um rebanho.

Usando óculos, Thorne estava sentado em volta da mesa de carvalho e apontava algo em um livro aberto na frente de Robin. A visão fez o coração de Gillie pular para todas as direções, e não apenas porque as roupas, os óculos, o rosto recém-barbeado e o cabelo sem um fio fora do lugar criavam o retrato de um homem devastadoramente bonito, mas porque Thorne estava dando tempo e atenção a Robin.

O garoto olhou para cima, com os olhos brilhantes e um dos maiores sorrisos que já havia direcionado a ela.

— Olha, Gillie! Ele me *trazer* um livro com figuras desenhadas! De animais. Todos os tipos de animais. Não só cachorros e ratos e cavalos. E ele disse que posso ficar com o livro. E não porque salvei ele. Só posso. Por nenhum motivo.

— É mesmo?

Não entendeu por que as palavras soaram como se ela tivesse lutando para encontrá-las ou como duas pequenas palavras soaram tão ofegantes.

Robin balançou a cabeça com tanta rapidez e força que seu cabelo escuro bateu na testa. Então, empurrou o braço de Thorne.

— Mostre a *grafa* para ela!

— Girafa.

Thorne virou algumas páginas com cuidado, mostrando o maior respeito pelo livro. Então parou, ergueu o olhar — aquele olhar escuro e líquido, como a cerveja mais preta — para ela, e cada partícula de ar pareceu ter sido sugada do cômodo, sugada de seus pulmões, deixando-a tonta, quente e confusa.

— Olha, Gillie. É o animal mais alto do mundo. É mais alto que esse prédio.

— Não acho que seja tão alto assim — afirmou Thorne, com humor em seu tom de voz.

Respirando fundo e recuperando o equilíbrio, Gillie olhou para a figura apresentada no livro.

— Muito extraordinário.

Então, olhou para Thorne, perguntando-se por que fora atingida novamente por todas aquelas sensações confusas, e por que ele era tão lindo de se ver.

— Não sabia que estava aqui. Não entrou pela porta da frente.

— Não consegui ver pela multidão do lado de fora se a taverna estava cheia. Não queria atrapalhá-la, então entrei pela porta de trás. E queria dar o livro ao mestre Robin.

— Posso ficar com ele, Gillie? — perguntou o garoto.

— Sim, claro.

Muito lentamente, Robin virou uma página.

— É preciso ter cuidado para não rasgar o papel — explicou.

— Continue vendo o livro. Eu e o duque temos tarefas a fazer.

Perdido nas figuras, Robin apenas concordou com a cabeça.

Removendo os óculos e guardando-os no bolso do casaco, Thorne se levantou, pegou a bengala e o chapéu.

Ao saírem da taverna, ela disse:

— Aquele era um livro muito bom.

Havia notado a capa de couro, e todas as suas idas à biblioteca a ensinaram sobre o valor dos livros. Ainda pagava a taxa anual para ter acesso ilimitado a milhares de títulos, embora agora pudesse comprar um ou outro que lhe chamasse a atenção.

— Foi muito gentil de sua parte ter tido o trabalho de consegui-lo para ele.

— Estava em minha biblioteca. Percebi nessa manhã quando estava procurando outra coisa, então o tirei da estante. Nenhum trabalho.

— Mas agora sua biblioteca está com um livro a menos.

— Sempre senti que livros foram feitos para serem lidos, ou, no caso do que dei a Robin, visto. Se estão apenas parados numa estante, correndo o risco de não serem lembrados, talvez encontrem felicidade em outro lugar.

— Bom, você o deixou bem feliz.

— O que a deixou feliz.

Não podia negar o prazer que sentira por Thorne ter tirado um tempo da busca para dar um pouco de atenção a um garoto que apreciara muito o momento.

— Isso pode ter aliviado minha atitude, então não estou tão preocupada em gastar tempo com uma missão praticamente impossível.

— Não imaginei que fosse pessimista.

— Olhe ao nosso redor, Thorne. Olhe de verdade. Está procurando por uma agulha no palheiro.

— Sei bem disso, mas não conseguirei viver comigo mesmo se não continuar tentando. Se prefere não oferecer sua ajuda...

— Só não quero vê-lo desapontado.

— Fui abandonado no altar sem explicações. Já estou desapontado.

— É, posso ver...

Ela suspirou, odiando o fato de ele ter sido humilhado na frente de seus conhecidos.

— Então, para onde vamos hoje? — perguntou ele. — Mais hospedarias?

— Talvez mais tarde. Ocorreu-me que, se ela fugiu da igreja, provavelmente estava vestida com as roupas do casamento.

Thorne assentiu.

— Isso seria um palpite lógico. Não cheguei a vê-la, claro, pois isso não é permitido até a troca de votos, mas fui a outros casamentos nos quais as noivas vestiam ondas de seda, cetim e renda.

— O que significa que ela não conseguiria se misturar ao ambiente vestida daquele jeito. Então, sua primeira ação, sem dúvida, seria encontrar algo menos chamativo para usar.

— Então deveríamos ir a lojas de roupa e costureiras.

— Estava pensando mais em bazares de caridade onde oferecerem roupas, abrigo e comida.

De pé no interior do pequeno prédio de madeira, observando as pessoas mexendo em pilhas de trapos à procura de algo que pudesse ser aproveitado, Thorne esperava por Deus que Lavínia tivesse dinheiro suficiente para ir a uma loja adequada.

— Ela não teria pegado nada daqui.

— Pedintes nem sempre podem escolher.

Mas Lavínia não era uma pedinte. Era filha de um conde, irmã de um conde, noiva de um duque. Abominou o pensamento de Lavínia vasculhando os trapos, que muito provavelmente estavam infestados de pulgas e coisas do tipo.

— Embora eu duvide que alguém pudesse usar o vestido dela em sua forma original — falou Gillie calmamente —, tenho certeza de que ela poderia ter feito um bom dinheiro com a seda e as rendas que, sem dúvida, o enfeitavam.

Ela estava se esforçando para lhe aliviar as preocupações. Talvez pudesse sentir sua consternação, já que a testa estava tão enrugada que o crânio e tudo o que estava em seu interior começavam a doer. Ele assentiu, então sacudiu a cabeça.

— Ela não teria incluído esse lugar em seus planos.

— Então agora está convencido de que ela tinha um plano?

— Deus, espero que sim!

— O que o deixa com uma questão ainda maior, creio eu. Do que ela estava fugindo? De você? Por que não dizer apenas que não queria se casar?

Gillie fazia as coisas parecerem tão razoáveis, como se ele tivesse vindo de um mundo razoável.

— Nossos pais fizeram um contrato. Então, junto a nossos advogados, o irmão dela e eu fechamos o acordo e assinamos contratos adicionais. Não é tão fácil quanto dizer "mudei de ideia". Pessoas são levadas ao tribunal pela quebra de noivados. Talvez ela tenha pensado em proteger a família. Não saberei até encontrá-la. Mas devo confessar que recebi uma carta dela afirmando que sentira dúvidas antes do casamento e pedindo meu perdão. Estava esperando por mim quando voltei para casa, depois que você cuidou de mim.

— Por que não mencionou isso antes?

— Orgulho, suponho, ou talvez temi que não me ajudaria se pensasse que fui o culpado pela fuga, que ela, de fato, fugiu de mim. A carta não dava detalhes das dúvidas, apenas afirmava que existiam. Preciso saber especificamente por que ela fugiu. Se teve algo a ver comigo, em particular, ou algo que fiz ou disse. Talvez haja uma chance de darmos um fim às preocupações.

— Ainda se casaria com ela?

A ideia de fazê-lo não o deixava nem um pouco feliz. Poderia ele honrar o voto que fizera ao pai quando isso traria infelicidade para todos os envolvidos?

— Não sei. As pessoas em minha posição não se casam por amor. Casamos por ganhos maiores, por obrigação, por dever.

— Acho que seu pessoal vê as coisas do modo errado. O amor é o maior ganho que se pode ter.

Ele lhe ofereceu um pequeno sorriso.

— Foi o que ouvi. Se eu não estiver disposto a ir em frente com o casamento, ela deve, no mínimo, poder voltar ao seio de sua família sabendo que não haverá nenhuma retaliação de minha parte. Preciso encontrá-la para dizer isso.

— Certo. Então, vamos mostrar o retrato dela por aí, não é?

Mais um esforço fútil, pois as pessoas davam de ombros e declaravam:

— Nunca a vi.

Ele se absteve de perguntar se as pessoas tinham certeza, porque se lembrariam de uma dama entrando no local em um vestido de casamento.

— Não fique tão desanimado — disse Gillie. — Há outros bazares.

Mas, em cada um dos outros, tiveram a mesma falta de sucesso.

Depois da quarta tentativa, quando voltaram às ruas, ele afirmou:

— Você está sendo muito amigável nessa situação. Eu aprecio muito isso.

— Aprecia o suficiente para me comprar um doce?

Ela indicou uma confeitaria próxima.

Thorne suspeitou que ela nunca pedia nada para ninguém e que estava se esforçando para deixá-lo feliz.

— Com certeza.

Ele não conseguia se lembrar da última vez que estivera em uma confeitaria, mas os aromas de chocolate, baunilha e canela funcionaram como calmante para sua alma. Recordou-se das muitas vezes que entrara sorrateiramente na cozinha da propriedade de sua família simplesmente para ouvir a cozinheira rindo, já que os pais expressavam tão pouca alegria no andar de cima.

Um cavalheiro de casaco marrom estava folheando o cardápio, assim como uma dama com um pequeno cachorro. Não ficou surpreso com o fato de Gillie ser o tipo de mulher que sabia imediatamente o que queria.

— Uma bala de hortelã, Matthew — anunciou.

E também não ficou surpreso por ela saber o nome do atendente.

— Nos dê doze balas — afirmou Thorne.

Ela virou a cabeça para ele, com as sobrancelhas cerradas.

— Não preciso de tudo isso.

— Não é uma questão de necessidade, e sim de mérito.

Percebeu que ela estava prestes a argumentar, mas acabou apenas acenando e aceitando.

— Posso dividir com os outros.

Claro que ela poderia, e ele não tinha dúvidas de que o faria. Ele se contentou com uma dúzia de caramelos, pretendendo comer apenas um e dar o restante para Gillie distribuir como quisesse. Ela parecia gostar de dar pequenos presentes.

Depois de Matthew entregar a eles dois sacos de papel marrom com os doces e Thorne pagar por eles, ela disse:

— Deixe-me ver o retrato.

Retirou-o do bolso e entregou-o a ela, que o colocou no balcão.

— Matthew, você viu essa mulher por aí?

O atendente apertou os olhos e estudou o retrato.

— Não posso dizer que vi.

— Eu vi.

Com um pulo, Thorne olhou para o homem de casaco marrom que estava do outro lado de Gillie no balcão, espiando o retrato por sobre o ombro dela.

— Onde? — perguntou ele.

O homem pareceu chocado.

— Não consigo lembrar exatamente. Dei-lhe uma carona em meu cabriolé.

Era um cocheiro, então. Poderia tê-la pegado fora da igreja.

— Quando isso aconteceu? Uma semana atrás?

O homem fez uma expressão de surpresa.

— *Nah*. Anos atrás.

Anos atrás? Isso não fazia nenhum sentido.

— Tem certeza? — perguntou Gillie.

Ele acenou com a cabeça e apontou para o retrato ainda no balcão.

— Está um pouco mais velha aqui, mas me lembro dos olhos. Olhos tristes. Não lembro onde a peguei, mas nunca me esquecerei da casa chique na qual a deixei. Não é sempre que me pedem para ir para Mayfair.

— Bom, se você a vir novamente, me avise. Sou Gillie Trewlove. Você me encontrará no A Sereia e o Unicórnio. E pode dizer a ela, se a ocasião acontecer, que gostaria de falar com ela. Vale uma cerveja por conta da casa.

O homem sorriu.

— Estive pensando em ir lá, mas minha mulher acha que álcool é pecado.

— Então apareça para uma tigela de sopa.

— Pode ser.

Ela pegou o retrato e o estendeu para Thorne. O duque sacudiu a cabeça.

— Talvez seja melhor você ficar com ele. Parece ter mais sorte ao mostrá-lo por aí.

— Pelo menos sabemos que ela já esteve aqui antes.

— A questão é: por qual motivo?

Capítulo 13

Thorne supôs que seria avisado se Collinsworth — ou os homens que o conde contratara — localizassem Lavínia. Precisava falar com o homem que se tornaria seu cunhado, mas toda a atividade do dia anterior e daquela tarde o deixaram com a coxa e o ombro o atormentando, então instruiu seu cocheiro a voltar para a Casa Coventry. Embora pudesse sobreviver ao desconforto, não via motivo para a visita no momento e julgou ser bom descansar um pouco. O conde já admitira que não tinha ideia do porquê a irmã fora para Whitechapel, então era improvável que soubesse por que ela estivera no mesmo local anos atrás. Além disso, a visita dela naquela época poderia não ter nenhuma relação com a atual. Talvez apenas gostasse daquela parte de Londres, embora Thorne não conseguisse imaginar um motivo para isso.

Mentira. Ele entendia o encanto. Apesar de a pobreza do bairro não o atrair, a dona de uma taverna certamente o fazia. Gostava da franqueza de Gillie, o que o fazia ser igualmente franco com ela. Nunca percebera antes que dizia o que era esperado, e não o que sentia. Não tinha a guarda tão levantada quando estava com ela, o que descobriu ser muito libertador.

O cocheiro parou em frente à residência e o duque desembarcou, a perna protestando mais do que ele gostaria, mas não com a mesma intensidade de três dias antes. Os ferimentos estavam melhorando, só não o suficiente para seu gosto. Paciência não era um de seus fortes.

Dentro da casa, foi até o escritório, grato por não ter encontrado a mãe, pois não estava de bom humor para ouvir desaforos. Serviu-se de uísque e começou a andar em direção à cadeira perto da janela quando reparou na pilha de correspondências na mesa. As entregas postais da tarde. Reconheceu a caligrafia no envelope do topo. Mudando de direção, sentou-se na cadeira atrás da mesa, sobre a qual pôs o copo, pegou o abridor de cartas dourado e abriu o envelope. Depois de tomar um gole de uísque, tirou e abriu o papel fino que estava no envelope.

Querido Thorne,

Imploro que pare de procurar por mim. Eu deveria ter sido mais direta em minha carta anterior. Há outra pessoa em meu coração, entende?

Sei que contratos foram acordados e assinados. Sei o que meu dever implica, mas seguir com isso esmagará minha alma. Importo-me muito com você para sobrecarregá-lo com o peso de uma esposa que veria o casamento como uma obrigação, e não um prazer. Você merece mais do que posso lhe dar.

Tentei explicar isso ao meu irmão, mas ele não me deu ouvidos. Muito menos minha mãe, que insistiu para que eu cumprisse meu dever. Esperava que minha carta anterior o dissuadisse de tentar me encontrar, mas julguei mal sua determinação.

Por favor, deixe-me. Seja feliz com alguém que o mereça.

Com meus mais sinceros cumprimentos,

Lavínia

Considerando as palavras escritas, recostou-se na cadeira. Ela amava outro. Deveria se sentir enciumado, desapontado ou traído. Em vez disso, sentiu-se aliviado. Lavínia dissera antes que estava segura, mas isso não fora o suficiente para fazê-lo desistir de tentar encontrá-la. Precisava de uma explicação e agora a tinha. Na verdade, estava feliz por ela. Feliz por amar alguém e feliz por não ter se casado com ele quando seu coração era de outra pessoa. Quando o coração dele não pertencera a ela. Thorne não tinha certeza se era capaz de amar alguém ou se compreendia o que causava esse sentimento. Seus pais nunca lhe demonstraram qualquer afeição e, quando menino, tinha medo deles, de sua severidade e de sua incapacidade de se satisfazer com qualquer coisa que ele fizesse.

Assim, quando seu pai lhe pedira que honrasse o contrato que fizera com o antigo conde de Collinsworth para adquirir a terra que gerações de duques ansiavam possuir, prometeu-lhe que o faria de bom grado, achando que finalmente agradaria ao pai, que finalmente poderia ganhar seu amor.

Em sua experiência, casamentos entre a nobreza eram relacionamentos frios. Embora tivesse dado diversos presentes à Lavínia, não lhe dera nada de si. Saber disso agora o fazia se sentir bastante desgostoso consigo mesmo. Não era de se admirar que ela não confiara a ele as dúvidas que sentia.

Não eram próximos um do outro. Estavam apenas cumprindo obrigações, traçadas pelo pai de cada um. Sempre havia admirado aqueles que cumpriam com suas responsabilidades, mas seu respeito por Lavínia apenas aumentara por sua rebeldia. Arrependia-se de não ter se esforçado para conhecê-la melhor.

Então, mais um pensamento veio à mente. Ela sabia que Thorne a estava procurando. Como? Teria o visto no dia anterior, procurando por ela? Será que a tinha visto e não a reconheceu? Será que haviam falado com alguém que repassou a informação para ela? Talvez ela tivesse diversos amigos no bairro — diversos amigos e um amor. Era uma mulher de mistérios insondáveis, mas não era mais tarefa dele resolvê-los.

— Recebi mais notícias de sua irmã — informou Thorne, após o mordomo fechar a porta da biblioteca e Collinsworth levantar-se da cadeira. — Você sabia que ela amava outra pessoa?

Com um suspiro pesado e um manear de cabeça, o conde começou a servir dois copos de uísque.

— Teve um rapaz na juventude dela. Papai cuidou das coisas. Pensei que isso era coisa do passado.

Ele entregou um copo a Thorne e tomou um gole do seu.

— Suponho que possa haver outra pessoa.

— Ele mora em Whitechapel?

— Para ser honesto, pensei que tivesse sido enviado para a Austrália.

— Não era um sujeito decente, então?

O conde sentou em uma cadeira próxima.

— Não.

Thorne escolheu a cadeira do lado oposto. Não conseguia imaginar Lavínia com um possível criminoso, mas, como descobrira recentemente, sabia pouco sobre ela.

— A carta anterior, que dizia que está segura, parece dizer a verdade.

— Como se ela tivesse o bom senso de julgar o próprio bem-estar corretamente. Creio que o fato de ela o ter abandonado no altar é uma prova de seu mau julgamento. Infelizmente, os dois homens que contratei não conseguiram encontrar uma única pista de onde ela pode estar se escondendo.

— Continuarei com minha busca também.

Com base na última carta de Lavínia, talvez devesse desistir da missão. Mas desistir da busca significava desistir do tempo com Gillie.

— Por que não me contou que ela teve uma história com outra pessoa?

— Não achei que fosse fazer diferença. Aconteceu anos atrás, e ele era totalmente inapropriado para ela. Um plebeu ou pior, pelo que me contaram. Não sabia muito sobre o garoto, apenas que Lavínia se dizia apaixonada. Papai acabou com tudo.

Thorne bebeu um gole de uísque. Era de boa qualidade, mas não era mais gostoso do que o servido por Gillie.

— Não me casarei com ela agora, mesmo que ela retorne.

— Então ela está destinada a ser uma solteirona.

Ser uma solteirona seria pior do que passar o resto da vida casada com um homem enquanto se ama outro? Thorne não sabia se podia alegar que sua decisão se baseava unicamente no fato de Lavínia não o querer. Não estava mais convencido de que poderia ser feliz, ou mesmo contente, com Lavínia, não quando também estava pensando em outra pessoa.

— Ela pode já estar casada.

— Meu Deus, espero que não. Papai vai se revirar no túmulo se ela estiver com o sujeito de antes.

E o pai de Thorne faria o mesmo em seu próprio túmulo porque Wood's End não seria agregado à propriedade da família. De repente, tudo isso parecia sem importância se comparado à felicidade de uma mulher.

— A carta que ela me mandou veio sem remetente. Você pode dizer aos homens que contratou para espalhar por aí que ela está livre de mim?

Collinsworth concordou.

— Farei isso. Estava ansioso por ter você como parente.

— Mas Lavínia não. Pouco antes do casamento, ela estava notavelmente distraída, até distante, toda vez que íamos passear no parque. Pensei que estivesse nervosa por conta das núpcias que se aproximavam. Não a questionei. Minha falta de preocupação me faz acreditar que ela estava certa em não ir em frente com o casamento. Desejava apenas que nosso relacionamento tivesse sido tal que ela pudesse confiar em mim antes que uma igreja cheia de pessoas testemunhasse minha humilhação.

Agora, precisava contar a Gillie que não necessitava mais da ajuda dela. Era estranho, pois temia que sua necessidade por Gillie estivesse apenas começando.

Ela era uma idiota por continuar a ajudá-lo na busca pela mulher com quem se casaria, passando tempo com ele de bom grado quando nada nasceria daquilo. Não gostava do fato de ele intrigá-la ou preencher seus pensamentos. Mas seu interesse em Thorne era, sem dúvida, simplesmente pelo fato de ter cuidado dele quando estivera machucado. Esse tipo de situação cria laços.

Assim como cuidar de todas as pessoas que visitavam sua taverna toda noite também criava laços. Passou a conhecê-las bem, podia dizer quando a vida estava boa ou ruim para elas. Sabia quando Jerome estava se refugiando no bar por conta do mau humor da esposa, quando Pickens não tivera sorte de encontrar um bico no dia e quando Spud perdera nos jogos de mesa. Reconhecia quando Canary entrava com a barriga cheia e quando esperava que ela lhe desse sopa e esquecesse de cobrar. Sabia quando bebês nasciam, crianças ficavam doentes e más ações eram feitas por boas causas — para colocar pão em pequenos estômagos. Havia servido bebida a eles, ajudado a se limparem depois de exagerarem e dado ouvido a seus problemas. Eram tão familiares quanto as costas de suas mãos.

Então, de pé atrás do balcão, enquanto a escuridão encobria as ruas, percebeu que havia algo de errado com um de seus clientes regulares.

— Roger?

Limpando um caneco, o atendente se aproximou.

— Sim?

— Há quanto tempo Charlie McFarley está com o maxilar inchado?

Ele cerrou os olhos e apertou os lábios, como se essas ações facilitassem as lembranças.

— Há um tempo. Desde que veio com dinheiro. Pode ter sido na primeira noite que você ficou indisposta pela maldição feminina.

Revirando os olhos, Gillie quase o xingou, mas não era algo por que valia a pena comprar uma briga. Além disso, outra coisa chamara-lhe a atenção.

— Dinheiro?

— Sim. Conseguiu algum. Contou onde havia arranjado, mas não consegui entender porque não estava falando direito. Pagou o que devia, então servi uma bebida para ele. Ele voltou algumas vezes desde então, mas sempre tem moedas, então o sirvo.

— Certo. Mantenha os olhos nele. Se ele der a impressão de que vai embora, impeça-o. Quero conversar com ele.

Virando-se, Gillie foi para a cozinha. Hannah já tinha terminado seu trabalho e tudo estava guardado, com exceção da pilha de copos que Robin lavava na pia.

— Robin, preciso que chame um policial.

O menino virou rapidamente, com os olhos arregalados.

— Mas *num* fiz nada!

Gillie afagou seu cabelo.

— Eu sei, garoto. Mas acho que alguém fez. Diga para vir até a taverna e me encontrar. E seja rápido.

Embora o bom senso lhe dissesse para esperar a chegada da polícia, lembranças de atos maliciosos praticados atrás de seu estabelecimento a fizeram atravessar o salão na direção da mesa onde Charlie estava sentado com três companheiros. Quatro homens, todos com uma aparência abatida e hematomas amarelados em alguns locais do rosto. Charlie era o pior entre eles, e então ela se lembrou do som de ossos quebrando que ecoou no beco e que lhe chamou a atenção para o que estava acontecendo atrás da taverna. Era possível que aquele maxilar inchado fosse ser algo permanente no rosto dele.

— Olá, pessoal. Tudo bem por aqui?

Alguns murmuraram "sim", mas Charlie apenas estudou seu caneco como se precisasse criar uma cópia dele no dia seguinte.

— Seu maxilar parece dolorido, Charlie. O que aconteceu?

— *'ati 'nuorta.*

— Oi?

— Ele bateu numa porta — disse um dos comparsas.

— Entendo. Quando foi isso?

Todos deram de ombros, subitamente se interessando por uma unha, um punho de camisa desfiado, um buraco na mesa de madeira, uma orelha que aparentemente estava coçando.

— Algumas noites atrás, eu apostaria.

Charlie a encarou. O fato de ele não conseguir mexer a boca para fazer uma expressão ameaçadora tirou a efetividade de seu olhar, embora Gillie estivesse brava o suficiente para não ligar se isso acontecesse.

— Onde está o relógio de bolso?

— Num sei que *ce tá falano*.

Apesar de ainda balbuciar, as palavras saíram mais claras, como se ele tivesse sentido uma necessidade de que Gillie as entendesse.

— Acho que sabe, sim. Verifiquei com Petey. Você não levou para ele, então para quem levou?

O olhar de Charlie ficou feroz, um bom pedaço da córnea branca ficou visível. De repente, ele empurrou a cadeira para trás e foi seguido pelos companheiros. Os idiotas não iriam escapar.

Ela pulou em cima do líder.

Thorne entrou na taverna a tempo de ver a briga começar e assistir, com horrorizado fascínio, Gillie pulando como uma sereia expelida por uma onda enorme e caindo em cima de um pobre homem, derrubando-o no chão. Em seguida, socos foram dados a torto e a direito, e o barulho de carne batendo em carne, copos sendo quebrados, cadeiras e mesas sendo arrastadas e moedas caindo no chão preenchia o ar. Grunhidos e gritos ecoaram ao redor enquanto Thorne mancava apressadamente em direção a Gillie para oferecer ajuda, evitando um soco atrás de outro e empurrando homens para fora do caminho. Parecia um louco na pressa de chegar até ela, como se só ele pudesse salvá-la, como se ela fosse tudo o que importava.

Ela era tudo o que importava. O pensamento ecoou em sua mente com uma intensidade que o deixaria alarmado se não estivesse distraído por outras coisas.

Um homem pequeno estava se esforçando para separá-la do maior com quem estava lutando, agarrando-se a ele como se estivesse determinada a ser sua carcereira. Outro estava batendo nela. Thorne viu todos os tons de vermelho que existiam, sentiu uma fúria quente e então uma calmaria gelada tomarem conta de seu corpo. Deixou a bengala cair, pegou uma cadeira do chão e balançou-a com força até derrubar o homem que batia em Gillie e afastar os outros. Sem pensar muito, segurou o homem caído pela gola do casaco, levantou-o como se não pesasse nada e meteu-lhe um soco no meio da cara. Cartilagem e osso cederam, um grito estridente estremeceu no ar. Ele jogou o tolo para o lado e se virou para Gillie.

Ela estava deitada no chão, imóvel. O homem que estivera embaixo dela estava se afastando, enquanto outro que segurava os restos quebrados de uma cadeira estava olhando para ela como se tivesse percebido que cometera um grave erro de julgamento. Talvez porque uma série de punhos estava indo em sua direção e o homem que ele procurava resgatar de repente estava lutando para escapar do abraço de um gigante.

Ajoelhando-se, Thorne retirou um lenço do bolso e o pressionou gentilmente contra um corte na cabeça de Gillie. O cabelo curto deixava o sangue mais visível, e o estômago dele se embrulhou com a visão. Com o maior cuidado que conseguiu, rolou o corpo dela para colocá-lo sobre seu colo, nos braços. Ternamente, acariciou-lhe a bochecha.

— Gillie?

Sentiu-se ainda pior quando ela nem piscou. Percebeu a chegada dos policiais, o volume do barulho aumentando e, então, diminuindo abruptamente.

— Você matou ela?

O nariz de Robin quase tocou o seu.

— Não seja ridículo.

Um homem, que muito se parecia com o irmão que conhecera na outra noite, ajoelhou-se ao lado do garoto.

— Vá embora, Robin.

— Mas...

— Sem "mas". Ela vai ficar bem.

Quando o garoto saiu correndo, Thorne se perguntou como o homem conseguia se mostrar tão confiante, enquanto ele nunca se sentira tão aterrorizado em sua vida. O pensamento de que ela morrera enviava calafrios por todo o seu corpo.

— Você é o duque? — perguntou o homem, como se só houvesse um duque.

Talvez ele fosse o único na vida dela.

— Thorne.

— Aiden. Irmão dela. Vou levá-la para seu quarto.

— Cuidarei dela.

Usara seu tom ducal, dando um aviso antecipado de que não toleraria argumentos.

Erguendo uma sobrancelha, Aiden concordou.

— Tudo bem. Mas eu e Fera vamos ajudar.

Thorne se perguntou se o irmão dela sabia que a perna dele o estava matando. Fera acabou por ser o gigante que segurou o homem que Gillie derrubara e que agora estava sendo levado pelo policial. Um homem que, percebia agora, estava com a mandíbula quebrada. Seriam eles os ladrões que o assaltaram no beco? E agora haviam ferido Gillie. Faria de tudo para que fossem enforcados.

Com a ajuda de Aiden e Fera, conseguiu levantar-se com ela nos braços. Para uma mulher tão alta, ela não era particularmente pesada, ou talvez seu corpo fosse feito para ser carregado. Parecia certo tê-la encolhida contra seu peito enquanto subia os degraus para a casa dela. Aiden ia na frente, enquanto Fera fora atrás de um médico.

Usando uma chave, Aiden abriu a porta. Thorne entrou e seguiu para o quarto, onde gentilmente colocou-a na cama.

— Você já esteve aqui antes.

Virou-se para ver Aiden apoiado contra o batente da porta, com os braços cruzados sobre o peito.

— Por que acha isso?

— Não olhou ao redor, não hesitou. Sabia exatamente onde encontrar a cama.

— Fui assaltado há cerca de uma semana. Ela cuidou de mim até eu me recuperar.

Aiden acenou com a cabeça.

— Isso explica algumas coisas.

Ouvindo um gemido baixo, Thorne virou-se para Gillie, sentou-se na beirada da cama, pegou-lhe uma das mãos e colocou a palma da outra na bochecha delicada.

— Calma, querida. Calma.

Os olhos dela se abriram e ela fez uma careta.

— Foi Charlie McFarley e seus comparsas que o atacaram. Ele não me disse onde vendeu seu relógio.

— Foi por isso que pulou nele? Sua tola...

— Eu não a chamaria disso se fosse você — disse Aiden, calmamente, mas em tom ameaçador.

Não estava gritando, mas sua voz reverberava com desagrado. Controlou o próprio temperamento. Ainda assim, o pensamento da mulher sofrendo qualquer tipo de dano o fez tremer.

Gillie levantou a mão até a cabeça e fez outra careta.

— Minha cabeça...

Gentilmente, Thorne pegou o pulso delicado e afastou os dedos.

— Cuidado. Tem um corte aí. Um médico está vindo.

— Não preciso de um médico.

Fez uma tentativa de sentar, mas desistiu e gemeu.

— Cabeça... Doendo...

— Imagino que sim. Alguém bateu nela com uma cadeira.

Um canto da boca dela se levantou.

— Isso não teria me parado. Sou cabeça-dura.

Só que, no fim, aquilo a havia detido. O golpe a fizera desmaiar e cair no chão, onde poderia ter sofrido outros ferimentos.

— Deixe o médico garantir que está tudo bem antes de você tentar fazer qualquer coisa.

Ela piscou como se tentasse entender o que estava acontecendo.

— O que você está fazendo aqui?

— Precisava falar com você.

— Sobre?

Thorne olhou por sobre o ombro para o irmão dela.

— Você precisa ficar aqui espreitando como um patife?

O homem sorriu.

— Eu sou um patife.

— Aiden — grunhiu ela, com um tom de alerta na voz apesar do estado em que se encontrava.

— Não vou deixá-lo sozinho com você.

— Eu já estive sozinha com ele antes.

— Então eu e ele precisamos conversar um pouco lá fora. Preciso apresentá--lo ao meu punho.

— Não seja tolo. Nada desagradável aconteceu. Além disso, sei cuidar de mim mesma. Saia do batente da minha porta.

Descruzando os braços, Aiden se endireitou.

— Vou preparar uma xícara de chá. A porta fica aberta.

Com isso, ele saiu.

— Desculpe. Ele é um pouco superprotetor.

— Na verdade, fico feliz por isso.

Thorne voltou a acariciar a bochecha dela suavemente, sentindo o prazer indevido da suavidade da pele de Gillie.

— No que estava pensando quando decidiu confrontá-los?

— Ter ladrões em minha taverna é ruim para os negócios.

Ele riu baixinho.

— Então era apenas sobre os negócios?

— E eu queria achar seu relógio.

— Ele esteve na minha família por gerações, é um dos objetos mais preciosos.

Inclinando-se para baixo, beijou-lhe a testa.

— Mas não é mais precioso que você.

Fechando os olhos, ela saboreou o calor dos lábios dele em sua pele. A parte dela que acreditava em sereias e unicórnios, que tecia contos fantásticos nos quais a felicidade estava sempre próxima, atreveu-se a imaginar que as palavras que ouvira significavam mais do que o que de fato eram. Imaginou que Thorne não estava generalizando sobre o valor de um ser humano, mas referindo-se especificamente ao valor *dela*. Seu coração cantou e os dedos do pé se enrolaram.

Não podia acreditar no quanto se sentia grata por tê-lo mais uma vez dentro de seu apartamento, e como a presença dele afugentava as sombras da solidão e iluminava o quarto mais que qualquer outro tipo de luz. Quando Thorne se afastou, desejou abraçá-lo e mantê-lo perto.

Foi puxada de volta à realidade ao ouvir uma comoção e vozes na sala ao lado e perceber que outras pessoas haviam chegado. Era uma tola por pensar todas aquelas coisas. Thorne estava apenas cuidando dela pois ela cuidara dele antes e, provavelmente, porque se sentia responsável por sua decisão precipitada em relação a Charlie. Embora tivesse pouca tolerância com aqueles que não respeitavam o direito dos outros, com criminosos, não pôde deixar de imaginar a expressão de agradecimento que veria no rosto de Thorne quando devolvesse a ele o relógio valioso. Se havia se importado tanto com o objeto quando estava à beira da morte, quanto se importaria quando estivesse cheio de vida? O dr. Graves entrou, seguido rapidamente por Fera e Aiden, que não trazia uma xícara de chá. Ele podia apostar que o paspalho ficara espreitando perto da porta, escondido.

— Vejo que está recuperado — disse Graves a Thorne.

— Graças a você e a essa dama adorável.

Ela sentiu vontade de se enfiar embaixo das cobertas e cobrir o rosto. Nunca alguém se referira a ela como adorável. Se os irmãos rissem, saltaria da cama para socá-los. Em vez disso, eles ficaram ao pé da cama, de braços cruzados, como guardas reais.

— Vamos ver o que temos aqui — comentou Graves, ao se abaixar para lhe examinar a cabeça.

Thorne foi para o outro lado da cama, como se fosse a coisa mais natural do mundo estar sentado ao lado dela de forma tão íntima.

— Pare de fazer cara feia, Aiden — ordenou ela.

— Só acho estranho...

Fera lhe deu uma cotovelada, o que despertou a ira do irmão.

— Por que fez isso?

— Não interfira.

— Com o quê?

Suspirando alto, Fera começou a empurrar o irmão para fora do quarto. Era o mais alto e mais largo da família e, quando decidia se impor de maneira física, ninguém o vencia.

— O que foi? Pare! O que você sabe que eu não sei? — perguntou Aiden, antes de fechar a porta com força.

Ela teria rido se a cabeça não estivesse doendo tanto. Fera também era o mais intuitivo entre os irmãos, e ela se perguntou o que ele sabia.

— Vai precisar de alguns pontos — afirmou Graves.

Enquanto o doutor trabalhava, Thorne segurou a mão dela e não reclamou quando ela a apertou forte. Para se distrair do desconforto do procedimento médico, concentrou-se na mão do duque. Embora a tivesse limpado diversas vezes quando ele estava sob seus cuidados, podia finalmente sentir sua força e poder. Imaginou-as segurando rédeas, guiando um cavalo. Imaginou-as tocando uma mulher enquanto a conduzia em uma valsa. Imaginou-as entrelaçando-lhe os dedos enquanto corriam por um campo de margaridas. Não percebeu que se colocou no lugar da mulher de sua imaginação. Nunca havia imaginado a si mesma com homens, mas parecia incapaz de visualizar Thorne com qualquer outra mulher além dela.

— Muito bem — disse Graves, finalmente, quando terminou de enrolar uma atadura ao redor da parte de trás da cabeça e da testa. — Isso deve resolver. Você precisou de muitos pontos, o que me faz acreditar que recebeu um baita golpe. É melhor não dormir por um tempo.

— Por quanto tempo?

— Até o alvorecer. Se não perder os sentidos ou a consciência até lá, deve ficar bem.

— Vou me certificar de que ela fique acordada — garantiu Thorne.

— Não pode ficar aqui a noite inteira — afirmou Gillie.

— Não se preocupe. Não vou me aproveitar de você.

Desejou que as palavras dele não a tivessem deixado tão desapontada. Fez um movimento para sair da cama e foi dominada por uma sensação de tontura.

— Fique deitada — ordenou Thorne, colocando uma mão no ombro delicado e pressionando Gillie contra o colchão.

Queria desafiá-lo — o maldito estava sendo autoritário! —, mas cair de cara no chão, o que provavelmente aconteceria, não ajudaria a provar que não precisava de cuidados. Em resignação, observou-o levar Graves para fora do quarto. Ouviu a voz dos dois, mas não as palavras que trocaram, e o barulho da porta sendo fechada. Enquanto esperava, devia estar se sentindo incomodada com os barulhos ocasionais que vinham de outro cômodo, possivelmente da cozinha. Não estava acostumada a ter pessoas em seu apartamento, mexendo em suas coisas, mas descobriu que os sons eram bastante reconfortantes para relaxar cada músculo de seu corpo e fazê-la derreter no colchão.

Surpresa pelos irmãos não terem aparecido assim que Graves saiu, pegou-se pensando nas palavras de Fera e no que ele achava que estava acontecendo ali. Talvez ele não estivesse preocupado pois havia visto a irmã conversar com Thorne em outra noite, sabia que ela o conhecia e confiava nele. Quase riu alto. Como Fera poderia saber que Gillie confiava no duque quando ela mesma acabara de perceber o fato?

Por mais que Thorne a irritasse quando lhe dava ordens — como duques faziam —, ela tinha uma fé inerente em seu caráter por baixo da nobreza. Não a machucaria, não tiraria vantagem dela e não tinha interesse nela além de compensá-la por ter cuidado dele depois do ataque. Ele não estava ali porque *gostava* dela, sentia-se atraído ou a achava fascinante. Ela não era como as flores delicadas que frequentavam os mesmos bailes e jantares luxuosos que ele. Mas, ao ouvir os passos dele se aproximando, pela primeira vez na vida, desejou ser uma dessas flores.

Thorne carregava uma bandeja com uma tigela e dois copos com um líquido âmbar. Sem dúvida, encontrara o uísque dela. Também estava com seus óculos. Não gostava de ter a esperança de que ele os usava para vê-la mais claramente.

Quando ele colocou a bandeja no criado-mudo, ela olhou para a tigela, perguntando-se onde ele conseguira sopa.

— Não estou com fome. Comi mais cedo.

— Que bom, pois não preparei nada para você comer. Vamos deixá-la sentada um pouco.

— Ah, pensei que tivesse algum tipo de caldo ou algo igualmente ruim na tigela.

Levantou-se com cuidado enquanto Thorne colocava vários travesseiros atrás de suas costas, com o corpo tão próximo ao dela que podia sentir o calor e inalar seu aroma cítrico.

— É água.

— Não tenho febre. Não preciso ser limpa.

Ao terminar a tarefa, ainda próximo, segurou-lhe o queixo e usou o dedão para traçar o canto da boca delicada, fazendo-a se sentir como se de repente estivesse febril.

— Seu rosto está um pouco sujo. Ficar brigando no chão com ladrões não é uma tarefa muito limpa.

Esfregando a bochecha, afastou a mão dele no processo, arrependendo-se logo em seguida.

— Tenho certeza de que está tudo bem.

Os lábios dele formaram um sorriso discreto quando ele pegou os copos e entregou um deles a ela. Ergueu o que segurava.

— A uma recuperação rápida.

— Você está exagerando. Mal estou ferida.

— Não deveria estar nem um pouco ferida.

Depois de tomar um gole, colocou o copo de lado, levantou-se, retirou o casaco e colocou-o em uma cadeira próxima. Gillie observou fascinada enquanto ele desabotoava o colete — como uma ação tão simples podia ser tão hipnotizante? — e o colocava em cima do casaco.

— O que está fazendo?

— Como pretendo passar a noite aqui, decidi ficar confortável.

O lento desenrolar do lenço de pescoço foi o próximo passo. Então, começou a enrolar as mangas da camisa. Gillie já o vira nu, então por que a revelação de seus antebraços parecia tão mais provocativa?

Abrindo os dois primeiros botões da camisa, ele voltou à cama, sentou-se na beirada e levou a mão na direção da bandeja, pegando um pedaço de pano que ela não havia notado antes.

— Você não vai me limpar.

Thorne ergueu uma sobrancelha.

— Você realmente quer entrar em uma batalha que não pode ganhar?

— Você não deveria supor que vou perder só porque sou uma mulher.

— Não estou supondo isso — disse ele, e a voz baixa e rouca provocou arrepios quentes por toda a coluna dela ao reconhecer a ameaça de um desafio que estava sendo colocado na mesa. — Mas estou supondo que, por mais que tente fingir o contrário, existe um certo nível de vaidade feminina em você, e isso a fará querer estar limpa quando eu a beijar.

Capítulo 14

Ao mesmo tempo em que sentia um enorme prazer ao ver Gillie arregalar os olhos e abrir levemente os lábios, não sabia explicar o que o levara a dizer aquelas palavras e a desafiá-la. Sabia apenas que tinha um desejo insaciável de mimá-la, cuidar dela e beijá-la. Ah, sim, definitivamente queria tomar-lhe aquela boca atrevida. Não tinha certeza de quando percebeu que desejava fazê-lo, mas naquele momento parecia que a vontade sempre estivera lá, apenas pairando nas sombras, demorando-se sob a superfície de seus desejos.

Pensou que havia retornado ao A Sereia e o Unicórnio mais cedo do que o planejado porque precisava alertá-la sobre a carta que recebera e de como isso poderia alterar a busca pela noiva fugitiva, mas percebia agora que fora à taverna só porque queria vê-la novamente, porque queria falar com ela, ouvir sua voz, sentir a fragrância única de baunilha e cevada. A carta de Lavínia lhe dera um motivo para não passar mais tempo com Gillie e ele não queria aceitar isso de jeito nenhum.

Afastando-se dela, mergulhou o pedaço de pano na tigela. Com o canto do olho, assistiu enquanto ela bebia todo o uísque do copo em um gole só. A maioria das mulheres que conhecia estaria engasgando e tossindo, mas ela não era como a maioria das mulheres. Ela era única. E ele adorava isso nela.

— Como se fosse deixá-lo me beijar... — murmurou ela.

— Importa-se de dizer isso um pouco mais alto e com um pouco mais de força? — Ele torceu o pano e moveu o corpo, a fim de encará-la mais diretamente. — Não fique com medo, Gillie. Não vou beijá-la se não quiser.

— Não estou com medo. Não fico com medo.

Notou que ela não disse que não queria que ele a beijasse.

— Você não tem curiosidade em saber como seria nosso beijo?

Gillie empurrou o copo na direção dele.

— Acho que preciso de mais uísque.

Thorne não evitou um sorriso, mas conseguiu fazer com que não parecesse um tão vitorioso ao trocar o copo dela pelo dele.

— Você já foi beijada?

— Não é da sua conta.

Ela tomou um gole do uísque e lambeu os lábios. Como um homem poderia resistir a uma ação tão inocente e, ao mesmo tempo, tão provocante?

Mas Thorne resistiu enquanto gentilmente limpava a bochecha dela com o pano. Era difícil imaginar que a dona de uma taverna nunca tivera um homem em sua vida. Mas, se isso fosse verdade, por que a ideia de um beijo a deixava tão nervosa? Por que o beijo poderia levar a algo mais? Por que ela queria que o beijo levasse a algo mais?

Gillie não dava a impressão de sentir repulsa por ele. Não teria se afastado dele se o fizesse, em vez de virar o rosto em sua direção como uma flor para a luz solar, para que ele tivesse acesso mais fácil ao outro lado do rosto dela?

— Parece que você tem um pequeno hematoma nessa bochecha. Dói?

— Não.

A voz dela era suave, cautelosa.

— Você costuma brigar com seus clientes?

— Geralmente, não. É ruim para os negócios.

— Você pensa muito sobre o que é ruim para os negócios.

— Sem dúvida. Quero ter sucesso, fazer meu próprio caminho. Não ser dependente de ninguém.

Ele moveu o pano até o queixo, onde outro hematoma se formava. Ela se considerava durona, mas o estômago dele se contorcia ao pensar na facilidade com que ela poderia se machucar.

— Você deve ser admirada, Gillie.

— Eu não sou tão diferente de qualquer outra pessoa tentando sobreviver, exceto por ter sido extremamente sortuda por pertencer a uma família na qual todos trabalham juntos. Nos ajudamos sempre que podemos. Nesse minuto, suspeito que meus irmãos estejam lá embaixo arrumando a bagunça.

Essa mulher tinha todo o direito de reclamar sobre as dificuldades da vida. Em vez disso, encarava tudo de cabeça erguida e trabalhou duro para torná-la melhor para si mesma.

— Fera também é seu irmão?

— Sim.

— Fera, Aiden, Finn e Mick. E sua irmã?

— Fancy.

De repente, Gillie pareceu autoconsciente.

— Ela é a única que minha mãe deu à luz, mas mesmo assim nasceu fora de um casamento. É muito mais jovem do que o resto de nós e todos nos esforçamos para protegê-la.

— Agora que você a mencionou, creio que lembro de vê-la no casamento. Alguém apontou para ela.

— Eu não ficaria surpresa se você a notasse. Ela é muito bonita.

— Você também é bonita.

Ela riu com escárnio e olhou para ele com tristeza.

— Não como ela. Ela é delicada e refinada.

— A beleza vem em todas as formas, Gillie.

Uma semana atrás, achava que a beleza só vinha em cetim e seda e agora a via em musselina grossa e linho macio.

Gillie fechou os olhos enquanto ele traçava o pano úmido ao longo da estreita e delicada ponta de seu nariz. Os cílios, que eram mais escuros nas pontas, repousavam logo acima das bochechas. A boca era uma tentação à qual ele ainda não podia se entregar. Não a tomaria até que ela estivesse pronta, e ele sentia que ela ainda não estava. Lenta e ternamente, começou a limpar o outro lado do rosto. Ela abriu os olhos, de um verde e marrom ricos e convidativos.

— Por que você veio esta noite? — perguntou ela suavemente.

Para vê-la. Porque não pude ficar longe de você. Ele quase mentiu, quase disse a ela que queria discutir mais sobre onde procurariam a noiva, mas não podia mais mentir para essa mulher, assim como não poderia sair de seu lado quando estava ferida.

— Mais cedo à noite, recebi outra carta de Lavínia. Ela implora para que eu a deixe.

— Lavínia?

Uma leve dobra apareceu entre as sobrancelhas dela.

— Que nome chique sua noiva tem.

— De fato.

— Você vai parar de procurá-la?

— Ainda não decidi. Ela disse que há outro homem. Presumo que esteja com ele, mas ainda sinto necessidade de garantir que está tudo bem.

A dobra se aprofundou.

— Ela largou você por outra pessoa e não teve a decência de lhe dizer antes de chegarem à igreja?

— Suponho que ela não sabia como me dizer.

— Ela é uma covarde. Poderia apenas ter dito: "Quero me casar com outra pessoa." Não é tão difícil. Estou feliz que você não tenha se casado com ela. Você merece alguém mais forte, alguém com bom senso.

Alguém como ela. Dane-se tudo! Ele planejava esperar para cortejá-la e seduzi-la. Em vez disso, Gillie o havia cortejado e seduzido até que tudo o que queria era ela. De forma lenta para não a assustar ou machucar, baixou a boca até a dela.

O gosto de Gillie era uma mistura entre a riqueza do uísque e a doçura de uma mulher. A mão dela subiu e gentilmente lhe envolveu o queixo, deixando-o grato por ter feito a barba antes de sair de casa. O suspiro suave foi como música para os ouvidos de Thorne, ecoou por ele, sobre ele, em torno dele, envolvendo-o em um casulo de desejo diferente de tudo que jamais sentira. Aprofundou o beijo.

Gillie amava a sensação daquela boca linda e exuberante contra a sua. Sentiu a língua dele traçar a borda entre os lábios, primeiro quase fazendo cócegas, depois como provocação e, em seguida, com um pouco mais de firmeza. Sem dúvida, ela deveria ter admitido que nunca tinha sido beijada, que nunca o quisera. O fogo entre eles, ou o que quer que fosse, era apenas físico. Thorne era um homem tão lindo, como poderia não se sentir atraída por ele? O que o fazia sentir o mesmo por ela estava além de seu conhecimento? Talvez estivesse cansado do luxo em sua vida.

Então, a língua dele deslizou para dentro de sua boca, e ela não conseguiu mais raciocinar. Apenas abriu os lábios e apreciou o sabor e a sensação da urgência, paixão e selvageria dele. Sentiu que Thorne estava se segurando, ou porque havia notado a inexperiência dela, ou porque estava preocupado com o ferimento. A ferida doía, a cabeça doía, e ela amaldiçoava os dois pela desagradável distração que pairava nos limites mais distantes de sua consciência.

Concentrou-se nele, na profundidade com que ele explorava sua boca, em seu gemido baixo quando ela devolveu o favor e deslizou a língua entre os lábios dele, saboreando-o por completo e sentindo o gosto que era exclusivamente dele. Ou que ela pensava ser. Não tinha nada com o que comparar, mas não podia imaginar que outro homem tivesse um gosto tão saboroso. Com uma mão segurando-lhe o queixo, deslizou os dedos da outra até o cabelo dele, amando o modo como os grossos fios escuros se aconchegavam e enrolavam em volta de seus dedos. Apertando mais forte, ela o segurou, absorvendo o calor de sua proximidade.

Gillie sentiu os membros começarem a formigar, o corpo ficar letárgico. Se estivesse de pé, derreteria até o chão, e também ficaria maravilhada com isso, pois escorregaria ao longo daquele corpo duro e masculino.

A boca dele se separou da dela, fazendo um caminho ao longo do queixo e criando uma miríade de sensações que aqueceram o interior do corpo de Gillie. Então, sentiu uma estranha necessidade de que ele levasse a boca para outros lugares, para seus seios, para sua barriga, para mais embaixo. Meu Deus! Sentia-se irresponsável, mas parecia incapaz de afastá-lo enquanto ele lhe mordiscava o pescoço, e sua língua lambia a pele sensível antes de seguir para a próxima área. Chegou até a clavícula e demorou-se por lá, sugando suavemente antes de voltar ao queixo e recuar.

Os olhos dele encontraram os dela e Gillie ficou surpresa com a forma como o olhar de Thorne ardia de desejo, um desejo que era páreo para o dela. A declaração anterior que dera sobre nunca sentir medo zombava dela agora, porque estava apavorada — apavorada que a fome dentro de si nunca fosse ser satisfeita, que os fogos que ele acendera nunca fossem ser extintos, e que eles queimassem até que ela fosse consumida por completo.

Delicadamente, Thorne colocou um dedo sob o queixo dela, acariciando com o polegar o lábio inferior dela, molhado e inchado, ainda formigando.

— Não terminamos aqui, você e eu. Mas não vou tirar proveito de uma mulher que pode não estar pensando claramente devido a um golpe na cabeça.

Tire proveito!, gritou a mente de Gillie, mas a língua teve o bom senso de permanecer imóvel.

Ele se levantou.

— Você tem um livro que eu possa ler para você?

— Um livro?

Ele começou a andar pelo quarto, mexendo em uma coisa e depois noutra.

— Sim. Preciso mantê-la acordada. A leitura pode fazer o trabalho. Algo horrível com um assassinato talvez.

Foi incapaz de se conter. Interiormente, sorriu.

— Algo para tirar sua mente do beijo?

Virando-se, ele a encarou e lhe deu um sorriso irônico.

— Estou mesmo precisando de uma distração.

— Você não precisa ficar. Não vou cair no sono.

— Eu não vou embora, Gillie.

Ela desejava não gostar tanto do jeito com que seu nome soava na voz dele. Dando de ombros, ela soltou um pequeno suspiro.

— Na sala.

Ele começou a andar em direção à porta aberta, parou no meio do caminho, parou por mais um segundo, como muitos clientes em seu bar quando contemplavam qual bebida os levaria mais rápido aonde queriam ir. Então, virou-se lentamente.

— Você gostaria que eu preparasse um banho para você?

Gillie o olhou como se ele tivesse falado em uma língua estrangeira. Ou talvez o golpe em sua cabeça tivesse danificado sua audição.

— Perdão?

Um canto daquela boca, que apenas momentos antes estava fazendo coisas perversas com a dela, subiu.

— Você me banhou quando estava cuidando de mim.

— Foi diferente. Você estava imundo.

— Suspeito que rolar no chão não tenha lhe deixado exatamente limpa. Se eu tirasse a sua roupa, tenho certeza de que encontraria sujeira em algum lugar.

— Não vou tomar banho na sua frente.

— Eu não sonharia em pedir isso a você. — O tom provocativo voltou a aparecer. — Eu *sonharia* com isso, para ser honesto, mas não pediria. Estou me esforçando para continuar sendo um cavalheiro.

A frase "não se esforce" pairou na ponta da língua de Gillie, e ela quase se mordeu para se impedir de dar uma resposta que pudesse levá-la à perdição.

— Vou prepará-lo aqui e esperar na sala até terminar.

— Eu não tenho fechadura na porta.

— Gillie... — Ele soltou um suspiro impaciente. — Se eu fosse tirar proveito, uma fechadura não me impediria. E eu provavelmente já o teria feito.

Thorne tinha razão. Poderia ter se aproveitado quando ela estava com ele na carruagem na noite anterior, ou quando caminharam juntos depois de assistirem às apresentações no teatro marginal, ou até dentro do local. Ninguém teria condenado o ato. Se notassem, até o encorajariam. Mas ela não conseguiu deixar de apontar:

— Você acabou de me beijar.

— Você queria tanto quanto eu. Admita.

Ela brincou com um fio solto na colcha que cobria sua cama.

— Eu estava curiosa. — Então, apesar de alegar que não era da conta dele, admitiu: — Nunca havia sido beijada.

Erguendo o olhar para ele, sentiu-se tocada ao ver a expressão de compreensão nos olhos escuros.

— Eu sei.

Então, o pânico a atingiu. Sempre quisera fazer tudo corretamente.

— Fiz alguma coisa errada?

Será que é por isso que ele havia parado? Ele não havia gostado tanto quanto ela?

— Dificilmente. Eu diria que você tem talento natural.

Como a mãe dela, sem dúvida. A mãe dela havia distribuído beijos e o corpo — caso contrário, Gillie não existiria. A verdade era que se sentia suja e encardida. Ela e Charlie rolaram no chão durante a briga e, com base na horrenda nuvem de odores que a envolvera quando estava próxima a ele, podia afirmar com certeza que ele estava há meses de distância de seu último mergulho anual em uma banheira.

— Sim, um banho seria perfeito. — Ela inclinou a cabeça interrogativamente. — Embora eu não possa imaginar que você, sendo um duque, saiba como preparar um.

Aquele sorriso de novo.

— Você ficaria surpresa com as coisas que sei fazer.

Então, como se preparava um banho? Thorne se perguntou enquanto estava na área da cozinha. Havia uma caixa de madeira ao lado do fogão, então assumiu que colocaria um pouco de madeira no forno e atearia fogo, encheria uma panela enorme com água, depois outra e outra.

Enquanto trabalhava, admitiu a si mesmo que tinha sido uma ideia muito estúpida sugerir o banho, mas estava precisando muito de algum esforço físico para se distrair dos pensamentos sobre os lábios atraentes de Gillie e de como seu beijo o desestabilizara. Havia beijado mulheres antes, muitas mulheres, todos os tipos de mulheres, mas nunca sentira que qualquer uma delas tivesse penetrado fundo nele e acariciado sua alma.

Apesar da inocência e falta de experiência, Gillie despejara tudo de si no beijo, e isso o abalou até o último fio de cabelo. Mesmo quando quis recuar, sentiu um desejo ainda mais forte de sair correndo na direção de uma experiência que seria diferente de qualquer outra coisa que já fizera. Como essa mulher conseguia fazê-lo ansiar e sentir necessidade de coisas que ele sempre havia considerado como vontades de um tolo?

Enquanto esperava a água ferver, notou a arrumação da cozinha, então foi para a sala principal. Um sofá confortável repousava diante da lareira, com duas poltronas recobertas de tecido floral amarelo de cada lado. Vários jornais estavam espalhados sobre uma mesa baixa diante do sofá. Ele não podia imaginá-la folheando-os por fofoca. Não, ela leria os mesmos artigos que os cavalheiros, artigos interessantes que a manteriam informada sobre o mundo, a indústria, o Parlamento e assuntos que pudessem afetar os lucros de sua taverna ou lhe dar ideias de como melhorá-la. Na lareira, havia uma pequena fotografia emoldurada em estanho. Haviam se dado ao trabalho e gastado bastante para contratar um fotógrafo para marcar o momento, o que o alertou de que tinha significado. Não conseguia impedir-se de pegá-la para estudá-la mais de perto. No fundo da fotografia estava a taverna. Ela estava diante do prédio com um grupo de pessoas que ele reconheceu como seus irmãos e irmã. Ao lado dela estava uma mulher menor, de cabelo escuro, nem esbelta, nem muito redonda, que ele supunha ser a mãe. O braço de Gillie estava em volta dos ombros da mãe. De fato, os braços de todos circulavam os ombros da pessoa ao lado, formando uma corrente de conforto e apoio, mostrando para qualquer um que estavam todos juntos. Ele não se lembrava de ter sido abraçado pelo pai ou pela mãe, apenas de permanecer rígido ao seu lado. Gillie estava um pouco mais jovem na fotografia, sorrindo e brilhando, esperança e alegria eram refletidas em seus olhos. Thorne não deixou de acreditar que a fotografia fora tirada na abertura da taverna. Desejou ter estado lá para ajudá-la a celebrar, para fazer parte do momento. Com escárnio, colocou a fotografia de volta no suporte de carvalho. Na época, nem sabia que Gillie existia.

Virando-se, ele sorriu para uma pintura, perguntando-se por que não a tinha notado antes. Uma sereia estava sentada em uma pedra, com a mão apoiada no focinho de um unicórnio. Ela parecia gostar de sereias e unicórnios. E havia uma prateleira com vários livros sobre o assunto. No geral, a sala não era chique, mas emanava calor, e ele imaginou como ela achava reconfortante voltar ali depois do trabalho todas as noites. Depois de verificar a água e ver que ainda não estava fervendo, ele voltou para o quarto dela, agachou-se diante da lareira e acendeu um fogo baixo para ela não sentir frio. Sentiu o olhar dela.

— Estou fazendo isso corretamente?

— Você nunca acendeu uma lareira antes?

Ainda na ponta dos pés, ele se virou.

— Há uma cabana de agricultor na propriedade da minha família. Abandonada. Quando eu era jovem, às vezes saía para passar uma tarde chuvosa lá. Fiz um dos servos me ensinar a fazer uma fogueira. Por alguma razão, sempre me irritava quando meu pai pedia para o mordomo acender ou mexer no fogo, e o mordomo pedia a um lacaio. Somos um povo preguiçoso, a nobreza.

— Mas, se você fizesse tudo que precisasse, não precisaria de servos. Então, como eles sobreviveriam?

Apoiando o cotovelo na coxa, ele a estudou.

— Eu não tinha considerado que nossa ociosidade serve a um propósito maior.

Ela deu-lhe um sorriso tímido.

— Você está me provocando.

— Estou mesmo. — Ele olhou em volta, desejando que a ideia não importasse, mas sabendo que, de alguma forma, importava. — Você já teve um homem nesse quarto antes?

— Não. Nem mesmo meus irmãos... Bem, não depois que me ajudaram a subir todos os móveis pela escada. Sempre foi meu refúgio.

Thorne sentiu um nó em seu peito se soltar, mesmo que nem tivesse percebido que estava lá. Ela poderia ter se encontrado com um homem em outro lugar, mas, com base no beijo, em algumas conversas que tiveram, na admissão dela há pouco, achava muito improvável que ela tivesse estado com um homem antes — e lhe agravada muito saber que seria o primeiro dela. Esse pensamento quase o desequilibrou, mas ele a desejava como nunca desejara qualquer outra coisa em sua vida. Não que ele ainda pudesse dizer isso.

— É elegante e aconchegante. Quente. Todas as minhas residências parecem frias, e não tem nada a ver com o frio no ar.

— Talvez elas precisem do toque de uma mulher.

— Elas têm o toque da minha mãe. Isso provavelmente explica tudo. Ela é um dragão de mulher, e bastante gélida.

Ficou de pé, caminhou até uma banheira de cobre que estava em um canto e empurrou-a pelo chão até deixá-la em frente ao fogo.

— Eu não tenho certeza se isso é uma boa ideia — disse ela.

— Aceito o desafio com prazer.

Ela riu.

— De derramar água em uma banheira?

— Não, de resistir à vontade de tocá-la, para provar que tenho força de vontade.

— Você está ciente de que, se fizer algo desagradável, eu o matarei?

— Não consigo pensar em nada que eu gostaria mais que olhar em seus olhos antes de morrer.

— Estou falando sério. Não sou de brincadeira.

— Estou falando sério também.

E isso era incrível. Naturalmente, em certas ocasiões, ele lisonjeava as mulheres com palavras banais porque isso era esperado, mas Gillie era o tipo de mulher que pedia honestidade em todos os momentos. Ele atravessou a sala, encostou-se à cabeceira da cama e cruzou os braços sobre o peito.

— Eu não consigo decidir a cor dos seus olhos. Às vezes eles parecem verdes, outras vezes, marrons. Quando olho para eles, vejo as duas cores. — O tom dele era gentil.

— Minha mãe diz que são castanhos.

— Eles me intrigam. Espero que você não se importe de eu olhar para eles.

Mal havia luz suficiente para ele ver as bochechas corarem.

— Os seus lembram uma cerveja escura.

Maldição! Ela o deleitava.

— Acho que nunca conheci uma mulher que descreve cores com base em bebidas.

— É o que eu sei.

— Por que uma taverna? Por que não uma loja de chapéus ou...

— Porque os homens sempre encontram dinheiro para uma cerveja. As mulheres por aqui nem sempre podem pagar por um novo chapéu.

A praticidade nunca parecera tão atraente.

— Por que aqui? Há lugares melhores e mais seguros em Londres.

— As pessoas aqui precisam de trabalho. Precisam de uma cerveja de vez em quando para diminuir seus fardos. Pensei que seria uma pequena maneira de melhorar algumas vidas e obter um bom lucro no processo.

Prática e generosa.

— Como você deixou de ser limpadora de degraus para ser dona de uma taverna? Cada uma das tarefas parece exigir um conjunto totalmente diferente de habilidades.

Um canto da boca dela se curvou provocativamente.

— Você vai descobrir que tenho os degraus mais limpos em toda Whitechapel. Em toda Londres, aliás.

— Não tenho dúvidas, mas ainda há muito que se deve aprender para administrar com eficácia um negócio, qualquer negócio, mas esse em particular parece bastante desafiador.

Entrelaçando os dedos, ela descansou as mãos cruzadas no colo.

— Eu não poderia ser uma limpadora de degraus para sempre. O pagamento é lamentável e o trabalho é difícil. Quando eu tinha catorze anos, fui trabalhar em uma taverna.

O estômago dele se apertou com o pensamento de homens grosseiros batendo em seu traseiro.

— Como garçonete?

— Não. Passei a maior parte da minha juventude usando as roupas velhas dos meus irmãos. Minha mãe manteve meu cabelo curto, então o taverneiro pensou que eu fosse um rapaz. Comecei lavando pratos, limpando mesas, trabalhando no bar. Quando o dono descobriu que eu era uma menina, provei que era uma boa trabalhadora, e ele achou engraçado, por algum motivo, saber que eu estava enganando as pessoas sobre meu gênero. Então, ele me colocou sob sua proteção e me ensinou o que sabia. A esposa dele, a filha de um vigário, era uma alma querida que acreditava que a pronúncia correta das palavras era necessária para ser uma pessoa melhor. Então, ela me deu aulas de enunciação e gramática, que compartilhei com meus irmãos. — Ela levantou um dos ombros. — Ela também acreditava que eu precisava usar saias, precisava ser correta. Eu logo descobri que, mesmo de saia, os homens mal me notavam. Toda a preocupação da minha mãe sobre tirarem proveito de mim foi por nada.

Ele duvidava muito disso e suspeitava que os homens tivessem gostado dela por quem era, e não por sua aparência. Além disso, tinha quatro irmãos com mãos grandes e punhos poderosos.

— Acho que todos os garotos a respeitaram muito até então.

— E eu acho que a água está fervendo — comentou ela, calmamente.

Ele podia ouvir agora o gorgolejo à distância.

— Certo. — Ainda assim, seu olhar permaneceu nela por um momento. — Você não está acostumada a falar de si mesma, não é?

Ela deu de ombros.

— Eu não sou tão interessante.

Ele se afastou da cama e se dirigiu para a porta. Ela estava errada. Nunca conhecera uma mulher mais interessante em toda a sua vida.

Capítulo 15

Era um erro ele estar ali. Ela poderia se acostumar a ter alguém com quem conversar. Ter alguém para auxiliá-la não era ruim, embora ela entendesse que eram as circunstâncias que o levavam a fazer as tarefas domésticas que normalmente deixaria para um criado.

Ainda assim, era bom ouvir o som pesado dos passos e observar, enquanto ele trabalhava, o modo como os músculos das costas, sob a camisa, se contraíam e flexionavam sempre que levantava um balde e despejava água na banheira. Ele se movia com tanta facilidade, um homem confortável na própria pele. Sabia quem era, *o que* era, o que o tornava incrivelmente atraente.

— Pronto — proclamou ele, finalmente. — Isso deve resolver.

Gillie ainda não estava certa de que tomar banho com ele era uma ideia sábia, mas confiava nele, o que provavelmente também não era sábio. Obviamente, o golpe havia lhe tirado todo o bom senso da cabeça.

Thorne parou no batente da porta.

— Vou fechar a porta para lhe dar um pouco de privacidade, mas me chame quando estiver pronta para que eu possa abri-la.

— Acho que ela deveria ficar fechada.

Ele a estudou por um segundo.

— Como desejar.

Por que repentinamente sentia-se decepcionada?

— Mas grite se precisar de mim e me avise quando terminar. Se não terminar em meia hora, digamos, eu abro a porta para garantir que está tudo bem, que você não está dormindo.

— Eu não vou dormir.

Tais palavras foram mais fáceis de dizer do que cumprir quando ela mergulhou no abismo celestial da água morna. Todos os músculos de seu corpo doíam, e o calor penetrando até os ossos fazia tudo parecer muito melhor. Charlie, aquele maldito, dera alguns golpes duros e estratégicos nas partes mais macias do corpo dela. Ou talvez não tivesse sido estratégico. Apenas sorte. Nunca parecera uma pessoa inteligente. Se tivesse a capacidade de raciocinar, teria deduzido que assaltar alguém perto do estabelecimento dela não seria bom, especialmente quando era idiota o bastante para voltar à taverna. Se fosse esperto, teria ido para outro lugar, mas ele era mais uma criatura de hábito e geralmente aparecia de vez em quando para uma cerveja.

— Está tudo bem? — perguntou Thorne, do outro cômodo.

— Estou bem.

— Você está na banheira?

— Sim.

— Ótimo.

Então, começou a ler em uma voz alta e profunda que penetrava através das paredes finas do apartamento. Se seus irmãos ainda estivessem limpando a bagunça na taverna, iriam ouvi-lo. A menos que Fera tivesse sido capaz de convencê-lo do contrário, Aiden subiria, e ela não precisava que ele a encontrasse na banheira, nua, com um homem estranho em seu apartamento.

— Abra a porta — gritou ela.

Ele não a questionou nem hesitou. De repente, a porta se abriu. Ela só avistou o braço dele empurrando-a. Então, começou a ler novamente.

Abaixando-se na água o máximo possível, ela se curvou e colocou os braços ao redor das pernas.

— Entre.

Mais uma vez, não houve hesitação. Gillie usou todo o autocontrole que tinha para não rir da expressão inocente de Thorne.

— Você não está gostando da história? — perguntou ele, erguendo *A pedra da lua.*

— Eu não estou gostando de você falando alto. Você pode sentar aqui, na cadeira de balanço, mas de costas para mim.

— Tudo bem.

Thorne moveu a cadeira para que ficasse como ela desejava, mantendo os olhos desviados. Quando se sentou, perguntou:

— Devo continuar?

— Sim, por favor.

Colocando a bochecha nos joelhos dobrados, ela observou o movimento da cadeira de balanço, para a frente e para trás, para a frente e para a trás, ouvindo a cadência hipnotizante da voz grossa enquanto o narrador explicava as origens de um diamante que teria um papel importante na história. Ela já tinha lido o livro, mas ele estava dando vida à história de uma forma que ler para si mesma não o fizera. Ele a estava levando para um mundo misterioso, não exatamente tecido pelo autor, mas por Thorne. Derramava energia em sua leitura. Não eram apenas palavras repetidas. A voz dele passava por ela, através dela. A luz das chamas na lareira dançava sobre o cabelo escuro, sobre os ombros fortes, sobre as costas largas.

Com muito pouco esforço, ele a estava atraindo, atraindo, atraindo...

Sem fazer barulho ou respingar, ela se levantou, com a água escorrendo pelo corpo, brilhando em sua pele no processo. Em silêncio, saiu da banheira e lentamente se aproximou dele. Ele não fez mais que levantar o olhar quando ela pegou o livro de suas mãos e jogou-o de lado. Suas narinas se abriram, os olhos arderam, os lábios se separaram. Desejo, urgência e necessidade emanavam dele.

Ela se acomodou no colo de Thorne, e não ficou surpresa ao ver que estava seca. Enrolou um braço nu em volta do pescoço dele, segurou o queixo forte com a outra mão.

— Deveria ser pecado um homem ser tão bonito quanto você.

— Eu prefiro galante.

Deslizou os dedos pelo rosto dele, pelo cabelo.

— Você me faz querer fazer coisas más.

Fechando os olhos, ela baixou a boca...

— Gillie.

... até a dele, deu à língua a liberdade de vagar...

— Gillie.

... provar, explorar, conhecer todos os cantinhos...

— Querida, você precisa acordar.

Não. Não. Não. Ela não deixaria essa fantasia para trás até chegar à conclusão satisfatória.

— Gillie, acorde por mim. Agora.

A preocupação, a apreensão e o leve tom de pânico da voz de Thorne rompeu as imagens na mente de Gillie. Abriu os olhos. Ele estava lá, embalando o rosto dela com as mãos. Deu um lindo sorriso que ela levaria para seu leito de morte.

— Você me assustou por um minuto.

Ela não podia imaginá-lo com medo de nada.

— Adormeci — confessou ela, estupidamente, sem necessidade.

Como foi decepcionante perceber que tudo não passara de um sonho sedutor.

— Tenho certeza de que minha leitura é muito chata.

— Não, é adorável.

Então, percebeu que ainda estava encolhida na banheira com ele tão perto, mas pelo menos Thorne estava olhando em seus olhos, não que ela achasse que ele podia ver muito se ele olhasse para baixo. Ela deveria ter sido autoconsciente, e talvez tivesse sido se não fosse por aquele sonho ridículo.

Ele passou o dedo pelas costas do braço dela.

— Ele a machucou.

— Não dói.

— Essa não é a questão. Ele nunca deveria ter tocado em você.

— Eu não dei a ele muita escolha.

— Percebi. Entrei pela porta assim que você saltou sobre ele. Você tem pernas incríveis, a propósito.

— Como sabe disso?

— Sua saia subiu e eu não fui galante o suficiente para desviar o olhar.

Ela estava ficando tão quente que, sem dúvida, estava reaquecendo a água.

— Você não está acostumada a elogios — concluiu ele, baixinho.

— Não ligo para elogios. Eles são projetados para virar a cabeça de uma mulher, e não quero minha cabeça virada.

Ele estava certo. Homens, além de seus irmãos, nunca lhe elogiavam. Mas ela nunca buscou elogios ou deu qualquer indicação de que os receberia de bom grado.

— Quantas contusões você tem que eu não posso ver?

Meneando a cabeça, ela levantou um dos ombros.

— Algumas, aqui e ali. Não são nada.

— Conheço mulheres que vão para cama porque cortaram o dedo em um pergaminho.

Gillie riu levemente.

— Não, você não conhece. Isso é ridículo.

E a conversa deles estava ficando ridícula. Não que ela se importasse. Ela não conseguia se lembrar de um cavalheiro que a fazia rir ou se sentir jovem, inocente ou boba. Sua mãe sempre lhe dissera que tinha nascido adulta, muito responsável por seu próprio bem, que precisava se divertir um pouco. O trabalho lhe dava prazer. O que mais precisava além disso?

— Se você voltar à cadeira e ler, vou me esfregar para que possamos terminar logo com isso.

— Que tal se eu lavar suas costas?

Gillie sentiu o estômago cair no fundo da banheira.

— Isso é muito íntimo.

— Você lavou meus braços, minhas pernas, meu peito. Atrevo-me a dizer que cada centímetro.

— Nem todo centímetro.

Um bom número de centímetros tinha sido intocado, e pensar neles a fez sentir o rosto esquentar. Olhou para o fogo, procurando recuperar os sentidos, depois voltou a atenção para ele.

— Eu sabia que isso era uma má ideia. Afaste-se.

Thorne o fez rapidamente, recuando até que estivesse sentado a vários metros de distância, mas os olhos continuavam nela. A velocidade com que ele respondera o pedido ajudou-a a respirar melhor.

— Só as suas costas — repetiu ele, baixinho.

E ela novamente perdeu a capacidade de respirar.

— É impróprio.

— Gillie, não houve uma coisa apropriada entre nós desde que nos conhecemos. Eu estava na sua cama, nu como no dia em que nasci. Você cuidou de mim e não tirou proveito. Quero apenas devolver o favor, dar-lhe um pouco do cuidado que você me deu. Alguém já lavou suas costas antes?

— Minha mãe. Ela me deu banho até os oito anos. Depois, eu já era velha o suficiente para fazer isso sozinha. O mais estranho foi que, da última vez em que ela fez isso, eu não sabia que era a última vez. Nem sempre sabemos quando algo acontece pela última vez.

— Não, não sabemos. No entanto, da última vez em que meu pai falou comigo, eu suspeitava que fosse a última. Eu tinha quinze anos quando ele colocou o relógio na minha mão e o entregou para mim. Embora eu tivesse imaginado o que a ação significava, ainda assim foi um pouco chocante quando meus medos se confirmaram.

— Vamos fazer Charlie nos dizer onde ele o vendeu. Conheço muitos dos compradores dos ladrões dessa região. Quando soubermos a quem ele vendeu, poderemos recuperá-lo ou descobrir onde ele o penhorou.

— Certo, então. Teremos uma conversa com ele. Enquanto isso, seu banho, suas costas?

Ela meneou a cabeça. Se deixasse que ele lavasse suas costas, temia querer que ele lavasse todo o resto.

— Não posso.

Ele se pôs de pé.

— Estarei no outro cômodo enquanto você termina. Chame se precisar de mim.

Observando-o sair, ela sabia que deveria ter se sentido aliviada. Em vez disso, amaldiçoou-se por ser uma covarde, por não confiar — não especificamente nele, mas em todos os homens. O homem que ela não conhecia e que fizera mal a sua mãe de verdade; o homem que fizera mal a sua mãe de criação e plantara um bebê em sua barriga, um bebê que agora era sua irmã mais nova, Fancy; os homens que poderiam ter se aproveitado dela se não tivesse passado a maior parte de sua vida se disfarçando de menino. Ela se lembrou de como se sentiu estranha na primeira vez que vestiu uma saia, quando nenhuma costura a tocou intimamente. Abrira uma taverna porque, dentro de suas paredes, não tinha que impressionar ninguém. Ela podia manter o cabelo curto, usar camisas que não abraçassem seu corpo e saias sem anáguas, porque alguém que desejava uma bebida não estava procurando por uma dama chique para servi-lo. Só se importava em ser servido.

Apesar de sua altura, em sua taverna, ela quase não era notada. E uma mulher não notada não era susceptível de trazer uma criança indesejada ao mundo.

Mas, mesmo com aquele pensamento, sabia que qualquer criança que ela desse à luz seria desejada, independentemente de qual lado do cobertor viesse. Ela nunca entendera o ostracismo daqueles nascidos do pecado. A culpa não era deles.

Para ser honesta, antes de Thorne ela não compreendera o que era a tentação. Se fosse capaz de não ronronar enquanto ele lavasse suas costas, poderia ter aceitado a oferta dele. Mas ainda estava tremendo por aquele sonho chocante onde se enrolara no colo dele e tentara seduzi-lo. Era melhor vestir algumas roupas antes que fosse ao outro cômodo para se esfregar em Thorne como se fosse uma gata no cio.

Por ele ter perguntado, enquanto se lavava, Gillie notou os hematomas em sua canela, coxa, quadril e em outro lugar. Sete no total que ela podia ver. Algumas mais sensíveis estavam ficando escuras e feias. Fazia tempo que não entrava em uma briga. Deveria ter ficado horrorizada com o próprio comportamento. Em vez disso, sentia-se muito orgulhosa porque estava certa de que tinha batido o mesmo tanto que apanhara.

Depois de terminar o banho, saiu da banheira e se secou. Sua cabeça ainda doía, um pulsar irritante. Pensou em colocar a camisola e ficar deitada na cama por alguns minutos, mas sua mãe ficaria chocada se soubesse que usara uma camisola na companhia de qualquer pessoa, principalmente do sexo masculino. Então, decidiu não cobrir os seios com a faixa e escolheu camisa e saia limpas. Descalça, subiu na cama.

Thorne deve ter ouvido o barulho do colchão, porque estava na porta antes de ela se acomodar, deitada de lado.

— Você não vai dormir.

— Estou exausta. Já deve estar quase amanhecendo...

— Eu ainda não ouvi a cotovia.

Ela soltou uma risada cansada.

— Você não vai ouvir cotovia por aqui. Vai ouvir vagões, carrinhos de mão, cascos de cavalos e rodas rangendo. Vai ouvir a vida. Deixe-me dormir por apenas alguns minutos.

— Não posso. Mas também não posso ler para você, pois isso a faz dormir. Então, vou ter que continuar fazendo perguntas.

Ele foi até a beira da cama e se sentou.

— Podemos diminuir a luz? — perguntou ela. — Está fazendo minha cabeça doer mais.

Thorne apagou a chama, levantou-se e agitou o fogo da lareira para que lançasse um pouco mais de luz, pois estava longe o suficiente para não atingir diretamente os olhos dela. Quando voltou, deitou-se na cama ao lado dela.

— Não se assuste. Eu não vou tocar em você. Estou apenas tentando garantir que eu também fique acordada.

Levantou-se em um cotovelo e, encarou o duque. Olhando para o teto com uma mão enfiada por trás da cabeça, ele fazia a boca dela secar.

— Pelo menos tire as botas.

Thorne obedeceu, e sua ação tocou um lugar profundo dentro de Gillie. Um local no qual havia escondido a ideia de que, um dia, um cavalheiro colocaria os sapatos debaixo da cama dela. Ele lentamente recuou, como se esforçando para não assustá-la, e olhou para ela.

— Então, fale comigo.

— Eu não tenho muito mais a dizer. Já falei sobre vários licores.

Ele sorriu.

— Ah, sim, eu lembro disso. Apesar da dor e do nevoeiro, queria ouvir o que você tinha a dizer.

— Isso é tudo que conheço.

— Conte-me sobre seus sonhos.

Que ela sonhava em sentar no colo dele e beijá-lo sem sentido? Pouco provável.

— Deve haver algo que você sonha em fazer que ainda não fez — acrescentou.

Ela recostou-se no colchão, colocou a mão sob a bochecha e olhou para a lâmpada apagada. Era muito mais fácil sussurrar sobre sonhos quando não se estava enfrentando alguém diretamente.

— Você já esteve na França?

— Sim. Você já?

— Eu nunca saí de Londres.

— Você sem dúvida amaria Paris. Pelo que entendi, as damas vão lá para comprar vestidos de baile.

— Por que eu teria vestidos de baile? Não, quero visitar os vinhedos. — Ela olhou para trás, por cima do ombro, mas seu ângulo era tal que ela podia ver pouco mais que os pés descalços dele. Por que a visão fez seu estômago tremer? — Você já os visitou?

— Nunca me ocorreu que valeria a pena.

Ela se voltou para a lâmpada.

— Acho que seria fascinante conhecer as pessoas que nos dão algo que nos traz tanto prazer. Eu gostaria de arrancar uma uva de uma videira, jogá-la na minha boca, tirar meus sapatos e andar pelo solo que alimenta as videiras. Gostaria de ver como o vinho é feito. E prová-lo em cada etapa.

— Eu suspeito que é bastante desagradável no começo.

— O que tornaria o resultado final ainda mais milagroso.

— Você gosta de vinho.

— Sim. E uísque. — Ela riu levemente. — Quase tudo que sirvo.

— Eu nunca conheci uma mulher que bebesse algo além de vinho.

Fechando os olhos, ela caiu em uma lembrança.

— Quando meus irmãos começaram a beber, eles me convidaram para me juntar a eles. Desenvolvi um gosto pelas coisas. Sei dizer a diferença entre as coisas boas e as ruins. Você não encontrará algo ruim na minha taverna.

A cama se mexeu, e ela percebeu que ele estava rolando. Se não estivesse tão cansada, poderia ter olhado por cima do ombro novamente para ver se os pés dele estavam empilhados um sobre o outro. Em vez disso, acolheu a letargia.

— Gillie?

— Hmm?

— Não durma.

— Eu... não vou.

— Continue falando.

Ela balançou a cabeça o máximo possível sem tirá-la do travesseiro.

— Nenhum outro sonho. Apenas vinhedos.

O silêncio se acomodou ao redor deles, e ela imaginou se deveria perguntar a ele sobre seus sonhos. Mas, então, ele era um duque. Tinha dinheiro, meios e poder para transformar todos os seus sonhos em realidade.

O que ele poderia desejar que já não tivesse? Além de uma noiva que o abandonara ao pé do altar.

— Gillie? — A voz dele era baixa e suave. — Você não sabe *nada* sobre seus pais?

Havia perguntado a ela antes, mas talvez duvidasse da veracidade de sua resposta, pensando que ela não o conhecia bem o suficiente na época para ser honesta diante daquela pergunta impertinente. Eles se conheciam um pouco melhor agora. Talvez se o quarto não estivesse tão escuro, ou se ela não pudesse sentir o calor do corpo dele ou não estivesse ciente do peso dele do outro lado da cama...

Se ela não tivesse conseguido sentir o aroma de sua fragrância cítrica que lembrava bergamota e limão. Se ele não a tivesse beijado, se ela não tivesse levado um golpe na cabeça, ela poderia não ter revelado sua fantasia secreta, uma que nunca compartilhara com ninguém, nem mesmo seus irmãos.

— Quando eu era mais jovem, uma criança, na verdade, imaginava que minha mãe era uma princesa que havia se apaixonado por alguém considerado pouco para ela. Não sei... Um guarda do palácio ou o ferreiro da aldeia talvez. Ela fez safadezas com ele, e acabou com um problemão. A família não permitiria que ela se casasse com o homem, é claro, mesmo que ele a amasse também. Não deixariam que ela me mantivesse porque era uma princesa muito importante e deveria ter um casamento adequado, e eu era uma evidência de seus pecados. Então, me abandonaram em uma porta.

A cama se moveu novamente quando o braço dele a envolveu, e ela se viu dentro da curva do corpo dele.

— Você também é importante — sussurrou ele perto da orelha dela.

Gillie ficou parada e quieta, sentindo prazer com a proximidade dele, surpresa com a naturalidade que sentia ao ser abraçada por ele. Conseguia sentir a subida e descida do peito dele contra suas costas. Tão adorável, tão calmante. Na noite seguinte, sentiria falta daquilo. Sentiria falta dele.

Sempre achou melhor não saber exatamente o que a vida carecia. Mas, agora, estava grata por não ir ao túmulo sem nunca ter sido abraçada por um homem.

Capítulo 16

THORNE ACORDOU COM O adorável traseiro de Gillie pressionado contra sua ereção, o braço ao redor da cintura fina, a mão dela sobre a sua, descansando logo abaixo das costelas. Em algum momento durante a noite, ela moveu a cabeça do travesseiro para a dobra de seu outro braço, que agora estava dormente. Amaldiçoou o braço por ser arrogante a ponto de impedi-lo de sentir sequer um centímetro dela.

Não tivera a pretensão de adormecer nem que ela caísse no sono, mas uma quietude se instalara entre os dois depois que ela lhe contara suas imaginações de criança. Imaginava-se como realeza. Sem dúvida, ela era realeza em seu porte. Além de possuir força, coragem e determinação. Não soubera o que dizer naquele momento, então a segurou, e as palavras que murmurou soaram inadequadas para expressar como ela o afetara. Gillie demonstrava uma inocência que desmentia sua criação difícil. No entanto, ao mesmo tempo, conhecia o mundo de um jeito que a fazia compreender de forma muito mais profunda do que ele a natureza humana.

Deixá-la ao pé de uma porta... Como alguém poderia ser tão cruel? Tinha ciência de que a lei não favorecia os nascidos fora do casamento. Ouvira e lera histórias de horror sobre como alguns foram descartados. Gillie havia superado as dificuldades e sobrevivido. Embora ele suspeitasse que ela não sobreviveria muito mais se continuasse a pular sobre homens.

Os pés delicados estavam enroscados aos dele, a saia tinha subido até os joelhos, e a linda e esguia perna pedia para ser beijada. Ele gostaria de trilhar aquela perna com a boca. Não, não apenas a perna, mas cada centímetro dela, da ponta dos pés até o topo da cabeça.

A respiração de Gillie, um suave sussurro que aqueceu seu coração, espalhava-se pelo quarto. Queria acordar com aquele som novamente, mas com ela nua em seus braços. Imaginou a alegria de levá-la aos vinhedos da França — depois de uma parada em Paris. Ela poderia não precisar de um vestido de baile, mas merecia um. Pensou em comprar para ela luvas e meias e cada peça de roupa íntima feminina da qual pudesse lembrar. Não queria que ela enfaixasse os seios como se tivesse vergonha deles, de ser uma mulher.

Mas comprar qualquer coisa para Gillie estava fora de questão, assim como a possibilidade de acordar novamente com ela nos braços. Mesmo se a mãe dela fosse uma princesa, não poderia pedi-la em casamento. Ela nunca seria aceita por sua família, seus amigos, seus colegas. Apesar de toda a ousadia, havia nela uma timidez que sem dúvida tornaria sua vida no mundo dele insuportável.

Ainda assim, ele se viu estudando a nuca esbelta, desobstruída por longos fios de cabelo. Viu os delicados cordões, o suave declive. Apesar das melhores intenções, ele se inclinou e beijou-a ali. Ela suspirou, e seu pênis insolente endureceu ainda mais.

— Gillie, você precisa acordar agora, princesa.

Com um gemido suave, ela de alguma forma conseguiu se esticar sem se esticar, seu corpo ondulando contra o dele de uma maneira tão provocante que ele quase gemeu de frustração e de uma necessidade dolorida. Tirou o braço localizado embaixo da cabeça dela, rolou para o lado, colocando as pernas para fora da cama e se sentando, apertando a mão que ainda estava sentindo e aceitando as pontadas dolorosas na outra, dormente, enquanto o sangue voltava a correr.

— Eu adormeci — murmurou ela em um bocejo, e ele a imaginou se espreguiçando novamente.

— Estava bem perto do amanhecer, senti que você estava segura.

— Por que me chamou de *princesa*?

Thorne olhou por cima do ombro. O cabelo de Gillie, fora do curativo que tinha sido enrolado em volta da cabeça para proteger a ferida, estava espetado em estranhos ângulos. Achou adorável.

— Se sua mãe era uma princesa, então você também é.

Gillie fechou os olhos com força.

— Não zombe de mim.

— Não estou.

Havia sido profundamente tocado pela história infantil.

— Eu posso vê-la como uma princesa.

Abrindo os olhos, ela os revirou.

— Não posso acreditar que lhe contei essa história. Minha cabeça devia estar mesmo afetada.

— Estou feliz que você me contou. Nunca me ocorreu como pode ser difícil não saber a própria origem.

— Isso não importa. Não desde que envelheci. Eu tenho mãe. Por todo o amor que ela me dá, ela poderia ter me dado à luz. Devo fazer um pouco de mingau para nós?

Ela obviamente não queria mais discutir o assunto.

— Não para mim. Eu deveria ir embora.

Abaixando, ele agarrou as botas e as calçou. De pé, abaixou as mangas e começou o processo de se tornar mais uma vez apresentável para o mundo, amarrando o lenço do pescoço, enfiando-se no colete, colocando o casaco. Precisava desesperadamente se barbear, mas sabia desde a sua primeira vez ali que ela não tinha uma navalha.

— Aprecio o fato de ter ficado e cuidado de mim.

— O prazer foi todo meu.

Thorne começou a andar, ciente de que ela pulou da cama e o seguia com seus pés descalços batendo no chão. Abriu a porta da frente.

— Suponho que estamos quites agora — disse ela, calmamente.

Ele se virou para encontrá-la perto o bastante para ser tocada, com as mãos entrelaçadas em sua frente, e ele se perguntou se era para não agarrá-lo. Ele não era galante a esse ponto. Segurando o queixo delicado dela entre o polegar e o indicador, ele se inclinou e a beijou, num encontro curto, mas doce, dos lábios.

— Nem perto, princesa.

Com isso, desceu a escada com pressa e entrou na cavalariça, onde sua carruagem o estava esperando, o cocheiro e o criado sempre alertas perto dos cavalos.

— Desculpe pela demora, Maxwell — disse ele ao cocheiro, enquanto se aproximava.

— Não se preocupe, Sua Graça.

— Espero que não tenha passado a noite aqui fora.

— Não, senhor. Nós nos revezamos dormindo um pouco dentro da carruagem.

— Ainda assim, foi uma falta de consideração de minha parte.

Ele deveria tê-los mandado para casa e solicitado que retornassem pela manhã. Por outro lado, ele lhes pagava bem o suficiente para que esperassem uma inconveniência ocasional. Ao entrar no veículo, disse-lhes onde queria parar antes de voltar para a Casa Coventry.

Não muito tempo depois, com todo o seu porte nobre, entrou no prédio de policiais mais próximo e subiu até a mesa onde dois homens de uniforme esperavam, escolhendo aquele que parecia ser o mais jovem, menos experiente e mais facilmente impressionável.

— Trouxeram um tal de Charlie McFarley para cá ontem à noite?

O policial assentiu.

— Sim.

— Eu gostaria de ter uma palavra em particular com ele.

— Você é o advogado?

— Não.

Ele retirou uma carta do bolso e a estendeu.

— Eu sou o duque de Thornley, primo da rainha.

Uma relação muito, muito distante, que surgiu através de uma série de casamentos, não de linhagem, mas ele não se opunha a adicionar peso ao seu título quando necessário.

O homem, que estava ereto como uma tábua, ficou ainda mais ereto, empalideceu consideravelmente e assentiu com tamanha força que foi uma surpresa que sua cabeça ainda estivesse colada no pescoço.

— Claro, Sua Graça, posso arranjar para você ter uma palavra com ele no escritório do inspetor-chefe.

— Não é necessário o incômodo. Uma visita rápida na cela deve ser suficiente. Não vai demorar mais de um minuto.

— Como quiser, senhor. Siga-me.

O policial pegou um molho de chaves e abriu o caminho por um corredor, um conjunto de escadas e depois outro corredor, que continha uma série de portas de ferro. Abriu uma delas no final.

— Eu gostaria que você ficasse desse lado da porta no corredor até eu bater...

Thorne o instruiu de uma maneira que indicava que não era um pedido, mas uma ordem.

— Claro, Sua Graça.

Ele deu um sorriso apreciativo.

— Bom homem.

Entrou e fechou a porta. Charlie McFarley estava sentado em um banco de madeira bastante desconfortável que, sem dúvida, também servia de cama. O sujeito levantou-se lentamente com os punhos cerrados e os olhos estreitos. Seu esforço para parecer intimidante perdeu parte do impacto devido ao queixo desalinhado.

— Quem é você? — balbuciou.

— O cavalheiro que você roubou na outra noite atrás da taverna.

Revirando os olhos, ele tentou um desdém que pareceu ridículo, já que a boca não estava funcionando corretamente.

— O relógio já era. — A frase foi dita tortuosamente, as palavras quase irreconhecíveis.

— Eu não me importo com o relógio.

Com um rápido passo à frente, enfiou com força o punho fechado no estômago do desgraçado. Grunhindo e sem fôlego, Charlie McFarley caiu de joelhos.

Thorne se agachou, agarrou-o pelo cabelo comprido e imundo e puxou a cabeça para trás até encontrar o olhar do homem.

— Ontem à noite, você machucou a srta. Trewlove. Se você ou algum de seus comparsas alguma vez colocarem um dedo nela novamente, farei com que você seja enforcado. Fui claro?

Charlie McFarley assentiu com a cabeça o máximo possível, já que estava sendo segurado. Então, Thorne o jogou de lado como o lixo que ele era.

Virando-se para a porta, precisou de apenas dois passos para bater nela. Ela se abriu e ele saiu sentindo uma grande satisfação. Não podia proteger Gillie de todo o desagrado da vida, mas pretendia fazer o que pudesse.

Algum tempo depois, entrou em sua residência e a barriga roncou imediatamente. Era cedo o suficiente para que o café da manhã ainda estivesse sendo servido, então foi para a sala do café da manhã, não tendo levado em conta que já era tarde o suficiente para que sua mãe estivesse lá.

— Você está fedendo a ela — disparou a mãe, franzindo o nariz em desgosto e julgando, sua maneira preferida de começar o dia.

— Ela? — perguntou Thorne, suavemente, quando foi até o aparador e começou a encher um prato com uma variedade de comidas.

— A mulher em cuja cama você passou a noite.

Percebeu que ela estava certa, pois podia sentir o mais leve indício de Gillie em suas roupas.

— Eu diria que você tem um cão de caça em suas linhagens. Vou instruir meu criado a não lavar minha roupa para que eu possa inalar essa doce fragrância sempre que quiser.

— Você é nojento.

Ele tomou o seu lugar à mesa.

— Bom dia para você também, mãe.

— Eu sempre sentia o cheiro do fedor das mulheres com quem seu pai dormia. Você é igual a ele.

O fato de o pai não ter honrado os votos de casamento era uma das coisas que mais o desapontaram, mas não viu nada a ganhar criticando as falhas do duque anterior, mesmo que essas indiscrições tivessem levado à doença do duque e à eventual loucura. Por um tempo, o pai fizera da vida de todos um verdadeiro inferno.

— Faz quase doze anos que ele morreu. Sem dúvida, agora, você deveria tentar superar essas transgressões.

— Nunca.

Tomando um gole de chá, ela olhou para o filho por cima da borda de sua delicada taça de porcelana, o mais leve tremor visível.

— Houve alguma sorte em localizar a garota?

— Suponho que esteja se referindo a Lavínia. Não. No entanto, recebi uma carta recente dela indicando que ela fugiu para estar com outra pessoa. — Não eram exatamente essas palavras que estavam na carta, mas não sentia necessidade de compartilhar os detalhes. — Portanto, não vamos nos casar.

A mulher fechou os olhos e cerrou os dentes. Ela parecia prestes a entrar em erupção. Se ela fosse um vulcão, tinha pouca dúvida de que a Terra seria destruída. Depois de um longo tempo, abriu os olhos.

— Você falou com Collinsworth sobre esse desastre?

— Sim.

— E que reparações ele está disposto a fazer?

Desejando ter tido o bom senso de pedir para que uma bandeja de comida fosse entregue em seu quarto, Thorne arqueou uma das sobrancelhas para a mãe.

— Reparações?

— Sim. A garota quebrou o contrato de noivado. Você está em seu direito de processá-la.

— Ele é um velho amigo. Não abrirei um processo.

— Ela já riu de você abandonando-o na igreja. Se não tomar alguma ação, as pessoas perderão todo o respeito por você.

Embora admitisse que tinha sido ao mesmo tempo embaraçoso e humilhante ser deixado no altar, preferia aquilo a tomar como esposa alguém que estaria sempre desejando estar nos braços de outro.

— Vou sobreviver.

— Você não deveria mesmo ter tentado se casar com ela. Ouvi rumores... — deixou a voz sumir, sugestivamente.

Thorne não ia morder a isca. Nunca fora muito a favor de fofocas, talvez porque estivera cercado delas enquanto crescia. A infidelidade de seu pai sempre fora motivo para os tagarelas.

— Está acabado e terminado. Vejo pouco sentido em dissecar o problema. Embora suponha que eu deveria fazer um anúncio no *Times*...

— Mas é claro que não. A fofoca já está correndo solta.

— Mais razão ainda para um anúncio, para que possamos controlar os fatos.

— Você vai dizer que foi abandonado no altar? Creio que não. O anúncio deve ser cuidadosamente redigido, de modo que se entenda que a decisão de terminar o noivado foi sua.

Thorne suspirou.

— Quem vai acreditar nisso quando era eu quem estava esperando pacientemente no altar?

— Você anunciou que a menina ficou doente. Após mais reflexão, decidiu que não seria bom se casar com alguém com um corpo tão fraco que adoecesse com facilidade no momento mais inoportuno.

Ele riu sombriamente.

— Eu não vou depreciar Lavínia. Além disso, duvido que haja uma mulher em toda a Inglaterra que não adoeça em um momento ou outro.

— Então não anuncie. Vou lidar com a divulgação das notícias de forma discreta. Para garantir que as pessoas entendam que está tudo terminado com a garota, organizarei um baile o mais rápido possível para que você possa escolher outra mulher para se tornar sua esposa. Sugiro que escolha alguém um pouco mais jovem, alguém que aprecie a honra que lhe será concedida.

Thorne quase pediu ao mordomo para lhe trazer um pouco de uísque para o café.

— Mãe, não tenho pressa em me casar. A idade de Lavínia, associada às preocupações de Collinsworth, levou-me a pedir sua mão no início do verão. Mas não há razão para nos apressarmos agora.

— Há muita razão. Devemos deixar esse assunto para trás, senão ele será o tópico de todas as conversas da próxima temporada, da maneira menos lisonjeira, com especulações sobre o porquê de a garota sentir necessidade de fugir de você, se ela descobriu que você é como seu pai... Ele deixou a você um legado nojento. Você tem a obrigação de se casar e nos dar um herdeiro antes de sucumbir à doença dele.

Thorne suspirou pesadamente.

— Não vou ficar doente como o papai.

— Vai viver a vida de um monge, então?

— Eu não vou discutir isso.

Ela bateu a mão na mesa.

— A melhor maneira de superar esse episódio embaraçoso em sua vida é tomar uma esposa antes do fim do ano. Então, as pessoas vão falar sobre o seu casamento, em vez de conjeturar o que há de errado com você.

Ele não achava que seria tão ruim assim, mas gostaria de um pouco de paz na mesa.

— A temporada acabou. Suspeito que, no dia seguinte ao meu casamento fracassado, as famílias que ficaram para trás seguiram o exemplo dado por aqueles que já haviam se dirigido a suas propriedades rurais e saíram da cidade o mais rápido possível.

— Elas voltarão a Londres para o meu baile, especialmente porque as mães ficarão desesperadas para apresentar as filhas a um duque.

— Eu acho que isso pode esperar até a próxima temporada.

— Você julga erroneamente o dano que o desaparecimento daquela tola causará à sua reputação e ao seu lugar na sociedade. Recomendo que você me permita escolher a garota que será uma duquesa adequada.

Apenas o que todo homem queria: a mãe escolhendo a mulher com quem iria dormir. Suspirando mais uma vez, empurrou o prato para o lado e se levantou.

— Parece que perdi a fome, afinal. Se me der licença...

— Não se esqueça de tomar banho antes de se juntar a mim para o jantar. Esse cheiro miserável vai me deixar doente.

— Jantarei no clube hoje à noite. — Indo para a porta, ele sinalizou para seu mordomo. — Boggins, uma palavra...

— Com certeza, Sua Graça.

Ao entrar no escritório, foi até a janela e contemplou os jardins coloridos. Havia acordado para um dia brilhante de sol, mas agora as nuvens escuras estavam aparecendo. Não podia deixar de acreditar que o motivo era a maneira diferente como cada uma das mulheres com quem falara naquela manhã via o mundo. Gillie, que havia sido criada sem nada, via o mundo com esperança, enquanto a mãe, que sempre possuíra todas as vantagens, adotara uma visão mais desanimadora, que, honestamente, dificultava a tarefa de estar na presença dela.

— Você deve aumentar o salário anual de cada empregado em dez por cento — disse ele a Boggins, pensando na decisão de Gillie de abrir seu negócio em Whitechapel porque as pessoas precisavam de emprego.

— Começando quando, Sua Graça?

Ouviu uma miríade de dúvidas naquela única pergunta.

— Imediatamente.

— Os empregados ficarão muito satisfeitos, senhor, pela sua generosidade.

— Se eles têm que lidar com minha mãe, acredito que mereçam.

— Ela pode ser difícil.

Thorne se virou. O mordomo ficou vermelho, moveu o peso do corpo de um pé para o outro como um garoto da escola que havia sido apanhado fazendo algo que não deveria.

— Eu não quis desrespeitá-lo, senhor. A duquesa...

— É mais que difícil. Ela está no meu mundo também, sabe.

— Talvez, tendo um neto, vai amolecer.

— Eu teria um filho amanhã se pensasse que havia alguma chance disso acontecer.

De pé com as pernas afastadas e as mãos na cintura, Gillie examinou seus arredores. Se ela não conhecesse cada canto e recanto da taverna, não teria sido capaz de dizer que uma briga ocorrera na noite anterior. Abençoados fossem seus irmãos, seus funcionários e qualquer outra pessoa que tivesse trabalhado arduamente para restaurar seu estabelecimento em tão pouco tempo.

— Duas mesas, doze cadeiras.

— Droga — resmungou Roger.

Olhando por cima do ombro, ela viu quando o homem entregou uma moeda a um Finn sorridente, encostado no bar.

— Eu disse a você que ela saberia exatamente o que tinha sido quebrado ontem à noite — vangloriou-se Finn. — Dê a ela mais alguns minutos, e ela poderá dizer quantas canecas foram destruídas.

— Não terei esse trabalho — retrucou ela, tendo aceitado o desafio anterior de identificar a quantidade de móveis que faltava. — Basta garantir que elas sejam repostas.

— Farei isso — disse Roger, antes de desaparecer na cozinha.

Mudando sua postura, Finn bateu os dedos no balcão de madeira duas vezes antes de encontrar e segurar o olhar dela.

— Ouvi dizer que você teve companhia na noite passada. Não seria o duque, seria?

Ela se sentou em um banquinho. Sua cabeça não estava mais doendo, mas ficar acordada até quase o amanhecer a deixara esgotada.

— Eu sei que você não tem amor pela nobreza, mas ele não é um tipo ruim.

— Cuidado com seu coração, Gillie. Eles nos veem como brinquedos para serem aproveitados por um tempo, mas jogados no lixo quando começamos a aborrecê-los, ou eles encontram algo mais brilhante ou limpo.

Ela levantou um pouco um dos ombros, não completamente capaz de sacudir a tristeza.

— Eu o estava ajudando com uma coisa e a situação mudou. Ele não tem mais razão para vir aqui.

— Como se os riquinhos precisassem de uma razão para fazer qualquer coisa.

Capítulo 17

— Acho que Trewlove é bastardo de Hedley.

Na biblioteca de White, tomando um drinque depois do jantar, Thorne olhou discretamente para onde o olhar de Collinsworth se detivera. Do outro lado da sala estava o duque mais velho com o novo marido de sua protegida.

— Não posso negar que há uma semelhança.

— Por qual outro motivo Hedley permitiria que lady Aslyn se casasse com um bastardo?

— Talvez porque ela o amasse.

Esse fato tinha sido bastante óbvio durante o casamento. O casal mal conseguia tirar os olhos um do outro.

— Ainda assim, garantir que ele virasse membro do clube, como se não tivéssemos nenhum padrão, é ir um pouco longe.

— Trewlove pode não ter linhagem, mas é incrivelmente rico e está ficando mais rico a cada dia que passa, se os rumores forem verdade. Ele poderia, sem dúvida, comprar o lugar se quisesse.

— Mesmo assim, acho estranho que o duque passe mais tempo com o sujeito do que com o próprio filho. Ouvi dizer que ele até deu algumas de suas propriedades para Trewlove.

— Sem dúvida ele teme que Kipwick as perca. O homem tem o péssimo hábito de jogar.

Thorne voltou a atenção para seu uísque, novamente se perguntando por que o que outrora fora tão agradável a seu paladar estava, agora, sem sabor.

— Às vezes, me pergunto por que julgamos um homem pelas circunstâncias de seu nascimento, e não pela força de seu caráter.

— Esse tipo de conversa enlouqueceria nossas mães.

— De fato.

Ele estudou o líquido âmbar em seu copo, perguntando-se por que a sociedade via defeito naqueles nascidos do pecado, quando estes não tinham nenhuma escolha nas ações que conduziam ao seu nascimento. Se não fosse por algum homem e mulher se unindo quando não deveriam, Gillie não existiria, e, sem ela, ele poderia ter morrido. Isso tornara o assunto da bastardia bastante pessoal para Thorne nos últimos tempos.

Com o canto do olho, ele percebeu um movimento e de repente os condes de Eames e Dearwood estavam em pé na frente dele. Aparentemente, nem todos tinham ido para o interior. Eles eram jovens e a cidade sem dúvida oferecia muito mais entusiasmo do que suas propriedades.

— Meus senhores.

Eames deu um breve aceno de cabeça.

— Sua Graça.

Então, um aceno para o homem sentado ao lado dele.

— Collinsworth.

— Eames — disse Collinsworth. — Dearwood.

O olhar de Eames se voltou para Thorne.

— Lamentamos que seu casamento não tenha se concretizado. Pena que sua noiva adoeceu. Espero que sua irmã tenha se recuperado, Collinsworth.

— Ela se recuperou — afirmou Thorne, antes que Collinsworth, que se mexia desconfortavelmente na cadeira, pudesse responder.

— Fico feliz em ouvir isso — disse Dearwood. — O casamento vai acontecer, então?

Thorne não conseguiu admitir a verdade.

— Ainda estamos trabalhando os detalhes.

— Esperaremos ansiosamente o convite mais uma vez, quando chegar a hora — falou Eames. Ele se curvou ligeiramente. — Dê o nosso melhor voto para lady Lavínia. Sua Graça. Meu senhor.

Eles se afastaram com um andar arrogante e Thorne desejou que tropeçassem.

— Jovens impertinentes — murmurou Collinsworth. — Você notou a zombaria no tom deles?

Ele tinha notado, mas, em vez de responder, bebeu seu uísque.

— Por que não disse a eles que o casamento não acontecerá?

— Porque começaria uma cadeia de rumores que mudaria a cada novo rumor, até que, eventualmente, estariam dizendo que eu a assassinei, ou algum outro disparate tolo. Seria melhor anunciar no *Times* para que uma versão oficial seja lida por todos. Eu cuidarei do assunto amanhã.

— Bom Deus, Thorne! Desculpe-me por essa bagunça.

Estranhamente, ele não estava triste. É claro que seria problemático resolver tudo, ele se arrependia de não ter conseguido cumprir a promessa feita ao pai, mas tinha uma sensação maior de perda pelo fato de não ter mais uma desculpa para ver Gillie.

— Não suponho que você me venderia a terra.

— Infelizmente, um dos meus antepassados mais astutos a colocou em um fundo de confiança que pode ser usado apenas como dote para uma filha... Bom Deus! Hedley e Trewlove estão vindo em nossa direção.

Thorne ficou de pé quando os dois homens se aproximaram. Collinsworth seguiu o exemplo. Vendo os dois tão perto, não deixou de acreditar que o conde estava certo. Trewlove era filho de Hedley.

— Thorne — disse Hedley. — Acredito que você conheceu Mick Trewlove quando ele se casou com lady Aslyn.

— De fato.

Ele estendeu a mão. Trewlove a pegou, mas foi menos uma sacudida e mais um aperto. Thorne devolveu o favor, afirmando-se, comunicando que não era alguém a ser intimidado. Quando finalmente soltaram um ao outro, ele apresentou o conde, mas era óbvio que o único interesse de Trewlove residia no duque.

— Acredito que você pode ter feito uso da minha carruagem recentemente — afirmou Trewlove, e seus olhos azuis encararam os escuros de Thorne.

— De fato. Fiquei muito agradecido por isso e pelo carinho de sua irmã.

Embora Trewlove não tenha reagido de todo, Thorne não estava convencido de que seu maxilar não estava prestes a conhecer o punho do homem.

— Ela é uma mulher notável, sua irmã.

— Ela não é tão durona quanto parece.

— Estou bem ciente.

Com base no músculo flexionando na bochecha de Trewlove, ele estava certo de que seu maxilar *estava* em perigo.

— Eu não tiraria proveito disso.

— Espero que não. Não terminaria bem para você.

— Sua irmã me informou sobre isso.

Trewlove sorriu.

— Ela costuma falar o que pensa. Fico feliz em ver que você está se recuperando.

— Obrigado.

Com um aceno rápido, Trewlove foi embora, com Hedley ao seu lado.

— O que foi tudo isso? — perguntou Collinsworth.

Um aviso para ficar longe de Gillie. Pena que Mick Trewlove não sabia que sua irmã valia o risco. Ignorando a pergunta do amigo, ele disse:

— Você ama sua esposa?

— Sem dúvida.

— Como soube que o que sentia por ela era amor?

O homem pareceu completamente perplexo.

— Eu apenas soube. Não está se apaixonando por sua amante, está? Isso seria inconveniente.

— Atualmente, não tenho uma amante. Não tenho desde que Lavínia e eu ficamos noivos.

O que poderia explicar a necessidade que tinha em relação a Gillie. Ele não podia negar que queria desesperadamente dormir com ela. No entanto, havia mais em seu desejo do que apenas experimentar o físico, do que apenas a luxúria.

— Se me der licença, há outro lugar em que preciso estar.

Foi estranho o modo como ela percebeu que Thorne havia entrado na taverna. Ela o observou ir até uma mesa vazia na parte de trás, onde havia mais sombras. Permitia que o canto fosse mais obscuro porque sabia que alguns de seus clientes preferiam um pouco de anonimato. Alguns tinham violado a lei, ela não tinha dúvidas disso, mas suas transgressões eram mesquinhas. Às vezes, homens e mulheres precisavam de um lugar para se encontrar que oferecia alguma aparência de privacidade.

— Ah, o diabo bonitão está de volta — comentou Polly com um sorriso largo demais, e os olhos muito brilhantes. — Estou ansiosa para...

— Vou atendê-lo, Polly — afirmou Gillie, já servindo o uísque que sabia que ele iria querer, então decidindo servir um para si mesma também.

O sorriso de Polly murchou.

— Eu posso servi-lo.

— Alguns caras ali estão precisando de mais bebida.

— Eles são pedreiros, ainda cobertos de poeira.

— Eles são trabalhadores honestos. E pagam enquanto bebem.

— Acho que o Bonitão também.

— A bebida dele é por conta da casa.

— Você está de olho nele, Gillie?

Ignorando a pergunta, ela saiu de trás do bar, perguntando-se por que sentia o passo leve ou por que ficava quente ao perceber que o olhar dele nunca se desviara dela, nem mesmo quando outra de suas garotas ficou em pé ao lado de sua mesa com o quadril sobressaindo provocativamente e boa parte de seu seio exposto. Ela deixava que as meninas usassem o que queriam porque os homens tendiam a lhes dar moedas extras se gostassem de serem servidos por elas — e um pouco de pele sempre os fazia gostar mais do serviço.

Seu coração deu uma pequena guinada quando Thorne se levantou com sua aproximação. Os homens que frequentavam a taverna não se levantavam quando ela se aproximava, pois não era uma cortesia que eles davam aos funcionários. Ficou surpresa ao perceber o quanto lhe agradou que ele tivesse estendido essa polidez a ela.

— Eu estou com a bebida dele, Lily.

Gillie não deixou de ver o olhar desapontado que a garota lhe deu e teve a sensação de que Lily daria seu nome a Thorne, instruções para seus aposentos e uma espiada sob suas saias. Colocou o copo diante dele. Os olhos escuros brilhavam com humor.

— Ambos são para mim? — perguntou.

— Não.

— Bom.

Estendendo a mão, ele puxou uma cadeira para ela, outro gesto educado que ela não estava acostumada a receber. Não era bom que ele a estragasse assim, tratando-a como se fosse especial. Ela poderia começar a acreditar que era. Ainda assim, com um gracejo, aceitou a cortesia.

Quando estavam sentados, ele ergueu o copo.

— Para uma noite sem incidentes.

Ambos bebericaram. Ele fechou os olhos, lambeu os lábios.

— Por que o seu uísque é tão bom?

— É de excelente qualidade.

— Eu bebo os de excelente qualidade em outro lugar. Não, tem algo a ver com você, especificamente, a sua presença. Você faz com que ele tenha um gosto melhor.

— Você é louco.

— Talvez.

— Você não deveria estar no seu clube?

— Eu estava no meu clube. Fiquei entediado. Seu irmão estava lá, a propósito.

— Mick? — Ela não esperou que ele respondesse. — Ele sempre quis ser membro. Suspeito que passe muito tempo lá.

— O cavalheiro que me acompanhava levantou a hipótese de que o duque de Hedley seja pai de Mick.

Ela manteve o rosto impassível.

Ele sorriu.

— Eu não gostaria de jogar cartas com você.

— Você perderia se jogasse.

— É mesmo? Isso pode ser um desafio que vou ter que aceitar.

Ela desejou ter oferecido outro desafio. O desafio de beijá-la mais uma vez, de pegá-la pela mão e conduzi-la para sombras mais escuras, pressionar a boca na dela e reacender os fogos que ele havia começado na primeira vez. Eles não tinham se extinguido por completo, mas eram brasas brilhantes que poderiam novamente se transformar em uma conflagração destruidora com muito pouco esforço.

— Como está sua cabeça?

— Um pouco dolorida se eu a tocar. Eu me esforço para não fazer isso. E você? Depois da carta que recebeu ontem... Deve ter sido um golpe devastador, e ontem à noite nem pensei em perguntar como você estava se sentindo.

Talvez por ser egoísta, mas o primeiro pensamento que teve fora "ele não pode se casar com ela agora". O fato de ele estar livre da noiva de alguma forma fez com que os sentimentos indesejados que sentia por ele e rodopiavam dentro dela não parecessem tão impróprios. Não que pudesse haver alguma coisa adequada entre ela e um duque, mas se algo impróprio acontecesse, não seria tão impróprio.

— Ontem à noite, nosso foco estava em coisas mais importantes, e com razão.

— Garantindo que eu não dormiria. Você está evitando a pergunta.

— Para ser sincero, estou um pouco aliviado porque a razão para eu não ter me casado não foi por uma falha que ela encontrou em mim, e sim por não ter conseguido me amar mais do que a esse outro homem.

— Mas você não a ama.

Ele assentiu devagar.

— Isso é verdade. Terra, não amor, nos ligava, e ela achou a ideia ruim, suponho, quando chegou a hora.

— Você tem alguma ideia de quem seja esse outro sujeito?

— Não. A carta foi curta e objetiva, embora o irmão dela tenha confessado que, em sua juventude, foi amiga de um plebeu.

Um plebeu que possivelmente morou ou trabalhou em Whitechapel. Esse era um detalhe interessante que ela iria guardar.

— Embora eu pretenda fazer um anúncio no *Times*, não sei se ela terá acesso ao jornal, e preciso dizer a ela que as coisas entre nós acabaram. Que ela pode voltar para casa sem medo de ser forçada a se casar comigo. Eu informei o irmão dela sobre esses fatos e preciso alertá-la, mas não faço ideia de como fazer isso. A carta não dá dica de onde ela está.

Gillie desejou que não a agradasse tanto saber que ele definitivamente não continuaria com a ideia do casamento.

— Você poderia imprimir folhetos, alertando-a sobre sua mudança de status. Contrate Robin e seus companheiros para distribui-los. É uma das coisas que ele faz de vez em quando para ganhar um pouco de dinheiro. Ele até gosta do trabalho.

— Então farei isso.

— Ele ficará feliz. Gosta de se sentir útil.

Por mais que Finn odiasse a aristocracia, ela estava começando a pensar que seus integrantes não eram tão terríveis, afinal.

— Eu devo voltar para o bar.

— Tão cedo? Parece que seus funcionários estão se saindo bem.

— Eles são bons trabalhadores.

Mas ela pagava salários mais altos do que a maioria dos outros lugares, e isso os encorajava a ser.

— Tão bem que, na verdade, eu diria que eles conseguiriam sobreviver outro dia sem você. Parece que lembro de quando eu estava perto da morte...

— Você está exagerando.

O patife sorriu.

— Eu lembro de você me avisando que eu estava prestes a morrer. Além disso, eu sentia isso na época. De qualquer forma, acredito que prometi levá-la para um passeio e dar-lhe uma melhor impressão de cavalos.

— Eu não vou me esquivar das minhas responsabilidades por um dia de cavalgada.

— Você se esquivou quando estava cuidando de mim.

— Foi diferente. Você estava precisando.

— Estou precisando agora.

A maneira como os olhos escuros dele mergulharam nos dela fez com que Gillie sentisse como se ele tivesse conseguido envolvê-la com uma corda em volta do peito e a estivesse puxando para ele. Pensou que ele estava flertando com ela, e que não sabia nada sobre flerte ou provocação ou como deixar um homem saber que ela seria receptiva a um beijo, talvez até um toque em seu peito, um aperto. Uma sensação estranha surgia entre suas coxas e ela tinha um forte desejo de pressionar-se contra algo firme.

— Precisando de mais uísque? — perguntou ela, vendo que ainda restava um pouco no copo, quando sabia que ele estava se referindo a outras necessidades. Necessidades mais obscuras e maliciosas.

— Eu preciso passar mais tempo com você. Minha propriedade fica a quatro horas de distância de carruagem. Eu tenho cavalos lá. Um deles é extremamente gentil.

— Você quer me levar para sua propriedade?

— Você disse que nunca esteve fora de Londres. Estaríamos matando dois coelhos com uma cajadada só.

O pensamento de deixar o que ela conhecia a encheu de pavor, mas até aí preenchera uma boa parte de sua vida fazendo coisas que a enchiam de pavor só para agradecer a si mesma mais tarde. Entretanto, nunca sentira tanto medo antes.

— Não posso me dar ao luxo de negligenciar meu negócio mais que já fiz.

— Pena.

Ele soou tão desapontado quanto ela se sentia.

— Ainda assim, vou pensar no convite.

— Enquanto você pensa, vou me embebedar. Para ser honesto, com base na semana passada, estou surpreso de não ter me tornado um bêbado antes.

Homens eram tão pouco atraentes quando estavam embriagados.

— As bebidas não serão por conta da casa.

— Eu não espero que sejam.

— Você não tem clubes para esse tipo de coisa?

— Ah, sim, mas as pessoas me conhecem e as fofocas vão surgir.

— As pessoas conhecem você aqui.

— Não tantas.

Gillie não seria capaz de continuar lhe servindo as bebidas. Ela teria que deixar as garotas fazerem isso. Com seus corpos esbeltos e rebolados, se ele voltasse para a taverna depois daquela noite, não seria para vê-la. Não gostou nada do ciúme que a atravessou. Ainda assim, ele não era dela, nunca seria, e ela sempre se orgulhava de ser realista.

— Você deve ser avisado que eu largo os homens onde eles desmaiam.

Thorne sorriu e os olhos brilharam de provocação.

— Aviso anotado.

— Vou lhe trazer outro uísque.

— Você pode encher o copo até a borda.

Quando ela se levantou, ele também se levantou.

— Você não precisa fazer isso — disse a ele.

— Mas eu quero.

— Se os homens se levantassem toda vez que eu me aproximasse, ficariam subindo e descendo a noite toda.

— Então eu farei isso a noite toda.

Gillie desejava que a resposta dele não a agradasse tanto, mas tinha muito mais coisas para ficar de olho do que um único cliente.

— Pedirei para que uma das minhas garotas lhe traga as suas bebidas.

— Como quiser.

Não era o que ela desejava, mas muito tempo na companhia dele provavelmente a faria desejar que ele perguntasse outras coisas sobre ela, coisas que envolviam ir a sua propriedade e fazer algo diferente do que passear em cavalos.

Thorne passara muitas noites em tavernas e casas públicas, bebendo demais, conversando com amigos, rindo alto de nada e divertindo-se muito para que, ao acordar com a cabeça latejante, pudesse alegar que o desconforto valera a pena. Mas ele nunca apenas se sentara em um canto, sozinho, para beber uísque e observar os pequenos detalhes e complexidades do mundo que o rodeava, da mulher que o fascinava.

Gillie devia estar exausta, mas seus sorrisos nunca vacilavam e ela nunca dava a aparência de estar impaciente. Vez ou outra, quando alguém dizia alguma coisa para ela, ela ria, e o som se estendia, circulando, fazendo os outros sorrirem, fazendo com que algo se movesse profundamente dentro do peito dele, o que melhorou seu humor mais que o uísque. Observando-a, percebeu que ela servia mais que bebidas. Ela servia um ouvido atento, uma palavra gentil, um sorriso suave, uma risada ocasional. Ela criava uma atmosfera de calor e receptividade.

Percebeu que estava embebedando-se dela em vez das bebidas que ela servia.

Ela tinha um bom argumento: ele poderia beber no clube. Mas ele não estava porque precisava de algo mais que um líquido âmbar espalhando calor pelo peito. Ele precisava dela.

Ele a queria para si, mas ela pertencia a todas essas pessoas. Como ele, elas estavam ali por causa dela, porque ela oferecia mais que um copo de fuga. Ela oferecia a esperança de que, no dia seguinte, as razões que as levaram ali não pareceriam tão terríveis.

Gillie abrira sua taverna ali porque reconheceu que era necessário, mas a questão era que Thorne acreditava que ela poderia ter aberto a taverna em qualquer lugar com sucesso, porque oferecia às pessoas parte de seu coração. Sem pensar, sem malícia, sem esperar nada em troca. Ela era incrivelmente...

As três cadeiras vazias ao redor de sua mesa arranharam o chão ao serem viradas e montadas pelos irmãos de Gillie, que cruzaram os braços nos encostos das cadeiras. Parecia ser uma noite para os homens Trewlove marcarem sua presença.

— Cavalheiros — cumprimentou ele, calmamente.

— Pensei que você poderia nos comprar uma cerveja — disse Aiden.

— Com prazer, embora eu pensasse que ela não cobrava de vocês.

Aiden sorriu.

— Ela não cobra, mas pode aproveitar o dinheiro.

Ele se virou, levantou a mão e três dedos.

— Polly, amor, três cervejas.

A moça deu-lhe um sorriso, o mesmo que ela mostrara a Thorne algumas vezes, que indicava que ela estaria disposta a lhe dar outras coisas também. Aiden se virou de novo.

— Não há um clube em algum lugar que precisa de sua presença?

— Eu queria garantir que Gillie estivesse se recuperando do golpe que levou na cabeça ontem à noite.

— Diga-me que você não se aproveitou dela.

— Eu não me aproveitei dela.

— Diga-me que não vai.

Thorne cerrou os dentes de trás.

— Nada vai acontecer entre nós que ela não queira que aconteça.

— Ela não é o brinquedo de um duque — afirmou Fera.

— Eu não pretendia transformá-la em um.

Inclinando-se para a frente, Aiden colocou seus antebraços na mesa.

— Sabe, nós três temos mães que foram brinquedos da nobreza. Finn e eu temos o mesmo pai. Ele foi entregue na porta de Ettie Trewlove seis semanas depois de mim. O homem tinha um harém de amantes. Gillie não vai se tornar sua amante. Não vamos deixá-la se machucar dessa maneira.

Thorne decidiu que, não importasse como respondesse, eles não acreditariam nele ou encontrariam falhas em sua resposta. Não havia amor perdido ali, nem confiança para se ter.

— Então, vocês são todos bastardos de nobres. Parentes meus, por acaso?

— Não — afirmou Finn categoricamente. — O homem que gerou Aiden e eu era um conde notório.

— Olha, senhores, eu aprecio a preocupação com a sua irmã...

— Eu não tenho certeza disso — declarou Aiden, categoricamente —, porque se o fizesse, estaria saindo...

De repente, um líquido choveu sobre sua cabeça, e ele ficou de pé, balbuciando e xingando.

— Que diabo, Gil?!

Ela ficou lá, segurando duas canecas cheias de cerveja em uma mão, uma caneca vazia na outra. Thorne estava tão focado no irmão que não a tinha visto chegar.

— Polly disse que você queria cerveja — afirmou ela.

— Para beber, não tomar banho!

— Não parecia ser uma conversa amigável.

— Ele está passando muito tempo aqui.

— Isso é problema meu, não seu. — Ela deu a seus outros dois irmãos um olhar duro. — Vocês podem pegar sua caneca, cheia de cerveja, e ir sentar em outro lugar, ou posso derramá-las sobre vocês para que se retirem.

Thorne se levantou.

— Na verdade, eu estava prestes a me oferecer para comprar um drinque para eles.

Gillie estreitou os olhos.

— Você quer a companhia deles?

— Eu aceito, sim.

— Eles não estão tentando expulsá-lo?

— Não sou o tipo que é afugentado.

Ela o estudou por um minuto inteiro antes de dar um aceno de cabeça.

— Eu suponho que você não é.

Ela colocou uma caneca na frente de cada um dos dois irmãos sentados, puxou uma toalha do cós da saia e entregou a Aiden.

— Seque, limpe a bagunça que fiz, e mandarei Polly trazer outra cerveja.

— Estamos apenas cuidando de você, Gil — afirmou Aiden.

Ela deu um tapinha na bochecha dele.

— Eu não preciso de cuidados.

Gillie olhou para Thorne e ele se perguntou o que seria necessário para ela se aproximar e acariciar sua bochecha — ou, melhor ainda, dar-lhe um beijo. Isso faria os irmãos ficarem doidos. Seu olhar caiu para o copo, ainda meio cheio.

— Eu acho que você não conhece a arte de ficar bêbado. Você já deveria estar no terceiro copo.

Ele estivera cuidando de um, cheio até a borda, que ela levou.

— Eu prefiro saborear. Mas sinta-se à vontade para mandar outro com a cerveja do seu irmão.

Depois que ela assentiu e foi embora, Thorne retomou seu assento.

— Então, por que nos convidou para ficar? — perguntou Finn.

— Porque eu quero que você me diga como Gillie era quando criança e jovem.

Os irmãos trocaram sorrisos secretos.

— Um demônio — revelou Aiden, ao sentar-se em sua cadeira.

Ela não tinha muita certeza de que confiava em todos os sorrisos e risos na mesa na parte de trás de seu estabelecimento, já que suspeitava que ela era o tópico principal da conversa, porque de vez em quando Finn ou Fera olhavam para ela, parecendo muito culpados quando o faziam. Eles estavam, sem dúvida, contando histórias sobre ela.

— Seus irmãos parecem estar se dando bem com seu cavalheiro — disse Roger.

Ela estava cansada de afirmar que Thorne não era dela, então ignorou essa parte do comentário.

— Suspeito que eles o estejam avaliando.

— Como qualquer irmão amoroso faria. Provavelmente também deram alguns avisos terríveis.

Os irmãos tinham boas intenções, mas ela não era mais uma criança que precisava de proteção. Olhou para o relógio e viu que era quase meia-noite.

— Hora de fechar.

— Certo. Ouçam, ouçam, parceiros! Bebam logo! Cinco minutos e vocês vão embora!

Roger começou a limpar o balcão e ela saiu para a área principal para ajudar as meninas a limparem as mesas enquanto as pessoas partiam.

— Boa noite, Gillie — muitos gritaram para ela enquanto se dirigiam para a porta.

Aquela era sua parte favorita da noite, dando um abraço aqui e ali, oferecendo uma palavra gentil para alguém que talvez não dormisse tão bem naquela noite. Também era a menos favorita dela enquanto puxava e levantava alguns homens, tendo trabalho para mantê-los de pé e em um caminho reto até a porta. Os piores momentos eram quando alguém ficava choroso. Isso não acontecia com frequência, mas era um embaraço para os dois, especialmente quando voltavam a se ver.

Como de costume, seus irmãos foram os últimos a sair.

— Ele não é um tipo tão ruim — declarou Aiden, enquanto a abraçava com força.

— Ele é espertinho — afirmou Finn, quando os braços a rodearam. — Eu não confio nele.

Mas, até aí, ele não iria confiar de qualquer forma. Uma vez ele confiara na nobreza, e isso havia lhe custado caro.

Fera foi o próximo, seu abraço era sempre o favorito dela porque seu tamanho lhe permitia envolvê-la em um casulo seguro e reconfortante.

— Tome cuidado com o seu coração.

Ela queria garantir-lhe que ela sempre o fazia, mas dúvidas estavam começando a assombrá-la. Sabia muito bem que gostava muito mais de Thorne do que uma mulher que possuía uma taverna deveria. Depois de se despedir dos irmãos, ela se virou, esperando que Thorne estivesse esperando para falar com ela. Em vez disso, seguindo o exemplo dos homens que trabalhavam para ela, ele levantava as cadeiras sobre as mesas para que as garçonetes pudessem passar mais facilmente com vassouras e esfregões. Ele colocou o casaco e colete no balcão e arregaçou as mangas. Ela podia ver Polly e Lily quase babando com a visão de seus antebraços magníficos. Com passos rápidos, foi até ele.

— Você não precisa fazer isso.

— Se eu ajudar, a tarefa será feita mais rapidamente, o que significa que você pode sair daqui mais cedo. Você deve estar exausta.

— Estou acostumada.

— Então, esta noite você terá alguns minutos extras para si mesma.

Teria ele esquecido de seu status? Ela duvidava muito disso.

— Alguns minutos extras serão bem-vindos.

A rapidez com que tudo foi feito com um par de mãos extra foi incrível. Ele não se recusou a puxar barris ou a encaixotar as garrafas vazias — entrou em cena, assumindo qualquer tarefa que lhe fosse solicitada. Quando tudo terminou e os empregados saíram pela porta da frente, ela se virou para observar enquanto ele mais uma vez se deixava apresentável.

— Obrigada por tudo.

— Ainda não terminei. Vou me certificar de que chegará em casa em segurança.

— Eu posso ir sozinha para casa. Faço isso toda noite.

— Não essa noite.

Não vendo nenhuma razão para discutir com ele, ela trancou a porta da frente.

— Vamos sair pela porta de trás e verificar Robin.

O menino dormia em sua pequena cama ao lado da lareira, com o livro que Thorne lhe dera no peito. Com carinho, ela passou os dedos pelo cabelo dele e levantou as cobertas sob o pequeno corpo. Depois de se certificar de que todas as luzes estavam apagadas e passear mais uma vez para se assegurar que tudo estava em segurança, conduziu Thorne pela porta de trás e a trancou depois que saíram. Não ficou surpresa quando ele pegou a mão dela, enfiou-a na dobra de seu cotovelo e a acompanhou até o pequeno lance de degraus e na direção dos mais altos que levavam a seu apartamento. Quando chegaram à escada, ela se virou para ele.

— Subirei com você — disse ele, antes que ela pudesse fazer qualquer comentário.

— Sua coxa...

— Está se recuperando bem. Estou desapontado por você não ter notado que mal estou mancando. Pode continuar andando.

— Você é um duque teimoso.

Ainda assim, ela foi, com ele seguindo um passo atrás. Quando chegou ao alto da escada, ela mais uma vez se virou para ele, ficando apenas um pouco mais alta porque ele não tinha subido o último degrau.

— Eu sempre sento aqui por um tempo para absorver o silêncio. Gostaria de se juntar a mim?

A única luz vinha dos postes de rua distantes, mas ainda assim ela viu o brilho de um sorriso.

— Eu gostaria.

Ela rapidamente se sentou no patamar, apoiou os pés em um degrau mais baixo e esperou enquanto ele descia até que estivesse sentado ao lado dela, seus quadris e suas coxas se tocando porque a escada era bastante estreita. Colocando as mãos entre os joelhos e apertando-os, fechou os olhos, baixou a cabeça e inspirou profundamente, deixando a tensão escapar.

— Meu momento favorito da noite — comentou ela, depois de um longo suspiro.

— Observando você, eu teria jurado que amava trabalhar na taverna.

Abrindo os olhos, ela deu de ombros.

— Eu amo. De verdade. Só é muito barulho. Pessoas conversando, rindo, vidro batendo na mesa, ou às vezes batendo no chão, pedidos gritados... Em algumas noites eu sinto como se minha alma estivesse sendo esmurrada. Uma loja de roupas teria sido mais silenciosa, mas não tenho talento para criar roupas ou fazer costura fina.

— Você costurou muito bem os buracos na minha roupa.

— Muito bem não vai trazer uma clientela fiel a uma costureira.

— Suponho que não. Sua clientela parece muito fiel.

— Para alguns, é um lugar de refúgio da dificuldade em suas vidas. — Ela apertou os joelhos com mais força, até que suas mãos doeram. — Estou surpresa que Polly não se ofereceu para levá-lo para casa com ela.

— Ela se ofereceu, mas eu não estava interessado.

Pensando na situação, não conseguia entendê-la. Polly, tinha energia, seios fartos e quadris largos. Ela dava a um homem algo sólido para segurar.

— Por que não?

A mão dele subiu e segurou-lhe o queixo, o polegar acariciando da curva de sua bochecha até o canto de sua boca.

— Porque ela não me intriga como você.

Gillie nunca tivera problemas para respirar do lado de fora, mas, de repente, os fios de névoa que os circulavam ameaçaram lhe tirar todo o ar.

— Você deve estar mais bêbado do que eu pensava.

— Não estou nem um pouco bêbado.

— Eu esperava ter que arrastá-lo para fora até sua carruagem.

— Não bebo em excesso. Bem, exceto quando minha noiva foge... Então, pareço perder minha capacidade de pensar com clareza. No entanto, deixei de amaldiçoar minha idiotice. Por conta dela, conheci você.

Bem como alguns dos membros mais escandalosos da família dela.

— Do que você e meus irmãos estavam rindo?

— Eles estavam me contando sobre uma menina que tinha o costume de persegui-los e sempre os pegava. Ela era tão rápida que as pessoas pensavam que era um menino. Você mencionou que usou as roupas de seus irmãos até ficar mais velha. É por isso que você enfaixa os seios? Por que não se sente confortável como uma mulher?

— Minha mãe sempre me disse que eu precisava esconder as coisas que os homens desejam. Caso contrário, eles não me deixariam em paz.

— Você não precisa esconder nada sobre si mesma. Não mais.

— É um hábito agora.

— Hábitos podem ser quebrados. Você merece roupas de seda, cetim e renda.

Gillie franziu a testa.

— Você pensa em minhas roupas de baixo?

— Eu penso em você *em* roupas íntimas. Eu compraria algumas para você se eu não achasse que as jogaria no lixo.

Thorne a fez desejar que, naquele exato momento, ela usasse algo provocante sob sua roupa, algo que ele poderia ter prazer em remover. Ela não deveria querer que ele se desfizesse de seu traje — e, ainda assim, ela o fez. Lambeu os lábios. Ele moveu o polegar para que ele descansasse contra o centro da boca dela.

— Você fez isso quando estava me alimentando com sopa. Fiquei louco ao ver essa pequena língua saltar para fora.

— Você me mandou parar.

— Porque eu corria o risco de me envergonhar. Uma coisa que a faz tão intrigante, Gillie, é que você não tem noção da sua capacidade de levar um homem à loucura. Não tenho outra mulher em minha vida a quem devo permanecer leal, o que significa que estou livre, se estiver disposta a fazer isso.

Ele se movia devagar como se temesse que ela pudesse fugir, que o empurrasse escada abaixo, chutasse sua perna ruim, reagisse de uma forma que indicasse que não queria o que ele estava prestes a fazer. Mas ela queria, desesperadamente. Estivera pensando nisso, sonhando com isso, desde que ele a beijara pela primeira vez, temendo que ele tivesse achado desagradável, pois não a beijara de novo.

Mas naquele momento, quando seus lábios tocaram os dela, as bocas se encaixaram e seu gemido ecoou ao redor dela, ela percebeu que ele só estava agindo como um cavalheiro porque ela estava ferida. E ele não estava mais agindo como um cavalheiro.

Ela abriu os lábios em um suspiro e foi o convite que ele precisava para aprofundar o beijo, para passear com sua língua através da boca dela, puxá-la para seu colo — a facilidade com que ele fizera isso a surpreendeu, pois ela obviamente julgara mal a força dele e sua vontade de ser manejada daquela maneira —, segurando-a tão perto para seus seios ficaram contra o peito dele. Queria empurrá-lo para o chão e deitar ao longo de toda a extensão do corpo maravilhoso dele. Sentiu a ereção dele pressionando contra seu quadril, surpresa por ele ter reagido à sua proximidade. Nenhum outro homem jamais dera qualquer indicação de que ela era, de alguma forma, desejável. Embora, para ser honesta, nunca quisera ser desejada por um homem — não até ele, não até que o duque acabara em sua cama.

Deixou de lado todos os avisos de Finn. Mesmo sabendo que nunca poderia ser mais que um brinquedo para Thorne, não podia deixar de acreditar que tê-lo por um pequeno período de tempo seria melhor do que nunca o ter. Não queria morrer uma solteirona, nunca tendo conhecido a paixão ou o desejo.

Ele arrastou a boca sobre o queixo dela e ao longo de seu pescoço.

— Você me deixa louco — murmurou ele. — Venha para minha propriedade e eu mostrarei a você estrelas no céu e em outros lugares.

As palavras não faziam sentido para ela, pois ele já estava mostrando agora.

— Como?

— Você não pode ver as estrelas hoje à noite por causa do nevoeiro. Raramente há névoa na minha propriedade. E lá é silencioso de verdade. Nenhum barulho ocasional de cavalo, nenhuma roda rangendo, nenhum inseto nojento.

— Eu não sou muito corajosa.

Ele recuou, e ela preferiu que tivesse guardado a verdade para si mesma.

— Antes de abrir minha taverna, estava com medo de cometer um erro, de decepcionar minha família, de julgar mal a minha capacidade de administrar as coisas. Eu ainda me preocupo que meu sucesso seja um acaso. E o pensamento de deixar Londres me assusta também.

Passando os dedos pelas mechas ao lado de sua cabeça, ele evitou cuidadosamente a lesão da noite anterior.

— Eu não permitiria que nada de ruim acontecesse com você.

— Eu sei.

Ela passou um braço em volta do pescoço dele enquanto pressionava a boca na parte inferior do queixo másculo. Havia tanta força ali. Como poderia um homem ser nada além de força e poder em qualquer lugar que ela tocasse?

— Mas ainda não estou pronta para sair de Londres, nem por algumas horas.

— Então vamos fazer alguma coisa em Londres. Vamos levar Robin para o zoológico, para que ele possa ver pessoalmente todos os animais que o fascinam.

Ah, homem esperto, sugerir algo que, se ela recusasse, significaria negar prazer a outra pessoa. Além disso, Robin poderia servir como acompanhante para que eles não pudessem fazer atos maliciosos. Embora ela não soubesse o quanto ele poderia ser efetivo ou se poderia estar atrasado. Ela estava incrivelmente tentada a convidar Thorne para o seu apartamento, mas sabia que qualquer convite envolveria mais que simplesmente passar do batente da porta. Isso envolveria entrar em seu quarto e deitar em sua cama.

— Amanhã não. Tenho algo que preciso fazer. No dia seguinte.

Com apenas o polegar e o indicador, ele segurou o queixo dela e afastou o rosto que ela enterrara em seu pescoço, inalando sua fragrância maravilhosa.

— O dia seguinte.

Então, a boca dele voltou para a dela, selando a promessa.

Gillie passou as mãos pelo cabelo escuro dele, agradecida por não ser ele a estar com um ferimento na cabeça. Era bom não ter que se preocupar em lhe causar desconforto, pelo menos ali. Ela suspeitava que a perna dele poderia estar doendo agora com o peso dela. Se estivesse, ele não dava nenhuma indicação, porque explorava os limites de sua boca como se nunca a tivesse visitado antes, de forma completa e intensa, convidando-a a retribuir o favor. Ele tinha gosto do uísque escuro e rico que bebera durante a maior parte da noite. Estava feliz por ele não estar embriagado, que as ações dele não estavam sendo estimuladas pela liberação que o álcool tendia a fornecer. Estava agradecida de ser a única a ser intoxicada, pois estar tão próxima a ele e ter a boca dele fazendo mágicas na sua a deixava tonta, como se tivesse se entregado ao melhor dos licores.

O calor passava por ela e seu corpo formigava em lugares privados, todos os lugares que sua mãe havia avisado que homens gostavam, todos os pontos que ela guardara com tanto cuidado. Se ela pudesse tê-los selado atrás de portas de ferro com fechaduras, o teria feito. No entanto, mesmo enquanto pensava nisso, sabia que ele possuía a chave que teria aberto todas as portas, inclusive a que estava em seu coração, e isso a aterrorizava mais que tudo.

Gillie temia que já pudesse ser tomada por ele.

Thorne recuou, e ela quase o seguiu, quase colocou sua boca de volta na dele.

— Eu deveria ir embora, enquanto ainda sou capaz.

Ela assentiu.

— Vejo você depois de amanhã.

— Contarei os minutos.

Ela quase riu. A aristocracia podia ser encantadora na maneira como falavam. Não era de admirar que as pessoas os adorassem.

Juntos, eles ajudaram um ao outro a se levantar. Ele a acompanhou na curta distância até o apartamento dela. Enfiando a mão no bolso, ela tirou a chave e ficou surpresa quando ele a pegou e abriu a porta.

— Não que eu não ache que você possa fazer isso sozinha — disse ele —, mas gosto de fazer pequenas coisas por você. Entre. Não vou sair até ouvir a chave girar.

— Boa noite, Thorne.

— Durma bem, princesa.

Ela passou pelo batente, fechou a porta e encostou-se nela, tentada além da razão a convidá-lo a entrar. Seu corpo estava vibrando com desejo, necessidades que ela sabia que só ele poderia satisfazer. Com a mão trêmula, virou a chave. Com um coração dolorido, ouviu os passos dele se distanciando.

Capítulo 18

— Minha nossa, Gillie, você tem peitos! — exclamou Robin, quando ela entrou na cozinha pela porta dos fundos, perto da hora de abrirem.

— Não se diz isso a uma dama, Robin — afirmou ela, asperamente.

— De onde eles vieram?

— Vamos para o zoológico com o duque amanhã — falou ela, sem responder a pergunta do garoto.

— É lá que todos os animais estão!

— Isso mesmo. Então, essa noite vamos tomar um banho.

— Mas não é sábado.

Ela sempre o fazia tomar banho aos sábados. Era uma condição que ela colocou em prática quando concordou em deixá-lo dormir dentro de sua taverna. Além disso, ele precisava manter as mãos e o rosto limpos. As roupas precisavam ser trocadas a cada dois dias. Pagava a mulher que lavava suas roupas para lavar as dele.

— Eu sei, mas é o que se faz quando se sai com um duque.

Ela se virou para encontrar Hannah sorrindo para ela.

— Já era hora de você libertar esses filhotes.

— Eu não estava esperando que alguém notasse.

Naquela manhã, ela fora a uma loja e comprara algumas roupas de baixo. A seda e a renda com fitas roxas faziam com que ela se sentisse bastante feminina, o que era estranho quando era a única que sabia o que estava usando. Naquela tarde, pretendia ir em busca de uma nova blusa e saia para o passeio do dia seguinte. Talvez um chapéu.

— Eles vão notar, amor. Um duque, especialmente.

Ela quase deixou escapar que ele já os tinha visto.

— Estou atrasada esta manhã. Precisamos abrir.

— Você vai querer verificar o bar primeiro.

A afirmação a deixou apreensiva e a fez se apressar. Ela entrou no salão principal e viu todas as flores — um vaso de diferentes flores sortidas em cada mesa.

— Elas não são lindas, Gillie? — perguntou Polly. — Parece um jardim aqui dentro.

— Seu cavalheiro as enviou — informou Roger.

Ela quase reiterou que ele não era o cavalheiro dela, embora estivesse começando a sentir como se ele pudesse ser — só um pouco... Ele não tinha ido para casa com Polly. Ele se contentou em sentar com ela nos degraus da escada e se entregar a alguns beijos. E mandara flores. O suficiente para cada mesa. Devia ter contado, anotado, lembrado quantas havia. Que coisa tola que a causava tanto prazer. Ele se dera ao trabalho de contar suas mesas.

— Alegra um pouco o lugar.

— Suponho que sim — disse Roger. — Precisamos abrir as portas.

Ele se aproximou dela, parou e olhou para trás.

— Vejo que não está me dizendo que ele não é seu cavalheiro.

— Você está ficando um pouco ousado. Eu tomaria cuidado se fosse você, senão poderia se ver sem emprego.

— Você merece alguém que lhe faça coisas boas.

— São apenas flores.

Mas era incrível como elas a faziam sorrir.

E como o sorriso dela cresceu quando Thorne entrou pela porta mais tarde naquela noite. Ela serviu uísque em um copo para ele e se apressou para chegar à mesa ao mesmo tempo que ele.

— Eu não estava esperando ver você até amanhã.

— Por que eu me negaria o prazer de observá-la?

Palavras tão doces. Queria acreditar nelas, mas sua mãe tinha lhe advertido muitas vezes sobre palavras doces. No entanto, ela não conseguia se impedir de acreditar em Thorne.

— Obrigada pelas flores. São todas muito adoráveis.

— Estou feliz que tenha gostado.

O olhar dele não deixou o dela, e Gillie se perguntou se ele notou que ela não estava apertada como um tambor.

— Robin está animado com o dia de amanhã.

— Assim como eu.

Ela colocou o copo dele na mesa.

— Preciso voltar aos negócios.

Mas antes que ela pudesse recuar, ele se adiantou e tocou-lhe a bochecha com os dedos. Seu olhar desceu apenas por uma fração de segundo.

— Eu gosto do novo visual. Espero que você tenha se mimado com seda.

Ela assentiu estupidamente.

— Você é uma mulher bonita, Gillie. Não tenho certeza de que sabe disso, mas pretendo provar isso para você.

Amava o modo como o rubor se apoderava do rosto dela sempre que ele a elogiava. Enquanto se sentava observando-a trabalhar, achou difícil acreditar que Gillie passara a vida inteira sem que um homem apreciasse tudo o que ela era. Elogios eram estranhos para ela. Ele suspeitava que ninguém nunca havia lhe dado flores. Ele queria dar elogios, presentes e beijos, mas suspeitava que muito de tudo a fariam desconfiar.

Não planejara ir naquela noite, mas chegou ao clube e foi incapaz de se motivar a entrar, onde tudo era calmo e apropriado e as pessoas falavam em voz baixa. Havia algo de viciante na taverna, algo na energia, excitação, e alegria absoluta de estar naquele lugar. Ah, alguns homens estavam deprimidos, mas, na maior parte, todos pareciam alegres.

Ela levava a felicidade para as pessoas. Pensou que Gillie deveria expandir seus negócios, abrir outra taverna em uma área diferente de Londres. Mas se ela não estivesse presente, seria a mesma coisa?

Os irmãos dela não estavam presentes naquela noite, e, para sua surpresa, ele sentiu-se decepcionado. Gostou de passar um tempo com eles, principalmente porque estavam dispostos a contar histórias sobre ela. Sobre os muitos problemas em que ela se metera, as muitas vezes que ela os salvara de uma situação preocupante. O ratinho que tivera como animal de estimação. Ela tinha um coração tão gentil e generoso que ele suspeitava que iria querer libertar todos os animais de seus cercados no dia seguinte. Ele estava muito ansioso para o passeio.

Mais uma vez, Thorne ficou até fechar e ajudou como podia. Gillie gostava que ele não fosse do tipo que fica sentado esperando ser mimado. Claro que percebera isso com base nos músculos que viu na primeira noite, mas ainda assim era um pouco satisfatório saber que ela o julgara com precisão. E se ela estivesse certa quanto a isso, talvez estivesse certa em suas outras avaliações. Ele não se aproveitaria dela e, se o relacionamento deles continuasse, embora pudesse chegar um momento em que ele seria forçado a ferir seu coração, ele não o quebraria.

Gillie poderia entrar naquela situação sabendo que viria com um custo, um custo que ela estava disposta a pagar. Imaginou se a mulher que lhe dera à luz certa vez pensara o mesmo, se no final ela se arrependera. Era tão fácil tomar decisões sem saber exatamente o que o futuro reservava.

Dessa vez, quando ele a acompanhou até os degraus, ela não teve que perguntar se ele queria se sentar com ela por um tempo. Ele simplesmente pegou a mão dela, ajudou-a a se sentar e se sentou a seu lado. Quadris, coxas, ombros se tocaram. Talvez fosse porque ela estava tão animada com as flores ou a perspectiva do passeio do dia seguinte, mas encostou a cabeça no ombro dele. Estendendo a mão, ele pegou a dela, entrelaçou seus dedos e colocou as mãos unidas em sua coxa.

Ela respirou fundo e soltou um longo e lento suspiro de satisfação.

— Eu estava pensando que deveríamos fazer um esforço maior para encontrar o seu relógio.

— Você está procurando uma desculpa para me manter por perto, Gillie? — quis saber ele, sua voz suave, sua respiração bagunçando as mechas curtas do cabelo dela por estarem tão perto.

Talvez ela estivesse. Ele certamente ficaria entediado de só sentar nos degraus com ela e, apesar de ter sugerido um passeio com cavalos e uma ida ao zoológico, ela não estava convencida de que ele voltaria quando este estivesse terminado. Ela não estava pronta para não vê-lo mais, independentemente do quanto fosse imprudente continuar a mantê-lo por perto.

— Sei que ele significa muito para você e odeio que tenha sido roubado, especialmente, porque o incidente aconteceu atrás da minha taverna. Eu me sinto responsável.

— Só Charlie e seus comparsas são responsáveis, e meu advogado me garantiu que eles passarão um bom tempo presos devido ao ataque à minha pessoa, especialmente depois de eu testemunhar no julgamento deles.

— Eles não foram prudentes em assaltar um duque.

— De fato. Especialmente um que teve o bom senso de estar em uma área onde poderia ser resgatado por uma adorável donzela.

Rindo baixo, ela considerou se virar para se esconder dos sentimentos que não podia acreditar que fossem direcionados a ela.

— Eu nunca fui chamada assim antes.

— Você deveria ser. Todo dia.

Não sabendo bem como responder, ela se endireitou e olhou para a rua distante, onde a luz era fraca e o nevoeiro começava a se acumular. Um silêncio confortável os tomou.

— E se você estiver enganada? E se um homem se apaixonar por você? — perguntou ele, baixinho.

Ele estava se referindo a si mesmo? Isso não era possível. Uma coisa era acreditar em unicórnios, outra inteiramente diferente era que um homem como ele podia amá-la, embora não pudesse deixar de acreditar que ele gostava um pouco dela. Ela gostava dele.

— Por que ele seria bobo a esse ponto?

— Gillie, metade dos homens que entram em sua taverna estão apaixonados por você.

Uma explosão de riso escapou dela com o absurdo de sua declaração.

— Eles amam a cerveja que eu guardo no estoque para servir.

— Eles amam a maneira como você os faz sentir especiais. Você faz isso sem nem tentar, mesmo sem perceber. É parte da sua natureza. Estou pasmo por não ter recebido muitas propostas de casamento.

Ela juntou suas mãos e as colocou entre os joelhos, apertando-os.

— Uma proposta seria em vão, já que eu não aceitaria. Não darei minha taverna para um homem. Trabalhei muito e por muito tempo para chegar aonde cheguei. A lei iria entregá-la ao meu marido assim que eu dissesse: "Aceito."

— Você não acha que um homem que a ama iria se aproveitar disso.

— Eu não estou disposta a arriscar. Uma vez que ele possuísse a propriedade, poderia vendê-la e eu não teria nada a dizer sobre o assunto. Não vou depender de um homem. Minha mãe dependia, então o marido morreu e ela se viu sem nada. Cuidou de bastardos por um tempo. As pessoas pagavam uma ninharia por isso, nem era o suficiente para nos manter vivos. Ela encontrou maneiras de dar certo. Nem sempre agradáveis. Então casamento não é para mim.

— E filhos?

Ela aceitara há muito tempo que eles não enfeitariam sua vida.

— Suponho que vejo a taverna como meu filho. Me desculpe se pareci irritada com as leis de propriedade. Eu não o culpo por elas.

— Eu tenho um pouco de poder sobre isso, mas não muito. No entanto, vou manter em mente o que aprendi esta noite, e sua paixão pelo assunto, durante a próxima sessão do Parlamento.

— Faça com que a lei mude para que as mulheres possam manter sua propriedade e elas cairão aos seus pés. Embora eu suspeite que elas façam isso de qualquer maneira.

— Dificilmente.

Ela lhe deu uma leve ombrada.

— Você está sendo modesto. Eu aposto que se apaixonou meia dúzia de vezes, pelo menos.

— Nem mesmo uma vez.

Ajeitando o corpo, ela se virou para vê-lo mais claramente. Mesmo com apenas a mais fraca das iluminações, conseguia distinguir a feição dele, talvez porque a tivesse memorizado tão bem.

— Sei que não amava a mulher com quem ia se casar, mas com certeza houve alguém na sua juventude.

— Não. — A voz era baixa, mas não havia pena. — Para ser sincero, Gillie, não sei se sou capaz de amar. Em algum momento, amei minha mãe. Devo ter amado. Uma criança é propensa a fazê-lo, mas ela sempre foi inacessível e eu a observava à distância. Eu era mais próximo do meu pai, mas ele era rigoroso e exigente... E então ficou louco.

Ela ficou chocada. Ele não podia estar dizendo o que ela achava que ele dizia.

— Você quer dizer insano?

— De fato. Eu não tinha nem completado dez anos, mas me lembro dele falando alto e delirante, aterrorizante em sua loucura, até que mamãe mandava que os criados o prendessem em seus aposentos. Raramente era autorizado a visitá-lo, mas, em seu leito de morte, notei cicatrizes em seus pulsos, por isso suspeito que houve ocasiões em que o amarraram para impedi-lo de machucar a si mesmo ou aos outros.

Ela retomou a mão dele e apertou.

— Ah, Thorne, eu sinto muito.

— Foi há muito tempo, mas, com os dois, aprendi que o amor desilude. Assim, decidi que iria me casar por terra, não por amor. Eu gostei de mulheres, Gillie. Eu gostei muito de algumas delas, mas o amor parece envolver muito mais que simplesmente gostar.

— Requer sacrifício. — Com outro suspiro, ela colocou a cabeça de volta em seu ombro. — Eu nunca amei ninguém, pelo menos ninguém além da família. Agora não quero amar um cavalheiro porque isso significaria sacrificar minha taverna.

— Isso nos torna perfeitos um para o outro, não é?

Perfeitos e, ainda assim, imperfeitos. Ela levantou a cabeça.

— Você é um perigo para o meu coração.

— Não mais que você é para o meu.

Quando ele tomou sua boca, ela reteve seus medos, suas trepidações e o acolheu como se fosse impossível que eles pudessem machucar um ao outro. O futuro deixou de existir, de preocupá-la. Tudo o que importava era o presente, aquele momento, o agora. A maneira como o corpo dela se apertava com necessidade, e cada célula o desejava, porque só ele podia fornecer o sustento necessário para que continuasse a existir.

As sensações desenfreadas que a bombardeavam e a varriam como uma tempestade zelosa que atingia a terra eram pecaminosamente doces. Qualquer mulher sábia procuraria abrigo, e ainda assim ela sabia que não poderia encontrar melhor refúgio do que os braços dele.

Segurando o seio dela, amassando-o suavemente, ele emitiu um rosnado feroz, de posse e monopólio. O orbe que ela sempre considerou um aborrecimento enrijeceu e ficou pesado, enviando faíscas de prazer através dela, e ela finalmente entendeu o valor que a seda sobre a amarração fazia. Prendê--los o teria impedido de apertá-los, de testar a flexibilidade. A seda esfregou em seu mamilo, não machucando, mas provocando, fazendo com que ele se enrijecesse. Ela usara roupas como um escudo, mas naquele momento queria apenas ser libertada, e achava que ele seria extremamente habilidoso na missão.

Recuando, ele pressionou a testa na dela.

— Você me faz esquecer meus modos.

O que parecia um lindo elogio, de fato.

— O nevoeiro está deixando o tempo frio. Você gostaria de entrar?

Inclinando-se, ele tocou os nós dos dedos na bochecha dela.

— Se eu entrar, Gillie, vamos fazer muito mais que nos beijar.

Ela sabia disso, claro. Ela precisava tranquilizá-lo, mas a língua que estava funcionando tão bem durante o beijo de repente parecia cansada demais para formar outra palavra coerente.

— Vou deixá-la entrar — disse ele.

Ela não ouviu decepção em sua voz, mas compreensão. Thorne sabia que ela tinha medos, que nunca tinha chegado tão longe com um homem.

Queria o que ele estava oferecendo, e ainda assim não conseguia se desfazer de todos os alertas que lhe foram pregados ao longo dos anos, o de Fera sendo o mais barulhento de todos: "Cuide do seu coração." Se Thorne entrasse em seu apartamento, seu coração estaria em risco.

Ele ficou em pé e a ajudou a se levantar.

— Eu sou um homem paciente — garantiu ele.

Ele destrancou a porta, abriu-a e deu um beijo rápido nos lábios inchados antes de lhe dar uma cutucada para dentro da casa. Ela foi ainda mais lenta para trancar a porta do que na noite anterior, mas acabou virando a chave.

E depois, deitada na cama, olhando para as sombras dançando no teto, desejou que não o tivesse feito.

Capítulo 19

— Caramba! Olha o pescoço dela, Gillie. É o mais longo de todos os tempos!

Ela não podia contrariar o comentário de Robin sobre a girafa. O menino fizera uma observação apurada sobre todos os animais que tinham visto até então, enquanto ela mal os notara, porque tinha uma das mãos na dobra do braço de Thorne, que mantinha a outra mão repousando sobre a dela como se pretendesse mantê-la ali até o fim dos tempos.

Ele estava sem sua bengala, negligenciando a perna que não estava completamente curada. Se ela não o devorasse com os olhos sempre que ele aparecia, poderia não ter notado que estava mancando, mas a partir do momento em que o vira estirado e nu sobre sua mesa, não havia deixado escapar nem o mínimo dos detalhes. Por isso, sabia que o cabelo dele tinha sido cortado e que tinha feito a barba com navalha recentemente. Também estava bastante certa de que o casaco azul-escuro e o colete de brocado de prata foram comprados recentemente. O material de ambos era muito colorido e brilhante para terem sido lavados. O lenço cinza que usava no pescoço estava amarrado de um jeito que fluía para dentro do colete com um único alfinete em formato de gota vermelha para segurá-lo no lugar. O chapéu não era novo, mas parecia elegante da mesma forma.

Toda a roupa de Gillie, da blusa azul-claro até a saia azul-escuro e toda a seda e renda que ficava por baixo, era nova. Ela passara a tarde do dia anterior em uma loja de roupas, onde certa vez ameaçara castrar o ex-dono problemático se ele continuasse a insistir que o aluguel mensal devia ser acompanhado por favores mais íntimos. Como Ettie Trewlove havia dado à luz uma filha fora do casamento devido à maneira pela qual um senhorio nefasto recebia o aluguel, Gillie e seus irmãos estavam sempre dispostos a instaurar o "Terror dos Trewlove" naqueles que se aproveitavam. Depois de uma visita deles, o proprietário decidiu que era de seu interesse vender a loja para a costureira. Por isso, a mulher estava muito disposta a garantir que Gillie tivesse algo novo para usar em seu passeio. Não era chique, pois tinha poucas fitas e laços, mas nenhum ponto estava gasto ou rasgado. Thorne pareceu notar, o que a agradou.

Então, ele lhe entregou uma caixa fina que continha o melhor par de luvas de pelica que ela já vira. Gillie nunca havia pensado em usar luvas, mas é claro que uma dama em um passeio com um cavalheiro precisava garantir que sua pele nunca tocasse a dele. Embora considerasse o presente muito pessoal, não foi capaz de recusá-lo. No entanto, agora lamentava que mais tecido separava o calor da mão dele da sua.

Thorne também trouxera um presente para Robin que lhe tocara mais o coração do que as luvas: uma bengala em miniatura que era uma duplicata da dele, perfeitamente dimensionada para a altura de Robin. O garoto desfilou com o presente e o utilizava para apontar as coisas. Como a girafa.

— Deve demorar uma eternidade para a comida chegar na barriga dela — comentou Robin.

— Suspeito que sim — respondeu Thorne.

— Eu gostaria de ter uma.

Ele deu a Thorne um olhar esperançoso, como se esperasse que o duque lhe comprasse uma girafa.

— E onde ela dormiria, jovem?

Robin franziu o rosto como se fosse uma pergunta séria e, se descobrisse a resposta certa, se tornaria o dono de uma gigantesca girafa.

— Elas não estão à venda, Robin — explicou Gillie. — São apenas para se olhar, admirar e apreciar.

Com um aceno de cabeça, ele continuou andando na direção da próxima jaula. Cada criatura que eles viam o fascinava, enquanto ela estava fascinada com o homem que caminhava a seu lado. Thorne demonstrou extrema paciência ao lidar com o menino e, como resultado, Robin ouviu atentamente as instruções e as seguiu: sem correrias, sem roubar bolsos, sem tentar assustar os animais. Eles deveriam ser respeitados.

— Antes de seu pai adoecer, ele trouxe você aqui? — indagou ela.

— Não. Algumas vezes, pescávamos no lago da propriedade. Ele me levou para caçar uma vez, mas tenho poucas lembranças agradáveis dele.

— Você mencionou que tinha quinze anos quando ele faleceu, o que fez de você um jovem duque.

— De certa forma. No entanto, fiquei um tanto rebelde por um tempo, bravo com ele. Furioso, na verdade. Não ajudou o fato de minha mãe nunca ter uma palavra gentil para dizer sobre ele. — Ele riu sombriamente. — Eles não se casaram por amor, mas porque ela tinha terras. Toda esposa de um duque tem terras em seu dote. Acho que o objetivo final do ducado é possuir o máximo possível da Inglaterra.

— Então agora você vai procurar outra mulher com terras.

— Suponho que devo. É a única maneira de deixar meu pai orgulhoso. É estranho procurar essa aprovação mesmo com ele morto.

— Acho isso natural. Nem sei quem são meus pais, mas gosto de imaginar que, de alguma forma, sabem que estou sendo bem-sucedida.

— Espero que eles saibam, que talvez tenham visto tudo de longe. A princesa e sua guarda.

Gillie sentiu o calor inundar seu rosto.

— Eu não deveria ter contado a você sobre a imaginação boba de uma menina.

— Não é boba, Gillie. Não acho incomum que nos imaginemos com vidas diferentes quando somos jovens. Às vezes, eu queria que meus pais fossem outras pessoas.

Para o bem dele, ela desejava que tivessem sido. Sempre pensou que pessoas da aristocracia viviam sem desafios, mas parecia que ninguém era poupado de algum tipo de julgamento. Suspeitava que, se trocasse de lugar com alguma mulher nobre, ela se veria desejando estar de volta a Whitechapel rapidamente.

— Minha nossa! Veja! É uma zebra! — gritou Robin.

Eles aceleraram o passo, aproximando-se rapidamente do local onde o garoto pulava de um pé para o outro, até que pudessem ver o cavalo listrado marrom e branco. Embora apenas a cabeça e os ombros fossem listrados, o restante do corpo era apenas marrom.

— Na verdade, não é uma zebra — disse Thorne, em tom baixo. — Uma zebra tem listras por toda parte. Isso é um quaga.

Robin riu.

— É um nome engraçado.

— O nome vem do som que ela faz, e essa é uma criatura muito rara. Só existem mais algumas vivas no mundo. Muitos especulam que essa é a última que o zoológico terá.

— Por quê? — perguntou Robin.

Ela duvidava que ele entendesse o termo "especular", mas era bastante versado no termo "última".

— Porque existem apenas mais algumas poucas vivas — explicou Thorne, solenemente —, e não estão tendo sorte em procriá-las. Você pode ser uma das últimas pessoas a ver uma.

Robin piscou, piscou, piscou.

— Isso não está certo. — Ele pressionou a boca em uma linha firme e determinada. — Quando eu crescer, vou encontrar mais delas.

— Espero que sim, jovem.

Robin foi até as barras de metal e enfiou a mão entre elas. A quaga se aproximou e encostou em sua mão. Robin a acariciou.

— Ele não vai encontrar nenhuma, vai? — perguntou Gillie, sombriamente.

— Não. Temo que seja tarde demais para fazermos alguma coisa por elas.

— Então, elas terão o mesmo destino que o unicórnio?

Thorne olhou para ela.

— Sim, suponho que vão.

Ela sentiu uma profunda tristeza.

— Sempre achei que estava sendo tola por acreditar que unicórnios já existiram, mas é possível, não é?

— É, de fato.

— Se eu abrir mais uma taverna, acho que vou chamá-la de Quaga, para homenagear essa pequena dama.

Eles montaram em um elefante e um camelo, e fizeram um piquenique em um parque próximo. Enquanto viajavam na carruagem do duque de volta a Whitechapel, Robin se encostou ao lado de Thorne e dormiu. Gillie desejou estar ao lado do duque, em vez de sentada na frente dele como era apropriado.

Durante a excursão, começou a perceber que estava se apaixonando por ele, uma coisa tola e imprudente a se fazer, não que seu coração parecesse se importar. Estava grata por seus dias de pensamentos fantasiosos terem ficado para trás e por ter uma visão mais realista do mundo agora. Um duque não se casaria com uma plebeia de Whitechapel e, embora este em particular quisesse terras e propriedades, ele queria bem mais do que a pequena taverna que Gillie poderia dar. Se algo mais acontecesse entre eles, não levaria ao casamento, embora ela suspeitasse em algum momento que esse algo levaria à mágoa. Ela não continuaria a vê-lo depois que ele se casasse.

Quando chegaram à taverna, em vez de ir embora, Thorne seguiu os dois para dentro do estabelecimento. Ela havia considerado não trabalhar naquele dia, ter um pouco mais de tempo para ficar com ele, talvez dar um passeio sem o pequeno acompanhante ao lado, mas a taverna estava cheia e um de seus atendentes não tinha aparecido para o trabalho. A esposa mandara avisar que ele estava com dor de estômago. Gillie não podia deixar Roger administrar tudo por conta própria.

— Diga-me o que fazer — solicitou Thorne, ainda ao seu lado.

Ela franziu a testa.

— Suba em sua carruagem e vá para casa.

Enfiando o dedo indicador sob o queixo dela e a olhando com tanta ternura — ela desejava que ele não fizesse isso, pois provocava todo o tipo de formigamento e calor em seu corpo —, ele disse:

— Não. De que forma posso ajudar? Você está com um funcionário a menos, a taverna está cheia e ainda nem escureceu. Você ficará ainda mais ocupada se o que observei em visitas anteriores for uma indicação. Posso servir cervejas.

— Você está se oferecendo para ajudar?

— Não fique tão chocada. Não sou totalmente desprovido de habilidades nem me considero melhor do que ninguém quando a ajuda é necessária.

— Não, é claro que você não é. — Ela sabia disso, é claro. — Sim, eu gostaria de sua ajuda.

No fim, descobriu-se que ele não só era hábil em servir cerveja, mas em conversar com aqueles que vagavam até o bar — ou, mais precisamente, era hábil em ouvir, expressando empatia pelos problemas alheios.

Em algum lugar no fundo de sua mente, Gillie escondera o sonho de compartilhar a taverna com um homem, mas, naquela noite, enfrentou a ideia com deleite. Sempre que Thorne passava por ela, colocava a mão em suas costas ou seu ombro. Às vezes, quando ela estava servindo uma bebida, olhava para vê-lo observando-a com um sorriso secreto, como se ele sentisse prazer com a proximidade dela ou estivesse pensando em fazer coisas maliciosas com ela quando fechassem a taverna. Ela estava pensando em fazer coisas maliciosas com ele.

Talvez porque passaram a maior parte do dia juntos, ou por conta das pequenas gentilezas que ele mostrara a Robin, ou pelo fato de ele ter se voluntariado quando necessário, sem reclamar, depois que eles fecharam a taverna e ele a acompanhou até o topo da escada, ela não se sentou nos degraus. Em vez disso, foi direto para a porta.

— Você não vai sentar um pouco para absorver o silêncio, para relaxar? — perguntou ele.

Só depois de abrir a porta e empurrá-la, ela se virou para encará-lo.

— Não. Esta noite tenho outra coisa em mente. Entre.

— Gillie...

— Eu sei. Eu sei o que vai acontecer. E quero isso. É minha escolha, e agora é sua. Ou desça a escada, ou me siga.

Gillie entrou em seu apartamento e parou, olhando ao redor, sabendo que nada ali pareceria igual para ela no dia seguinte, porque tudo teria a lembrança daquela noite. As poucas bugigangas, os livros, os móveis, todos eles testemunhariam o que estava prestes a acontecer. No entanto, mesmo sabendo que tudo mudaria, que ela mudaria, não conseguia não ficar feliz pelo barulho da porta se fechando, da chave sendo virada, o som dos passos dele ao se aproximar.

As mãos de Thorne seguraram-lhe os ombros e ele pressionou a boca contra a parte de trás do pescoço dela.

— Eu gosto de não precisar afastar fios de cabelo para apreciar seu longo pescoço. É tão gracioso quanto o de um cisne.

Fechando os olhos, ela saboreou o calor da boca aberta novamente tocando sua nuca, consciente de que o suor se acumulava, aquecendo-a ainda mais.

— Não é tão longo — disse ela, em um suspiro no qual mal se reconheceu.

— Não. Não é tão longo. — Ele moveu a boca para o outro lado da espinha dela, dando à pele sensível alguma atenção. — Eu quero lavar suas costas, Gillie.

Os olhos castanhos se abriram.

— Agora?

— Sim. Sonhei em fazer isso todas as noites desde quando você me mandou embora.

— Eu não estava o recusando...

Ela se virou. Como explicar?

— Eu sei. Você não confia em mim.

— Eu não confiei em mim. Quando adormeci, tive esse sonho, sabe...

Não terminou a frase.

— De mim banhando você?

Ela negou com a cabeça.

— De sair da banheira e sentar no seu colo, nua.

Thorne sorriu.

— Ah, gostei desse sonho. Eu também estava nu?

— Não, pelo menos ainda não. — Ela estava corando novamente, sabia disso. — Acho que você poderia ter chegado lá se não tivesse me acordado.

— Um deslize de minha parte. Talvez transformemos o seu sonho em realidade. — Ele deslizou os dedos pela bochecha dela. — Deixe-me banhá-la, princesa.

— Parece um pouco luxurioso.

— Nesta noite, só iremos fazer coisas luxuriosas.

Um tremor escapou pelo corpo de Gillie quando ela passou os braços ao redor do pescoço de Thorne.

— Só se eu puder banhá-lo também. Seu corpo inteiro. — Ela esperava que seu sorriso fosse tão atrevido quanto parecia. — Eu não lavei seu corpo inteiro da outra vez.

— Você é tímida e corajosa, e eu adoro esses seus dois aspectos.

Gillie sentiu o peito tão apertado que pensou que seu coração poderia explodir. Nenhum homem jamais a havia adorado. Não, Thorne não *a* adorava. Ele adorava a timidez e a ousadia dela. Então, ele tomou sua boca como se para comprovar seu argumento e ela não deixou de acreditar que ele realmente a adorava por inteiro. Caso contrário, como ele poderia provocar sensações tão doces dentro dela com tão pouco esforço?

Os braços dele a envolveram, pressionando-a contra seu corpo longo e másculo. Foi tão maravilhoso quando seus seios se esforçaram para ficar ainda mais próximos dele, enquanto as pernas queriam envolvê-lo e pressioná-lo contra o ponto doce que estava sendo dominado por um desejo tão forte que quase a fez cair de joelhos. Ela precisava daquele homem, precisava dele desesperadamente.

As mãos grandes de Thorne acariciavam suas costas, sua cintura, seu traseiro, e ela odiava cada pedaço de roupa que estava usando, pois a impedia de sentir a pele dele contra a sua.

Interrompendo o beijo e respirando pesadamente, ele a encarou.

— Banho?

Ela anuiu.

— Banho.

Thorne tirou o casaco, o colete e o lenço do pescoço, jogando cada um com negligência sobre uma cadeira próxima, arregaçou as mangas e, juntos, trabalharam para preparar o banho. Um fogo baixo queimava na lareira e vapor subia da água. Uma lâmpada na mesa ao lado da cama fornecia a outra única luz.

Ele se aproximou dela muito lentamente, lembrando-a do tigre que tinham visto naquela tarde: longo, elegante e predatório. O olhar que ele lhe deu por pálpebras semicerradas não deveria tê-la feito se arrepiar por completo, não deveria tê-la feito querer empurrar seus seios para cima e pedir-lhe para pegá-los. Imaginou todas as coisas que ele poderia fazer com aquela boca linda.

Parando na frente dela, passou a parte de trás dos dedos pelo queixo dela.

— Você quer que eu diga tudo o que vou fazer ou devo apenas fazer?

— Simplesmente faça, e rápido. Sinto como se estivesse à beira da morte.

Ele riu baixo.

— Ah, princesa, nem comecei a fazer você se sentir como se estivesse à beira da morte.

Abaixando as mãos, esfregou os dedos sobre os seios dela. Gillie achou que os mamilos já estavam duros, mas eles endureceram ainda mais, tornaram-se bolinhas apertadas que pareciam estar amarradas às suas regiões inferiores. Desejou estar de novo vestindo calça para roçar na costura, pois precisava de algum tipo de escape.

— Meu Deus, você é como um graveto em uma fogueira, não é? O mais leve dos toques e você queima.

— Você é um fósforo poderoso.

Ele riu.

— Não tenho certeza se já fui chamado disso antes.

— Não sei como fazer isso, Thorne. Como ser esperta, espirituosa e sedutora.

— Querida, você me seduziu há muito tempo.

As palavras de Thorne eram verdadeiras, não tinham a intenção de ser um flerte ou de seduzi-la. Estava apenas sendo honesto. Ele não sabia dizer precisamente quando Gillie o seduzira, mas conseguira fazê-lo sem elogiá-lo, sem olhares tímidos, piscar de olhos, ou beicinhos. Seduzira-o com sua franqueza, que era mais sedutora e atraente do que todos os flertes provocantes de outras mulheres.

Ela possuía um lado fantasioso, com sereias e unicórnios, mas também era feita de aço e determinação, gerenciando seu negócio de modo a garantir que tivesse sucesso. Suas decisões eram baseadas em um objetivo. Embora suspeitasse que a escolha daquela noite tivesse sido influenciada pelo lado fantasioso dela.

Por mais que odiasse o fato, sabia que nunca poderia haver mais entre eles do que aquilo. Se ele fosse um sujeito decente, iria embora. Entretanto, nenhuma mulher jamais olhara para ele como ela, e ele duvidava que outra o fizesse. Um homem tem sorte se, uma vez em sua vida, uma mulher o fizer sentir um rei. Gillie o fazia sentir que era muito mais.

Thorne tinha desabotoado corpetes demais na vida, mas seus dedos nunca ameaçaram tremer como naquele momento. Queria que a noite fosse perfeita para ela, que não provocasse arrependimentos. Mil vezes ele a imaginara em sua cama, em seus braços. Uma abertura no tecido da blusa de Gillie revelou um decote tentador. Em seguida, seda branca e fita de veludo roxo, um pequeno laço roxo.

Ele ajudou-a a tirar os braços da blusa e depois jogou a peça de lado. Então, começou a abrir os botões e as fitas da camisa até que a peça estivesse ao lado da blusa descartada. Ao terminar, encarou os lindos e adoráveis seios que uma vez o fizeram pensar que a chegada da morte não era tão assustadora.

— Você se lembra de ter jogado a sereia em mim? — quis saber.

— Sim, claro.

— E de vir correndo para a cama porque me machucou.

— E o sangue. Tentei estancar o sangue para que você não sangrasse até a morte.

— Pairando sobre mim.

— Sim — disse ela, asperamente. — Eu lembro muito bem disso.

— Eu queria desesperadamente fazer isso.

Abaixando a cabeça, beijou a parte de baixo de um dos seios.

Gillie se lembrava da sensação da respiração quente tocando-lhe a pele, mas a boca dele ali era...

Então, a mão de Thorne segurou um de seus seios enquanto ele o salpicava com breves beijos quentes e uma passada de sua língua aveludada, despertando o que restava de seus desejos adormecidos. Seus toques eram gloriosos e ternos, mas ela estava ciente do quanto ele estava lutando para se conter. Sentia a tensão no pescoço e nos ombros fortes onde cravara os dedos para conseguir se manter de pé, para não se dissolver em uma poça aos pés dele.

A boca dele viajou até encontrar a sua, e um fogo a atravessou quando ele mais uma vez tomou posse de lábios e língua, reivindicando o que ela oferecia de bom grado. Thorne lhe acariciou as costas nuas, para cima e para baixo, para cima e para baixo, antes de as mãos começarem a desabotoar a saia. A peça deslizou para o chão, rapidamente seguida pelas roupas de baixo de seda.

— Sente-se na beira da banheira — ordenou ele.

Embora o primeiro instinto de Gillie tenha sido desobedecer porque não gostava de receber ordens, seu segundo instinto queria que Thorne fizesse o que desejasse com ela. O duque era o conhecedor, enquanto ela era a novata. Aprenderia tudo o que ele tinha para ensinar e depois viraria o jogo.

Sentando-se na borda, ela segurou na banheira para não cair, observando enquanto ele chutava as roupas no chão para o outro lado e começava a remover os sapatos dela. Primeiro um, depois o outro. Então, Thorne desenrolou lentamente uma das meias para baixo. Gillie não sabia se alguma vez achara algo tão sensual. Jogou as duas meias de lado, os dedos dele voando para cima e para baixo das panturrilhas.

— Tão encantadoras — sussurrou ele, abaixando a cabeça e pressionando um beijo ao lado de uma batata da perna, e depois na outra. — Estou ansioso para tê-las em volta da minha cintura.

Gillie sempre havia considerado sua altura uma aberração, algo que a fazia menos atraente para os homens, em especial aqueles que ela podia olhar de cima, mas agora entendia que teria uma vantagem com Thorne. Eles se agarrariam coxa a coxa, quadril a quadril, peito a peito, boca a boca. Ela não exigiria dele nenhuma flexão ou torção desajeitada. Eram perfeitos um para o outro.

Colocando as mãos em ambos os lados da cintura fina dela, ele a apoiou, deixando-a de pé.

— Para dentro.

Segurando-lhe a mão, com os dedos apertados ao redor dos dela, ele a ajudou a manter o equilíbrio ao entrar na água e afundar na profundeza quente.

— Você deveria tirar a camisa para não molhar.

— Esplêndida ideia.

Ele abriu dois botões e puxou-a sobre a cabeça. O peito magnífico a atraiu como um ímã enquanto ele se agachava diante dela. Gillie não conseguia se impedir de tocá-lo da forma que não se atrevera a fazer quando ele estava ferido em sua cama: pele contra pele.

— Eu queria fazer isso quando você estava se recuperando, mas não parecia certo, uma vez que você não estava ciente.

Ela amava a sensação dos pelos fazendo cócegas em seus dedos.

— Como a dona de uma taverna pode ser tão preocupada com decência?

— É preciso limitar os próprios pecados.

Tocá-lo teria sido um pequeno pecado. O que estavam fazendo agora era um pecado muito maior. Ela só podia esperar que, tendo evitado os menores, o maior seria perdoado.

— Não essa noite, princesa. Essa noite você pode pecar o quanto quiser, e eu manterei segredo.

Gillie sorriu.

— Não parece pecado.

Parecia maravilhoso e certo. Ela, que nunca se sentira inteiramente à vontade em relação aos homens, que ocultara seu lado feminino daqueles que poderiam se aproveitar, sentia-se gloriosamente feminina.

Pegando o sabonete, ele mergulhou-o com as mãos na água, deu-lhe uma piscadela e deu a volta para as costas dela. Gillie abraçou as pernas dobradas e encostou a bochecha nos joelhos. Ela não conseguiu impedir um gemido baixo de escapar quando as grandes mãos pousaram em seus ombros e lentamente os acariciaram. Ele não tinha calos nem abrasões, mas as palmas de suas mãos não eram completamente lisas. Havia uma fina camada de aspereza nelas que fizeram arrepios luxuriantes cascatearem por ela.

— Você realmente não tiraria proveito na noite em que eu estava me recuperando se eu concordasse com isso? — perguntou ela, um pouco sonhadora.

— Eu daria o meu melhor para me comportar.

— Eu estava com medo de não querer que você se comportasse. Agora sei a verdade. Eu imploraria para que você me transformasse em uma devassa.

Thorne riu baixinho.

— Eu seria obrigado a aceitar o pedido, especialmente porque suas costas são muito sedutoras.

Então por que ele havia tirado as mãos das costas dela? Por que ele não estava mais a acariciando do pescoço até a parte inferior das costas? Olhando por cima do ombro, viu que ele estava de pé, desabotoando a calça. Gillie voltou a cabeça para a frente rapidamente. Ela sabia que ele a removeria, mas não queria que ele visse o quanto ela estava desejando a ação, lambendo os lábios com ansiedade.

— Não seja tímida, Gillie. Tenho certeza que você já me viu antes, já que fiquei nu em sua cama.

Ela assentiu.

— Você é um espécime impressionante, embora eu só possa compará-lo a bêbados que esquecem de fechar a calça depois de se aliviarem.

— Você não viu o melhor dos homens. Eu deveria me desculpar por cada um deles que já nasceu.

— Você vai me mostrar o melhor.

— Pretendo tentar, querida. Mova-se um pouco.

Amando os afetos com que ele a cobria, ela deslizou para a frente, ouviu a água bater um pouco e sentiu-a subir. Viu as mãos grandes segurando a borda da banheira, e estava profundamente ciente dele se abaixando na água até que ela estivesse entre suas coxas, virada de costas para ele e sentindo sua ereção. O calor que irrompeu através dela foi ao mesmo tempo agradável e aterrorizante.

Thorne começou a lhe acariciar as costas novamente, pousando a boca na curva onde o ombro encontra o pescoço esguio.

— Você sempre cheira a baunilha, mas me disse que não cozinha.

— Eu gosto da fragrância, então eu coloco um pouquinho atrás das orelhas todas as manhãs.

Ele se aninhou logo abaixo da orelha dela.

— Faz você cheirar bem o suficiente para ser comida.

Rindo, ela se virou e avistou o ombro dele. A ferida estava cicatrizando, a cicatriz vermelha crua e raivosa era a marca do que ele suportara. Espalhando água ao redor deles com seu movimento repentino, ela o encarou de frente e tocou os dedos trêmulos na cicatriz.

— Ah, Thorne.

— Ela quase não dói mais.

— Não deveria doer nada, não deveria ter acontecido nada.

Inclinando-se, ela pressionou um beijo na carne enrugada.

— Então eu não teria conhecido você. — Levantou uma das mãos, a palma embalando o rosto delicado enquanto os dedos se aninhavam no cabelo curto.

— E minha vida seria muito mais pobre se eu não tivesse conhecido você.

Levou sua boca até a dela. Quando Gillie ajustou sua posição para melhor acomodá-lo, a água espirrou ao redor deles. Mal havia espaço para se mover, mas isso não parecia importar enquanto se abraçavam e se esfregavam, inflamando a paixão e acendendo o desejo. Ela queria passar as mãos por cada centímetro dele, beijar cada cicatriz. Antes da noite do ataque, ele não tinha um único arranhão. Desejou tê-lo visto sem marcas, e ainda assim as cicatrizes que ele obteve não diminuíam nem um pouco sua magnificência.

E ele era magnífico, não apenas em sua aparência, mas em suas ações, passando o sabonete sobre o corpo dela enquanto mantinha a boca travada na dela, a língua fazendo magias para aquecê-la por toda parte. Mesmo que a água ficasse gelada, ela não notaria, não enquanto estivesse grudada a um homem quente.

Eventualmente, ele teve que romper o beijo para alcançá-la por completo.

— Seria uma tarefa mais fácil se eu fosse pequena.

— Fico feliz que você não seja. Eu gosto da sua altura.

— Alguns dos rapazes que sabiam que eu era uma menina... e alguns dos homens agora, suspeito, me chamavam de "Pernas Longas".

— Não consigo pensar em nada melhor do que receber o nome de um rei.

Gillie franziu a testa.

— Ele era um rei?

— Eduardo, o Primeiro. Ele era famoso por sua altura.

— Eu não acho que eles me chamavam assim como um elogio.

— Ainda assim, você deveria aceitar como se fosse. — Ele estendeu a mão, o sabonete em sua palma. — Sua vez.

Ela tomou seu tempo, lavando-o, torturando-o com pequenos toques, deliberadamente roçando os seios sobre a pele ensaboada, saboreando a visão dele fechando os olhos como se estivesse arrebatado, e ouvindo seus gemidos. Depois de algum tempo, não restava nada para limpar e a água ficara fria demais para os corpos se aquecerem. Ajudaram-se a sair da banheira e, usando as toalhas que ele pusera diante do fogo, se secaram. Era uma troca íntima tão natural que ela podia se ver fazendo isso toda noite pelo resto de sua vida.

Mas não seriam todas as noites. Era apenas aquela noite. Talvez uma ou duas mais, só até ele arranjar uma esposa. Seria devastador entregá-lo a outra, mas ela tinha sua taverna — que ultimamente havia negligenciado bastante —, sua família e as pessoas que frequentavam seu estabelecimento. Eles sempre foram o suficiente e voltariam a ser. Apenas não naquela noite.

Naquela noite, seu mundo era apenas Thorne e para Thorne. Baseado na maneira com a qual ele a examinava lentamente, agora que todas as gotículas de água tinham sumido e a toalha fora jogada de lado, ela não deixou de acreditar que o mundo dele também era só ela, para ela.

— Você é mais linda do que qualquer comparação — afirmou baixinho. — E fez um trabalho tão esplêndido ao esconder tudo que desconfio ser a única pessoa com sorte suficiente para ter ideia dos tesouros que você guardou.

— Estou começando a achar que você gasta tempo demais com o nariz enfiado em livros de poesia.

— Você desperta o poeta em mim.

Thorne a ergueu nos braços.

— Seus ferimentos! — exclamou ela.

— Estão quase curados.

Pressionou a boca contra o pescoço dele enquanto ele a levava para a cama.

— Eu já mencionei que você é lindo?

— Com cicatrizes e tudo?

— Elas lhe dão caráter.

— Mostram que sou um tolo.

— Mostram que você é um homem com vontade de sobreviver.

— Eu não achei que sobreviveria — confessou ele. — Até você aparecer, e, por alguma razão ímpia, desde o começo, não quis desapontá-la. Desejo desesperadamente não a decepcionar esta noite.

— Eu não poderia ficar desapontada quando você está comigo. — Ela soltou um bufo pouco feminino e enterrou o rosto contra o pescoço dele. — Agora sou eu que estou soltando lisonjas ridículas. Vamos vomitar se continuarmos com tanta doçura.

Ele a deitou na cama como se ela fosse um presente a ser desembrulhado, embora ela já estivesse desembrulhada, então talvez um presente a ser admirado.

— Pode falar o quanto quiser, princesa, e farei o mesmo. Não vamos vomitar de tanta doçura, porque o que dizemos é apenas para os nossos próprios ouvidos.

Parado ali, ele arrastou um dedo — apenas um, quando ela ansiava por todos — pelo ombro, pelo braço, pela cintura, pela perna, pelos pés e pelo outro lado, fazendo o caminho de volta até colocar o dedo contra o lábio dela.

— Você é linda em cada centímetro forte e flexível do seu corpo gracioso.

Thorne a deixou sem palavras, mas Gillie esperava olhar para baixo e se ver brilhando como se tivesse engolido raios de lua. Ele a fazia se sentir como a princesa que uma vez imaginou ser.

A cama afundou com seu peso enquanto ele se esticava ao lado dela, segurava sua bochecha e cobria a boca dela com a sua. Ele não precisava mais insistir para que ela separasse seus lábios — eles faziam isso por conta própria, dando boas-vindas ao beijo profundo. Ela se virou um pouco para que seu corpo tocasse o dele, deslizou o pé até a panturrilha dele, depois até o joelho e descansando no outro lado do quadril. Seu refúgio feminino envolveu a virilha dele, e o pênis ereto ficou ainda maior e mais duro, um granito coberto de veludo pressionando sua barriga. Ele rosnou baixo, predatoriamente, e, quando ela achava que era impossível, aprofundou ainda mais o beijo com uma urgência que fez com que estrelas explodissem por trás das pálpebras fechadas dela.

Não era de se admirar que aquilo era considerado um pecado, porque se as pessoas não fossem desencorajadas a ter esse comportamento, elas fariam aquilo o tempo todo. O maior número de vezes possível. Como pessoas casadas, que eram autorizadas, conseguiam fazer algo além disso?

Em todos os lugares que seus corpos se tocavam, pequenas faíscas de prazer nasciam e se espalhavam para criar faíscas ainda maiores. Gillie ficou perdida na sensação de senti-lo, de se maravilhar com ele, na ansiedade com a qual se tocavam.

Desenconstou sua boca da dela, desceu alguns centímetros, segurou um dos seios com uma mão e o ofereceu a sua própria boca faminta como se fosse a melhor comida que já vira. Quando os lábios dele rodearam o mamilo, ele chupou, e ela quase caiu da cama enquanto dor e prazer lutavam pelo domínio de seu corpo. O prazer ganhou, enviando exércitos de sensações através de seu corpo. Ela pressionou seu centro adocicado contra ele, inclinando seus quadris, curvando as costas de um jeito que a permitia esfregar seu núcleo íntimo ao longo do comprimento da ereção de Thorne.

Se o jeito como ele se sacudiu fosse qualquer indicação, foi a vez de ele ficar próximo de cair da cama.

— Sua bruxa! — rosnou ele, e ela riu, se perguntando se isso era permitido, mas como poderia não ser se havia tanta alegria em sua cama?

Gillie amava tudo o que ele estava fazendo com ela, tudo o que ela estava fazendo com ele. O toque, o carinho, o beijo, os chupões. Ali dentro das sombras, com portas trancadas e janelas fechadas, tudo parecia aceitável. Não, era mais que isso. Tudo parecia consagrado.

Eles criaram o próprio mundinho onde pecados e arrependimentos não existiam. Onde deliciosos segredos podiam ser guardados em segurança. Onde os corpos se alegravam com a liberdade de explorar e serem explorados.

Segurando as laterais do corpo esguio com as mãos grandes, ele lhe mordiscou as costelas, deixando pequenas marcas de amor em cada uma enquanto viajava mais para baixo, rolando-a de costas quando chegou à sua barriga e aninhou-se entre as pernas. A língua circulou seu umbigo, lambendo sua pele enquanto ele deslizava os braços sob suas coxas, e as mãos se aproximaram para abri-las mais.

Levantando-se um pouco da cama e curvando-se para a frente, ela se inclinou e segurou o rosto dele entre as mãos.

— Thorne.

Ele ergueu o olhar para o dela. O desejo e o anseio que ela viu espelhados nos olhos de cerveja escura fizeram com que fogo líquido se derramasse por suas veias e tremores atravessassem seu corpo. Dentro de seus olhos castanhos, ela viu mais que uma promessa, ela viu um voto: ele a possuiria, lhe daria prazer, a faria esquecer o próprio nome.

Usando os polegares, ele abriu-a como o sol faz as pétalas de uma flor se abrirem para o pequeno botão escondido receber seu calor. Abaixando a cabeça, ele fechou a boca em torno de seu núcleo mais íntimo e sugou como se ela fosse um caramelo a ser saboreado lentamente. Soltando a cabeça de Thorne, Gillie apoiou-se nos cotovelos, com a espinha arqueada, e os olhos se fechando, a cabeça caindo para trás. A respiração era apenas suspiros breves e rasos. A língua dele girou e provocou. As mãos subiram para apertar os seios, o polegar e o indicador suavemente brincando com os mamilos. O corpo dele estava tenso, como se tivessem atado milhares de cordas através dele e as enfiado por seu centro mais íntimo para que, toda vez que chupasse, puxassem cada parte dela em direção a ele. Chupar e acalmar, chupar e acalmar.

Tremores começaram a vir em ondas. Gritos escaparam através de seus lábios entreabertos. O prazer era insuportável...

Então, foi atingida por um turbilhão de cores gloriosas e sensações magníficas.

— Ai, meu Deus, Thorne! Ai, meu Deus!

Gillie ouviu a risada sombria e satisfeita que, de alguma forma, conseguiu intensificar ainda mais as sensações. Ela sentiu como se estivesse caindo dos céus, sem medo, porque ele a pegaria.

A cama balançou quando ele se moveu e caiu ao lado dela. Virando a cabeça para o lado, ela colocou a palma da mão contra a bochecha dele.

— Isso foi maravilhoso. Mas há mais.

Assentindo, Thorne passou os dedos pelo queixo dela.

— Mas não estou tão recuperado quanto pensava.

Ela se sentou abruptamente.

— Você se machucou.

— Não, mas acho que não posso me sustentar tanto quanto deveria para garantir que você volte a ver as estrelas. E você ficar debaixo de mim provavelmente não seria bom para a sua cabeça, que também está se recuperando.

Ele lhe acariciou a barriga.

— Monte em mim, princesa.

— Não até que eu o tenha atormentado por um tempo.

Capítulo 20

O TORMENTO NUNCA PARECEU tão espetacularmente maravilhoso. Gillie era uma novata, mas também era uma mulher incrivelmente esperta, o que significa que não teve nenhum problema em descobrir exatamente o que fazer, embora suspeitasse que os ocasionais gemidos e "minha nossa" a guiassem na direção certa.

Quando foi acariciá-la, ela prendeu-lhe as mãos sobre sua própria cabeça e ordenou:

— Sem toques.

Tormento. Era puro tormento não poder passar os dedos pelos fios curtos e sedosos, ou pela pele acetinada.

Gillie mordiscou o lóbulo da orelha dele e passou a língua no local que sempre lhe fora incrivelmente sensível. Ela sussurrou algo provocante e desobediente.

Thorne franziu a testa.

— Onde você aprendeu isso?

— Bêbados dizem coisas mais maliciosas, às vezes.

— Se eles disseram isso a você, espero que tenha dado um soco neles.

— Eu acho que os bêbados não são responsáveis por suas palavras.

Thorne o faria se ouvisse alguém dizer algo tão inapropriado para ela, uma mulher de quem ele agora era íntimo. Incrivelmente íntimo. Ele ainda podia sentir o gosto dela em sua língua, sentir os seios dela em suas mãos, ouvir seus gritos de prazer ecoando ao redor dele. Soube que ela seria feroz ao fazer amor, que se daria por inteiro assim como dava tudo de si em todos os aspectos de sua vida.

Sentando-se com o quadril contra o dele, gentil e ternamente ela se inclinou e beijou a cicatriz enrugada em seu ombro.

— Está doendo? — perguntou ela.

Doía, mas era costumeiro. Ele temia que seria sempre assim.

— Não.

Ela rolou o polegar e o indicador em torno dos mamilos dele até que endureceram em pequenas bolas.

— Eu não os lavei — disse ela. — Parecia muito íntimo. Vou lavá-los agora.

O corpo inteiro de Thorne ficou tenso enquanto ela lambia as auréolas marrons como se tivessem creme e ela fosse uma gata com intenção de beber até a última gota. O grunhido que deu retumbou do fundo de seu peito, e ele avistou o sorriso secreto dela. *Meu pai!* Ela o tocava de mais maneiras do que ele podia contar, tocava partes profundas dentro dele que ele nem sabia que existiam.

Empurrando-se para cima, ela deu uma olhada atenta ao corpo másculo, do cabelo bagunçado aos pés, e ele se perguntou aonde ela poderia ir em seguida.

Gillie escolheu a coxa dele, a cicatriz que havia se formado nela. Então, através de pálpebras meio abaixadas, ela o olhou intensamente, como ele suspeitava que a olhara quando estivera aninhado intimamente entre as coxas femininas. Não, ele não tinha olhado para ela daquele jeito, não de maneira maliciosa ou perversa, não de forma tão tentadora.

Ela fechou a mão em torno de seu pênis. O membro pulou. Ele pulou. Furtivamente, ela se inclinou para a frente, o tempo todo segurando o olhar como se o desafiasse a não desviar os olhos, mantendo-o cativo de forma tão eficaz quanto se o tivesse amarrado em barras de ferros. Ela passou a língua em volta dos lábios até eles brilharem com umidade. Ele ficou tão tenso que seus músculos começaram a doer.

Abaixando a cabeça, ela beijou a ponta do pênis dele, depois lambeu o líquido que se juntara ali.

— Cristo! — Ele fez um movimento para se sentar. A mão dela subiu, os dedos se espalharam contra o peito dele, impedindo-o. Usando pouco mais do que os olhos castanho-esverdeados, ela emitiu seu comando e o pressionou de volta para baixo.

— Gillie...

— Shh. Minha vez.

Usando a língua, ela acariciou todo o comprimento da parte inferior de seu pênis, e ele temia que pudesse se envergonhar, derramando sua semente naquele momento. Ela fechou a boca ao redor dele, e Thorne sentiu o calor se espalhar por todo o corpo.

Ah, sim, ela era uma rápida aprendiz, a sua princesa. Ela o atormentou com movimentos da língua em espiral, longos e lentos golpes. Se ele não tivesse ficado tanto tempo sem uma mulher, poderia conseguir durar mais tempo. Se ela não fosse a pessoa que fazia coisas incríveis para ele, se ele não tivesse a necessidade de possuí-la tão desesperadamente, talvez ele pudesse durar mais tempo. Mas ele a queria por completo e absoluto. Precisava dela como nunca precisara ou quisera qualquer coisa em toda a sua vida.

— Gillie — repetiu ele, fechando as mãos ao redor dos braços dela. — Faça o seu dano de outra maneira. Monte em mim, me leve para dentro de você.

Graças a Deus, ela fez o que ele pediu, colocando os joelhos em ambos os lados de seus quadris, segurando seu pênis dolorido e latejante e posicionando-o. Fechando os olhos, ela o envolveu. Quando Thorne encontrou a barreira dela, agarrou-lhe a cintura e levantou os próprios quadris. O pequeno grito que ela deu rasgou seu coração.

— Eu sinto muito.

Ela balançou a cabeça e afundou mais o corpo até que o aceitasse por completo.

— A sensação de tê-lo dentro de mim é muito boa. Agora eu entendo porque as pessoas pecam.

— Isso não é pecado, Gillie. Não quando o anseio e o desejo são tão grandes.

Quase usou a palavra "amor", mas o pensamento de amá-la tão profundamente, tão desesperadamente, o aterrorizava, e ele não podia dar voz aos seus sentimentos. Tudo o que sabia era que ninguém jamais havia tocado seu coração e alma como ela. Ninguém nunca fora tão importante quanto ela. Ele, que se achava incapaz de amar, estava se debatendo por ela fazê-lo questionar tudo o que sabia sobre si mesmo.

Com a cintura fina dela entre as mãos, ele a guiou quando ela começou a cavalgá-lo, encontrando suas investidas, balançando contra ele. Ele observou uma expressão de deslumbramento se espalhar pelas feições de Gillie, sentiu o aperto de seus músculos ao redor dele enquanto o ritmo aumentava em um frenesi, enquanto seus suspiros e gemidos enchiam o ar. Apertando-o com força, ela gritou sua libertação. Tão gentilmente, mas o mais rápido que pôde, ele a levantou quando sua própria libertação iria atravessar seu corpo, deixando-o trêmulo até seu âmago enquanto ele tentava em vão rolar para o lado e derramar a semente na própria mão. Em vez disso, acabou fazendo bagunça.

Pressionando seu corpo contra o dele, Gillie cobriu a mão dele com a sua. Com o braço livre, ele a abraçou, imaginando se seu coração voltaria a uma velocidade normal ou se sempre pulsaria com o abandono selvagem que era estimulado pela proximidade dela.

Fazer amor não era a coisa mais limpa que ela sempre pensou que fosse, e ainda assim, enquanto descansava na cama, esperando — como Thorne havia instruído — que ele voltasse para ela, Gillie não podia negar que havia algo incrivelmente masculino ao vê-lo em pé, perto da banheira, se limpando.

— Não seria mais fácil se tomássemos outro banho?

Rindo baixo, ele se aproximou segurando um pano úmido.

— Eu não tenho forças para preparar outro banho.

Delicadamente, ele limpou a área que havia lambido anteriormente e o interior de suas coxas, tingidas de sangue.

— Doeu muito?

— Não.

— O desconforto deve ser menor na próxima vez.

Uma sensação de prazer a perfurou ao saber que eles teriam mais uma união. Quando ele terminou a limpeza, trocaram os lençóis e se aconchegaram debaixo deles, abraçando-se.

— Quanto tempo você vai ficar?

— Vou sair antes do amanhecer. Não queremos que ninguém me veja escapando. — Enfiando os nós dos dedos embaixo do queixo dela, ele segurou seu olhar. — A menos que você queira que eu saia agora, embora eu quisesse muito dormir com você em meus braços.

Ela assentiu, se aconchegando mais solidamente nele. Amava o cheiro da pele quente.

— Eu também gostaria disso.

Abraçando-a, ele acariciou seu braço enquanto ela preguiçosamente desenhava pequenos círculos em seu peito.

— Você está tendo dúvidas? — questionou ele.

— Todas. Mas os pensamentos são bons.

— Quero que você saiba que respeito você.

— Não, não respeita. Você sussurra tentações em meu ouvido.

Ele riu baixinho.

— Você tem um ouvido tão encantador para se sussurrar.

— Eu nunca quis isso antes, Thorne. Antes de você. Por que você é tão diferente, eu me pergunto?

— Porque eu sou um duque.

— Isso não tem nada a ver com a situação. Eu não me importo nem um pouco com seu título. São outras coisas. Sua gentileza com Robin, por exemplo.

— Eu estava pensando em pagar aulas em um colégio interno para ele.

Apoiando-se em um cotovelo, ela olhou para ele, estudou-o.

— Por quê?

— Porque ele é um rapaz esperto. Ele iria longe.

— Ele só fugiria. Ele acredita que, se ficar aqui, sua mãe o encontrará. Acho que ele acredita que ela é uma fada.

— Eu me pergunto de onde ele teria tirado essa ideia.

Ela recuou e se enterrou contra ele.

— Provavelmente dos contos extravagantes que eu inventava quando ele acordava de um pesadelo, contos que minha mãe me contava quando eu era criança e o sono não vinha.

— Talvez eu financie uma escola por perto. Mais crianças se beneficiariam disso, não é?

— Você é um bom homem.

— Não tão bom. Tenho 36 anos e nunca pensei muito naqueles menos afortunados do que eu. Tinha assuntos mais urgentes em minha mente: um iate chique, um cavalo veloz, mulheres. Em algum momento, quando você quiser, eu a levarei para a França no meu iate chique e visitaremos todos os vinhedos.

Gillie não conseguia imaginar a situação, duvidava que eles viajassem, estava bem ciente de seu lugar na vida dele, o que significava para ele, e, se ele fosse mais para ela, suspeitava não ser a primeira mulher a alcançar e pegar algo que não poderia manter para sempre. Ele precisava de uma mulher que pudesse ficar ao seu lado como duquesa. As duquesas não eram donas de tavernas. Ainda assim, era uma linda fantasia, e ela disse:

— Eu vou lhe dar uvas das videiras na boca.

— E eu vou lamber o suco de seus dedos.

Ela queria aquilo mais do que qualquer outra coisa em sua vida, mas, realista que era, sabia que nunca aconteceria.

Despertar com Gillie nos braços foi um dos começos de dia mais satisfatórios que já tivera na vida. Ela era uma amante entusiasta, ansiosa para recebê-lo em seu corpo — seu canal quente, doce e apertado. Thorne teria se deleitado com ela na cama o dia todo, mas a mulher prática tinha um negócio para gerir, então ele a deixou enquanto a névoa ainda estava espessa e a lua ainda olhava para baixo.

No momento em que entrou em casa, estava faminto e o sol estava aparecendo, mas ao em vez de tentar lidar com a mãe, que podia já estar acordada, e arriscar a ruína de seu bom humor, ele ordenou a um empregado que levasse uma bandeja de comida para seus aposentos.

Depois que seu criado o arrumou para o dia, desfrutou de uma refeição descontraída no quarto, lendo o jornal, imaginando o quanto mais satisfatório seria ter Gillie sentada ali com ele, tomando chá e lendo o próprio jornal.

Quando a batida soou, olhou para o relógio e percebeu que tinha passado quase uma hora sentado ali, visualizando-a ao seu lado. Não que ele fosse levá-la ao seu quarto enquanto a mãe residisse na casa. Ele podia imaginar o tumulto que a situação causaria e o péssimo modo com qual a mãe trataria a mulher que amava.

Esse pensamento quase o fez cair da cadeira. Ele a amava. Amava Gillie. Ele, que nunca amara ninguém, estava amando, afinal. Perceber que era capaz dessa emoção intensa veio como uma pequena revelação. Queria abrir todas as janelas e gritar para o mundo...

Mas não podia nem dizer a Gillie, porque seria injusto para ela, para ele, para ambos. Ele poderia tê-la ali naquela cama, naquele quarto, mas não poderia tê-la como sua duquesa. Ele não podia pedir que desistisse da taverna que significava tanto para ela. Ele não podia tirá-la de tudo o que ela conhecia, todas as pessoas que ficariam ao lado dela e o ameaçariam se ele fizesse algo errado com ela. Ele não podia trazê-la a este mundo que não lhe trouxera o mínimo de alegria.

Ele não duvidava que Gillie conseguiria perseverar entre a nobreza, pelo menos quando se tratava de socialização. Tinha uma graça inata e confiança que a igualava a qualquer dama. Seus padrões de fala a marcariam por não ter sido criada entre a aristocracia, mas a facilidade com a qual conseguia manter conversas a guiariam pelo caminho certo. Ela iria encantar e deliciar aqueles que lhe dessem uma chance, assim como ela o encantava e deleitava a cada passo. Era uma pena que as origens de seu nascimento impedissem que aqueles que ele conhecia tivessem a oportunidade de passar algum tempo na companhia dela.

A batida novamente ressoou, um pouco mais alta e mais insistente.

— Entre.

Sua mãe entrou como se trazida por um vento forte. Thorne levantou-se quando ela parou diante dele, com as costas eretas e as mãos fechadas diante de si.

— Eu vi o seu anúncio no *Times* sobre o fim do noivado.

Colocara um anúncio na edição do dia anterior, proclamando o acontecido. Tinha sido curto e direto, indicando um entendimento mútuo e um acordo entre todas as partes envolvidas que o casamento entre o duque de Thornley e lady Lavínia Kent não ocorreria.

— Eu queria garantir que não apontassem o dedo ou atribuíssem culpa a alguém.

— O que você garantiu foi que as fofoqueiras terão um dia cheio. Você deve *mostrar* às pessoas que não é a parte ferida e que está pronto para seguir em frente. Tornou mais imperativo do que nunca a escolha de uma esposa o mais rápido possível. Portanto, marquei uma data para o baile, daqui a duas semanas. Os convites saíram hoje de manhã.

Queria gemer de frustração pela intromissão da mãe. Em vez disso, disse:

— Minha nossa, o impressor deve ter trabalhado a noite toda.

— Eu sou uma duquesa. É claro que ele trabalhou, e ficou feliz por isso.

Ele não podia imaginar Gillie incomodando alguém daquela maneira.

— Convidei as famílias com as meninas mais qualificadas — continuou ela. — Será um baile pequeno, já que tem um propósito singular: garantir que você encontre uma noiva digna de sua posição e em pouco tempo.

— Eu ainda não estou pronto para a tarefa.

— Então, fique. As pessoas estão rindo de você, imaginando que defeitos lady Lavínia encontrou para abandoná-lo.

— Eu disse claramente que ninguém tinha culpa.

— Você acha que alguém acredita em você? O que fez foi alimentar àqueles que querem nossa ruína. Situações como essa são melhor tratadas por mulheres, por isso estou assumindo a questão. Eu sei que raramente concordamos, mas não brigue comigo por isso. Você tem um dever, uma obrigação, uma responsabilidade para com aqueles que vieram antes de você.

— Você já conseguiu fazer todas as mulheres elegíveis parecerem atraentes... — retrucou causticamente, esperando que a mãe entendesse o sarcasmo.

— Se você tiver alguma esperança de ter um herdeiro, deve cuidar disso imediatamente, pois está desenvolvendo os hábitos de seu pai de ficar fora a noite toda. Eu sei bem para onde isso o levará.

— Tenho idade suficiente para viver minha vida sem ser julgado por isso. Acredito que já passou da hora da senhora se mudar para a casa secundária.

A mulher jogou a cabeça para trás como se ele tivesse lhe golpeado.

— Eu não posso fazer isso até que haja outra dama nessa casa para administrar as coisas. Os empregados ficarão preguiçosos sem uma mão firme. Não permitirei que uma residência em frangalhos seja passada para sua nova esposa. É uma questão de orgulho.

Orgulho. Sempre muito orgulho em sua família.

Embora a mãe estivesse certa em algo. Ele estava em uma idade em que precisava se casar e ter um herdeiro. Querendo ou não. Cruzando os braços sobre o peito, deu um breve aceno de cabeça.

— Vou participar do baile com uma condição. Você vai convidar a senhorita Gillian Trewlove.

— Quem é a família dela?

— Lady Aslyn se casou com o irmão dela. Você deveria convidá-los também, se ainda não o fez.

— Lady Aslyn se casou com um plebeu, um bastardo.

— Então, você terá a distinção de ser a primeira a tê-los em um baile. — Ele não duvidava que a mãe sabia exatamente onde encontrar lady Aslyn. — Você pode mandar o convite de Gillie para a taverna A Sereia e o Unicórnio.

A mãe franziu o nariz.

— A empregada de uma taverna?

— A dona da taverna.

— Eu não posso...

— Então terá um baile sem a presença do duque de Thornley.

Ele não sabia por que de repente era tão importante Gillie estar lá. Talvez ele quisesse testar as águas, ver se ela era capaz de nadar nelas. Mas, mesmo se ela fosse, não desistiria de sua taverna por ele, e nem deveria.

— Você vai fazer papel de tolo.

— Vou apresentar alguém incrivelmente amável a meus amigos e conhecidos. Muitos se beneficiariam de conhecê-la. Se der a ela metade da chance, eu diria que até você gostará dela.

— Não consigo imaginar, mas não vou envergonhar ainda mais esta família cancelando um baile depois de já ter cancelado um casamento. Os convites que você pediu serão colocados no correio amanhã.

— Pensando bem, me dê o da srta. Trewlove e eu o entregarei pessoalmente.

— Eu diria que você vai lamentar o dia em que a trouxe para esta residência.

— Você vai tratá-la gentilmente, mamãe, e vai mostrar-lhe respeito, ou vai descobrir que minha paciência com você chegou ao fim.

A mãe saiu do quarto de forma tempestuosa. Thorne foi até o armário, abriu uma gaveta e tirou uma camisa esfarrapada. Voltando à sua cadeira, deslizou os dedos sobre a costura delicada e arrumada, segurando o pano que uma vez havia sido cortado por uma lâmina de faca em seu ombro. Gillie fizera mais que consertar as roupas dele. Ela, de alguma forma, conseguiu consertá-lo quando ele nem percebeu que estava precisando de conserto.

No momento em que Thorne entrou pela porta da taverna, Gillie considerou seriamente fechar as portas. Normalmente, ela amava cada minuto dentro de seu estabelecimento, quer estivesse servindo bebidas, conversando com os clientes ou dando ordens aos funcionários. Agora, tudo o que desejava era tempo com Thorne. Talvez o convidasse a ir com ela até o porão para escolher um xerez. Não conseguiu evitar o sorriso ao pensar na ideia.

Em vez de ir a uma mesa, o duque foi até ela.

— Eu vejo que seu homem está de volta esta noite.

Gillie sabia que ele estava se referindo ao atendente que não tinha aparecido na noite anterior, mas numa parte vertiginosa de sua mente que ela nem sabia que possuía, percebeu que ele poderia estar falando de si mesmo também.

O homem dela. Ela tinha um homem. Queria subir no balcão e gritar para a multidão, mas o que eles compartilhavam, o que havia entre eles e o que se passara entre eles era deliciosamente secreto. Enfiando a mão no bolso, ela tirou um presente para ele que a deixou alegre por antecipação.

— Sim, mas sua ajuda é bem-vinda, se quiser. Preciso de alguém para ficar de olho no tempo.

Tomando a mão grande, ela apertou o ouro frio contra a palma e fechou os dedos sobre ele. Lentamente, ele abriu os dedos e olhou para o relógio. A admiração e o espanto no rosto dele a fizeram sentir o peito apertar e os olhos arderem. Gradualmente, como se viajando através de um labirinto de lembranças, ele a encarou.

— Você achou.

O sorriso dela era tão grande que temia que sua mandíbula pudesse se deslocar.

— Petey passou por aqui esta tarde e me disse que ouvira falar de um relógio chique. Ele tinha uma ideia de onde poderíamos encontrá-lo. Então, fomos.

— Pensei que nunca mais o veria.

Ele abriu a tampa, olhou para o lado onde as mãos marcavam a passagem do tempo. O horário certo, pois ela o tinha cuidadosamente arrumado. Ternamente, ele segurou o rosto delicado dela e acariciou a bochecha com o polegar.

— Eu não sei como pagar você ou Petey por isso.

— Ah, Thorne... Quando você vai aprender que a alegria que uma pessoa sente ao fazer outra feliz é pagamento suficiente? No entanto, Petey receberá refeições e cerveja grátis sempre que quiser.

— Tenho quase certeza de que o penhor simplesmente não devolveu o relógio de bom grado e que você teve que pagar muito dinheiro para recuperá-lo.

— Uma mixaria.

Um dia inteiro de ganhos com a taverna, mas fora um dinheiro bem gasto por ter visto o quanto Thorne ficara tocado por ter mais uma vez o relógio em sua posse.

— No mínimo, permita-me pagar uma recompensa por isso.

— É um presente, Thorne. Aceite como um presente.

Ele assentiu.

— Estou muito emocionado, Gillie. Sem dúvida pensarei em você com mais frequência do que no meu pai ao olhar para o relógio.

Por um tempo, talvez, mas eventualmente as lembranças dela se desvaneceriam, e ele voltaria a associá-lo ao pai, porque aqueles laços eram mais fortes, duraram mais, abrangeram gerações. Ela apertou a mão que ainda segurava o relógio.

— Estou apenas feliz por tê-lo recuperado.

— Eu a beijaria nesse exato minuto se não fosse causar um escândalo.

— Você pode fazer isso depois que fecharmos.

Algo quente e tentador brilhou nos olhos escuros dela.

— Enquanto isso, eu não me importaria de trabalhar no bar com você, onde o espaço é um pouco pequeno e eu teria desculpas para tocá-la sempre que tivermos que cruzar caminho.

Então, ele repetiu o que fizera na noite anterior, servindo bebidas e conversando. Gillie se perguntou o que as pessoas humildes pensariam em saber que estavam sendo servidas por um duque. Embora Finn soubesse, nunca tinha sido declarado para todos e ela nunca se dirigia a ele como "Sua Graça". Talvez porque nunca tivesse deixado de vê-lo como um homem, mesmo sabendo que no fundo ele era muito mais e nunca poderia ser dela por completo.

De certa forma, ele pertencia à Inglaterra, sentava-se na Câmara dos Lordes, cuidava dos negócios da rainha, criava e alterava leis, cuidava do bem do país. Mick quisera o reconhecimento de seu pai porque ansiava pelo enaltecimento que uma pessoa recebia por ser relacionada à nobreza, mas Gillie nunca desejara isso para si mesma, a não ser a fantasia que tinha quando criança. Os escalões superiores estavam além do alcance para a maioria, para o povo simples, os plebeus. Não significava que eles não conseguissem alcançar posições dignas, mas que precisavam trabalhar mais porque nada lhes era dado de graça.

Apesar de ter conhecido Thorne, ela percebeu que nada vinha sem um preço. Apesar de toda a sua posição social, o duque não era tão livre quanto ela. Ele estava brincando de ser atendente em uma taverna, mas não era algo que pudesse fazer para sempre, não importa o quanto ele gostasse da tarefa. Assim como ela estava brincando de ser a amante dele. Ela não poderia ser para sempre, não importa o quanto gostasse de ser.

Ele se casaria e ela não. Ele era responsável por ter um herdeiro. Ela não se casaria com um homem que não amava e suspeitava que em sua vida haveria apenas um. Aquele. O que ela não poderia ter.

Por causa de Finn, descobrira que eles não serviam para a nobreza, nem a longo prazo. Mas ela poderia aproveitar ao máximo o curto prazo.

Então, quando a taverna foi fechada e eles chegaram ao topo da escada, ela não parou para se sentar e absorver o silêncio. Haveria inúmeras outras noites para isso, noites em que ela iria sentar sozinha e pensar nele e no que tinha acontecido — e ela queria minutos e minutos e minutos de lembranças que pudesse recordar, sem ter que repetir as lembranças com frequência porque tinha uma abundância de outras guardadas.

Em vez disso, levou-o para dentro do apartamento, para o quarto e para a cama. Com velocidade notável, eles se desfizeram de suas roupas antes de caírem nos lençóis. Com o corpo quase cobrindo o dela, ele segurou-lhe o rosto e capturou sua boca com um fervor que a teria assustado se ela não estivesse tão ansiosa para dominar a dele. Gillie amava a fome que brotava entre eles, a tentativa de saciar que sugeria que qualquer sentimento de saciedade duraria pouco. Sempre voltaria a querer a boca dele na dela, sempre desejaria sentir o gosto e o corpo dele. Sempre.

O que dava à união uma sensação agridoce.

— Esse deve ter sido o dia mais longo da minha vida — murmurou ele, enquanto arrastava a boca ao longo do pescoço dela. — Esperando ter um momento a sós com você.

— Eu não tinha certeza se o veria esta noite.

— Um ato do Parlamento não teria me impedido.

Mas uma esposa o teria. Embora Gillie não fosse dizer isso em voz alta, ou pensar nisso. Ela sabia de pelo menos cinco mulheres que levaram homens para a cama sem o benefício do casamento. Naquele exato momento, estava perdida no pecado e ainda assim não conseguia se importar. As sensações atravessavam seu corpo enquanto a boca quente e os dedos ágeis dele faziam o que desejavam, beijando aqui, mordiscando lá, acariciando ali, beliscando lá... Ela respondia da mesma forma, atormentando-o — com base nos gemidos e grunhidos que eram música para os ouvidos dela.

Então, ele a moveu para que ficasse por baixo dele, os quadris encravados entre as coxas femininas.

— Passe as pernas em volta de mim — ordenou.

— Não achei que você tivesse força para se sustentar.

— Tenho mais um dia para me recuperar. Vou arriscar.

Erguendo os quadris, ela enrolou as pernas firmemente ao redor da cintura dele, mais que pronta quando ele mergulhou nela. Ela amava o jeito que ele a preenchia, o peso dele sobre ela. Segurando a cabeça dela entre as mãos, ele se inclinou para a frente e tomou sua boca enquanto ela deslizava os dedos por suas costas e apertava suas nádegas.

Gemendo baixo, ele começou a se mover contra ela, levando-a a alturas vertiginosas de prazer e tormento. Todos os ossos e músculos queriam se enrolar, explodir em libertação. Nada fora tão bom, e ela sabia que, na próxima vez, pensaria a mesma coisa. Não importava quantas vezes ela tivesse pensado no que havia acontecido na noite anterior, a lembrança não era tão boa quanto a realidade.

Embora o mundo explodisse ao redor dela, quando voou e voltou, ela sabia que as lembranças não seriam suficientes para sustentá-la. Seriam tudo o que ela teria, as valorizaria e as acumularia. Percebeu os movimentos frenéticos de Thorne, sua respiração ofegante, os gemidos sufocantes...

Então, ele se empurrou para fora, enterrando o rosto entre os seios dela enquanto tremia com espasmos, derramando sua semente na própria mão em um esforço para protegê-la de ser descoberta por seus pecados.

Capítulo 21

Thorne nunca estivera tão contente como estava com ela aninhada em seus braços. Gillie era calorosa e bondosa, e, apesar de ter crescido nas ruas, possuía uma inocência que o fazia querer protegê-la, mesmo sabendo que ela era capaz de se proteger sozinha.

— Posso estar me viciando em você — sussurrou ela, e ele riu.

— Não mais que eu em você.

Ela arrastou o dedo sobre o peito dele.

— Sempre me surpreendo quando você se oferece para ajudar, seja para servir os clientes ou para arrumar as coisas.

— Eu nunca fui preguiçoso.

— Você deve ter seus próprios assuntos para cuidar.

— Com a maioria deles eu posso lidar durante o dia.

Movendo-se até que uma das pernas esguias estivesse posicionada entre as dele, a linda coxa pressionada contra seu pênis, ela se levantou e olhou para ele.

— Que tipo de coisas um duque tem para fazer?

— Eu tenho quatro propriedades, então devo ler relatórios dos administradores de cada uma, aprovar reparos e manutenção, tomar decisões sobre como aumentar a renda gerada por cada uma. Faço reuniões com meus advogados sobre várias situações que surgem. Também me reúno com banqueiros para tratar de investimentos. Muitas reuniões.

— E você deve se casar.

Uma perspectiva que deveria deixá-lo feliz, não desesperado.

— Sim. E preciso ter um herdeiro.

— Isso é uma coisa boa sobre ser um plebeu. Não temos que nos casar, nem temos que ter filhos. Vocês estão sempre se exibindo.

— Eu suponho que sim. Um dos nossos deveres é garantir as fofocas. Sem nós, elas deixariam de existir.

— Eu não gostaria de ser o foco de tudo.

— É por isso que você fica atrás do bar?

Ela assentiu.

— Adoro ser dona da taverna, mas prefiro fazê-lo em silêncio. Mick é diferente sobre o hotel. É importante para ele que as pessoas o vejam tanto quanto percebam o que ele conquistou. Talvez seja porque ele é um homem e acha que precisa ser um conquistador.

— Você é uma conquistadora muito mais sutil. As pessoas a subestimam.

— O que posso usar para minha vantagem, às vezes. Charlie não achava que eu fosse pular em cima dele.

— Mas ele sabia que você não estava para brincadeiras. É a razão pela qual fugiu.

— Eu me pergunto quando você vai fugir...

Thorne passou os dedos pelo cabelo dela.

— Não vou fugir, Gillie.

— Mas chegará a noite que será nossa última. Quando chegar, por favor, me diga.

Ele sabia que seriam as palavras mais difíceis que já pronunciara, mas ele se importava muito com ela, respeitava-a demais para se deitar com ela depois que tivesse uma esposa.

— Isso não acontecerá por um tempo.

Se ele não precisasse de um herdeiro, não precisasse de uma esposa que entendesse as complexidades da sociedade, talvez nunca chegasse. Mas chegaria, porque ele tinha responsabilidades, fizera promessas. No entanto, iria atrasar tais obrigações o maior tempo possível.

— Minha mãe dará um baile em duas semanas. Eu gostaria que você fosse.

Caçoando, ela caiu de costas.

— Impossível!

Ele rolou até que estivesse posicionado como ela tinha estado, com a perna entre as dela, a coxa pressionada contra o doce refúgio que ele visitaria mais uma vez antes de ir embora.

— A temporada acabou. Não haverá muitas pessoas presentes. Seu irmão Mick deve ser convidado, então não serei a única pessoa que você conhece.

— Por que você me quer lá?

— Porque quero apresentá-la à minha mãe, às pessoas que conheço. Você é uma mulher fascinante, Gillie, e elas ficarão intrigadas.

— Você quer me exibir como um animal no zoológico?

— Não! — Ele ficou chocado com a ideia, mas como fazê-la entender? — Você é uma empresária de sucesso. Nascida nas ruas, ainda assim subiu na vida. Você merece ser reconhecida por suas realizações, entrar em círculos onde pode influenciar pessoas que têm os meios para lidar com a injustiça social.

— Eles são um bando de riquinhos!

— Você os está julgando duramente, e eles não farão o mesmo com você.

— Claro que farão! Eles fizeram isso a minha vida toda.

— Então, prove que estão errados. Seu discurso prova que você é educada, mesmo que essa educação não tenha ocorrido em escolas particulares. Você é graciosa e forte. Uma pessoa a ser admirada. — Ele arrastou a boca ao longo do pescoço delicado. — Além disso, quero dançar com você. Não quero que você seja um segredo.

— Mas eu sou e o que estamos fazendo aqui não pode ser compartilhado.

Beijando o ponto sensível abaixo de sua orelha, ele ouviu um suspiro suave.

— Não vamos dizer às pessoas o que estamos fazendo aqui, mas conheço seu mundo agora, Gillie, e não é nada do que eu pensava que seria. Você está me perguntando sobre o meu mundo. Estou pedindo que você entre nele por uma noite, compartilhe-o comigo. Você pode gostar.

Se ela o fizesse, talvez ele não tivesse mais que pensar em desistir dela.

Na tarde seguinte, quando Gillie entrou no Hotel Trewlove e subiu a escada, degrau após degrau até o último andar, onde ficava o escritório de seu irmão e sua residência, sabia que não faria qualquer diferença se gostasse do mundo de Thorne, mas tinha que admitir estar curiosa sobre a questão — não tanto sobre o mundo dele, mas em aprender mais sobre o duque. Como era a sua casa? Como ele tratava seus empregados? E então havia a perspectiva de conhecer a mãe, os amigos, o que a deixava assustada e, ao mesmo tempo, extasiada de curiosidade. Como eram as pessoas que cercavam Thorne? Ela estava ansiosa para conhecê-los porque os amigos de uma pessoa costumam ser um reflexo dela mesma. E tudo o que ela sabia sobre ele era pouco, eram suas interações em sua pequena parte de Londres. A vida dele era muito mais ampla do que isso, maior, abrangendo uma boa parte que ela não podia nem imaginar.

Gillie tinha sido uma tola em aceitar o convite, dizer a ele que iria ao baile. Ele usara meios nefastos, perguntando-lhe repetidamente até que, durante um momento de fraqueza, quando ela estava incapaz de lembrar o próprio nome, concordou em participar. Antes de deixá-la naquela manhã, ele pegou o convite dourado do bolso do casaco e entregou a ela, que passou os dedos pelas letras em relevo, esforçando-se para não se deixar intimidar pelo papel.

Tinha uma noção vaga de como se preparar para participar de seu primeiro baile. A noção poderia ser mais concreta se ela tivesse ido ao casamento de Mick, mas achou que se sentiria um pouco deslocada na ocasião chique, fingindo ser algo que não era. No entanto, agora tinha um forte desejo de provar para si mesma, senão a mais ninguém, que era digna de entrar no mais alto dos círculos sociais — sem colocar falsos ares ou agir de uma maneira que não era verdadeira a si mesma. Ela havia aprendido muito com os donos da taverna para quem trabalhara pela primeira vez. A sra. Smythson insistia para que Gillie se juntasse a ela para o chá todas as tardes e lhe ensinou como se comportar. "O mundo é excecionalmente injusto com as mulheres", disse ela uma vez a Gillie, "mas isso não vai mudar até que as mulheres mudem. Você faz um grande desserviço à causa ao esconder o que é. Abrace e mostre ao mundo que você é uma força a ser reconhecida."

O casal não tinha filhos, e Gillie frequentemente achava que sua presença na vida deles preenchia um buraco em seus corações. A sra. Smythson a levou para comprar seu primeiro vestido. Gillie nunca se importara com os babados, preferindo a praticidade de saias e camisas simples. Tampouco tinha a paciência ou o desejo de passar o tempo fazendo penteados elaborados, de modo que mantinha o cabelo curto e arrumado. Mudar a maneira pela qual alguém vivia há tanto tempo exigia compromissos, e no final ela estava feliz com quem era.

Se estava nervosa sobre ir ao baile, acreditava que, quando se tratava disso, ela poderia perseverar. Ainda assim, um pouco de requinte não seria demais. Ela chamara a atenção de um duque quando já tinha pensado que nunca iria chamar a atenção de qualquer homem. Talvez ela pudesse fazer o certo por ele em um mundo maior, talvez houvesse uma pequena parte dela que pensasse que talvez estivesse errada: que, para eles, nunca haveria uma última noite.

Um pensamento tão bobo. Entretanto, era nisso que pensava quando, com apenas um olhar rápido, ela passou pela porta de vidro com o nome *Trewlove* gravado, proclamando que os quartos a seguir pertenciam ao irmão — como se pudessem pertencer a qualquer outra pessoa — e continuou andando até algumas portas de madeira que levavam ao apartamento. Gillie visitou o irmão em algumas ocasiões, intrigada com a ideia de que ele almejava tanta grandeza, enquanto ela ansiava por nada. Por outro lado, Mick sempre soube que o pai era um duque, ressentia-se por ele se recusar a reconhecê-lo e achava que tinha algo a provar, e isso envolvia imitar o mundo da aristocracia tanto quanto possível. Ele conseguiu isso com grande sucesso e compartilhou tudo o que aprendeu com ela. Ele via tudo através de um olhar masculino, enquanto ela precisava de um feminino.

Ela bateu. Não esperou nem um segundo antes do empregado abrir a porta.

— Srta. Trewlove.

Sempre que alguém se dirigia a ela como tal, sentia uma grande necessidade de olhar em volta para ver com quem estavam falando. Ela nunca se sentira à vontade com a formalidade, mesmo de empregados ou funcionários. Era uma tola em considerar seriamente ir ao baile, onde não haveria nada além de formalidade.

— Lady Aslyn está?

Depois de conduzi-la para dentro, ele disse:

— Se você tiver a gentileza de esperar aqui, vou perguntar.

O que não fazia sentido. Ou ela estava, ou não estava. Ele não deveria saber? Ainda assim, esperou perto da porta enquanto ele se afastava. Poucos minutos depois, a esposa de seu irmão virou num corredor sorrindo brilhantemente, com os olhos azuis reluzindo de alegria e os braços estendidos.

— Gillie! Que visita maravilhosa!

Ela era bem mais alta que a cunhada, então teve que se abaixar consideravelmente para devolver o abraço que Aslyn ofereceu.

— Espero não a estar incomodando.

— Nunca! — Aslyn saiu de seu abraço. — Você avisou Mick que está aqui?

— Não. Na verdade, é com você que quero falar.

Lady Aslyn parecia encantada e confusa ao mesmo tempo, sem dúvida porque Gillie nunca havia deixado seus afazeres para passar um tempo com a filha do conde de Eames. Ela presumiu que não teria nada em comum com a cunhada e, embora gostasse muito dela, não achava que ela estaria interessada em discutir o processo de fermentação.

— Maravilhoso. Junte-se a mim na sala e pedirei para nos trazerem chá.

Ela seguiu Aslyn — que alertou um empregado próximo que desejavam tomar chá — até uma sala de estar e se sentou em uma cadeira, enquanto a anfitriã pareceu flutuar na dela, ajustando o posicionamento da saia larga de seu vestido listrado verde com numerosos babados e laços de tafetá, aspectos que seriam um obstáculo para se transportar barris no porão. O cabelo louro estava preso, com pequenos cachos lhe emoldurando o rosto. Gillie não queria considerar quanto esforço a mulher fazia para se arrumar para sair de casa, já que ela colocava tanto esforço em sua aparência apenas para permanecer dentro dela.

— Como tem passado? — perguntou Aslyn, e Gillie notou um verdadeiro interesse em seu tom de voz.

— Tenho estado ocupada com a taverna e tudo mais. Mick não aparece com tanta frequência desde que se casou.

Um leve rubor percorreu o rosto da cunhada.

— Também estamos um pouco ocupados.

Algumas noites atrás, Gillie poderia não ter adivinhado o que eles estavam fazendo, mas ela tinha uma boa ideia agora. Decidiu que poderia muito bem dizer a sua razão para estar aqui.

— Você conhece o duque de Thornley?

Aslyn piscou com aparente surpresa.

— Sim, eu o conheço há algum tempo.

— Eu o conheci recentemente, no dia do casamento dele, na verdade , ou o que deveria ter sido o dia do casamento...

— Ah, meu Deus! É ele o homem que Mick viu deixando sua residência? Seu irmão me contou sobre ele. Achou que era um mendigo.

Gillie explicou tudo o que aconteceu.

— Minha nossa! Eu não ouvi nada sobre isso. — Ela balançou a cabeça. — Bem, ouvi dizer que lady Lavínia adoeceu e vi o anúncio de que o noivado estava cancelado. Mas sabendo da verdade, o que realmente aconteceu, eu diria que não os culpo por manter tudo em segredo.

— Ele achou melhor. Não é algo de que um homem pode se gabar, não é?

— Você tem razão. Homens podem ser muito orgulhosos.

Ela sabia que seu irmão Mick estava nessa categoria. Na verdade, pensando bem, todos os irmãos estavam.

— Como resultado de tudo o que aconteceu, passei um tempo em sua companhia. — Ela clareou a garganta. Não entraria em detalhes. — Ele me convidou para um baile que sua mãe está planejando.

Aslyn sorriu.

— De fato. Que adorável! Mick e eu recebemos o convite para o baile da duquesa de Thornley há menos de uma hora.

Ela não podia deixar de ficar impressionada. Thorne trabalhava rapidamente quando queria algo.

— É desnecessário dizer que nunca fui a um baile, ainda mais um que envolvesse a nobreza. Pensei que talvez você pudesse me guiar, me dizer o que é esperado, o que acontece, para que eu saiba de tudo antes de chegar. Acredito que é muito importante me preparar para algo.

O sorriso de Aslyn cresceu.

— Bem, você vai querer um vestido de baile, é claro.

— Eu planejava visitar minha costureira esta tarde.

— Duas semanas não é muito tempo para se costurar um vestido. Talvez você deva considerar usar minha costureira. Ela tem ampla experiência em vestidos de baile.

— Não vou tirar moedas dos bolsos de Beth.

— Talvez pudéssemos conseguir que elas trabalhassem juntas. Mãos adicionais devem agilizar o trabalho.

— Sim, tudo bem. Quero que o vestido seja um pouco menos simples do que eu normalmente uso.

— Vamos garantir que seja lindo.

Ela não podia imaginar, mas essa era a razão pela qual ela estava ali.

— O que mais preciso saber?

— Suponho que Thorne vai querer dançar com você.

— Ele mencionou isso, sim. Pensei em pedir a Mick que me ensinasse a maneira correta de ser conduzida para não me envergonhar.

O irmão havia aprendido há muito tempo com sua amante viúva.

— Você não vai se envergonhar. Sabe fazer uma reverência?

— Nunca tive a necessidade de fazer.

— Você vai precisar fazer uma reverência para a mãe dele.

— Por quê?

— Porque ela é uma duquesa, é o baile dela, e ela é a mãe dele. E é o que se faz.

Gillie suspeitava que uma boa parte das próximas duas semanas seria gasta aprendendo a fazer as coisas simplesmente porque eram o que a nobreza fazia.

— Acho que devemos convidar Fancy para se unir a nós para que a eduquemos — falou Aslyn. — Como ela se formou recentemente na escola de bons costumes, deve ter muito a contribuir, provavelmente coisas que eu nem pensaria em ensiná-la, já que tudo é natural para mim.

— Tenho apenas algumas horas disponíveis todas as tardes. Ainda tenho minha taverna para cuidar.

— Vamos fazer dar certo.

Capítulo 22

Os dias passaram depressa demais e Gillie logo se viu encarando o lindo vestido de baile espalhado sobre a cama, a seda púrpura e o cetim brilhando à luz da lâmpada, o delicado bordado no corpete que devia ter levado horas para ser costurado. Nas últimas duas semanas, precisou provar o vestido inúmeras vezes, viu-o tomando forma à medida que várias costureiras trabalhavam nele, mas ainda assim estava admirada com todos os detalhes e com a ideia de que muito em breve ele enfeitaria seu corpo. Tinha sido entregue apenas naquela tarde e ela mal conseguia tirar os olhos dele, imaginando como ele brilharia quando dançasse com Thorne no salão do baile.

Desejava muito dançar com o duque. Ele vinha até ela todas as noites, mas nunca parecia ser o suficiente. Ela sempre queria mais uma noite, mais uma lembrança. Aquela noite seria diferente de qualquer outra que compartilharam.

Ela estava a poucos metros de distância da cama, onde uma variedade de seda e roupas íntimas rendadas também esperavam por ela. Aslyn fornecera uma lista da ordem em que os itens eram colocados, mas, ao examiná-la, parecia impossível concluir a tarefa no tempo restante antes que Mick chegasse com sua carruagem para acompanhá-la ao baile. Ela já tomara banho e não usava nada além de sua roupa de dormir, mas deveria ter começado a se vestir ao amanhecer. Por que as mulheres tinham que usar tanta coisa? Era como colocar uma armadura, o que ela supunha que as damas apropriadas faziam para garantir que não se envolvessem em comportamento impróprio. Um cavalheiro não poderia passar por tantos itens de roupa com rapidez a fim de alcançar as partes celestiais. Embora, caso conseguisse alcançá-las, supunha que sua determinação seria aplaudida.

Gostava bastante que Thorne não tivesse trabalho para tirá-la de suas roupas. Eles não se envolveriam em atos maliciosos naquela noite. Ela não deveria ficar tão desapontada, mas, ainda assim, ficou. Por outro lado, talvez ele aceitasse o desafio de provar que os receios dela estavam errados. Ela sempre poderia ter esperança.

A batida forte em sua porta a fez pular. Ela não tinha tempo para visitantes. A batida veio novamente com mais urgência. Com um suspiro, ela se dirigiu para a porta. Sem dúvida, algo estava acontecendo lá embaixo. Ela teria que vestir sua roupa de trabalho, cuidar do assunto — e, uma vez lá embaixo, outra coisa precisaria de sua atenção e, antes que ela percebesse, o baile teria acabado e ela não teria ido. Talvez fosse melhor assim.

Embora se sentisse preparada para a noite, o verdadeiro teste viria quando ela chegasse à residência de Thorne. Ela sabia todas as formas apropriadas de se dirigir a alguém, a quem deveria fazer uma reverência e a quem não deveria. Conhecia os tópicos aceitáveis de conversa — embora fossem chatos. Ela entendeu que suas opiniões podiam ser muito radicais para alguns. Com o passar dos anos, aprendeu a se misturar à clientela dentro de sua própria taverna. Ela poderia se misturar com os convidados do baile à noite.

Abrindo a porta, ela ficou boquiaberta ao ver a cunhada sorridente.

— Maldição! Já está na hora?

Por quanto tempo ficara olhando para o vestido em sua cama?

— Ainda não. Achamos que você poderia precisar de ajuda — explicou Aslyn enquanto passava por Gillie, seguida por Fancy e duas outras senhoras, empregadas, com base em sua roupa, carregando uma variedade de caixas.

— O que você está fazendo aqui? — perguntou Gillie à irmã.

Fancy sorriu.

— Eu queria ajudar.

— Você não vai colocar flores no meu cabelo. Eu já disse que não sou um maldito jardim.

Fancy havia prometido lhe decorar o cabelo com flores para o casamento de Mick. Uma das razões pelas quais ela não tinha ido fora o medo de parecer ridícula.

— Temos algo melhor.

A irmã foi até a mesa onde as criadas tinham colocado as caixas, abriu uma, enfiou a mão dentro dela e tirou o que parecia ser uma bola de cabelo vermelho escuro, quase mogno. Então, sorriu brilhantemente.

— É uma peruca. Aslyn me garantiu que as mulheres as usam o tempo todo. Foi um grande desafio encontrar o tom certo, mas acho que conseguimos. E trouxemos alguns enfeites de pérolas adoráveis para prendê-lo.

— Eu gosto do meu cabelo como é.

— Sim, mas...

Era bom para uma taverna, mas não para o baile de um aristocrata. E ela não queria envergonhar Thorne.

— Eu suponho que o vestido ficaria melhor se meu cabelo fosse mais longo.

— Nan consegue fazer magia em cabelos! — afirmou Aslyn, que tinha as próprias mechas loiras presas em um penteado leve com cachos balançando provocativamente aqui e ali.

Gillie supôs que Nan era a empregada que estava ocupada balançando a cabeça.

— Sim, tudo bem. Vamos ver como fica.

O processo foi horrível. Seus fios de cabelo foram esticados e puxados até ela ficar surpresa por eles permanecerem presos ao couro cabeludo. Mas não podia negar que, quando a peruca e os enfeites estavam no lugar, era difícil dizer que ela era uma mulher que usava o cabelo em um estilo mais adequado aos homens. Seu rosto estava emoldurado em delicados cachos que convidavam um cavalheiro a brincar com eles.

— Ah, você não está linda? — perguntou Fancy, com um suspiro.

— O peso é estranho. Eu não estou acostumada à minha cabeça ser tão pesada.

— Você vai se acostumar — assegurou Aslyn a ela. — Uma vez que o vestido estiver no lugar, estará tudo equilibrado.

Outra série de puxões e empurrões ocorreu enquanto camadas de roupas de baixo, incluindo um espartilho — um dispositivo tortuoso que tinha de ter sido inventado por um homem que desprezava as mulheres —, eram deslizadas por seu corpo. Ela mal conseguia respirar e seu peito corria o risco de escapar do decote. No entanto, quando colocou o vestido e ficou diante do espelho, Gillie relutantemente admitiu que talvez tudo valesse a pena. Embora nunca tivesse exposto tanto o seu corpo.

— Ah, Gillie! — sussurrou Fancy. — Ele não vai tirar os olhos de você!

— Eu duvido até que ele me reconheça, provavelmente vai pensar que não compareci. — Ela estava achando mais difícil respirar, e não tinha nada a ver com o maldito espartilho. — Eu vou fazer papel de boba e ele também, consequentemente.

— Não, você não vai — declarou Aslyn enfaticamente. — Além disso, Mick e eu estaremos lá com você e, se achar que está desconfortável, vamos embora. Entretanto, você deveria pelo menos fazer uma entrada.

Uma entrada.

— Sim. Agradecer à mãe dele pelo convite, dançar uma música com ele e sair. Isso deve ser o suficiente para a noite.

— O baile não terá muitas pessoas, porque a maioria das famílias já está no interior, por isso deve ser um ambiente bastante descontraído para você fazer sua estreia — disse Aslyn.

— Minha estreia? Não vou a nenhum outro baile depois desse.

Aslyn e Fancy trocaram olhares.

— Eu não vou — insistiu Gillie. Ela estava indo naquela noite porque ele a convidara e não queria desapontá-lo.

Ela quase caiu na escada ao descer, mesmo tendo levantado a saia. Imaginava se ainda havia algum pedaço de tecido sobrando na Inglaterra. Parecia que a costureira usara todos que encontrara. Ela queria odiar o vestido, cada centímetro dele, mas a verdade era que ele a fazia se sentir como uma princesa, que fazia todos aqueles sonhos e anseios de outrora ressurgirem. Ela estava feliz onde estava, contente com sua vida, e não queria mais nada.

No entanto, quando Mick, de pé ao lado de uma das carruagens que esperavam — a segunda, ela presumia, era para levar as empregadas e Fancy a suas respectivas residências —, sorriu em apreciação, ela não deixou de ficar feliz por ter aquela noite. Talvez toda mulher deveria ter uma noite de fantasia.

— Você está linda, Gillie — disse ele. — Espero que você guarde uma dança para mim.

Ela zombou.

— Como se alguém mais fosse me pedir para dançar.

— Tenho a sensação de que você vai se surpreender muito.

Ela duvidava daquilo. Virou-se para Fancy.

— Eu queria que você fosse.

A irmã sorriu.

— Estou planejando impressionar na próxima temporada. Terei dezoito anos e Mick me prometeu uma boa apresentação à sociedade. Enquanto isso, anote tudo o que você vir e me conte amanhã.

Com cuidado para não bagunçar o cabelo — era irritante ter que prestar atenção a esse tipo de coisa —, ela deu um abraço gentil em Fancy antes de se virar para Mick, dando-lhe a mão e apreciando o suporte enquanto ele a ajudava a entrar na carruagem. Ele ajudou sua esposa, que tomou seu lugar ao lado de Gillie, então subiu e se sentou na frente delas.

— Está nervoso, Mick? — perguntou ela, quando a carruagem começou a se mexer. — Será difícil para você esta noite?

— Eu ainda não fui abraçado por completo pela nobreza, mas tenho uma esposa com boa reputação entre os nobres, então não acho que vou receber muitos cortes.

— As pessoas sabem que você foi aceito pelo duque de Hedley — comentou Aslyn. — Eles não vão querer ofendê-lo.

— Ele não vai estar lá esta noite — lembrou Mick.

Gillie sabia que o duque e sua duquesa nunca faziam as rodadas sociais.

— Não, mas a ala dele estará, e vou denunciar quem for cruel. — Aslyn apertou a mão de Gillie. — Com qualquer um de vocês.

Embora estivesse tranquilizada pelas palavras da cunhada, também estava bastante ansiosa. Haveria muitas pessoas presentes que ela não conhecia. Teria que prestar muita atenção durante as apresentações para garantir que se dirigisse a elas corretamente. Entretanto, tudo o que importava era a única pessoa que conhecia. Esperava que Thorne ficasse satisfeito com todo o esforço que ela tivera para parecer aceitável àqueles que eram importantes para ele.

Gillie não deveria ter ficado surpresa ao descobrir que a residência de Thorne era várias vezes o tamanho de sua pequena taverna — e era isso que podia perceber enquanto a carruagem lentamente subia o caminho da entrada, com uma fila de outras carruagens circulando, pessoas descendo e entrando na casa. Respirando fundo, ela se lembrou de que não eram melhores que ela.

— Ele parece ter uma boa casa.

— É apenas tijolo e madeira — afirmou Aslyn.

— Muitos tijolos e muita madeira. Sobre o que falarei com essas pessoas?

— Sobre o clima, a maior parte do tempo — respondeu Aslyn.

Gillie riu.

— Como os negócios são bons quando o dia está quente, mas melhor ainda quando os ventos frios sopram porque as pessoas procuram abrigo?

— Algo parecido. Apenas confie em nossas conversas fictícias se você estiver tendo problemas. Você foi muito bem nelas.

Aslyn a orientara sobre uma gama de tópicos, forçando-a a discutir assuntos sobre os quais ela não tinha interesse, como se estivesse fascinada pelos temas, praticando horas seguidas.

O carro finalmente parou em frente aos largos degraus — com um enorme leão reclinado em cada extremidade — que levavam a duas portas abertas com um empregado de pé em cada lado. Outro empregado deu um passo à frente e abriu a porta da carruagem. Aslyn enfiou a mão na luva e permitiu que ele a ajudasse a descer. Gillie seguiu seu exemplo, esperando que precisasse de ajuda por grande parte da noite. Mick desceu.

— Vamos entrar? — perguntou ele.

Agora que estava realmente ali, Gillie estava bastante ansiosa para ter um vislumbre do mundo de Thorne. Seguiu o irmão e a cunhada pelos degraus até a entrada. Uma vez acima do patamar, ela parou abruptamente na enorme sala e nas escadarias de mármore preto que subiam em ambos os lados. As paredes eram tomadas por retratos, tantos deles que Thorne deveria ser capaz de rastrear sua ancestralidade até Adão e Eva. Ela não conseguia entender aquilo — saber como era a pessoa que viera antes de você, e a que viera antes dela, e a anterior, também. Conhecer as características da pessoa com quem se casaram, a cor dos cabelos. Ver os próprios olhos castanhos e profundos, o formato do nariz e a mandíbula forte em tantos outros. Ela nunca tivera isso, nunca sentira necessidade disso, e ainda assim não podia deixar de acreditar em como seria maravilhoso ter todo esse conhecimento.

— Gillie? — perguntou Mick, gentilmente, tirando-a de seu devaneio.

— Desculpe. É muito para absorver.

Além de todos os retratos, havia estátuas e vasos, alguns vazios, alguns transbordando de flores. Havia mesas e cadeiras e — meu Deus, aquilo era uma armadura?

Eles entraram em uma sala onde havia tantos sofás, cadeiras e pequenas mesas que era de admirar que alguém pudesse se mover por ela. Uma empregada levou seu manto, junto com o de Aslyn e o chapéu seu irmão, antes de direcioná-los a uma porta na extremidade do enorme cômodo. Havia menos retratos ali, mas muitas pinturas do campo. Singular e harmonioso. Ela podia se imaginar encontrando alguma paz nessa sala.

Saindo pela porta, entraram em um corredor largo e seguiram por ele até que outro criado apontou em direção a uma escada.

— É preciso um mapa para morar aqui — murmurou ela, quando começaram a subida.

— Você aprende o caminho muito rapidamente — garantiu Aslyn.

— Você cresceu em uma casa como esta? — perguntou Gillie.

— Muito parecida.

— É grandiosa, mas também parece um desperdício.

Ela não podia imaginar todos os anos e todas as moedas que foram necessários para encher as salas com *coisas*. Era muito melhor enchê-las de pessoas, o que ela supunha ser o motivo pelo qual os nobres davam bailes, jantares e outros eventos extravagantes.

Ao se aproximarem do topo da escada, ela ouviu música, uma música adorável, suave e lenta, vindo de uma porta aberta pela qual as pessoas se revezavam para atravessar. Ela dançaria, pelo menos uma vez, uma música como aquela. Talvez pudesse encontrar uma caixa de música para tocar a melodia para ela sempre que quisesse se lembrar daquela noite.

Então, eles cruzaram o limiar. Um sujeito alto vestido de uniforme vermelho perguntou seus nomes e, quando se afastou deles, sua voz ecoou:

— Lady Aslyn e o sr. Mick Trewlove. Srta. Gillian Trewlove.

Ela começou a descida em uma enorme sala de espelhos, flores, candelabros, varandas...

E ele.

Thorne esperava no final da escada, com o antebraço apoiado em uma coluna de suporte, o sorriso somente para ela. Ela sabia disso tão claramente quanto sabia que precisava respirar para viver — mesmo que, no momento, estivesse difícil encontrar ar. Ele estava lindo, simplesmente lindo, com um fraque preto, colete de brocado branco, camisa branca e gravata preta. E havia uma corrente de ouro pendurada de um botão em um pequeno bolso onde ela não tinha dúvida de que seu relógio estava aninhado, exatamente onde deveria. Todas as horas de preparação com provações do vestido e aulas de valsa de repente valeram a pena, apenas para poder olhar por alguns minutos para ele em toda a sua glória.

Ele ofereceu a mão para ela, a mão enluvada de branco estendida em direção a ela. Sem pensamento ou propósito, ela colocou a mão enluvada na dele, odiando que qualquer pano os separasse. Os dedos se fecharam ao redor dos dela com tanta certeza que todas as dúvidas que ela possuía sobre estar ali se dissiparam.

— Srta. Trewlove — disse ele, em voz baixa, levantando a mão à boca, pressionando um beijo quente e demorado lá. — Estou muito feliz por ter vindo.

— Estou feliz também.

Ele sorriu.

— Mentirosa.

— Não. É verdade. — Ela olhou ao redor. — É tudo tão magnífico. — Os olhos castanho-esverdeados voltaram para ele. — Você está magnífico.

Os olhos escuros brilhavam de prazer, mas ela não achava que tivesse algo a ver com seu elogio, e sim com sua presença. Como ele era capaz de fazê-la formigar apenas estando próximo?

Soltando a mão dela, ele desviou o olhar para o casal.

— Lady Aslyn.

— Thorne. Acredito que você conheceu Mick.

— De fato. Parece que o casamento fez bem para os dois.

— Estou gostando muito — falou Aslyn, claramente à vontade com o duque. — Sinto muito que suas próprias núpcias não saíram como planejado.

— Eu não. — Tomando a mão de Gillie novamente, ele enfiou-a na curva de seu braço. — Venha. Minha mãe está ansiosa para encontrá-la novamente, Aslyn, e conhecer dois novos membros de sua família.

Se a mulher com uma postura tão rígida quanto uma pedra que não estava muito longe era a mãe de Thorne, então Gillie duvidava que a duquesa ansiava por qualquer coisa em sua vida. Ela estava parada como um modelo para a escultura de um busto para a proa de um navio, uma figura que sem dúvida afugentaria os piratas mais covardes. Thorne passou os dedos sobre os de Gillie, onde ainda descansavam na curva do cotovelo, oferecendo-lhe uma confiança que ela não precisava. Lidara com aqueles olhares duros e desaprovadores durante toda a sua vida e sabia que a melhor maneira de encará-los era oferecer a mera sugestão de um sorriso, como se abrigasse um delicioso segredo que o outro morreria para saber.

A duquesa olhou-a criticamente, um tanto desconfiada, antes de voltar sua atenção para outro lugar.

— Lady Aslyn.

— Sua Graça — disse Aslyn, docemente, com uma profunda e graciosa reverência. — É um prazer vê-la tão bem.

— É gentil de sua parte dizer isso. — Ela apertou os dedos na frente dela. — Este deve ser seu marido.

— Sim. Permita-me apresentar Mick Trewlove.

Ela empinou o nariz de forma arrogante como se sentisse o cheiro de algo desagradável.

— Sr. Trewlove.

Ele inclinou a cabeça ligeiramente.

— É um prazer, Sua Graça.

Ele não pegou a mão dela, sem dúvida porque não tinha certeza de que poderia desatar os dedos firmemente enrolados.

— Mãe, eu gostaria de apresentá-la à srta. Gillian Trewlove — declarou Thorne, formalmente.

Pareceu levar anos para a mulher finalmente virar a cabeça para Gillie.

— Srta. Trewlove.

Pelo tom de sua recepção, era possível dizer que a duquesa havia acabado de ser apresentada ao esterco de um cavalo.

— Eu estava ansiosa para conhecê-la, Sua Graça — disse Gillie, tão educadamente quanto possível, quando, na verdade, queria muito bater na mulher que não estendera a pequena mão roliça ao irmão.

Com um barulho de nariz, a duquesa franziu os lábios.

— Percebo que você, sem dúvida, não é familiarizada com questões de nobreza, pois deveria fazer uma reverência diante de mim.

— Mãe...

Gillie ouviu o descontentamento na voz de Thorne, o alerta, e apertou seu braço onde ela ainda o segurava antes que ele pudesse continuar. Nunca precisara de alguém para protegê-la, não precisava disso agora. Praticara durante horas para dominar o quanto deveria se inclinar, para baixo dos olhos dela, expressando respeito. A rainha da Inglaterra não teria encontrado defeitos em seu esforço se o visse.

— Eu não faço reverências — explicou Gillie de forma baixa e gentil, mas com bastante rispidez em sua voz para marcar o assunto como indiscutível.

A duquesa de Thornley apenas piscou como se de repente tivesse perdido o rumo.

— Perdão?

— Eu não faço reverência para uma pessoa sem saber se ela é digna dessa honra. Lady Aslyn a conhece e sente que merecia fazer-lhe reverência. Talvez, quando nos conhecermos melhor, eu sinta o mesmo.

— Eu sou uma duquesa.

— Sou dona de uma taverna. Suspeito que estamos ambas acostumadas a dar ordens às pessoas.

— Oras, sua impertinente...

— Mãe, eu prestaria atenção na própria língua se fosse você — disse Thorne, bruscamente, mas de forma baixa para que ninguém por perto pudesse ouvir. — Lembre-se de que eu controlo sua mesada.

Com uma respiração profunda, sem dúvida necessária para se acalmar, ela olhou para o filho.

— E você sabe do seu dever.

— Sim. Agora, se nos der licença, pretendo dançar uma valsa com a srta. Trewlove.

— E com todas as jovens do baile que podem se casar.

Como se Gillie não entrasse nessa categoria — o que, claro, era verdade. Ela não ia entregar tudo o que tinha trabalhado tanto para conquistar para um homem — e a lei inglesa, que nunca tinha feito nenhum favor a ela ou aos irmãos, a tornaria um pouco mais que um bem, dando a única propriedade que tinha para o marido. Ela não ia permitir que um homem determinasse sua *mesada* ou qualquer outra coisa sobre ela. Queria um relacionamento em termos iguais, o que significava um fora dos laços do matrimônio. Talvez a mulher que lhe dera à luz sentisse o mesmo, talvez tivesse sido determinada e disposta a enfrentar quaisquer consequências que lhe ocorressem. Gillie não deixou de imaginar como seria o retrato dela.

Thorne conduziu-a até a beira da pista de dança reluzente, onde os casais valsavam de um lado para o outro.

— Sinto muito — murmurou ela. — Eu simplesmente não podia dar a ela a satisfação de uma reverência, não enquanto ela olhava para Mick com um nariz tão empinado.

— Estou feliz que você não o fez.

Ela virou a cabeça para encontrá-lo olhando para ela, com ternura em seus olhos. Levantando uma mão enluvada, tocou levemente as pontas dos dedos na bochecha dela.

— Ela foi abominável. Se eu soubesse que deixaria os bons modos no quarto, não teria exposto você a ela. Mas você lidou com ela admiravelmente.

— Não achei muito diferente de lidar com um bêbado. Nunca dê satisfação.

A risada dele ecoou ao redor. As pessoas por perto voltaram sua atenção para eles — até alguns dos casais dançando deram uma olhada.

— Ela ficaria chocada por ser comparada a alguém embriagado.

Gillie deu de ombros.

— Todo tipo de pessoa entra em uma taverna. Alguns trazem seus problemas, alguns, as alegrias. Outros, obstinação. Aprendi rapidamente que nunca desistiriam do que traziam consigo. Sua mãe não é uma mulher feliz.

— Ela é mais feliz quando está infeliz.

— Que maneira triste de viver.

— Concordo totalmente. O que você fez com o seu cabelo?

Ela desejou que ele tivesse levado a mudança abrupta da conversa em outra direção. Revirando os olhos, ela confessou:

— É uma peruca. Ideia de Fancy. Eu sinto que vai cair a qualquer momento e os cães vão vir correndo, pensando que é uma raposa.

— Não há cães aqui. Na minha propriedade, no entanto, temos em abundância. Espero que mude de ideia e vá comigo, um dia.

— É tão elegante quanto esta casa?

— Mais ainda. — A música parou. Ele ofereceu o braço. — Pronta para a nossa valsa?

— Mais que pronta. — Colocando a mão na dele, ela mal podia acreditar que realmente dançaria com ele. Lutou para ignorar os olhares, os sussurros. Parecia haver tantos deles, pessoas imaginando quem ela era, por que ela estava com ele. — Por que me convidou? — perguntou quando chegaram ao centro da pista de dança.

— Há razões demais para enumerar cada uma — disse, enquanto os primeiros acordes da música começaram e ele a pegou nos braços, guiando-a sobre a madeira polida.

Gillie pensou que, mesmo se não tivesse praticado infinitamente com Mick como parceiro, ainda seria capaz de dançar com Thorne sem pisar em seus pés ou dar um passo em falso. Era como se cada aspecto de seu corpo estivesse em sintonia com o dele, como se ela pudesse segui-lo até os confins da terra sem tropeçar uma única vez.

— Você não está muito confortável aqui — afirmou ele, solenemente.

— Não é você — assegurou ela. — É o vestido. É muita pele exposta.

— Está com frio?

— Não, mas as pessoas estão olhando, e elas podem ver muito de mim. Não estou acostumada a isso.

— Eles estão olhando, sem dúvida, porque nunca viram tanta beleza. Contudo...

Ele parou abruptamente, soltou-a e tirou o paletó.

— O que você está fazendo? — questionou ela, atordoada quando Thorne começou a vesti-la com a peça.

— Eu não me importo com o seu cabelo, Gillie. Quer seja curto ou longo, não importa para mim. — Ele colocou o paletó em volta dela e colocou os braços no lugar. Puxando as lapelas, encarou-a. — Eu não me importo com o que você está vestindo. Você poderia estar vestindo um saco de batatas que não faria diferença para mim. Você não está confortável com tanta pele exposta? Então, não vamos deixá-la exposta.

Ele enfiou furtivamente uma mão por baixo do paletó, colocou-a nas costas dela, pegou a outra mão dela e a conduziu de volta à valsa.

— As pessoas estão olhando ainda mais agora.

— Eu não poderia me importar menos. Você está mais confortável?

Ela odiava admitir uma fraqueza.

— Sim.

— Ótimo. Estou mais confortável também. E já que perdemos alguns passos dessa música, teremos que dançar a próxima também.

Ela desejou que ele não tivesse sido tão atencioso, não tivesse notado seu desconforto e, em seguida, decidido resolver o problema com as próprias mãos para fazê-la se sentir mais à vontade. As ações de Thorne causaram sentimentos estranhos em seu coração, fizeram com que ele apertasse com tanta força que seus olhos arderam.

— Obrigada.

— O prazer é meu, princesa. Cuidar de você é sempre um prazer para mim.

Capítulo 23

Thorne suspeitava que, do outro lado do salão, alguém estivesse tentando despertar sua mãe de um desmaio. Não se importava em parecer ridículo por dançar com uma mulher que estava vestindo um paletó. A única coisa que importava era Gillie.

Ele tinha sido um imbecil egoísta ao fazê-la ir ao baile, mas queria dançar com ela, e a ideia de uma noite sem ela era deploravelmente desagradável. Quando passar um dia sem vê-la havia se tornado puro tormento?

E ele queria exibi-la, apresentá-la ao mundo. Se ela fosse qualquer outra dama, as pessoas o veriam conversando com ela em bailes, jantares e recitais. Elas o veriam passeando pelo parque ou em um passeio de carruagem. Mas tudo com ela era novo, excitante e muito diferente de qualquer coisa que vivera antes.

— Eu gostei do vestido — ele se sentiu obrigado a dizer. — A cor combina com você.

— Eu tive que colocar mil roupas de baixo para fazer tudo caber e se encaixar corretamente. Ser uma dama é muito trabalhoso.

— Aprecio o esforço.

— Aprecio que você cobriu tudo.

— Mas, na minha mente, ainda posso ver cada centímetro. O vestido é bem provocativo. Dá vontade de passar a boca onde o tecido encontra a pele.

As bochechas de Gillie ficaram rosadas, sugerindo um rubor.

— Os senhores não deveriam mostrar a pele também?

Thorne ergueu as sobrancelhas.

— Isso seria interessante, não seria? Embora eu não ache que parecemos tão atraentes quando nossa pele está um pouco exposta.

Gillie olhou ao redor. Menos pessoas prestavam atenção, e ele esperava que, quando terminassem a segunda dança, ela estivesse confortável o bastante para devolver o paletó. Embora não se importasse com o que ela usava, não podia negar que apreciava muito a forma como o vestido lhe moldava o torso, o modo como exibia os ombros e o pescoço descobertos.

— Se eu morasse em uma casa como essa, acho que sempre me preocuparia em não derrubar as coisas e quebrá-las — comentou ela.

— Você se acostuma ao lugar das coisas. Eu provavelmente poderia caminhar pela residência dormindo sem esbarrar em nada.

— Eu vi uma armadura no corredor da frente.

Ele assentiu.

— Pertencia ao primeiro duque. É claro que ele não era um duque até ter que usar a armadura e lutar por um rei, de forma espetacular, se acreditarmos na lenda.

— Você conhece todos os seus antepassados — disse ela, com admiração.

— Não aqueles antes dele, o que sempre achei uma vergonha. Eu suspeito que eram os mais interessantes de todos.

— E a família da sua mãe? Você sabe sobre ela também?

Achava interessante Gillie não ter hesitado em perguntar sobre a mãe dele, mesmo que a duquesa tivesse demonstrado um comportamento abominável quando foram apresentadas.

— Algumas gerações. O pai dela era um conde. O irmão detém o título agora.

— Ele está aqui?

— Não. — Thorne não ia se casar com uma de suas primas, então seu tio não se incomodou em viajar para o baile que sua mãe insistiu em fazer fora da temporada. — Eu suspeito que ele está caçando perdizes agora.

A música terminou. Ele desejou poder reivindicar uma terceira dança, mas isso faria as pessoas olharem, e especulações sobre ela começariam a rondar a festa. Ele tinha certeza de que já estavam rondando, mas não tinha vontade de manchar a reputação de Gillie — e dar-lhe muita atenção terminaria nisso.

— É com muito pesar que preciso dar atenção aos meus outros convidados — disse ele. — Vou acompanhá-la ao seu irmão.

— Você vai precisar de seu paletó. Não seria apropriado cumprimentá-los sem ele.

— Eu posso ir até o andar de cima buscar outro.

Gillie abriu um sorriso tão doce que ele quis mandar todos os convidados embora para que pudesse passar o tempo apenas em sua companhia.

— Eu posso pegar meu xale se começar a sentir aqueles arrepios de novo.

Ajudou-a a tirar o paletó e o vestiu. Ela endireitou as lapelas, um ato íntimo e pessoal, que o fez desejar que ela pudesse fazer isso todas as manhãs de sua vida.

— Você é muito bonito.

— Saiba que, se as mulheres estão olhando para você, elas estão fazendo isso com inveja, pois ninguém usa um vestido tão bem quanto você. Se os senhores estão olhando para você, saiba que eles estão fazendo isso com desejo. Assegure-se de que eles não a segurem muito perto enquanto dançam ou posso ter que desafiá-los a um duelo para proteger sua honra.

— Eu posso proteger minha própria honra, obrigada.

— Eu não tenho nenhuma dúvida disso, mas isso não significa que você deveria ter que fazê-lo.

Oferecendo o braço dele, levou-a até a beira da pista de dança, onde seu irmão a esperava. Mick Trewlove era um sujeito intimidador. Mesmo que Thorne não o tivesse visto, ele teria sentido o olhar enterrado sobre si. Quando chegaram a ele, Thorne pegou a mão de Gillie e beijou-lhe os dedos, relutando em deixá-la.

— Eu gostaria de reivindicar a última dança.

Assentindo, ela escreveu o nome dele no cartão de dança. Com isso, ele se virou para cumprir seu dever.

Foi com um pouco de pesar que Gillie o viu se afastar. Com base no número de danças listadas em seu cartão, demoraria um pouco até que ela falasse com ele novamente.

— Você parece bastante confortável com ele. Ele está cortejando você? — perguntou Mick.

— Não seja idiota. — Durante todas as horas que ele a ensinara a dançar, mantivera as opiniões para si mesmo, não a interrogara para determinar por que ela havia sido convidada para o baile de uma duquesa. — Embora ele seja o homem que entrou em sua carruagem...

— Eu deduzi isso, muito obrigado. Você tem visto ele desde então?

— É complicado.

— Não aceitarei que ele tire proveito de você.

— Não aceitarei isso também. Onde está sua esposa?

Ele riu baixo, sabendo muito bem que ela estava tentando mudar de assunto.

— Conversando com quem conhece. Nós devemos procurá-la agora que terminou de dançar.

Entretanto, não tiveram que procurá-la pois a avistaram meio minuto depois andando em sua direção, com um cavalheiro caminhando ao lado dela. Gillie percebeu o irmão endurecer, sem dúvida com ciúme porque outro homem estava próximo a sua esposa.

— Não vai favorecer nenhum de nós se você der um soco na cara dele — alertou.

— O pensamento nem passou pela minha cabeça.

— Mentiroso.

Ela sorriu quando eles se aproximaram, e o cavalheiro — o topo de sua cabeça nem chegava ao ombro dela — corou.

Quando chegou perto, Aslyn imediatamente colocou a mão no braço de Mick, sem dúvida também consciente da tensão que irradiava dele.

— Lorde Mitford queria ser apresentado. — Elegantemente, ela se virou para o homem ao lado dela. — Meu senhor, permita-me a honra de apresentar meu marido, Mick Trewlove, e sua irmã, a srta. Gillian Trewlove. O conde de Mitford.

— O prazer é meu — disse o conde. — Sempre achei nossos assuntos muito restritos e estou sempre intrigado quando encontro alguém que não nasceu em nossas fileiras. Estou familiarizado com o seu sucesso, sr. Trewlove. Muito bem, eu digo.

— Obrigado, meu senhor — disse Mick, embora não parecesse particularmente grato pelo elogio. — Minha irmã é um sucesso por si só.

— De fato. — Ele se virou para ela. O sorriso dava graça ao rosto desinteressante. Gostou imediatamente dele. — Como você conseguiu o seu sucesso, srta. Trewlove?

— Com trabalho duro.

Ele riu.

— Eu me atrevo a dizer que fiz a pergunta sem saber o contexto. O que faz, se posso perguntar?

— Sou dona de uma taverna.

— Que intrigante! Eu não suponho que você seja gentil a ponto de me honrar com a próxima dança.

— Eu ficaria encantada.

— Esplêndido! Vamos? — Ele começou a oferecer o braço, mas parou e olhou para Mick. — Se isso for agradável para o seu irmão.

— Gillie não precisa de minha permissão — afirmou Mick. — Ela faz o que quer.

— Que intrigante! É independente, srta. Trewlove?

— Costumo ser, sim.

Ele ofereceu o braço mais uma vez, não hesitando dessa vez.

— Você deve me contar tudo sobre sua taverna durante a nossa dança.

A próxima música começou, e ela se viu dançando pela pista de dança com ele. Ele não era tão talentoso quanto Thorne, mas ela tinha que admitir que poderia ser tendenciosa. O lorde fez uma série de perguntas, e dizia "Que intrigante!" a cada resposta que recebia antes de fazer o próximo questionamento. Até que, finalmente, ela perguntou:

— O senhor vai a muitos bailes, milorde?

— Pisei em seus dedos tantas vezes que as minhas graças sociais estão sendo postas em causa?

Houve um brilho no olhar dele.

— Não, milorde, mas o senhor parece um pouco nervoso.

— Você está certa. Para grande decepção da minha família, eu preferia estar lendo um livro, mas minha irmã queria comparecer essa noite e, como minha mãe estava se sentindo mal, foi-me permitido acompanhá-la. Ela tem grandes esperanças de atrair a atenção do duque de Thornley e, finalmente, tornar-se sua duquesa.

Gillie sentiu o estômago se contrair e, de alguma forma, conseguiu não tropeçar.

— Eu suponho que muitas das damas estão aqui essa noite esperando por isso.

— De fato. No entanto, depois de observar a maneira pela qual o duque olhou para você enquanto dançava com ele, eu sinceramente espero que ela falhe em seus esforços. Ela não ficaria feliz se casada com um homem que ama outra pessoa.

Ela balançou a cabeça.

— Você está enganado. O duque e eu somos apenas amigos.

— A vantagem de ser um papel de parede, srta. Trewlove, é que você se torna um observador atento. Posso lhe apresentar a minha irmã? Acho que ela pode se beneficiar ao conhecê-la.

Quando a dança terminou, ele de fato a apresentou a sua irmã, lady Caroline, e duas de suas amigas, as damas Georgiana e Josephine.

— A srta. Trewlove é uma mulher de negócios — contou ele. — Uma mulher independente.

— Que intrigante! — exclamou lady Caroline, enquanto suas amigas assentiam. — Você é uma costureira, então?

— Não. Sou dona de uma taverna.

Os olhos das mulheres se arregalaram.

— Escandaloso! — proferiu lady Georgiana. — Totalmente escandaloso!

— No entanto, é intrigante — disse lady Caroline, e Gillie começava a suspeitar que a mulher e o irmão levavam vidas chatas, pois achavam tudo "intrigante". — Atrevo-me a dizer, Mitford, que teremos de devolver a srta. Trewlove ao seu acompanhante em segurança, se quiser ir embora.

— Eu não quero ser rude — afirmou ele.

— Na verdade, tenho idade para não precisar de um acompanhante. Posso cuidar de mim mesma, milorde. Obrigada pela dança.

— O prazer foi meu, srta. Trewlove. — E ele foi embora.

— Conversar é uma tarefa difícil para ele — explicou lady Caroline. — Estou impressionada, srta. Trewlove, por ter conseguido deixá-lo tão à vontade que ele não gaguejou. Agora vai procurar um canto para ler o pequeno livro que guardou no bolso.

— Achei seu irmão encantador, lady Caroline. Ele se importa imensamente com a senhora.

— E eu com ele. Então, como conheceu Thornley?

A sra. Smythson ensinara a Gillie que ninguém fazia perguntas pessoais, e a de lady Caroline parecia bastante pessoal. As mulheres do grupo eram mais garotas do que mulheres, então talvez ainda não tivessem aprendido todas as sutilezas apropriadas. Na verdade, pareciam ser um pouco mais velhas do que os dezessete anos de Fancy. Teve dificuldades em imaginar Thorne com qualquer uma delas, mas isso sem dúvida era estimulado por ciúme. Aquelas meninas eram casáveis, ela não era.

— Nossos caminhos se cruzaram uma noite perto da minha taverna.

— Conte-nos mais sobre sua taverna — exigiu lady Georgiana. — Como você a conseguiu?

— Bem, eu comprei.

— Por quê? — perguntou lady Josephine.

— Porque sou um pouco teimosa e acho que trabalhar para os outros é desagradável.

Apesar de os Smythson serem justos com ela, Gillie desejava estar no comando das coisas.

— Mas o tipo errado de gente vai às tavernas — apontou lady Caroline.

Inclinando a cabeça em surpresa, Gillie segurou o olhar da mulher.

— Trabalhadores, mercadores, marinheiros. Suspeito que muitos dos senhores aqui param de vez em quando numa taverna. Vocês consideram o duque de Thornley uma pessoa íntegra?

— Não seja ridícula. Claro que consideramos.

— Ele já visitou minha taverna. Assim como meu irmão. Ele é dono de um hotel e de muitos prédios e outros negócios.

— Ele é tão rico quanto Croesus, pelo que ouvi — comentou lady Georgiana. — Você é rica também, srta. Trewlove?

As outras jovens ofegaram.

— Georgie!

A moça bateu a mão sobre a boca.

— Minhas desculpas, srta. Trewlove! Eu esqueço dos bons modos. Você não tem um ar de superioridade, o que faz com que a conversa seja fácil.

— Não estou ofendida, lady Georgiana. Já me perguntaram coisas piores.

— Ainda assim, fui rude além da medida. Que clima agradável que estamos tendo ultimamente, não é?

Gillie sorriu de modo conspiratório.

— Você realmente gosta de falar sobre o clima?

— Detesto! Prefiro falar sobre você. Deve ter uma liberdade incrível.

— Posso fazer o que eu quiser, mas basicamente trabalho porque gosto que as pessoas venham para minha taverna no final do dia para relaxar. Sirvo cerveja para elas, e elas me contam seus problemas, e então os meus se tornam insignificantes.

— Meus problemas sempre parecem tão grandes, talvez eu deva abrir uma taverna — afirmou lady Josephine.

— Não seja tola, Josie — disse lady Caroline. — Você está destinada a casar, minha garota.

Como se magicamente atraídos, três senhores se aproximaram. Lady Caroline apresentou Gillie a um marquês, um conde e um visconde. Então, os cavalheiros escoltaram as damas para a pista de dança. Gillie virou-se e encontrou Aslyn a seu lado.

— Eu estava vigiando no caso de precisar intervir, mas tudo parecia correr bem — falou a cunhada.

— Eu sou uma curiosidade.

Aslyn sorriu.

— Assim como eu. A filha de um conde que se casou com um plebeu. As pessoas falam comigo como se não tivessem mais certeza de quem eu sou.

— Sinto muito por ter vindo por minha causa.

— Por sua causa e por causa de Mick. Apesar de afirmar o contrário, ele ainda tem o desejo de ser aceito pela nobreza. Participar de eventos como este acabará levando a essa aceitação. — Ela passou o braço pelo de Gillie. — Então, vamos nos misturar e acelerar esta aceitação.

Aslyn apresentou-a a várias outras garotas e, embora cada nome fosse precedido pela palavra "lady", Gillie não conseguia enxergá-las como nada além de moças. Eram tão jovens. Ela alguma vez em sua vida parecera tão inocente, tão nova?

Gillie não se sentia confortável quando era o assunto da conversa, embora, como a irmã de lorde Mitford e suas amigas, as moças parecessem intrigadas com sua independência, mas sempre se sentia grata quando a conversa se desdobrava em outros assuntos. Inevitavelmente, falavam sobre o quanto lorde F era bonito ou o quanto lorde G poderia ser engraçado ou o quanto lorde K era espirituoso. Embora não tivesse nada de importante para contribuir para essas conversas, sabia que ficaria louca se passasse todas as noites conversando sobre nada além de atribuições de cavalheiros.

Aquelas damas estavam em busca de um marido, e talvez fosse assim que as coisas funcionassem. O que ela sabia era que os atributos individuais que as moças elogiavam em outros homens estavam todos reunidos em Thorne. Que ele tinha a atenção e o anseio dos jovens corações. Que nenhuma delas hesitaria ao ser pedida em casamento por ele.

Que o tempo que Thorne permaneceria com ela seria curto.

— Fico feliz em saber que ainda está aqui — disse Thorne em voz baixa, enquanto caminhavam pela trilha do jardim, onde uma tocha ocasional fornecia um pouco de luz.

Ele a convidara para dar uma volta pelos jardins e, como ela estava livre pelas próximas músicas, aceitou de bom grado. Três outros cavalheiros se aproximaram de Aslyn para serem apresentados e tiraram Gillie para dançar. Embora ela gostasse de dançar pelo salão, ninguém mais lhe dava tanto prazer quanto Thorne. Então, estava feliz por estar disponível para passear no jardim com ele. Era um tormento vê-lo dançar com uma mulher atrás da outra, mesmo quando ela entendia que era esperado que ele o fizesse.

Assim que saíram, ele colocou o paletó sobre os ombros dela, e Gillie ficou grata pelo calor que percorreu sua pele. Talvez houvesse uma vantagem em estar tão exposta, afinal.

— Falar com riquinhos não é tão desgastante como eu pensava que seria, especialmente quando posso mudar o assunto da conversa do clima para bebidas. Até as damas parecem ficar intrigadas com a ideia da minha liberdade.

— Eu diria que você fará todas desejarem ter o próprio negócio, se não tivermos cuidado.

— Isso seria uma coisa tão horrível?

— A esposa de um senhor tem uma boa dose de responsabilidade: supervisionar a administração de várias casas, dependendo de quantas propriedades seu marido possui; fazer visitas matinais, o que pode parecer trivial, mas que criam alianças pelas quais seus maridos se beneficiam. Elas exercem um grande poder sobre a sociedade, o que não deve ser desconsiderado. Elas também estão envolvidas em obras de caridade. Quem faria tudo isso se estivesse ocupada com negócios?

Ocupada com negócios como ela era.

— Parece impressionante, mas acho que você subestima o quanto elas poderiam supervisionar.

— Talvez. Por outro lado, elas também precisam produzir um herdeiro e mais um adicional.

— Entendo porque você precisa de um filho, mas uma criança deve ser desejada por mais que isso.

Gillie não achava que ele tinha sido desejado por outro motivo. E uma esposa deveria ser desejada por mais que terra e seu ventre.

— Você parece ter captado a atenção de alguns senhores. Notei que não sou o único com quem você dançou.

— Nem eu sou a única com quem você dançou.

— Verdade. É obrigação da minha parte.

— Para passar o tempo, da minha parte, até a valsa final da noite chegar — respondeu, provocativamente.

O sorriso dele brilhou na escuridão.

— Srta. Trewlove, eu acredito que você domina a arte do flerte.

— Eu só falo o que está em minha mente.

— Eu gosto disso em você, Gillie. Sempre gostei.

Eles caminharam em silêncio por vários minutos e ela quase podia imaginar fazer isso todas as noites em vez de sentar nos degraus da escada.

— Você deveria ver esses jardins à luz do dia — disse ele. — São muito coloridos.

— Têm um cheiro adorável.

— Por aqui, o cheiro é ainda melhor.

Ele a conduziu para fora da trilha, através de um labirinto de cercas vivas onde nenhuma chama dançava em tochas para lhes mostrar o caminho. Ela imaginou que, quando menino, passara por eles muitas vezes, fingindo ser um explorador ou, talvez, escapando das rígidas exigências dos pais.

— Seu pai era tão distante quanto sua mãe? — perguntou ela.

— Você é gentil com as palavras. Ela é dura e espinhosa. Lembro-me de meu pai sendo rigoroso e severo, mas não lembro de ele ser intencionalmente cruel. Mas, depois que adoeceu, nunca mais foi o mesmo.

— Não deve ter sido fácil.

— Mas nós continuamos, não é?

Eles tinham isso em comum. Chegaram a um beco sem saída. O luar brilhava fracamente ao longo do topo de uma alta parede de tijolos. De repente, Gillie viu-se de costas para uma parede, com o paletó protegendo sua pele de qualquer arranhão, enquanto sua boca era possuída por Thorne com segurança e propósito. Passou os braços firmemente ao redor do pescoço dele, amando a pressão do corpo dele contra o seu, sabendo que nunca teria o suficiente, mesmo entendendo que chegaria a hora em que ela não teria mais essa proximidade, quando ele estaria pressionado contra alguém que sabia como servir chá de forma adequada e selecionar os utensílios corretos para se comer.

Mas não naquela noite. Naquela noite, ele era dela tanto quanto era possível ser, e ela era dele. Ele vivia em um mundo de refinamento e brilho, não tão estranho quanto ela imaginara. Ainda assim, ela se sentia como uma sereia seguindo um unicórnio na floresta, sabendo o tempo todo que, em algum momento, teria que voltar para o mar.

Ele arrastou a boca ao longo do pescoço esguio dela, e ela baixou a cabeça para trás para lhe dar acesso mais fácil.

— Meu bom Deus! Eu quis estar sozinho com você desde que desceu a escada — rosnou ele, baixo e selvagem, e seu peito reverberava contra o dela, fazendo com que os mamilos ficassem duros, apesar de todas as camadas ridículas de material que separavam suas peles.

— Eu queria estar sozinha com você — confessou ela, gostando de ouvir a risada profunda que fez a respiração quente dele deslizar ao longo de seu decote.

O estilo de seu vestido estava se tornando mais atraente a cada minuto. Quando ele passou a boca sobre as ondas expostas de seus seios, ela realmente lamentou pelo decote não ser maior.

— Eu nos tiraria daqui nesse minuto se a atitude não fosse ser a mais grosseira — garantiu ele, mordiscando ao longo do lado do pescoço até chegar ao lóbulo da orelha dela.

Na posição dele, tinha que considerar coisas assim, tinha que estar sempre consciente de sua reputação, de sua posição entre os outros nobres. Ele não podia simplesmente fugir ou escapar. Ele não podia dançar todas as danças com ela, não podia passar o tempo só com ela. Dever, responsabilidade e expectativas o guiavam — como deveriam. Gillie ficou impressionada com a disciplina dele, com o fato de que ele não fazia apenas o que queria, mas o que era requerido, o que era necessário. Colocava os próprios desejos e necessidades de lado.

Chegaria a hora em que ele a colocaria de lado também. Ela entendia isso. Aceitava. Não importa o quanto isso a entristecesse e devastasse, ela iria manter a cabeça erguida quando chegasse o momento.

Ele começou a reunir as saias e anáguas, ajeitando-as na cintura dela, enquanto sua boca continuava a brincar com sua pele. A mão deslizou até o joelho de Gillie e o envolveu. Levantou a perna dela e a ancorou ao redor de seu quadril. Ela estava feliz por ser alta, pela facilidade com que ela podia ficar lá, segurando-o perto com sua panturrilha e pé.

Os dedos dançaram sobre a parte externa da coxa feminina, para cima e para baixo, para cima e para baixo, até se moverem para a borda da parte mais sensível de Gillie. Então, os dedos não brincavam mais, e foram devagar até chegar ao refúgio dela, que já estava úmido e clamanou por ele.

— Você está tão molhada — murmurou ele.

Movendo a mão para baixo, ela esfregou o comprimento inchado dele.

— E você está tão duro.

— Estou dolorido de desejo. Um desejo que não será satisfeito até mais tarde. Mas você, princesa, você não precisa esperar.

Thorne acariciou-a, de forma lenta e determinada, pressionando o pequeno e inchado botão com o polegar, enquanto deslizava dois dedos dentro dela. Um pequeno grito lhe escapou, e ele tomou posse de sua boca com urgência, capturando seu gemido e seu soluço quando o prazer se tornou demais, enquanto as sensações se agitavam até que ela se quebrou em seus braços. Gillie se agarrou a ele enquanto os espasmos balançavam seu corpo, onda após onda, com a brisa da noite flutuando sobre sua pele e o luar os iluminando. Pensou que ele nunca parecera tão lindo quanto naquele momento, satisfeito e feliz como se dar prazer a ela fosse prazeroso a si mesmo.

Ele pressionou a testa na dela.

— Minha mãe, a maldita, ofereceu quartos a alguns de nossos hóspedes que não queriam reabrir suas residências em Londres por apenas alguns dias. Eu não poderei sair até que todos estejam na cama, mas irei até você assim que puder. Espere por mim, mas não tire o vestido. Eu quero tirá-lo.

A facilidade com que as palavras a excitaram de noite era incrível. Ela era uma devassa de primeira ordem e não se importava.

Depois que voltaram ao salão de baile, ela dançou com Mick que, ela suspeitava, com base na maneira como o irmão a estudou, sabia exatamente o que haviam feito no jardim. Embora ela não tivesse ficado surpresa em saber que ele e a esposa estavam em outra parte, fazendo a mesma coisa. Não deixou de perceber que Mick tocava a esposa sempre que ela estava ao alcance — a mão, o ombro, a parte baixa das costas. Antes, havia sido divertido ver o irmão tão apaixonado, mas agora que ela estava passando pela mesma coisa, não achava mais graça.

Depois que a dança terminou e ficou óbvio que ele queria dançar com Aslyn, ela assegurou-lhes que ela estava à vontade e tinha sido apresentada a pessoas o suficiente para que eles não precisassem ficar ao lado dela o tempo todo. Ela poderia cuidar de si mesma. Não precisou dizer duas vezes. Ficava alegre por ver o irmão valsando com a esposa nos braços, seu olhar nunca deixando o dela, por saber que ele amava e era amado de verdade.

Não querendo que eles a encontrassem ali, refletindo, quando terminassem, ela decidiu ir em busca de lady Caroline, pois gostara de conversar com ela, ou talvez até com lorde Mitford, para determinar se ele estava mesmo sentado em um canto em algum lugar lendo um livro e para agradecer-lhe por sua gentileza anterior. Quando um empregado lhe ofereceu uma bandeja com taças de champanhe, ela não hesitou em pegar uma. Enquanto desfrutava de um gole, olhou ao redor e viu uma pequena alcova sombria, com palmas de guarda de ambos os lados, e folhas escondendo parcialmente a entrada, um lugar perfeito para um senhor tímido procurar uma fuga momentânea.

A vegetação tinha apenas roçado o braço dela quando ouviu um sussurro feminino...

— ... é estranho, eu digo a vocês. O jeito que ele olha para ela. Não tenho dúvidas de que ela é a razão pela qual lady Lavínia desistiu do casamento.

Gillie parou e estava prestes a mudar de direção quando outra dama, com a voz um pouco rouca, disse:

— Ela é dona de uma taverna. Nunca poderá ser mais que uma amante.

— Eu gostei dela — uma terceira voz entrou na conversa.

— Se ele pedir a minha mão, eu vou avisá-lo imediatamente que não vou aturar o fato de estar envolvido com outra mulher — afirmou a primeira voz.

— Lady Lavínia, sem dúvida, deu-lhe o mesmo ultimato. — A terceira voz reapareceu. — E você vê no que isso deu. Nenhum casamento.

— Mas ela estava doente. Essa é a razão pela qual não houve casamento. Thornley anunciou isso. Tentei visitá-la duas vezes e fui informada de que ela estava indisposta. Temo que ela esteja mortalmente doente, e ele temia que ela fosse incapaz de conceber — disse a voz rouca.

— Não. — A primeira voz. — Algo estranho está acontecendo com essa srta. Trewlove. Nenhuma outra mulher atraiu a atenção dele em sua entrada. Mas, para ela, ele foi até a escada e esperou que ela descesse. Beijou-lhe a mão.

Anotem minhas palavras, senhoras. O duque de Thornley não vai tomar uma esposa tão cedo.

Não querendo ser flagrada bisbilhotando, Gillie se virou e começou a se afastar. Ela não conseguia identificar a quem as vozes pertenciam, mas também não tinha vontade de saber. Aslyn tinha avisado sobre fofocas e ela fora ao baile sabendo muito bem que uma boa parte delas poderia girar em torno de si, mas também não gostou do que disseram sobre Thorne. Nenhuma delas o merecia.

Na necessidade de mais ar fresco para clarear os pensamentos, ela saiu para o terraço com a parede de tijolos e degraus — com leões de pedra descansando em ambos os lados — que levavam para os jardins. Andar pelo caminho iluminado através dos rododendros e rosas provavelmente não era o que uma mulher sozinha faria, então ela caminhou até um canto do terraço, encostou-se à parede e bebeu a excelente champanhe, desejando dar uma olhada no barril para determinar sua origem e safra. Talvez Thorne a levasse para um passeio por sua adega antes de partir. Imaginou que ele tivesse uma excelente variedade das melhores safras, que envergonhariam sua taverna.

— Uma dama arrisca sua reputação saindo do salão sozinha.

Gillie girou para encarar a duquesa.

— Eu estava com calor.

— Atrevo-me a dizer que usar o paletó de um cavalheiro faz isso com uma mulher.

Ela não ia dizer que não usava mais o paletó, porque a duquesa não era cega. Ela ergueu o copo.

— Você não saberia dizer a origem desta champanhe fina, não é?

— Claro que não. Esse é o trabalho do mordomo.

A ladainha de "seja agradável" correu por sua cabeça.

— Transmita a ele meus elogios, então, pois fez um excelente trabalho selecionando as ofertas desta noite.

— Ele não vai se casar com você, sabe?

— O mordomo? Ah, que pena! Ele tem um gosto excelente para champanhe.

— Meu filho — disse a mulher, tão azeda que Gillie se surpreendeu por limões não caírem de sua boca.

— Estou bem ciente disso, duquesa.

— Ele se cansará de você em pouco tempo. Ele é como o pai nesse sentido, com um apetite insaciável por dormir com todo tipo de mulher, razão pela qual meu marido ficou doente de varíola tão jovem. Quando nossos dois filhos morreram, ele já estava infestado. Eu o barrara da cama, por isso não pudemos substituir o que havíamos perdido.

— Mesmo se a senhora tivesse outros filhos, eles não teriam substituído os perdidos. As pessoas não podem ser substituídas.

— Você se atreve a me corrigir?

— A senhora está precisando de correção.

— Você é impertinente!

— Sim, bastante impertinente. Não considero isso uma falha.

— Aqueles com quem meu filho se associa consideram. Ele vai se casar com uma das garotas da festa.

Embora Gillie estivesse bem ciente disso, o golpe das palavras proferidas em voz alta foi efetivamente entregue a seu intestino, seu coração, sua cabeça, mas ela se recusou a mostrar qualquer reação. Além de ser bastante impertinente, ela sabia ser estoica.

— Essa é a razão pela qual elas estão aqui — continuou a duquesa. — Para que ele possa escolher uma para casar antes do ano acabar. A tendência do meu filho de se deitar com qualquer mulher que abra as pernas fará com que siga o caminho do pai à loucura. Ele precisa ter um herdeiro antes de ficar com varíola.

— Eu suspeito que ele é mais exigente do que a senhora imagina.

— Ah, duvido muito disso. Sinto seu fedor quando ele volta para casa pela manhã. — Ela deu um passo à frente. — Você nunca será nada além de uma amante. Você é uma plebeia. Ele é um duque. Seu lugar sempre será nas sombras, não ao lado dele.

— Ainda assim, estive ao lado dele várias vezes esta noite.

— Porque você é uma curiosidade.

— Se a senhora for gentil a ponto de me dar licença...

Ela passou pela mãe de Thorne.

— Eu ainda não terminei.

Gillie virou.

— Mas eu terminei. Tenho um jeito de julgar as pessoas logo de cara. Um sujeito pode entrar na minha taverna sem um centavo em seu nome e pedir uma cerveja. Eu olho para ele e, se eu determinar que vai me pagar pela cerveja quando tiver dinheiro, eu o sirvo. Se determinar que ele não vai, eu lhe mostro que a porta da rua é serventia da casa. Infelizmente, Sua Graça, eu estaria sempre lhe mostrando o mesmo.

— Sua insolente!

— A senhora acha que é melhor do que eu porque foi colocada em um berço quando nasceu, em vez de ser colocada aos pés de uma porta. Significa simplesmente que a senhora tinha uma cama mais aconchegante. Agora, se me der licença, está quase na hora da dança final da noite, na qual eu alegremente me verei envolvida nos braços do seu filho.

Gillie não dançara com ele desde as primeiras duas valsas e precisava de tempo para se recompor antes de revê-lo. Ele era muito observador, e ela não queria que ele soubesse que a mãe dele a perturbara.

Ao ouvir a mulher balbuciar enquanto se afastava, ela esperava que a duquesa não tivesse um ataque apoplético. Como, em nome de Deus, Thorne se tornara uma pessoa tão decente?

Ela considerou realmente passear pelos jardins, mas não ia dar à duquesa a satisfação de vê-la fazendo algo ainda mais escandaloso, então retornou ao salão de baile. No entanto, foi bombardeada pelo barulho. Precisava de um lugar onde pudesse absorver o vazio, já que duvidava muito que a orquestra cessasse a sua execução. Precisou de alguns momentos sozinha. Com certeza, naquela grande residência, havia uma sala onde poderia se recompor.

Estava indo em direção à escada quando um cavalheiro, que parecia ser da idade de Thorne, entrou na frente dela. Seu cabelo louro estava perfeitamente penteado. Ela não encontrou nenhuma falha em suas feições, mas ficou com a impressão de que ele se considerava mais bonito do que era.

Os olhos azuis vagaram lentamente sobre ela como se estivesse cortando a costura de seu vestido para ver o que estava embaixo.

— Eu diria que Thorne tem excelente gosto quando se trata de suas amantes.

— Eu não sou amante dele.

Ele sorriu, um sorriso hediondo, um que ela queria tirar do rosto dele com um tapa.

— Sua acompanhante, então. Uma taverneira. Isso o coloca na liderança, eu acho.

Ela franziu a testa.

— Perdão?

— Na nossa juventude, começamos um jogo: dormir com uma variedade de mulheres. Uma atriz, uma cantora de ópera, uma atendente de loja. Você entendeu. Você é a primeira taverneira.

Ela entendia, mas se recusava a acreditar que estava em uma lista.

— Sou *dona* de uma taverna. E como você e eu não fomos devidamente apresentados...

— Conde de Dearwood, srta. Trewlove. Seu próximo amante.

Gillie explodiu em uma risada.

— Você é maluco. Eu juro que nunca será meu amante.

— Quando ele estiver noivo de novo, libertará você. Ele nunca foi de ficar com duas mulheres ao mesmo tempo. Então, você se tornará minha.

— Nunca vou me tornar sua. Agora, se me der licença...

Tentou passar pelo conde, mas ele a segurou pelo braço esquerdo. Gillie parou.

— Solte-me, senhor.

— Dê uma volta no jardim comigo. Quando terminarmos, você pode decidir passar a noite toda comigo, e não com ele.

Casais estavam dançando na pista de dança. Pessoas estavam por perto, mas já era tarde da noite e Gillie suspeitava que elas haviam se entregado à champanhe a ponto de não mais prestarem atenção aos detalhes do ambiente, de modo que não estavam percebendo o jeito inadequado com o qual o conde segurava seu braço. Ou talvez fosse a expressão agradável que nunca saíra do rosto dele, passando a impressão de que não estava dizendo coisas feias para ela. O homem nunca falaria com a filha de um conde ou de um duque daquela maneira. Mas, até aí, ela não era nenhuma das duas, e ele sabia disso. O nome dela lhe dizia isso, e ele pouco pensava nela porque ela era apenas a dona de uma taverna.

— Vou avisá-lo, senhor, mais uma vez. Solte-me. Ou serei forçada a socá-lo.

Ele riu baixo, sombriamente.

— Você é uma garota mal-humorada. Entendo por que Thorne está tão impressionado com você. Mal posso esperar para sentir seu fogo quando você espalhar o seu...

O punho cerrado de Gillie acertou o rosto do conde de forma rápida e forte. Um gancho em seu queixo que enviou a cabeça voando para trás e o fez cambalear, com os braços balançando, na direção dos dançarinos antes de cair de bruços no chão com um baque. Mulheres gritaram, casais se espalharam. A orquestra ficou quieta. As pessoas olharam para ela, olharam para Dearwood.

De repente, Thorne atravessou a multidão reunida, colocou uma mão gentil em seu ombro, seus olhos a percorreram como se estivesse procurando por ferimentos.

— O que aconteceu?

— Pedi-lhe uma dança — anunciou Dearwood em voz alta, segurando a mandíbula, tentando se levantar, mas aparentemente incapaz de se manter em pé. Dois senhores o ajudaram. — Eu apenas pedi a ela para dançar comigo.

Thorne não olhou para o homem que dizia ser seu amigo de longa data. Apenas a encarou.

— Gillie?

Ela sabia, com cada parte de seu ser, que ele estava pedindo para confirmar ou negar as palavras de Dearwood, e que ele acreditaria nela sobre qualquer tolice que o conde falasse, mas ela não podia dizer a verdade, os sentimentos feios que o homem tinha proferido. Ela não podia admitir para ele ou para a multidão reunida que alguém pensava tão baixo sobre ela, que a considerava digna de tal rebaixamento. Ela ouviu resmungos e murmúrios daqueles que estavam ao seu redor, e a verdade a que ela deu voz não era a verdade que ele queria ter confirmado.

— Eu não deveria ter vindo. Não pertenço a este lugar.

Dentro daquelas poucas palavras ditas, Thorne ouviu uma miríade de outros: *Não pertenço a você. Você não pertence a mim. Nossos mundos não podem ser misturados.*

Ele não duvidava que Dearwood estivesse mentindo, mas que prova ele tinha para acusar o homem? E o fato de ela não contar a ele o alertou de que o maldito conde fizera algo mais que pedir-lhe uma dança, algo que ela temia que fizessem as pessoas a julgarem, e não o homem que merecia o julgamento.

— O que diabo está acontecendo aqui? — perguntou a mãe de Thorne, chegando ao círculo.

— Um mal-entendido, eu acho — disse Thorne. Ele se virou para Dearwood. — Eu sugiro que você vá embora imediatamente para que um médico examine essa mandíbula.

Dearwood, para seu crédito, apenas assentiu e começou a se afastar.

— Eu lhe avisei sobre convidar...

— Mãe!

A mulher fechou a boca.

— Acredito que nosso baile chegou ao fim. Srta. Trewlove, permita-me ver a sua mão.

Gillie levantou o queixo.

— Está tudo bem, Sua Graça. Estou acostumada a espancar bêbados.

Sons de surpresa encheram o ar.

— Eu acredito que é hora de nos despedirmos — afirmou Mick Trewlove, chegando ao lado da irmã.

— Vou acompanhá-la até a sua carruagem — falou Thorne.

— Por favor, não — pediu ela, e o coração dele se apertou dolorosamente.

— Gillie, não vou deixar você sair sozinha daqui como se tivesse feito algo imperdoável. Conheço Dearwood há muitos anos e sei que não teria dado um soco nele se ele não o merecesse. Permita-me acompanhá-la.

Ela assentiu e ele ofereceu o braço. Felizmente, ela colocou a mão na dobra do cotovelo dele. Esperou até que saíssem do salão, com Mick Trewlove e lady Aslyn liderando o caminho, antes de perguntar:

— Ele realmente pediu para dançar com você?

— Sim.

— Eu suspeito que isso não foi tudo.

— Thorne...

Ele a puxou para o lado, perto da armadura que uma vez protegera um de seus ancestrais, e pediu a Deus que pudesse proteger Gillie com a mesma eficiência.

— Em alguns minutos, aqueles que não dormirem aqui passarão por nós para chegar às carruagens. O que ele disse?

Ela lambeu os lábios. Uma pequena ruga apareceu entre as sobrancelhas.

— Ele me contou sobre uma aposta que você e ele criaram para ver quem poderia se deitar com a maior variedade de mulheres. Ele ficou bastante impressionado por você ter adicionado uma dona de taverna à sua lista.

Thorne fechou os olhos e praguejou. Quando abriu os olhos, beijou a delicada dobra na testa dela antes de encará-la.

— Gillie, isso faz mais de uma década, quando eu era jovem e inconsequente. Você não pode acreditar que o que aconteceu entre nós foi resultado de um jogo estúpido da minha juventude.

Ela balançou a cabeça.

— Não. Mas ele me convidou para ser a amante dele. Informou-me que você iria me largar e, então, eu me tornaria dele. As pessoas sabem o que há entre nós.

— Elas estão especulando, tentando adivinhar. É o que elas fazem, e que vão para o inferno! Sinto muito, princesa.

— Eu não sou uma princesa, Thorne.

— Você é para mim. Preciso terminar aqui e depois vou até você.

Ficou grato por ela concordar, por não estar tudo acabado entre eles. Depois que ele a viu entrar em segurança na carruagem do irmão, voltou para a residência. As pessoas estavam vagando pela entrada.

— Ouçam-me! Tenho um anúncio que não vão querer perder. Todo mundo, voltem para o salão de baile, por favor.

Esperando algo excitante, talvez até a revelação de qual dama atraíra seu interesse, ninguém hesitou em voltar ao grande salão. De pé, no topo da escada, ele olhou para a multidão ansiosa. Apenas sua mãe parecia preocupada. Por uma boa razão, ele supôs, já que ele a desapontava continuamente.

Clareou a garganta.

— Algumas semanas atrás, na noite em que eu iria me casar, fiz uma visita ao bairro de Whitechapel e fui atacado por alguns ladrões. A srta. Trewlove apareceu e salvou minha vida. Literalmente. Ela fez tudo isso sem saber nada sobre mim. Sem saber minha posição na nobreza. Plenamente consciente de como a fofoca viaja entre nós, tenho certeza de que até aqueles de vocês que não foram apresentados a ela estão cientes de que ela é dona de uma taverna, A Sereia e o Unicórnio. Desde aquela noite, ocasionalmente visito o local e sempre me senti bem-vindo. Como forma de agradecê-la por sua gentileza, convidei-a para o baile de minha mãe, sabendo que as festas organizadas por ela são sempre esplêndidas e incomparáveis, e bastante agradáveis. Para aqueles de vocês que fizeram a srta. Trewlove se sentir bem-vinda, obrigado. Para aqueles de vocês que não o fizeram, perderam a oportunidade de conhecer uma mulher excepcional, e suas vidas estão mais pobres por causa disso.

Virando-se, começou a sair do salão que estava tão quieto que ele teria ouvido uma pluma do cabelo adornado de sua mãe cair, se uma tivesse se soltado.

Capítulo 24

SENTADA EM SUA SALA de estar, aguardando a chegada de Thorne, Gillie foi atingida com a constatação de que sua última dança com Thorne fora, na verdade, a última para a eternidade. Quando aconteceu, achava que eles teriam mais uma, terminariam a noite valsando pelo salão. Agora, esforçava-se para absorver cada momento do que havia sido sua valsa final até que a lembrança fosse parte dela, até ser impossível esquecê-la, esperando que ela ajudasse a viver pelos dias, meses e anos à frente.

A maneira como os olhos escuros pareciam adorá-la, a cor que ela via toda vez que servia uma cerveja Guinness. A maneira pela qual as luzes dos candelabros brilhavam sobre seu sedoso cabelo escuro. A mais fraca das sombras que sugeriam que uma barba por fazer logo aparecia, para que nenhuma navalha pudesse impedi-la de crescer por muito tempo.

As mãos dele segurando-a com firmeza, as pernas compridas roçando em sua saia, o modo como ele a guiou pela pista de dança com tanta facilidade que poderia muito bem estar dançando sozinho.

Lembrou-se de inalar a fragrância cítrica, sentindo prazer pelo sorriso secreto dele, concedido apenas a ela, concedido sempre apenas a ela. Ele dançaria com outras mulheres em outros bailes. Algum dia, muito em breve, ele dançaria com a esposa. E ela se perguntou se, quando fizesse isso, pensaria nela.

Mexendo-se no sofá, Gillie estava dividida entre desejar que ela o assombrasse para sempre e esperando que não o fizesse. Não queria ser egoísta, queria que sua esposa fosse a primeira entre as mulheres aos olhos dele, mas não podia deixar a esperança de que ele, de tempos em tempos, pensasse nela. Eles compartilharam algo precioso e raro, mas ela sabia, do fundo do seu coração, que havia chegado a hora de acabar com tudo. Ainda vestida com seu vestido extravagante e com os belos acordes produzidos pela orquestra em sua mente. Tinha seguido o unicórnio ao mundo dele, mas era hora de voltar ao dela, sem ele.

Quando a batida soou na porta, ela se levantou calmamente. Havia removido a falsa peruca antes, porque queria recebê-lo em casa como ela mesma. Tinha sido uma coisa boba usá-la. Nunca houvera qualquer artifício entre eles. Ela queria que os dedos dele se enroscassem apenas em seu cabelo, não em alguns que poderiam pertencer a outra mulher ou, pior, a algum animal domesticado. Ela ainda tinha que remover o vestido e todas as camadas subjacentes e, quando abriu a porta, ficou feliz ao ver que ele viera sem mudar o traje do baile.

Um passo depois do limiar, a porta fechada com uma batida, um arremesso de lado em seu chapéu, e ele a tinha nos braços, a boca levando-a para longe em uma corrente de paixão e desejo — muito cedo, muito rápido, antes que ela lhe dissesse que entendia a verdade.

Pressionando a mão no peito dele, ela o empurrou para trás até que pudesse olhar em seus olhos escuros, e lá viu que ele chegara à mesma conclusão que ela.

— Não — murmurou Thorne.

— Eu queria que você me dissesse quando fosse a nossa última noite juntos. — Ela afastou as mechas escuras da testa dele. — Então, eu lhe darei a mesma cortesia. Quando sair, você não voltará.

— O que aconteceu com Dearwood, o que quer que o dragão da minha mãe tenha dito...

Gillie pressionou os dedos contra os lábios dele.

— Eles não têm nada a ver conosco, com isso. Foram as garotas, mais que tudo. Uma delas é o seu futuro, e eu não vou compartilhá-lo. Ou talvez foram todos os retratos. Um dia um deles será do seu filho, deve ser do seu filho. Antes dessa noite, não acho que entendia de verdade o legado pelo qual você é responsável. Você precisa cumprir seu papel, e precisa fazê-lo sem mim.

Ele fechou os olhos.

— Gillie...

— Eu não serei sua amante e não posso ser sua esposa. Deixe-me ir, Thorne, deixe-me seguir minha vida. Dê-me isso.

Ele abriu os olhos.

— Eu lhe daria o mundo se pudesse.

Ela sorriu tão docemente quanto foi capaz.

— Dê-me esta noite, cada minuto de cada hora. E será o suficiente.

Sem outra palavra, ele a ergueu nos braços e levou-a para o quarto.

Levara horas para colocar as várias camadas de roupa, mas Thorne precisou de apenas alguns minutos para removê-las, e ela menos tempo ainda para tirar as dele. Então, caíram na cama como haviam feito tantas vezes antes, um emaranhado de membros, pés acariciando panturrilhas, deslizando-se sinuosamente para cima, coxas se apertando, mãos explorando, braços envolvendo, capturando e abraçando. Todo o tempo, as bocas provocando e saboreando, as línguas lambendo e se encontrando, os dentes beliscando e mordendo.

Marcou-a com mordidas de amor em lugares que ninguém jamais veria: um ombro, um seio, a cintura, o interior de uma coxa. Ela devolveu o favor, acariciando-lhe o pescoço, deixando uma marca que o mostrava como dela, mas apenas temporariamente, apenas por alguns dias. O sinal iria desaparecer, e ela só podia esperar que a lembrança dela não sumisse também.

Porque, como uma avarenta, guardaria as lembranças de cada momento passado com ele. A maneira como ele lutara para chegar ao topo da escada, quando se render à morte teria sido mais fácil. A maneira como o hálito quente lhe roçava os seios. O modo como olhava para ela através dos óculos, a maneira como a observava sem eles. Os passeios por Whitechapel, quando podia observar que ele estava vendo pela primeira vez como o bairro realmente era, percebendo como era diferente das outras áreas de Londres que ele visitava. A gentileza com Robin. A bondade com seus clientes.

A sensação de valsar nos braços dele. A alegria absoluta e a satisfação que a dominavam cada vez que ele unia seu corpo ao dela. E todos os momentos menores que descansavam entre os maiores.

Gillie sabia que todos apareceriam em sua mente nos momentos mais estranhos, quer ela quisesse ou não. Thorne era parte dela agora, mesmo quando não estivesse mais ali. Ela iria ouvi-lo, senti-lo, prová-lo, cheirá-lo. Ela o veria em lençóis amarrotados, uísque derramado e vapor da água do banho. Quando se sentasse na escada do lado de fora para absorver o silêncio, a sombra da presença dele estaria ao seu lado.

Thorne viajou pelo comprimento do corpo feminino, do topo da cabeça até a ponta dos pés, e ela nunca tinha sido mais grata por sua altura, por cada centímetro que fazia a jornada acontecer sem pressa, que a fazia parecer infinita. Quando ele iniciou o caminho de volta, beijando as panturrilhas, a parte de trás dos joelhos e o interior das coxas, fez um desvio para o refúgio celestial que ela só compartilharia com ele.

A boca gloriosamente perversa de Thorne fez sua incrível magia, e Gillie cravou as unhas nos ombros dele, enrolou as pernas no corpo másculo, e o encarou quando os olhos dele encontraram os dela, desafiando-a a não desviar o olhar, mas a mantê-lo enquanto a enlouquecia.

A respiração de Gillie ficou ofegante, vindo pequenas baforadas rasas, e os olhos dele escureceram, deixando-a saber o quanto ele gostava de vê-la se desfazer em prazer. *Sinta meu coração batendo rapidamente*, ela queria sussurrar, *o calor escaldante correndo pelo meu corpo, os nervos que parecem estar disparando rajadas de fogos de artifício, pequenos e grandes, de todas as cores.*

Mesmo sem dar voz a todas as sensações surpreendentes que a atravessavam, ela suspeitou que Thorne entendeu, porque tornou-se mais diligente em seus esforços, aplicando pressão com a língua, fechando os lábios firmemente ao redor dela, sugando, lambendo, circulando.

Assistindo, sempre assistindo. Testemunhando os mamilos ficando cada vez mais tensos e a fina camada de suor que se acumulava entre os seios. Ouvindo, sempre ouvindo. Os gemidos que escapavam pelos lábios entreabertos. Sentindo, sempre sentindo. O tremor das coxas quando a pressão aumentou. Provando-a, inalando sua fragrância. Todas as sensações de Gillie estavam descontroladamente vivas, e, nos olhos escuros como cerveja, ela podia ver que ele apreciava e sentia prazer nelas também.

Thorne sabia o tormento pelo qual ela passava porque fez todo o possível para aumentá-lo, para garantir que quando a liberação finalmente chegasse...

Ela estava gritando seu nome, tremendo, arqueando as costas, mas o olhar sempre preso ao dele.

Movendo-se para cima rapidamente, ele a penetrou fundo antes que os espasmos pudessem diminuir, enquanto ela ainda estava perdida no meio de um cataclismo tão intenso que poderia nunca mais se recuperar. Ela enrolou as pernas firmemente ao redor dos quadris dele, segurando-o enquanto ele a possuía, mais e mais, enquanto ele chovia beijos sobre os seios, o pescoço, o rosto.

E, então, ele a deixou, e ela apertou-o com força quando os tremores o abalaram e ele derramou a semente na própria mão. A tentação de incitá-lo a permanecer dentro dela nunca havia sido tão forte, mas ela entendia a sabedoria da ação. Com a cabeça na barriga dela e o braço ferido a envolvendo, ele a abraçou enquanto seus tremores se misturavam com os dela, eventualmente rendendo-se ao sono.

Gillie não tinha a intenção de dormir, não queria perder um único minuto do tempo que restava. Teve um ataque de pânico quando percebeu que ele não estava na cama, temia que tivesse ido embora sem um último adeus, mas então o viu parado na janela, com a cortina puxada para um lado, permitindo que o luar se infiltrasse e carinhosamente acariciasse metade de seu adorável traseiro. Amava o comprimento e a força visíveis nos músculos tensos, o modo como todos se uniam belamente para formar a perfeição. Amava ainda mais a sensação gratificante de suas mãos ao passarem por todas as abundantes cordas de tendões.

O olhar de Thorne estava focado em algum objeto distante que ela não podia ver, e ela se perguntou se era mesmo visível para ele ou se ele via, em vez disso, possibilidades e impossibilidades.

— Thorne?

— Eu estava pensando que nunca tive a oportunidade de lhe ensinar a apreciar cavalos.

Ela saiu da cama e caminhou até ele, encostando os seios em suas costas e o abraçando.

— Sempre soubemos que nunca teríamos mais que isso.

Dentro do abraço, ele se virou e segurou o rosto dela entre as mãos.

— Mas eu quero mais. Com você.

— Sempre foi temporário, Thorne.

— Quando o assunto é importante, você é sempre malditamente prática.

Levantando as mãos, passou os dedos pelo cabelo dele.

— Faça amor comigo de novo.

E ele fez, de novo e de novo. Com ela por cima, ele por trás, um abraçado ao outro, então finalmente mais uma vez cara a cara com ela por baixo, saboreando todo o corpo dele.

Gillie poderia ter jurado que, de fato, ouvira uma cotovia piar do lado de fora de sua janela naquela manhã enquanto os dois se vestiam, ele em seu traje de salão de baile e ela em sua camisa e saia simples. Na noite anterior, tinha sido uma princesa, mas era mais uma vez a dona de uma taverna enquanto o acompanhava até a porta.

— Eu não vou com você até lá embaixo.

Ele apenas meneou a cabeça e segurou-lhe a bochecha com uma mão.

— Você é uma mulher notável, Gillie Trewlove. Eu sou um homem melhor por tê-la conhecido.

— Encontre uma noiva que não vai abandoná-lo no altar.

Inclinando-se para a frente, Thorne beijou-lhe a testa.

— Adeus, Gillie.

Então, ele saiu do apartamento dela, de sua vida. E ela, que não se lembrava de ter chorado algum dia, enrolou-se no sofá e chorou.

Capítulo 25

Do lado de fora, a pequena casa dos subúrbios do lado leste de Londres dava a aparência de abandono, dilapidada e desgastada, mas dentro ela era rica em calor e amor. Mesmo quando menina, depois de limpar degraus o dia inteiro, Gillie sempre ficava ansiosa para voltar para casa, onde os braços da mãe a abraçariam e os aromas de canela e baunilha flutuariam sobre ela, onde uma xícara de chá estava sempre à espera.

— Você não vem me ver há algum tempo — disse a mãe, soltando Gillie do abraço e recuando. — Eu suponho que tenha algo a ver com as linhas de preocupação entre suas sobrancelhas. Você nunca foi boa em esconder os problemas de mim. Deixe-me preparar uma xícara de chá e depois conversaremos um pouco.

Só que não seria uma boa conversa, por mais que sua mãe quisesse. Uma xícara de chá não ia ajudar. Nem todo o licor da taverna.

— Fiz algo estúpido, mamãe. Apaixonei-me. E agora o bebê dele está crescendo dentro de mim.

Apesar das precauções que eles tomaram ou tentaram tomar. Talvez ele não tivesse tirado rápido o suficiente, talvez algumas de suas sementes tivessem se derramado dentro dela antes que saísse por completo. Fazia quase um mês desde que o vira; dois desde que ela o recebera em sua cama. Os seios se tornaram sensíveis, mas ela pensou que era só porque não estavam mais amarrados, e a liberdade que ela lhes dera não oferecia apoio suficiente. Então, olhou para o calendário e percebeu que não sangrava desde que conhecera Thorne pela primeira vez. Ela sempre odiara ser amaldiçoada a cada mês, então não tinha sentido falta da inconveniência de ter que lidar com isso, não até compreender o que a ausência do sangue pressagiava.

A simpatia tomou conta do rosto da mulher.

— Ah, sua menina boba!

— Sinto muito, mamãe, eu sinto muito. — Lágrimas brotaram em seus olhos, entupiram sua garganta. — Sei que é vergonhoso e você nunca mais vai querer me ver...

Os braços da mãe a envolveram novamente.

— Ó, querida, agora você está sendo uma garota ainda mais tola. Venha até aqui e sente-se.

A mãe a guiou para uma cadeira perto da lareira, e mesmo que nenhum fogo estivesse aceso, Gillie de repente se sentiu aquecida. A mulher que amara desde que se lembrava se ajoelhou à sua frente, deu-lhe um lenço e pegou a mão que não estava ocupada, limpando a avalanche irritante de lágrimas.

— Você não é a primeira a perder a cabeça por causa de um homem e fazer coisas que desejou não ter feito.

Ela fungou, um barulho nada feminino.

— É isso, mãe. Eu não me arrependo. Estou feliz por ter feito o que fiz. Como eu disse, eu o amo. Muito. Sempre soube que não ficaríamos juntos para sempre, mas foi suficiente tê-lo por um tempo. Até realmente termos que nos separar.

— Ele não vai assumir o bebê?

Balançando a cabeça, ela enxugou os últimos resquícios de lágrimas. Colocar tudo em palavras, dizer tudo em voz alta estava ajudando.

— Ele é um maldito duque. Vai se casar com a filha de algum lorde, alguém que conheça todas as formas extravagantes de ser uma dama. Eu disse a ele que não o veria novamente. Mas vou mantê-lo, mãe. O bebê.

— Gillie...

— Sei que isso vai me marcar. Sei que as pessoas provavelmente vão parar de ir à minha taverna, mas guardei um pouco de dinheiro, então talvez eu venda tudo e me mude para uma pequena casa no interior. Eu não sei. Só sei que não posso desistir. É tudo o que vou ter dele, mas vai ser o suficiente.

A mãe apertou a mão dela.

— Então vamos fazer isso ser o suficiente, não é?

— Você não tem que ficar ao meu lado, mamãe.

Tirando o cabelo de Gillie do rosto, a mãe ofereceu um sorriso terno.

— Onde mais eu ficaria, amor? Você é minha filha. Criei seis filhos que vieram até mim por causa de um pouco de safadeza. Não vou dar as costas a um pequenino que pertence a um dos meus preciosos filhos.

— Obrigada, mamãe.

Deu um tapinha na mão da filha.

— Agora, não se preocupe. Tudo vai dar certo.

Ela estava acostumada a fazer tudo sozinha, então foi com um pouco de ressentimento que aceitou as limitações recentes de seu corpo e decidiu que carregar barris seria uma tarefa perigosa que poderia lhe tirar o precioso bebê. Embora o olhar suspeito que Roger lhe deu quando ela pediu que trouxesse uma caixa de garrafas de uísque deixou-a tentada a plantar o punho no centro do rosto dele.

— Você nunca precisou da minha ajuda antes.

— E não preciso agora. É só que você é forte e é tolice não aproveitar isso, especialmente considerando o quanto eu pago a você.

— Não gosto de você com esse ar de superioridade.

— Não gosto de você questionando minhas ordens.

Roger estreitou os olhos.

— Você está diferente nos últimos tempos. Não consigo descobrir o que é. É como se a sua maldição mensal estivesse durando todos os dias.

Gillie suspirou pesadamente.

— Pegue as malditas garrafas.

Com um encolher de ombros negligente, ele saiu da sala para cumprir a tarefa.

— Você deveria dizer a ele — aconselhou Finn, encostado no balcão.

O irmão havia chegado alguns minutos antes, tirado o boné e o analisava como se tivesse esquecido seu propósito.

— Ele vai descobrir em breve e, em seguida, provavelmente vai se demitir.

— Duvido. Acho que você subestima o quanto é amada, Gillie.

— Até que haja um escândalo.

— Talvez sim, talvez não. Posso conversar com você?

Gillie foi até o balcão.

— Claro.

Ele empurrou a cabeça para o lado.

— Ali.

Ela o seguiu até uma mesa dos fundos da taverna. Eles ainda não tinham aberto as persianas nas janelas, então estavam totalmente nas sombras. Finn puxou uma cadeira para ela, esperou até que se sentasse antes de tomar o lugar oposto a ela. Não estava acostumada ao irmão sendo tão complacente. Não que ele fosse rude, mas todos os irmãos entendiam que ela podia se defender, até preferia.

Ele se sentou em frente a ela, juntou as mãos na mesa e encontrou o olhar dela.

— Eu amo você como uma irmã. Nunca vou amá-la mais que isso, não é possível, mas, se casar comigo, vou honrar você e o bebê.

— Finn...

— Seria um casamento apenas no nome. Eu nunca esperaria que você cumprisse seus deveres de esposa. — Ela nunca tinha visto o irmão corar antes. O vermelho profundo manchando sua pele era um espetáculo a ser visto. — Como eu disse, penso em você como uma irmã.

— Eu sei, Finn. Acho que nós dois seríamos infelizes se nos comprometêssemos, mas aprecio sua disposição. Além disso, algum dia você encontrará alguém que faria você se arrepender de já ter uma esposa.

— Meu coração está fora de jogo, Gil. A oferta permanecerá, caso mude de ideia.

Colocando a mão sobre as mãos tensas do irmão, ela esfregou-as, tentando fazê-lo relaxar, sabendo que ele estava lutando contra as lembranças.

— Ainda a ama desesperadamente, não é?

A resposta de Finn foi simplesmente olhar para além dela, como se olhasse para o passado.

— Qual era o nome dela?

O olhar, duro como um diamante, frio como gelo, voltou para ela.

— Eu não falo há oito anos, e não vou fazer isso agora.

Pressionando os antebraços na mesa, ela se inclinou para a frente.

— Você a chamava de Vivi, mas qual era o nome verdadeiro dela?

— Cristo!

Finn empurrou a cadeira para trás.

— Eu acho que ela está aqui.

Ele congelou e olhou para a irmã.

— O que você quer dizer com "aqui"?
— Em Whitechapel.
— Por que ela estaria aqui?
— Eu não sei, mas... — Ela enfiou a mão no bolso, tirou a miniatura que Thorne lhe dera e a colocou sobre a mesa. Debatera consigo mesma mil vezes se deveria contar a Finn o que suspeitava, se seria bom para ele reviver o passado ou deixá-lo enterrado. — Achei que ela parecia familiar, mas só a vi uma vez e isso foi anos atrás. Ela deve estar um pouco mais velha nesta pintura.

Lentamente, ele afundou de volta na cadeira. Não tocou o retrato, mas tampouco tirou os olhos dele.

— Onde conseguiu isso?
— De Thorne. Eu estava tentando ajudá-lo a encontrá-la. Ela o deixou no altar.

Recostando-se na cadeira, ele cruzou os braços sobre o peito.
— Não estou surpreso. Ela tem o hábito de quebrar promessas. — Ele a estudou por um longo momento, então balançou a cabeça. — Espero que você não tenha dado seu coração a ele, Gillie.

— Diga-me que a dor diminui com o tempo.
A expressão do irmão era de dor e sofrimento.
— Gostaria de poder, mas não vou começar a mentir para você.

Não era exatamente o que ela queria ouvir, mas pouco mais de um mês depois de dizer adeus, era o que começara a suspeitar.

Naquela noite, a taverna estava lotada e ela se perguntou quanto tempo tinha antes de o público começar a diminuir. Enquanto seu peito estivesse maior que a barriga, talvez ninguém descobrisse sua condição. E se ela ficasse atrás do balcão, poucos teriam a chance de dar uma boa olhada nela para detectar que estava engordando. Como sua barriga já estava arredondando, estava certa de que tinha engravidado na primeira noite em que ela e Thorne ficaram juntos.

— Olá, Gillie — disse Aiden, batendo a mão no bar. — Vou tomar uma cerveja escura, quanto mais escura, melhor.

Ela serviu a bebida e colocou-a no balcão.
— Aproveite.

Ele tomou um gole longo e lento, depois limpou a boca com as costas da mão.

— Você tem um minuto?

— Para você, a qualquer hora.

— Ótimo! Vamos até lá.

Aiden liderou o caminho para uma mesa vazia com outras mesas vazias ao redor, estendeu uma cadeira para ela...

— Eu não perdi a capacidade de fazer as coisas por mim mesma — murmurou ela enquanto se sentava.

— Não achei que você tivesse perdido. Eu estava apenas sendo educado. — Ele colocou o copo na mesa, pegou uma cadeira, girou-a e se sentou. — Eu tenho pensado bastante ultimamente.

— Fico feliz em saber que você tem um novo passatempo.

— Muito engraçado, Gillie, muito engraçado. Isso é o que eu sempre gostei em você, seu humor.

— Você é muito fácil de provocar, Aiden.

— Isso é verdade. Também tenho um negócio extremamente bem-sucedido que expandirei em breve. Você tem um bom negócio aqui...

— Eu tenho um excelente negócio aqui. Ele me dá uma ótima posição.

— Mas imagine se combinarmos nossos ativos. Nós seríamos um casal a ser reconhecido.

Gillie olhou para o irmão.

— E como exatamente nós combinaríamos nossos ativos?

— Através do casamento.

— Você está me pedindo para casar com você?

— Estou sugerindo que você se case comigo. Você não é minha irmã de sangue. — Ele se inclinou para ela com a seriedade estampada nos olhos. — Olha, Gil, a vida vai ficar muito difícil para você. Sei que um dono de casa de jogos não é o marido ideal, mas é melhor do que a alternativa. Você sabe que vai ser excluída.

— Sim.

— As pessoas começarão a beber em outro lugar.

— Eu sei. Provavelmente vou acabar vendendo o lugar.

Aiden fez uma careta.

— Mas você trabalhou tão duro. Derramou sua alma aqui.

Gillie colocou as mãos sobre a barriga.

— Mas agora há outra coisa, ou melhor, alguém em quem quero derramar minha alma.

Por um momento, os olhos do irmão mergulharam no abrigo que era a barriga dela antes de voltar ao seu olhar.

— Nós nos divertiríamos, Gil. Eu poderia fazê-la feliz, mais que aquele duque de araque a fez.

Ela duvidava muito disso. Mesmo assim, sorriu para ele.

— Beba, Aiden. Bebidas gratuitas são tudo o que você vai ganhar de mim.

— Entendido. Não vou tocar em você, mas vou lhe dar casamento e respeitabilidade...

— Eu amo você, Aiden, mas depois de um tempo acho que cada um estaria planejando matar o outro com o mínimo de incômodo. — Ela empurrou a cadeira para trás e se levantou. — Mas obrigada pela sugestão. Significa muito para mim.

— Você vai mandar uma garota com mais algumas cervejas? Vou precisar afogar minhas mágoas por ter me rejeitado.

— Idiota — murmurou ela com um sorriso, antes de voltar para o bar.

Sentia-se especial por Aiden e Finn estarem dispostos a se casar com ela. Mas se não pudesse se casar pelo tipo de amor apaixonado que poderia existir entre um homem e uma mulher, não queria se casar. Ela pensou em Thorne e na atmosfera em que ele crescera, com apenas uma sombra de amor. Como alguém poderia aprender a amar se nunca tivesse sido amado?

Ao chegar no bar, encontrou Fera esperando por ela. As mãos estavam apertadas em torno de uma caneca com tanta força que os nós dos dedos estavam ficando brancos.

— Gillie, eu poderia ter uma palavra com você?

Segurando o queixo dele com uma mão, sorriu ternamente para o irmão.

— Não, Fera, eu não vou me casar com você.

Viu o alívio lavar as feições de Fera enquanto ele lentamente soltava um suspiro que deveria estar segurando desde que entrou na taverna.

— Eu não seria tão ruim como um marido.

— Você seria maravilhoso, mas acho que nós dois merecemos casar por amor.

— Não no meu futuro, Gil. Mesmo que eu tivesse nascido do lado direito do cobertor, ainda não teria sido procurado, ainda teria sido trazido para a porta de mamãe. Não há como negar isso.

Ela negou com a cabeça.

— As pessoas são idiotas. Não importa o rosto desse bebê...

— Você está grávida? — perguntou Roger.

Com um grunhido baixo, ela se virou e olhou para o funcionário.

— Guarde o segredo com você.

— Por que você não disse antes? Você não deveria estar em pé! — Alcançando o balcão, ele pegou um banquinho, ergueu-o e colocou-o no chão. — Sente-se!

Ela não recebia ordens, mas as pernas estavam começando a doer, então se sentou no banquinho. Era bom sentar-se de vez em quando.

— Foi o riquinho? Se seus irmãos e eu tivéssemos uma palavra com ele...

— Não! — afirmou ela, bruscamente. — Eu estou sozinha nessa.

Roger sorriu tristemente.

— Não, você não está, Gil.

— Ele está certo — Fera e Aiden disseram ao mesmo tempo, e ela se perguntou quando Aiden se aproximara.

— Tudo vai dar certo — garantiu Aiden a ela.

— Isso é o que mamãe disse.

— Ela geralmente sabe o que diz.

— Mas você precisa contar a ele, Gil — afirmou Fera. — Não é justo para ele não saber.

Ela assentiu.

— Eu sei. Contarei a ele. Depois que o bebê nascer, depois que ele se casar.

Depois que ela tivesse vendido a taverna e se mudado para uma casa no campo. Depois que ela pudesse provar que não esperava nada dele.

Enquanto a chuva batia nas vidraças, Thorne sentou-se à escrivaninha em sua biblioteca e examinou as ofertas que recebera por escrito de uma dúzia de pais. Durante as seis semanas desde o baile, viscondes, condes, marqueses e duques se reuniram com ele ou escreveram a fim de discutir a possibilidade de Thorne se casar com uma de suas filhas. Todas elas vinham com uma parcela de terra — algumas grandes, outras pequenas — porque todos conheciam os duques de Thornley. Os pais tinham até trazido as filhas que ainda não tinham sido apresentadas à sociedade, para que ele pudesse ter uma prévia das ofertas do ano que vem, na esperança de que ele fizesse uma proposta preventiva e poupasse o incômodo de uma temporada.

Era uma maneira triste e deprimente de escolher uma esposa. Não usaria esse método para sua filha, se tivesse uma. O cavalheiro ia ter que cortejá-la, mimá-la, amá-la e provar que a trataria com o maior cuidado. E se sua filha quisesse se casar com um senhor sem título, por Deus, ele também faria isso acontecer.

Quanto a si mesmo, ele tinha o dever de honrar e um voto a cumprir.

Todas as mulheres que estava considerando eram equilibradas, graciosas e bonitas. Cada uma era uma dama digna de um duque e, no entanto, todas pareciam erradas.

Lembrou a si mesmo de que vinha de uma longa lista de duques que não se casavam por amor. As damas trariam consigo propriedades que expandiriam as suas, as propriedades que ele passaria ao próximo duque, seu filho. Cada uma traria uma linhagem pura que seus filhos herdariam. Cada uma traria boas criações que o deixariam orgulhoso, já que organizavam negócios, visitavam a realeza, deixavam sua marca na Grã-Bretanha.

Cada uma delas era bastante delicada. Alguma teria o bom senso de transportá-lo para cima se ferido, de convencê-lo a lutar para sobreviver? Alguma olharia para os rostos dos pobres e ofereceria ajuda? Alguma se agacharia diante deles e ofereceria gentileza?

Durante toda a sua vida fora instruído, educado e ensinado sobre o tipo de mulher com quem se casaria, o escalão da sociedade do qual ela viria. Havia o tipo de mulher que os homens se casavam e o tipo com quem iam para a cama. Independentemente de como um homem se sentia, elas eram relegadas a um certo papel em sua vida.

Pegou o copo ao lado e tomou um gole de uísque, lembrando-se de quando apreciara o sabor em uma pequena taverna, onde a vida se movia ao redor dele com sorrisos e risadas — ambos agora notavelmente ausentes. Eles nunca existiram naquela casa. Nunca houve qualquer evidência de amor ou carinho. Não houve nada além de acusações, raiva e discussões.

Agora, era poupado das constantes críticas da mãe, pois havia transferido a mulher para a casa secundária. Achou que encontraria paz na ausência da mãe. Em vez disso, descobriu que sentia falta dela por algum motivo insondável.

Talvez porque agora estivesse tudo muito malditamente quieto, tão quieto que ouvia o tique-taque do relógio no consolo da lareira, o crepitar do fogo, o estrondo ocasional do trovão e o toc-toc-toc no vidro.

Retirou o relógio do bolso do colete e esfregou o polegar sobre a gravura. Uma dúzia de vezes — não, duas dúzias, três —, quase fora à taverna, quase fora até ela. Mas Gillie não queria seu mundo de bailes e jantares e musicais. Ela não tinha interesse em vestidos extravagantes, joias cintilantes e chapéus com fitas. Muitas vezes, ele pensava nela no vestido de baile roxo, mas mais frequentemente ele a imaginava em suas camisas e saias simples, o modo como ela caminhava com propósito e determinação por sua taverna, por sua vida. Uma mulher prática que abria o coração para amigos e estranhos, um pouco fantasiosa, que criava contos de fadas sobre suas origens e acreditava em criaturas míticas e reconhecia como era grande a perda quando outra estava à beira de ser extinta.

Toc-toc-toc.

Thorne tinha ouvido falar de um zoológico na Europa que estava se esforçando para fazer um par de quagas procriar, e enviou fundos para ajudar em seus esforços porque pensou que iria agradá-la saber que a criatura continuaria a existir, que não entraria em extinção. Que uma pessoa não olharia para ela pela última vez. Porque a última vez de algo era difícil, mesmo quando se sabia que era a última vez.

Não passou um dia sem que ele quisesse olhá-la novamente, conversar com ela, observá-la se movimentando com propósito, mas ainda conseguindo encontrar tempo para colocar uma mão reconfortante e oferecer uma palavra amável. Observá-la colocando moedas de madeira em mãos sujas e recebendo sorrisos em troca. Gillie criava sorrisos, se aquecia neles. Ele não achava que sorrira uma única vez desde que a deixou, na verdade, sabia que não.

— Deixe-me orgulhoso — dissera seu pai.

Os duques de Thornley estavam acima de todos os outros porque aumentaram seu legado e suas posses ao se casarem com mulheres por terra. Que bando podre, eles eram. Todos eles.

Toc-toc-toc. Toc-toc-toc.

Ele olhou para a porta de vidro. Um relâmpago brilhou, delineando o espectro que estava ali. Bom Deus! Colocando o relógio de lado, ele se levantou, e correu para abrir a porta.

— Lavínia?

O explodir de um trovão, outro flash de relâmpago. Tomando-lhe o braço, ele a arrastou para dentro e fechou a porta.

— Lavínia!

Ele desistira de vê-la de novo, apesar dos folhetos que havia pagado a Robin para distribuir.

Desabotoando o casaco de pele, ela o removeu.

— Desculpe-me, mas estou pingando em seu tapete.

Ele pegou a peça e jogou-a em uma cadeira próxima. Ele não se importava com a umidade ou com o molhado.

— Sente-se perto do fogo. Devo pedir um chá?

Lavínia ofereceu-lhe um pequeno sorriso e Thorne se perguntou se ela sempre parecera tão triste e ele simplesmente havia ignorado isso.

— Um pouco de conhaque, por favor.

Enquanto servia, ela foi até a lareira, sentou-se em uma cadeira e esfregou os braços. O vestido que ela usava era simples e gasto, e ele teria apostado que viera de um bazar beneficente. Ele odiava a ideia de que ela estivesse procurando entre os descartes dos outros, mas não podia deixar de se impressionar por Gillie estar certa. Claro que ela estava. Ela entendia as pessoas muito melhor do que ele jamais poderia. Ela entendia motivação, medo e necessidade.

Entregou a taça a ela, e viu quando ela a levantou, inalou o aroma e tomou um pequeno gole.

— Por que não entrou pela porta da frente? — perguntou ele, sentando-se na cadeira em frente à dela.

— Eu queria ter certeza de que meu irmão não iria me levar para casa. Recebi sua carta.

Carta?

— Ah, o folheto!

— Sim. Inteligente de sua parte.

— Não foi ideia minha... E foi semanas atrás, então achei que tinha sido infrutífero.

— Passei muito tempo discutindo se viria ou não. Então decidi que você era gentil em seus esforços e eu queria tranquilizá-lo, pessoalmente, que estou bem. Minhas cartas foram covardes. Você merecia saber de tudo pessoalmente.

Ele recostou-se na cadeira, colocou o cotovelo no apoio e o queixo na palma da mão.

— Na sua carta, você mencionou que estava apaixonada por alguém. Você se casou com ele?

Ela balançou a cabeça.

— Ah, não. Mas ele ocupa todo o meu coração, e não haveria nada para dar a você. Além disso... — A voz sumiu quando voltou a atenção para o fogo.

Thorne esperou em silêncio, sem pressioná-la. Gillie lhe ensinara que, às vezes, a simples presença era suficiente e que paciência era uma bondade.

Lavínia tomou outro gole de conhaque e lambeu os lábios. O corpo dele não se contraiu, nada lhe instigou a tomar posse daquela boca. Desde que deixara Gillie, apesar de todas as damas que desfilaram diante dele, ele estava tão casto quanto um monge. Começava a pensar que ela lançara algum feitiço sobre ele e que nunca mais a visão de uma mulher o excitaria.

— Há pecados em meu passado, Thorne. — Sombria e solene, ela olhou para ele. — Eles não devem ser perdoados.

Queria perguntar quais, mas não tinha certeza se tinha algum direito de saber.

— Eu não conseguia me colocar naquela igreja diante de você e de Deus e fingir pureza. E não poderia me casar com você sabendo que não poderia lhe dar o amor que você merecia de uma esposa. Nosso casamento seria estranho e frio, não por sua causa. A culpa faria de mim uma esposa infeliz e você é digno de muito mais. Minha mãe não deu crédito às minhas preocupações e dúvidas. Presumi, talvez injustamente, que Collinsworth ficaria do lado dela, por isso não confiei nele. Em vez disso, na primeira oportunidade que me foi apresentada, fugi. Eu não espero que você me perdoe...

— Eu perdoo você — disse ele, baixinho.

Lágrimas brotaram nos olhos dela.

— Obrigada por isso.

— Como você está?

— Muito bem, na verdade.

— Collinsworth contratou homens para procurá-la.

Outro sorriso triste.

— Eu duvido que eles pensem em olhar onde estou.

— Você não vai me dizer?

Ela balançou a cabeça e suspirou.

— Então, agora você vai se casar com outra?

Thorne riu baixo, sombriamente.

— De fato. Na verdade, estou analisando candidatas. Talvez você queira me ajudar a escolher sua substituta.

— Escolha alguém sem a qual você não possa viver, porque, se não for assim, descobrirá que não é capaz de viver.

Capítulo 26

Gillie tinha certeza de que a porta tinha sido aberta cem vezes naquele dia, naquela noite, então não sabia direito por que tinha sido atraída para a presente abertura, o que a levou a olhar quando não o fizera antes. Talvez fosse porque ela sempre tinha sido capaz de sentir a presença de Thorne quando ele entrava na taverna. Ele parou do lado de dentro da porta, tirou o chapéu e a estudou enquanto ela estava atrás do bar, segurando o olhar dele, sem desviar os olhos.

Ele estava lindo em um casaco azul-marinho, colete cinza, camisa branca imaculada e um lenço com o menor alfinete segurando-o no lugar. Era bom demais vê-lo. Sentia muito a falta dele. Mas não podia demonstrar nada. Não podia revelar nada. Ela não o sobrecarregaria com coisas que não poderiam ser mudadas.

Finalmente, ele atravessou o bar até ficar em sua frente.

— Olá, princesa.

— Thorne. — Por que o ar resolveu deixá-la naquele instante? — Você parece bem.

— As aparências enganam. Estou muito infeliz. Lavínia veio me ver. Acho que ela está mais infeliz do que eu.

— Então, vocês dois vão se comprometer de novo?

— Não. Decidi que não gosto muito do legado que meus antepassados me deixaram, de não se casar por amor.

Sem tirar o olhar dele, ela pegou o banquinho, puxou-o contra o traseiro e sentou-se porque não daria certo confiar nos joelhos que de repente se transformaram em geleia. Os olhos escuros como Guinness revelaram muito, até demais, do que ele sentia por ela, tudo o que ele sempre sentiu.

— Eu amo você, Gillie. Eu era muito tolo para não saber o que sentia por você, porque nunca amei ou soube o que era amor antes de você. Eu penso em você a cada minuto de cada hora. Achei que era apenas luxúria e desejo. Mas nem sempre estou pensando em beijá-la ou tocá-la. Vejo coisas que quero compartilhar com você: uma flor rara, uma frase em um livro que estou lendo, um artigo no jornal. Ouço coisas, como o canto de um pássaro, uma palestra, uma conversa interessante e quero que você as experimente comigo. Tive uma dúzia de damas trazidas diante de mim e observei enquanto elas andavam, tão retas, tão apropriadas, que quase podia ver um livro invisível balançando em suas cabeças. Tão calmas, tão reservadas, tão enfadonhas. Quase ausentes da vida. E pensei que não posso me casar com nenhuma delas, não quando anseio estar com outra, não quando a única alegria que já conheci não está ao meu lado. Lentamente, pouco a pouco, você capturou meu coração, fez dele seu. Nunca pertencerá a mais ninguém. Case comigo, Gillie.

Gillie não se casaria com um homem simples, mas com um duque, alguém com responsabilidades para com a Inglaterra. Ela teve um vislumbre da vida dele, da história que o levou a ser quem era. Era impressionante e muito mais grandioso que seu pequeno pedaço de Londres. Ela ouviria as damas fofocando sobre ela e os homens tentariam conquistá-la. Lentamente, ela meneou a cabeça.

— Eu sei que você se preocupa com sua taverna, de perdê-la para seu marido, mas podemos colocá-la em uma relação de confiança antes de nos casarmos, então ela continuará sendo sua.

Uma vez, essa fora uma preocupação na vida de Gillie, mas não mais. Confiava que ele cuidaria bem de sua taverna.

— Não é isso. É que não gosto do seu mundo.

— Então viveremos no seu. Vamos encontrar uma pequena casa em algum lugar próximo. Você não terá que morar na Casa Coventry.

— Você é um duque. Pertence àquele lugar. Tem responsabilidades...

— Ainda posso cumpri-las. Não vou desistir de minhas responsabilidades ou deveres, mas a minha vida pode estar aqui com você, se me quiser.

Colocando as mãos no balcão, ele saltou sobre ele até estar de pé ao lado dela. Em sua surpresa, ela empurrou o banquinho e ficou de pé.

— Gillie, eu...

Seu olhar baixou para a barriga ligeiramente redonda. Não era muito, mas ele estava familiarizado com cada centímetro dela, e ela sabia que ele poderia dizer que seu corpo havia mudado. Lentamente, seus olhares se encontraram, e ela viu a mágoa e a decepção refletidas nos olhos escuros.

— Por que você não me contou?

— Porque sua vida estava em outro lugar e em algum momento você estava destinado a se casar com outra.

— Ah, Gillie!

— Eu vou mantê-lo. Estou vendendo a taverna porque, quando as pessoas souberem, vão me excluir. — E isso seria ao final da noite, porque as pessoas estavam paradas e ouvindo. — Mas eu guardei dinheiro...

— Você não vai vender a taverna. — Ele segurou-lhe o rosto. — Você me ama?

Por que esse homem fazia seus olhos arderem com tanta frequência?

— Com todo meu coração.

— Então, case-se comigo. — Ele pressionou a testa na dela. — Você me contou como estava com medo antes de abrir a taverna e sei que está com medo agora, com medo de fracassar, mas, Gillie, juro que não pediria para você se tornar minha duquesa se eu não achasse que você será a melhor que a Inglaterra já conheceu.

— Eu ainda não sei qual garfo usar.

Afastando-se um pouco, ele sorriu ternamente.

— Querida, você será uma duquesa. Você pode usar qualquer um que quiser e as pessoas vão amá-la por ser excêntrica. Case comigo.

Como recusar? Ele estava correto. O que os utensílios importavam quando ela o teria?

— Sim. Sim. Sim!

Ele a levantou e a girou dentro dos limites estreitos do bar, e então, em meio a uma rodada de aplausos, a beijou profundamente.

Ninguém pareceu surpreso quando ela entregou as rédeas da taverna para Roger e saiu com Thorne. Ele queria levá-la a algum lugar especial, a algum lugar elegante e digno, mas ele também a queria confortável e à vontade, então acompanhou-a até seu apartamento. Uma vez lá, com a porta fechada, ele caiu de joelhos e deu um beijo na barriga redonda.

— Eu sinto muito, Gillie. Pensei que estava sendo cuidadoso.

Mesmo sabendo que a abstinência era o único método de garantir o resultado que procurava, ele estivera fraco demais para se abster porque a queria desesperadamente.

Ela enterrou os dedos no cabelo dele.

— Fiquei feliz quando percebi que estava carregando seu filho, Thorne.

Ele ergueu o olhar para o dela.

— Sua vida teria sido difícil.

— Mas também maravilhosamente alegre. Seu bebê, dentro de mim, depois nos meus braços. Eu quero essa criança. — Ela baixou os dedos e segurou o rosto dele entre as mãos. — Eu quero você.

— Não mais do que eu quero você. Deus, Gillie, eu senti sua falta!

Ele se levantou e tomou-lhe a boca com toda a saudade que o assombrava havia seis semanas, com todo o fervor que sentia sempre que pensava nela, sempre que ficava tentado a ir até ela, sempre que se obrigava a ficar onde estava.

Como tinha pensado que poderia viver sem o gosto dela, a fragrância dela, o som de seus suspiros, a sensação dela em seus braços?

Afastando-se do beijo, ela lhe deu um sorriso abafado antes pegar sua mão e conduzi-lo ao quarto. Parando ao lado da cama, ela o encarou e muito lentamente começou a desabotoar a camisa.

Ele queria ajudá-la, mas sentiu que, naquela noite, era importante que ela marcasse o ritmo, determinasse a direção. A mulher forte e corajosa que teria suportado ser condenada ao ostracismo por trazer seu filho ao mundo, por mantê-lo, por lhe dar um lar. Quando as roupas de Gillie se tornaram uma pilha no chão, ele podia jurar tê-la visto corar dos dedos dos pés ao couro cabeludo.

— Meu corpo mudou um pouco.

Os seios estavam maiores, a barriga ligeiramente mais redonda.

— No entanto, tudo o que eu amo em você continua o mesmo — afirmou ele.

— Ah, Thorne!

Gillie estava em seus braços antes de sua próxima respiração, como se pudesse duvidar da declaração anterior, como se temesse que a oferta não fosse genuína. Ele amava aquela mulher, cada aspecto dela, e passaria o resto de sua vida provando isso para ela. Apesar de toda a ousadia, ainda havia uma parte dela que acreditava que fora merecido ser deixada em uma porta. Havia uma garotinha em seu interior que queria acreditar que era uma princesa.

Thorne pretendia tratá-la como se ela fosse uma rainha.

Ele estava ciente dela removendo suas roupas. Então, as mãos estavam lhe acariciando o peito, passando por sobre os ombros.

— Tudo o que eu amo em você continua o mesmo — disse ela.

— A parte superior do meu corpo?

— Tudo. Sua força interior, sua determinação, sua bondade. A maneira como você cora em diversões obscenas.

— Eu não coro.

Ela deu-lhe um sorriso secreto, pouco antes de beliscar o queixo dele.

— Você corou. Foi tão doce depois, explicando que o que havíamos visto não era o que acontece entre um homem e uma mulher.

— Doce? Eu vou lhe mostrar o que é doce.

E ele fez. Deitando-a na cama, beijando e acariciando cada centímetro dela, mesmo que agora houvesse mais alguns centímetros dela aqui e ali. Logo, haveria muito mais.

— Quando vamos nos casar? — perguntou ela.

— Antes do mês acabar, para afastar as fofocas quando meu herdeiro chegar cedo.

— Podemos nos casar aqui em Whitechapel, com apenas amigos e familiares?

Em algum lugar onde ela estaria confortável, onde estariam cercados apenas por aqueles que os amavam, que não fofocavam sobre eles.

Thorne ergueu o corpo.

— Nós nos casaremos onde e como você quiser. Depois, vamos viajar por um mês.

— Thorne, tenho um negócio para administrar. Eu pensei que você entendia...

— Vinhedos.

Gillie piscou para ele.

— Perdão?

— Vou levá-la a vinhedos para arrancar uvas e dá-las em sua boca.

Ela riu.

— Eu posso encontrar novos vinhos para a minha taverna.

Thorne acariciou seu pescoço.

— Seria bom para os negócios.

Gillie riu mais uma vez, até que ele tomou sua boca e ela não estava mais pensando em vinhedos, vinhos ou negócios. Estava pensando apenas nele, naquele lindo homem maravilhoso que fazia seu coração cantar.

Quando ele a penetrou, ela envolveu as pernas firmemente em torno de seus quadris.

— Não me deixe dessa vez.

Quando viu em seu olhar que Thorne entendeu que ela pedia para que derramasse sua semente nela, ele disse:

— Eu nunca vou deixá-la novamente.

Eles se moveram no mesmo ritmo, quadris se encontrando, até que o prazer superou os dois, até que ambos gritaram.

Quando se abraçaram, perdidos no rescaldo do incrível prazer, ela percebeu que tinha se enganado. Ela não era uma sereia e ele não era um unicórnio. Eles eram apenas duas pessoas destinadas ao amor.

Capítulo 27

— Ei, Gil, tem uma dama elegante lá fora a procurando — disse Roger da porta que dava para a cozinha. — Ela estava batendo na porta. Bem, ela não, um empregado. Com muita insistência, então eu abri, mesmo que ainda não estivéssemos prontos para servir. Ela me mandou buscá-la.

Senhora elegante? Não seria Aslyn. Poderia ser a mulher que Thorne procurava? Não. Quando entrou na taverna, viu, para seu espanto, a duquesa de Thornley. Parecia que ia começar a manhã com uma batalha indesejada.

— Sua Graça.

— Srta. Trewlove. Queria falar com você.

Gillie tinha uma boa ideia do que isso poderia implicar — o cancelamento de seu casamento com Thorne, o que ela não faria. Mas ela deixaria a tirana fazer seu discurso e depois a mandaria embora. Ela caminhou até uma mesa próxima e puxou uma cadeira.

— Você se importaria de se sentar?

A duquesa olhou ao redor.

— Tudo parece limpo.

— Está limpo.

— Sua taverna é muito melhor do que eu imaginava.

Gillie tinha certeza de que o comentário era um insulto, mas ela sabia o tato que adotaria com a mulher.

— Vou tomar isso como um elogio.

— Foi o intuito.

A duquesa se sentou na cadeira.

Gillie sentou-se em uma na frente dela e esperou, preparando-se para qualquer fealdade que o dragão fosse lançar em seu caminho.

— Meu filho me informou que vocês vão se casar. Que a cerimônia será discreta, com apenas família e amigos mais próximos, e realizada em uma pequena igreja localizada nessa área de Londres. Isso não será possível.

— É o que queremos.

A duquesa soltou um longo suspiro.

— Minha querida menina, você está se casando com um duque e, como esposa dele, descobrirá que há muita coisa na vida que você *quer*, mas que talvez não tenha. O casamento deve ser realizado na Capela de São Jorge. A cerimônia precisa ser grande e ter todos os membros da nobreza como convidados. Você deve demonstrar ao mundo que será uma duquesa digna.

— Sua Graça...

— Sei o que você está pensando, minha querida. Que sou uma mulher intrometida e não sei o que falo. Mas você deve entender que o poder de um duque vem de sua duquesa. Você acha que eu convido senhoras para o chá porque eu gosto de chá? Não. É para que possamos determinar o que nossos maridos devem pensar. Depois, elas voltam para para casa para contar o que devem pensar. Nós somos aquelas que prestam atenção ao menor dos detalhes. Nós somos aquelas que influenciam a opinião dos homens quando se trata de atos do Parlamento. Ah, sim, os homens seguram as rédeas, mas somos nós que colocamos pedaços de açúcar nos cavalos e asseguramos que eles andarão na direção que os homens indicarem. Você não pode se esconder aqui.

— Eu não estou me escondendo. É meu negócio.

Apesar de que, se fosse honesta consigo mesma, talvez estivesse se escondendo um pouco.

— Por que você acha que lady Aslyn se casou com seu irmão na capela? Porque foi o primeiro passo para vê-lo aceito pela nobreza. Ele é totalmente aceito? Claro que não. Você tem alguma ideia de como foi benéfico para sua reputação ter recebido um convite para o meu baile? Você pode exercer o mesmo poder, mas precisa afirmar isso desde o início. Sim, sei que você vai continuar a administrar sua taverna e trabalhar aqui e que nada do que eu disser influenciará nessa questão, mas você deve se casar na capela e deve morar na Casa Coventry. Cada duquesa antes de você garantiu que seu duque fosse visto como poderoso e influente. Se você realmente ama meu filho, deve garantir que ele não seja diminuído aos olhos dos colegas e não deve bater em senhores em um baile.

Gillie desejou que ela não tivesse mencionado o episódio vergonhoso.

— Não estava planejando fazer disso um hábito.

— Não tenho nenhuma dúvida que Dearwood mereceu. Nunca me importei muito com o homem. Em sua juventude, ele não foi uma boa influência sobre Antony. Eu desejei inúmeras vezes que ele encontrasse outro amigo e lhe disse isso. É claro que, quanto mais eu insistia, mais ele se aproximava de Dearwood.

Ela nunca ouvira ninguém se referir a Thorne pelo seu primeiro nome, mas havia algo profundo na palavra quando a duquesa a pronunciou.

— Você o ama? — quis saber Gillie.

— Dearwood? Bom Deus, não! Não seja ridícula!

— Seu filho.

A duquesa levantou o queixo com arrogância.

— Naturalmente. Percebo que tenho uma atitude bastante amarga, mas desde cedo aprendi que não se deve mostrar sentimentos. Não significa que não estejam lá.

Gillie podia ver isso agora. Estavam todos tentando se proteger da mágoa e, ao fazê-lo, se isolaram. Talvez ela se tornasse uma duquesa que pudesse ensiná-los a não ser tão frios. Ela não podia se imaginar convidando damas para tomar chá, mas um pouco de xerez poderia servir.

— Então, será em São Jorge? — perguntou a duquesa.

Gillie respirou fundo. Casar-se com Thorne já era uma loucura, fazê-lo na capela não seria nada de mais.

— Se Thorne estiver de acordo.

— Muito bem. E teremos o vestido mais requintado feito...

— Sua Graça, não sei o que Thorne lhe disse, mas estamos com pressa.

— Minha garota, sou uma duquesa. Teremos cem costureiras no trabalho. Isso será feito em um piscar de olhos. E então... minha nossa, o que é isso?

Gillie olhou por cima do ombro para onde a duquesa estava olhando. Robin estava agachado debaixo de uma mesa. Ela estava tão focada na duquesa que não o vira sair da cozinha e entrar na taverna.

— Robin, o que você está fazendo?

— Eu queria ver a dama elegante. — Ele se esgueirou para fora de seu esconderijo e se aproximou lentamente até estar de pé diante da mãe de Thorne. — A senhora é uma fada?

Sem dúvida para ele, com as joias cintilantes em volta de seu pescoço e seus pulsos, o vestido elaborado de veludo e cetim, e o enorme chapéu com fitas, ela parecia ser uma criatura mágica.

— Não seja ridículo — exclamou a duquesa.

Gillie estava prestes a retrucar, mas, antes que ela pudesse, Robin disse:

— Quando eu crescer, vou ser um explorador e encontrar outra quaga.

— Ó, querido menino, quando você tiver idade suficiente para sair explorando, não haverá mais quagas. Você não deve perder seu tempo procurando uma. Deve encarar a realidade e garantir que nenhuma outra criatura siga o caminho dela. — Ela se inclinou para a frente com sinceridade. — Você deve se tornar um membro do Parlamento, onde poderá expressar suas opiniões, fazer as pessoas lhe ouvirem.

— O que é o Parlamento?

— Ah, meu Deus! — Ela olhou para Gillie. — Ele é um órfão?

— Sim.

— Por que ele não está em um orfanato?

— Ele gosta de viver aqui.

— Isso não será aceito. Terei que cuidar dele.

— Como?

— Com seus deveres adicionais, você não terá tempo para cuidar dele. Então, eu o farei.

— Eu tenho que proteger a taverna — disse Robin.

— E você é pago por esse dever? — perguntou a duquesa.

— Um xelim por semana.

— Vou pagar-lhe dois xelins por semana, residindo em uma casa muito maior do que essa. Você pode morar lá e protegê-la.

Balançando a cabeça, Robin recuou um passo.

— Não quero sair daqui. Minha mãe vai vir me procurar.

A duquesa parecia triste.

— Você é jovem demais para ser um dos bastardos do meu marido, pois não tenho dúvidas de que ele teve muitos, mas não tão é velho para ser filho de um de seus descendentes. Pense nisso, jovem Robin e, quando estiver pronto para coisas grandiosas, me avise.

Com um aceno de cabeça, ele saiu correndo.

— Você não o aceitaria, com certeza — disse Gillie.

A duquesa se levantou e puxou as luvas, evitando o olhar de Gillie.

— Recentemente, passei a acreditar que posso ter um fraco por órfãos. E minha residência é terrivelmente silenciosa.

Gillie não deixou de pensar que seria possível que ela e a duquesa realmente se tornassem aliadas — se não amigas — no final.

Ele já estivera no altar antes e tinha sido muito diferente na ocasião. Ele olhara para o relógio do pai, que lhe fora entregue em seu leito de morte, e assistira aos minutos passarem, pensando em todas as coisas que poderia fazer naquele dia, desejando que a noiva chegasse logo para que pudessem fazer a troca obrigatória de votos. Agora, ele não tinha nenhum desejo de monitorar o movimento lento da mão em um relógio ou fazer qualquer coisa que pudesse distrair sua atenção da abertura das portas da capela, porque queria ver a noiva assim que ela aparecesse, queria ser o primeiro a colocar os olhos nela. Collinsworth estava a seu lado, sinalizando para toda a Inglaterra que seu amigo aprovava o casamento e que o que quer que tivesse acontecido para a irmã não aparecer no casamento anterior era água debaixo da ponte, que não diminuíra a força da amizade.

Antes, Thorne não sentira absolutamente nada, e o casamento era apenas outra tarefa a ser feita em uma longa lista de deveres que ele deveria cumprir antes de morrer.

Agora, sentia tudo: excitação, nervosismo. Ele não pensava mais em morrer. Em vez disso, pensava apenas em viver, viver cada dia com Gillie. Com os sorrisos, as risadas e o sexo. Mais o sexo. Ele a amaria até que ela não aguentasse mais ser amada.

E, então, ele a amaria mais um pouco.

De repente, todos se levantaram e lá estava ela, andando pelo corredor no braço de seu irmão, Mick Trewlove, a irmã liderando o caminho, os outros irmãos a seguindo. Ele podia ver todos na borda de sua visão, mas Gillie estava no centro de tudo. Será que o pai vivera toda a sua vida sem isso, sem saber o que era se sentir completo e inteiro quando uma mulher sorria para ele com todo o amor que sentia refletido em seus olhos?

Ela usava um vestido bege claro de seda e renda. Branco era para virgens, ela disse, e apesar de ter certeza de que muitas mulheres que não eram virgens vestiam branco no dia do casamento, ele não discutiu com ela. Tudo o que ela quisesse usar estava bom para ele. Flores de cor laranja seguravam o véu no lugar.

Fancy tomou seu lugar perto do altar. Quando Gillie se aproximou, ele ficou incrivelmente feliz por ela ter mudado de ideia sobre onde o casamento iria acontecer, porque ele tinha esse dia para mostrar a todos o quanto a adorava.

Inesperadamente, ela parou no banco da frente, onde estava a duquesa, estudou a mulher que o dera à luz e, diante de todos, fez a reverência mais graciosa e elegante que já vira. Se ele não estivesse usando seus óculos para poder ver claramente todos os detalhes do rosto de Gillie enquanto eles trocavam votos, e se o que ele via à distância não estivesse um pouco borrado como resultado, diria ter visto os olhos da mãe brilharem com lágrimas quando ela deu à noiva um breve aceno de cabeça.

Gillie se levantou e, com seus irmãos a seguindo, deu os últimos passos em direção a ele.

— Quem entrega essa noiva? — perguntou o reverendo, a voz estrondosa que ecoou até as vigas.

— Nós o fazemos — anunciaram os irmãos em uníssono.

Um por um, cada um deles beijou a bochecha da irmã antes de tomar o seu lugar ao lado da mãe no primeiro banco, até que sobrou apenas Mick. O homem colocou a mão no braço de Thorne e lançou-lhe um olhar que prometia vingança caso ele a desapontasse. Se ele a desapontasse, ele mesmo se daria socos.

— Nenhum cabelo falso hoje? — perguntou a ela.

Ela negou com a cabeça.

— Venho a você como sou.

— E nenhum outro jeito seria melhor.

Então, como um, eles se viraram para encarar o futuro juntos.

Após o casamento, eles realizaram uma recepção que se estendeu até o final da tarde. Então, Thorne a colocou em uma carruagem e levou-a ao Castelo Thornley. O enxoval e uma abundância de roupas que a duquesa insistia serem necessárias foram levadas no período da manhã. No dia seguinte, ela e Thorne partiriam para os vinhedos da França e, depois, para a Itália.

Depois de chegarem na propriedade, ele a levou em um tour de lazer na mansão. Quarto por quarto.

— Eu sempre vou me perder aqui — disse ela.

Rindo, ele a puxou para perto e a beijou.

— Basta encontrar um sino, puxar, e um empregado virá encontrá-la.

— É impressionante, Thorne. Eu nunca vi nada assim.

— Eu tenho outra coisa para lhe mostrar. Guardei para o final. — Pegou uma das mãos dela, levou-a pelos corredores e desceu um conjunto estreito de escadas. No fundo havia uma pequena alcova. No final, havia uma porta. Ele tirou uma tocha de um gancho da parede, as chamas dançando, e a segurou no alto. — Instruí o mordomo a deixar este quarto destrancado.

Abriu a porta, pegou a mão dela e a acompanhou até uma sala enorme, com uma mesa comprida no centro e barril sobre barril sobre barril alinhados em prateleiras ao longo de três das paredes.

Soltando o marido, ela pressionou a mão contra o peito e correu para um dos barris de carvalho.

— Ah, meu Deus! Quantos!

Gillie arrastou os dedos sobre eles, um após o outro, reconhecendo alguns dos nomes gravados na madeira, sabendo que eram uma safra muito superior e mais cara do que qualquer coisa que tivesse em sua pequena taverna.

Ela se virou e o encarou.

— Se você tivesse se oferecido para me mostrar essa bela coleção em vez de seus cavalos, eu teria vindo quando você me convidou.

Depois de colocar a tocha em outro gancho, ele caminhou até ela, colocou as mãos em ambos os lados de sua cintura e sorriu.

— Eu não queria que você se apaixonasse por mim por conta do meu vinho.

Ela passou os braços ao redor do pescoço dele.

— Nunca. — Dando-lhe um sorriso travesso, acrescentou: — Mas certamente aumentaria o encanto.

Erguendo-a, ele a colocou sobre a mesa e enfiou-se entre as pernas dela.

— Eu tenho pensado em algo o dia todo. Por que você fez uma reverência para minha mãe na igreja?

Ela deslizou as mãos pelo cabelo dele e sorriu suavemente.

— Porque decidi que ela era digna da minha reverência, porque ela ama você e porque ela me deu você.

— Ah, Gillie, você pode facilmente me deixar de joelhos.

Embora o desafio fosse grande, conseguiu envolver as pernas ao redor dele e segurou-o com força.

— Eu prefiro ter você de pé. Possua-me aqui, agora. Faça-me sua esposa.

— Princesa, no meu coração, acho que fiz isso da primeira vez que pus os olhos em você. Nunca senti por mulher alguma o que senti por você desde o começo.

Ele abaixou a boca e despejou todos seus sentimentos no beijo, nela. Ele era o melhor dos vinhos, o mais rico dos sabores, o mais intoxicante dos homens. E era dela.

Epílogo

*Castelo Thornley
1872*

THORNE QUERIA QUE SEU primeiro filho nascesse em sua propriedade ancestral, e Gillie havia concordado com esse desejo. Ela não tinha como negar-lhe qualquer coisa. Estava sentada em uma cama enorme em um quarto cuidadosamente decorado, com uma camisola nova, o marido completamente vestido, exceto pelo paletó e botas, sentado ao lado dela com o braço em sua volta, e a cabeça estava enfiada no ombro dele enquanto os dois olhavam para o bebê que ela passara a maior parte da noite trazendo ao mundo.

A criança chegara com a última canção do rouxinol e o primeiro canto da cotovia.

— Não me surpreende o fato de você não ter sido capaz de trazer uma criança ao mundo da forma correta — disse a duquesa, perto do pé da cama. — Seu marido é um duque. Sua obrigação é dar a ele um herdeiro.

— Não vejo problemas em minha filha — afirmou Thorne, pacientemente, e Gillie ouviu em sua voz o amor que ele já nutria pela filha, que tinha a pequena mão envolta em torno do dedo que ele lhe oferecera.

— Com esse cabelo vermelho chocante, ela terá que usar chapéu constantemente para não ficar sardenta — alertou a mulher.

— Ela vai ter uma variedade de chapéus — assegurou Gillie. — E vestidos e calças.

— Calças?

A duquesa parecia verdadeiramente horrorizada.

Gillie, malvada que era, se deleitava nos momentos em que chocava a duquesa com observações e comentários. Nos meses após o casamento, as duas tinham chegado a um entendimento: nenhuma iria mudar pela outra, e então aceitaram, não sem má vontade, que a harmonia entre elas era melhor do que rancor.

— Ela vai correr atrás dos irmãos ou eles correrão atrás dela.

— Você não é tão jovem e não pode demorar muito para cumprir seu dever.

— Você não precisa se preocupar, duquesa, pois estou muito ansiosa para receber meu marido de volta em minha cama.

— E você... — A duquesa apontou para o filho. — Você não deve procurar satisfação em outro lugar enquanto sua esposa estiver indisposta. Ela merece sua lealdade.

Thorne deu-lhe um beijo na têmpora.

— Ela é merecedora de tudo.

— Ainda assim, eu gostaria que você desistisse daquela taverna deplorável.

No final, Gillie mudara-se para a Casa Coventry porque queria que os filhos soubessem de seus antepassados, além de ter se apaixonado pela residência. Todas as manhãs, ia de carruagem até a taverna, mas na verdade passava menos horas lá, pois estava descobrindo que ser uma duquesa envolvia muitos deveres dos quais realmente gostava, principalmente, trabalhos de caridade e visitas a inquilinos, e garantir que os empregados estavam felizes. Com frequência, Thorne levava Robin para passear. Eles discutiram sobre tornar o garoto parte da família, mas Robin estava convencido de que a mãe um dia viria atrás dele.

— Gillie gosta da taverna, mãe, e contanto que ela o faça, vamos mantê-la.

— Na verdade, eu estava pensando em abrir outra — disse ela.

— Meu Deus! Então você deve contratar uma babá.

Ela acariciou a bochecha da filha.

— Fui criada sem uma babá e deu tudo certo.

— Mais do que certo — admitiu a duquesa. — Mas não é essa a questão.

Gillie suspeitava que elas discutiriam o assunto por um bom tempo, mas isso sempre acontecia entre as duas, e as discussões tinham geralmente boas intenções.

— Você gostaria de segurar sua neta?

A duquesa se endireitou.

— Pensei que você continuaria a me atormentar e nunca oferecer.

Com muito cuidado, ela segurou o bebê.

— Olá, criança preciosa. Eu vou lhe ensinar o que sua mãe não vai: como ser uma dama apropriada.

E a mãe de Gillie iria ensiná-la a ser uma sobrevivente. Thorne mandara avisar a família da esposa pouco depois da filha nascer, e esperava que todos chegassem antes do anoitecer para receber a mais nova integrante da família.

A duquesa sentou-se em uma cadeira de balanço na área de estar e Gillie a ouviu brincar com a bebê.

— Como devemos chamá-la? — perguntou ela a Thorne.

— Victória, Charlotte, Alexandria. Algo apropriado para uma princesa. — Deslizando o dedo ao longo da bochecha de Gillie, virou o rosto dela até que seus olhos se encontraram. — Ela vai conhecer o melhor dos dois mundos, o seu e o meu.

— Infelizmente, ela provavelmente conhecerá o pior também.

— Com você como mãe, ela aprenderá a ser sonhadora e realista. Mas ela sempre saberá quem são seus pais e que é amada.

— Tenho que confessar, Thorne, que até eu tê-la abraçado, nunca me ocorreu que a mulher que me deu à luz me amava. Como ela poderia ter me dado se tivesse? Mas, agora, sei que ela não poderia ter me segurado sem me amar, pelo menos um pouco. Nunca vou saber por que ela me deixou na porta de Ettie Trewlove, mas tenho que acreditar que ela fez isso porque acreditava que era melhor para mim.

— Sinto muito que ela nunca conhecerá a mulher notável que você é. Ou o quanto eu amo você.

Thorne baixou a boca para a dela, beijando-a carinhosamente. E ela não deixou de pensar que, de fato, era grandioso ser amada por esse duque.

Este livro foi composto com ITC Berkeley Oldstyle Std e foi impresso em 2023, pela Vozes, para a Harlequin. O papel do miolo é pólen natural 80g/m², e o da capa é cartão 250g/m².